CЯOSSED

# CROSSED

# CROSSED
Ally Condie

# 크로스드

앨리 콘디 지음 | 송경아 옮김

솟을북

위를 쳐다보고 올라가기 시작한
이안에게

# 편안한 밤 속으로 순순히 들어가지 마라

Do not go gentle into that good night

딜런 토머스


편안한 밤 속으로 순순히 들어가지 마라.
노년은 삶이 끝나갈 때 타오르고 절규해야 한다.
빛이 죽어갈 때 분노하고 또 분노하라.


현명한 사람들은 종말을 맞을 때 어둠이 옳다는 것을 안다.
그들의 말이 번개를 치지 못했기 때문에
그러나 편안한 밤 속으로 순순히 들어가지 마라.


선량한 사람은 마지막 물결을 보내며 울부짖는다
그들의 연약한 행동이 푸른 만에서 얼마나 밝게 춤출 수 있었는지
빛이 죽어갈 때 분노하고 또 분노하라.


하늘을 나는 해를 붙잡아 노래했던 거친 사람들은
너무 늦게 알게 되고 저물어갈 때 슬퍼했다.
편안한 밤 속으로 순순히 들어가지 마라.


진지한 사람들은 죽음이 가까울 때 눈먼 시야로 본다
유성처럼 불탈 수 있고 즐거울 수 있었던 눈으로,
빛이 죽어갈 때 분노하고 또 분노하라.


그리고 슬프고 높은 곳에 계신 아버지, 나의 아버지,
비나니 이제 당신의 맹렬한 눈물로 나를 축복하고 저주하소서.
편안한 밤 속으로 순순히 들어가지 마라.
빛이 죽어갈 때 분노하고 또 분노하라.

# 모래톱을 건너며

Crossing the Bar

알프레드 테니슨 경


해 지고 저녁 별 뜰 때
나를 부르는 맑은 소리!
모래톱에 슬픈 울음은 없기를
나 바다로 나아갈 때.

하지만 파도는 잠든 듯이 흐르지,
너무나 충만해서 소리나 거품도 없이.
무한히 깊은 곳에서 끌려왔던 것이
다시 고향에 돌아갈 때.

황혼이 깔리고 저녁 종 울리고
어두워진 후!
이별의 슬픔은 없기를
내가 배에 오를 때.

우리 시간과 공간의 틀에서
흐름이 나를 멀리 싣고 가더라도
나의 '인도자'를 직접 뵈었으면
모래톱을 다 건넜을 때.

# 1
## 카이

나는 강물 속에 서 있다. 강은 푸르렀다. 짙고 푸른 색. 저녁 하늘 색을 반사하는 색.

나는 움직이지 않았다. 그러나 강은 움직였다. 강물이 나를 밀면서 강가의 풀 속으로 쉿쉿 소리를 내며 올라왔다.

"거기서 나와."

오피서가 말했다. 그는 강둑에 자리 잡고 서서 우리에게 손전등을 비추었다.

"시체를 물속에 넣으라고 하셨잖습니까."

나는 오피서의 말을 오해한 척하면서 말했다.

"그 안에 들어가라고 한 적은 없다. 놓고 나와. 그리고 코트는 가져와라. 그 애한테는 이제 필요 없을 테니까."

나는 시체 옮기는 것을 도와준 빅을 흘끔 바라보았다. 빅은 물속까지 들어오지 않았다. 그는 이 근방 출신이 아니지만, 수용소 사람들은 전부 바깥 지방에는 중독된 강이 흐른다는 소문을 알고 있다.

"괜찮아."

나는 빅에게 조용히 말했다. 오피서와 오피셜들은 우리가 이 강을—강이라면 전부—두려워하게 되어 결코 강물을 마시거나 강을 건너려고 하지 않기를 바란다.

"조직 표본은 필요 없습니까?"

빅이 머뭇거리는 동안 나는 강둑에 선 오피서에게 외쳤다. 얼음 같은 물이 내 무릎까지 닿았고, 죽은 소년은 머리를 뒤로 축 늘어뜨린 채 뜬눈으로 하늘을 응시하였다. 죽은 자는 보지 않지만 나는 본다.

나는 너무 많은 것들을 본다. 언제나 그래왔다. 단어와 그림은 내 마음속에서 이상한 방식으로 연결되고, 어디에 있든지 세부적인 것들이 보인다. 지금처럼. 빅은 겁쟁이가 아니었지만 그의 얼굴은 공포에 휩싸여 있다. 죽은 소년의 해진 소매에서 풀린 실밥이 그의 늘어진 팔 부분에서 강물을 빨아들이고 있었다. 강기슭에 있던 빅이 가까이 올수록 소년의 마른 발목과 맨발이 빅의 손 안에서 희미하게 빛났다. 오피서는 이미 우리가 시체에서 장화를 벗겨내도록 지시한 터였다. 지금 그는 장화 끈을 잡고 앞뒤로 흔들고 있었다. 박자를 맞추는 검은 흔들림. 또 한 손으로는 우리 눈에 손전등의 둥근 광선을 똑바로 비추고 있다.

나는 오피서에게 코트를 던졌다. 그가 그것을 받으려면 장화를 떨어뜨려야 했다.

"넌 봐도 돼. 이 아이는 무겁지 않아. 나 혼자 할 수 있어."

나는 빅에게 말했다. 그러나 빅도 걸어 들어왔다. 이제 죽은 소년은 다리가 젖고 검은 평상복도 흠뻑 젖었다.

"최종 연회답지는 않군요. 간밤의 저녁식사가 저 아이가 선택한 것이었나요? 그렇다면 죽을 만하네요."

빅이 오피서에게 소리쳤다. 빅의 목소리에는 분노가 깃들어 있었다.

분노를 느껴도 된다고 생각했던 때가 너무 오래전이어서 그런지, 나는 분노를 느끼지는 못했다. 분노가 입까지 올라왔지만 나는 그것을 삼켰다. 포일그릇을 갉아먹은 듯한 날카로운 금속의 맛. 이 소년은 오피서들의 잘못된 판단 때문에 죽었다. 그들은 그에게 물을 충분히 주지 않았고, 소년은 너무 일찍 죽어버렸다.

우리는 이 대기수용소에서 죽으면 안 되는 존재였기 때문에 그 시체를 숨겨야 했다. 우리는 그들이 우리를 마을로 보낼 때까지 기다리다가 마을에서 '적'들과 맞서도록 되어 있었다. 그러나 언제나 그렇게 되지만은 않았다.

소사이어티는 우리가 죽음을 두려워하기를 바란다. 그러나 나는 두렵지 않다. 개죽음이 두려울 뿐이다.

"일탈자의 종말은 이런 거야."

오피서가 참지 못하고 우리에게 말했다. 그는 우리 쪽으로 한발 걸어왔다.

"너희도 알지 않나? 마지막 식사 같은 건 없어. 마지막 말도. 놓고 나와."

'일탈자의 종말은 이런 거야.'

내려다보이는 물이 하늘과 함께 검게 변했다. 나는 아직 그 애를 놓지 않았다.

'시민'들은 연회와 함께 종말을 맞는다. 마지막 말도 남긴다. 시민들에게 불멸의 가능성을 주기 위해 조직 표본도 보관한다.

음식이나 표본은 내가 어떻게 해줄 수 없는 일이다. 그러나 내게는 말이 있다. 말은 그림, 숫자와 함께 언제나 내 마음속에서 굴러다닌다.

그래서 나는 강과 죽음에 어울리는 말을 속삭인다.


　　우리 시간과 공간의 틀에서

　　흐름이 나를 멀리 싣고 가더라도

　　나의 '인도자'를 직접 뵈었으면

　　모래톱을 다 건넜을 때.


빅이 놀라서 나를 바라보았다.

"놓고 가자."

나는 그에게 말했고, 우리는 동시에 손을 놓았다.

# 2
## 카시아

흙은 내 일부분이다. 모퉁이에 있는 세면대 안에서 뜨거운 물이 흘러내리며 내 손을 붉게 물들이자, 카이가 생각난다. 내 손은 이제 카이의 손과 조금 비슷해 보인다.

물론, 무엇을 보아도 카이가 생각난다.

이번 달, 11월의 색깔을 띤 비누 조각으로 마지막으로 손가락을 문질렀다. 어떤 점에서는 흙이 좋았다. 흙은 피부의 모든 주름에 스며들고, 손등에 지도를 만들었다. 한번은 매우 지쳤을 때, 피부에 새겨진 지도를 내려다보며 그것이 카이에게 가는 길을 말해주었으면 하고 상상했다.

카이는 사라졌다.

이 모든 것—멀리 떨어진 지방, 노동수용소, 더러운 손, 지친 몸, 아픈 마음—이 카이가 사라지고 내가 그를 찾고 싶어하는 탓이다. 곁에 없는 것이 있는 것처럼 느껴질 수도 있다는 건 이상한 일이다. 상실감이 너무나 커서 그것이 없어진다면 나는 그 자리를 돌아보게 될 것이고, 꼭 그가 그곳에 있지 않더라도, 마침내 그 공간에 무엇인가 들어차지도 않고 결국 완전히 비어버린 것을 보면 얼떨떨해질 것이다.

나는 세면대에서 돌아서서 우리 숙소를 훑어보았다. 저녁이었기 때문에 방 꼭대기를 따라 난 작은 창문들도 어두웠다. 이동하기 전 마지막 밤이었다. 이다음 일터는 내 마지막 일터가 될 것이다. 이후에 나는 소사이어티에서 가장 큰 도시인 '센트럴'로 가게 될 것이라는 통지를 받았다. 내 마지막 일터는 그곳의 분류 센터였다. 흙을 파는 일 말고, 이런 힘든 노동 말고, 진짜 일터. 석 달 동안 잡일을 하며 몇 군데 수용소를 돌아다녔지만, 지금까지는 모두 이곳 타나 지방 안에 있는 수용소였다. 나는 일을 시작했을 때보다 카이에게 조금도 더 가까워지지 않았다.

카이를 찾기 위해 도망치지 않는다면, 곧 센트럴에 가게 될 것이다.

나와 같은 숙소를 쓰는 여자아이 중 하나인 인디가 나를 지나쳐 세면대로 갔다.

"너 다른 애들이 쓸 온수 남겨뒀니?"

그녀가 물었다.

"응."

내가 대답했다. 그녀가 물을 틀고 비누를 집어 들면서 소리 죽여 무슨 말을 중얼거렸다. 그 뒤에 여자아이 몇 명이 서 있었다. 다른 아이들은 기대에 찬 모습으로 방에 늘어선 침대 가장자리에 앉아 있었다.

오늘은 일곱 번째 날이다. 메시지가 오는 날.

나는 조심스럽게 허리띠에서 작은 주머니를 풀었다. 우리는 이 작은 주머니들을 늘 각자 하나씩 갖고 다녀야 한다. 그 주머니에는 메시지가 가득 차 있었다. 대부분의 다른 여자애들처럼, 나는 그 종이를 더 이상 읽을 수 없을 때까지 갖고 있었다. 그건 내가 자치구를 떠날 때 잰더가 주었던 새장미의 연약한 꽃잎 같았다. 나는 그 꽃잎도 갖고 있다.

기다리는 동안 나는 옛날 메시지를 보았다. 다른 여자애들도 마찬가지였다.

오래지 않아 종이 가장자리가 누레지고 해지기 시작했다. 글은 소비되고 없어지라고 있는 것이었다. 브램에게 마지막으로 받은 메시지에서 그 애는 자기가 들판에서 열심히 일하고 있고 학교에서는 모범생이며 절대로 수업에 늦지 않는다고 했다. 나는 그 말에 웃었다. 최소한 마지막 말은 사실이 아니라는 것을 알기 때문이었다. 브램의 글을 보자 눈물이 났다. 그 애는 최종 연회의 금빛 상자에 들어 있던 할아버지의 마이크로카드를 보았다고 했다. 브램은 이렇게 썼다.

> 역사가가 할아버지의 일생을 요약한 글을 읽었고, 맨 마지막에는 할아버지가 가장 좋아하신 기억의 목록이 있었어. 할아버지는 우리 각자의 기억을 하나씩 고르셨어. 내 기억 중에서 가장 좋아하신 건, 내가 처음 한 말이 '더 줘'였던 거였어. 누나에 관한 기억에서 가장 좋아하신 건 할아버지가 '붉은 정원의 날'이라고 부르신 거였어.

나는 연회 날 마이크로카드를 볼 때 자세히 주의를 기울이지 않았다. 당시 할아버지가 보내는 마지막 순간에 정신이 팔린 나머지, 과거는 별로 주의해서 보지 못했던 것이다. 나는 언제나 그 카드를 다시 보려고 했지만 한 번도 보지 못했다. 지금은 그걸 봤더라면 좋았을 걸 싶다. 그보다도 나는 '붉은 정원의 날'이 기억났으면 하고 바랐다. 봄에 붉은 꽃봉오리들 사이에서, 여름에 붉은 새장미들 속에서, 가을에 붉은 낙엽 속에서 벤치에 앉아 할아버지와 이야기하던 여러 날들은 기억난다. 그것이 바로 할아버지가 말씀 하셨던 날이겠지. 브램이 복수보조사인 '들' 을 빼먹었을 것이다. 할아버지는 '붉은 정원의 날들' 을 기억하셨어. 우리가 앉아 이야 기하던 봄과 여름과 가을의 나날.

부모님의 메시지에는 기쁨이 가득해 보였다. 다음 노동수용소 까지만 돌면 내가 노동수용소 순환을 마친다는 소식을 받은 것이 었다.

부모님이 기뻐하시는 것을 탓할 수는 없었다. 그분들은 내게 카 이를 찾을 기회를 줄 정도로 사랑을 믿었다. 그러나 그 기회가 끝 났다고 아쉬워하지는 않았다. 그분들이 내가 그런 시도를 하게 해 준 것만 해도 존경스러운 일이다. 그건 대부분의 부모들이 할 수 없는 일이었다.

나는 종이를 다시 뒤쪽에 넣으며 게임 카드를, 카이를 생각했 다. 그의 곁으로 이동할 수 있다면, 에어십에 숨어 있다가 하늘에 서 돌멩이처럼 바깥 지방으로 떨어진다면?

만약 그렇게 된다면, 이 시간이 전부 흐른 뒤 그는 나를 보고 어 떤 생각을 할까? 날 알아보기나 할까? 나는 내 모습이 달라졌음을 알고 있다. 손만이 아니었다. 이제 식사량은 완전한 일인분이지만 나는 작업 때문에 말라갔다. 여기서는 소사이어티가 우리 꿈을 모 니터하지 않는데도 잠을 제대로 자지 못하기 때문에 눈가에 그늘 이 졌다. 그들이 우리에게 그다지 신경을 기울이지 않는 것 같아 걱정이 되었지만, 태그를 붙이지 않고 잘 수 있는 새로운 자유는 좋았다. 나는 옛 글과 새로운 글과, 소사이어티가 보고 있지 않을 때 훔친 한 번의 키스를 생각하며 깬 채 누워 있었다. 그러나 나는 잠들려고 노력했다. 정말이다. 꿈에서 카이를 가장 잘 볼 수 있었기 때문이다.

우리는 소사이어티가 허락할 때만 사람을 볼 수 있다. 일상에서, 포트에서, 마이크로카드에서. 예전에는 소사이어티가 시민들에게 사랑하는 사람의 사진을 갖고 다니도록 허락했던 때가 있었다. 누가 죽었거나 어디로 사라졌을 때에도 최소한 그들이 어떻게 생겼는지는 기억할 수 있었다. 그러나 그런 일이 허락되지 않은 지 오래되었고, 소사이어티는 심지어 새로운 매칭 상대가 처음으로 직접 만난 후 서로 사진을 주고받는 관습도 중지시켰다. 나는 저장해두지 않았던 메시지 하나를 보고 그 사실을 알게 되었다. 매칭을 선택한 사람들에게 매칭부가 보낸 공고였다. 그 일부에는 이렇게 쓰여 있었다. '매칭 절차는 최대의 효율성과 최적의 결과를 증대하기 위해 간소화되고 있습니다.'

또 다른 오류들이 일어났을지 궁금했다.

나는 눈앞에 카이의 얼굴이 번뜩이기를 바라면서 다시 눈을 감았다. 그러나 최근 내가 불러내는 이미지들은 모두 불완전하고 곳곳이 흐린 것 같았다. 카이가 지금 어디 있는지, 그에게 무슨 일이 일어나고 있는지, 떠나기 전에 내가 준 녹색 실크 조각을 간직할 수 있었는지 궁금했다.

그가 나를 간직할 수 있었는지.

나는 다른 종이를 꺼내 침대 위에서 조심스레 펼쳤다. 종이에서 새장미 꽃잎이 나왔다. 내 손에는 책장처럼 느껴졌다. 꽃잎의 분홍빛도 가장자리를 따라 누렇게 변했다.

옆 침대에 배정된 여자애가 내가 무슨 일을 하는지 알아차렸기 때문에 나는 아래층 침대로 내려갔다. 내가 이 종이를 꺼낼 때면 언제나 그렇듯이 다른 여자애들이 주위에 몰려들었다. 내가 이것을 갖고 있다고 말썽에 휘말릴 일은 없었다. 어쨌건 이건 불법 물건이나 밀수품이 아니다. 규정된 포트에서 인쇄한 것이다. 그러나 우리는 여기서 메시지 외의 다른 것은 인쇄할 수 없기 때문에, 이 미술품은 귀중한 것이 되었다.

"지금이 우리가 이걸 마지막으로 보는 때일지도 몰라. 이건 부서져가고 있어."

내가 말했다.

"'백 점의 그림'을 가져올 생각은 해본 적이 없는데."

린이 내려다보며 말했다.

"나도 그런 생각 해본 적 없어. 누가 나한테 준 거야."

내가 말했다.

자치구에서 우리가 작별한 날 잰더가 준 것이었다. '백 점의 그림' 중 19번─토머스 모런의 〈콜로라도 협곡(Chasm of the Colorado)〉─이었고, 나는 학교에서 그 그림에 대해 보고서를 쓴 적이 있었다. 그때 나는 그것이 내가 제일 좋아하는 그림이라고 말했다. 잰더는 그 후 내내 그 말을 기억하고 있었던 게 틀림없다. 그 그림은 모호한 방식으로 나를 겁먹게 하고 짜릿하게 했다. 하늘은 매우 극적이었으며, 땅은 매우 아름답고 위험해 보이고 높이감과 깊이감이 가득했다. 나는 그곳의 광대함이 두려웠다. 동시에 결코 그런 곳을 보지 못할 것이므로 슬펐다. 붉은 바위에 녹색 나무들이 붙어 있고, 파란색과 회색의 구름이 떠돌며 흘러간다. 그 모든 것 위에 금빛과 어두움이 드리워 있었다.

내가 그 그림 이야기를 할 때 그런 열망이 어느 정도 내 목소리에 배어났는지, 잰더가 그걸 알아차리고 기억한 건지 궁금했다.

잰더는 여전히 미묘한 방식으로 게임을 하고 있었다. 이 그림도 그의 키드였다. 이제 그 그림을 보거나 새장미 꽃잎을 만질 때마다 그가 그렇게 익숙하고 나를 그렇게 많이 안다는 사실이 떠올랐고, 내가 떠나보내야 했던 것에 가슴이 아팠다.

이번이 우리가 이 그림을 마지막으로 볼 수 있는 기회라는 점에서는 내가 옳았다. 내가 집어 들었을 때 그 그림은 부서져버렸다. 우리는 모두 동시에 한숨을 쉬었고, 우리가 내쉰 숨이 합쳐져 미풍이 되어 그림 조각을 움직였다.

"우리, 포트에서 그 그림을 볼 수 있을 거야."

나는 그들에게 말했다. 수용소 안 본관에는 커다란 포트 하나가 웅웅거리며 귀를 기울이고 있었다.

"아냐, 너무 늦었어."

인디가 말했다.

그 말이 옳았다. 우리는 저녁을 먹은 후 숙소 안에 계속 있어야 했다.

"그럼 내일 아침 시간에 가지, 뭐."

내가 말했다.

인디는 고려할 가치도 없다는 듯한 몸짓을 하며 고개를 돌렸다. 그녀가 옳았다. 그것이 왜 다른지는 몰랐지만, 어쨌든 그것은 같다고 볼 수 없었다. 처음에는 그림을 '갖고 있다는 것' 이 특별하게 느껴졌지만, 꼭 그런 것도 아니었다. 감시당하지 않은 채로, 어떻게 보아야 한다고 지시받지 않고 본다는 것. 그 그림이 우리에게 준 선물은 그런 것이었다.

왜 내가 여기 오기 전에 그림과 시를 내내 갖고 다니지 않았는지 알 수 없었다. 포트에서 나온 종이들, 하나같이 그렇게 귀중한 것을. 조심스럽게 선택된 아름다운 모습들이 그렇게 많았는데 우리는 그것을 충분히 보지 않았다. 그림 속 협곡 근처의 신록은 어찌나 신선한지 매끄러운 잎의 감촉과 처음으로 펼쳐지는 나비 날개의 끈끈함을 느낄 수 있을 정도였는데, 왜 나는 그걸 보지 못했을까?

인디는 신속한 동작 한 번으로 침대에서 그림 조각을 쓸어냈다. 심지어 눈으로 보지도 않았다. 그래서 나는 인디가 그림이 없어져서 속이 상했다는 것을 알았다. 그녀는 그림 조각이 정확히 어디 있는지 알고 있었던 것이다.

나는 그림 조각을 가져가 눈물로 흐려진 눈으로 소각하며 스스로에게 말했다.

'괜찮아. 네게는 다른 것, 견고한 것들이 남아 있잖아. 종이와 꽃잎 아래 숨겨놓은 것. 알약 용기, 매칭 파티의 은 상자, 카이의 나침반과 잰더의 파란 알약.'

나는 보통 때 나침반과 알약을 가방에 넣어 갖고 다니지 않았다. 그건 너무 귀중한 물건이었다. 오피서들이 내 물건을 뒤지는지는 모르지만 다른 여자애들이 뒤지는 건 확실했다.

그래서, 새 수용소로 간 첫날마다 나침반과 파란 알약을 꺼내서 깊이 묻고 나중에 가지러 왔다. 불법일 뿐만 아니라 둘 다 귀중한 선물이었다. 반짝이는 금빛 나침반은 내게 가야 할 방향을 알려줄 수 있었다. 그리고 소사이어티는 언제나 물과 함께 파란 알약을 먹으면 하루 이틀 살아 있을 수 있다고 말했다. 잰더는 나를 위해 수십 알을 훔쳤다. 그것이 있으면 나는 오랫동안 살 수 있다. 두 가지를 함께 사용하면 그들의 선물은 생존을 위한 완벽한 조합이 된다.

바깥 지방에 가서 그걸 사용할 수만 있다면.

오늘 같은 밤—이동 전날 밤—이면 나는 그것을 묻어놓은 곳으로 돌아갈 길을 찾으며 그 장소를 제대로 기억하기만 바라야 했다. 오늘 저녁 나는 마지막으로 숙소로 들어왔고, 내 손은 들판의 다른 장소에서 묻은 흙으로 검게 얼룩져 있다. 그래서 서둘러 손을 씻었던 것이다. 인디가 내 뒤에 서 있을 때 날카로운 눈으로 그걸 알아차리지 못했기만 바랄 뿐이다. 가방에서 흙이 떨어진 흔적이 없고 아무도 음악과 같은 딸랑거리는 소리를 듣지 못했기를 바랄 뿐이다. 은상자와 나침반이 서로 부딪치고 알약 용기에 닿으면서 나는, 약속의 소리.

이들 수용소에서 나는 다른 일꾼들에게 내가 '시민'이라는 사실을 숨겼다. 소사이어티는 보통 지위에 관한 정보를 비밀로 하지만, 나는 어떤 여자애들이 알약 용기를 포기해야 했다는 대화를 나누는 것을 엿들은 적이 있다. 그건 어떻게인지는 몰라도—그들의 실수거나 그들 부모의 실수로—그 여자애들 중 몇몇은 '시민의 지위'를 잃었다는 뜻이다. 이제 그들은 카이처럼 일탈자였다.

일탈자보다 낮은 지위는 딱 하나 있었다. 비정상. 그러나 이제 그들에 대한 이야기는 거의 들리지 않았다. 그들은 사라진 것 같았다. 그리고 일단 비정상들이 사라지자, 일탈자들이 그 자리를 차지한 것처럼 보였다. 최소한 소사이어티의 집단정신 속에서는.

오리아에서는 아무도 재분류 규칙에 대해 말하지 않았기 때문에, 나는 나 때문에 우리 가족이 재분류될까 봐 걱정했다. 그러나 이제는 카이의 이야기와 다른 여자애들이 방심한 순간 내뱉은 말에서 그 규칙을 유추해냈다.

규칙은 이렇다. 부모가 재분류되면, 가족 모두가 재분류된다.

그러나 아이가 재분류되면, 가족은 재분류되지 않는다. 아이 혼자만 위반의 짐을 진다.

카이는 자기 아버지 때문에 재분류되었다. 그리고 나서 마캠 부부의 첫아들이 죽자 소사이어티가 그를 오리아로 데려왔다. 이제는 카이의 상황이 진짜로 얼마나 드문 것인지 깨달을 수 있었다. 그는 다른 누군가가 살해당했기 때문에 바깥 지방에서 돌아올 수 있었고, 패트릭 씨와 에이다 씨 부부는 우리가 알던 것보다 소사이어티에서 더 높은 지위에 있었을 수도 있다. 그들은 지금 어떻게 되었을지 궁금하다. 그 생각을 하자 몸이 차가워졌다.

그러나 내가 카이를 찾기 위해 떠난다고 해서 우리 가족이 파멸하지는 않으리라는 생각이 떠올랐다. 나 자신은 재분류될 수 있겠지만, 가족은 재분류되지 않을 것이다.

나는 이 생각을 붙들고 늘어졌다. 우리 가족은 여전히 안전할 것이다. 잰더도. 내가 어딜 가든.


"메시지다."

여자 오피서가 안으로 들어오면서 말했다. 날카로운 목소리와 친절한 눈을 가진 오피서였다. 그녀는 우리에게 고갯짓을 하며 이름을 읽기 시작했다.

"마이라 웨어링."

마이라가 앞으로 나갔다. 우리는 모두 지켜보며 수를 세었다. 마이라는 보통 때와 같이 세 개의 메시지를 받았다. 모두가 포트에 줄을 서는 시간을 절약하기 위해, 우리가 메시지를 보기 전 오피서가 인쇄를 해서 읽어주었다.

인디에게는 아무것도 없었다.

내게는 메시지 하나뿐이었다. 우리 부모님과 브램이 함께 보낸 메시지 하나. 잰더에게서 온 메시지는 없었다. 전에는 한 주도 빠지지 않고 보냈는데.

'무슨 일이 일어난 거지?'

가방을 꽉 쥐자 안에서 종이 구겨지는 소리가 들렸다.

"카시아. 나와 함께 본관으로 가자. 네게 온 통신이 있어."

오피서가 말했다. 다른 여자아이들이 놀라서 나를 빤히 바라보았다.

몸에 한기가 스몄다. 누구인지 알 것 같았다. 나의 오피셜이 포트에서 나를 살펴보고 있을 것이다.

마음속에 그녀의 얼굴이, 그 얼굴의 차가운 선이 전부 또렷이 보였다.

나는 가고 싶지 않았다.

"카시아."

오피서가 재촉했다. 소녀들과, 갑자기 따뜻하고 아늑해 보이는 숙소를 돌아보다가, 나는 일어서서 그녀를 따라갔다. 그녀는 본관으로 가는 길을 따라 포트로 나를 데려갔다. 방 전체에 포트가 웅웅거리는 소리가 들렸다.

나는 잠시 눈을 내리뜨고 있다가 포트 쪽을 쳐다보았다. 침착한 얼굴을, 손을, 눈을 보이자. 그들이 나를 들여다보지 못하게 내가 그들을 내다보자.

"카시아."

또 다른 사람이 말했다. 내가 아는 목소리다.

나는 시선을 들었고, 눈앞에 보이는 광경을 믿을 수 없었다.

'그가 여기 왔어.'

포트는 비어 있었고, 그는 내 앞에 서 있었다. 현실로.

'그가 여기 왔어.'

온전하고 건강하고 멀쩡한 모습으로.

'여기에.'

혼자는 아니었다. 오피셜 한 명이 그의 뒤에 서 있었다. 그래도 그는—

'여기 왔어.'

너무 눈부셔서, 나는 눈 위로 붉고 주름진 손을 가져갔다.

"잰더."

내가 말했다.

# 3
## 카이

우리가 그 소년을 물속으로 흘려보낸 지 한 달 반이 지났다. 지금 나는 흙 속에 누워 있고 위에서는 불길이 내려온다.

'저건 노래야.'

나는 언제나 그러듯이 혼잣말을 했다. 육중한 포탄의 베이스 소리, 비명의 소프라노, 내 공포의 테너. 음악의 모든 파트가 갖추어졌다.

'도망가려고 하지 마.'

나는 다른 아이들에게도 말했다. 그러나 새로 온 총알받이들은 절대로 말을 듣지 않았다. 그들은 여기 오는 도중 소사이어티가 자신들에게 한 말을 믿었다.

'마을에서 복역하면 6개월 후 너희를 집으로 데려다주겠다. 너희에게 다시 시민 지위를 줄 것이다.'

아무도 6개월을 버티지 못했다.

밖으로 기어 나가면 검은 건물과 산산조각이 난 회색 세이지 덤불이 있을 것이다. 오렌지빛 모래땅에는 불타고 조각난 시체들이 흩어져 있을 것이다.

음악은 이미 멈췄고 나는 욕설을 내뱉었다. 에어십이 움직이고 있었다. 그들이 무엇 때문에 폭격(fire)을 가했는지 나는 알고 있었다.

오늘 아침 일찍, 장화가 내 뒤의 서리를 바삭바삭 밟는 소리가 났다. 나는 누가 나를 마을 언저리까지 따라왔는지 돌아보지 않았다.

"뭐하고 있어?"

누군가가 물었다. 누구 목소리인지 알아들을 수 없었지만, 그건 그리 중요하지 않았다. 그들은 언제나 수용소에서 이곳 마을들로 새로운 사람들을 보내고 있었다. 요즘 사람들은 점점 더 빨리 죽어가고 있었다.

나는 그들이 오리아에서 그 열차에 나를 밀어 태우기 전부터, 소사이어티가 결코 우리를 싸우는 일에 이용하지 않으리라는 것을 알고 있었다. 그런 일에는 엄청난 기술력과 훈련된 오피서들이 있었다. 일탈자나 비정상이 아닌 사람들.

소사이어티에게 필요한 건—우리가 그들에게 필요한 이유는—몸뚱이였다. 총알받이가 될 마을 사람들. 그들은 우리를 움직였다. 어디든 '적'으로부터 총격을 끌어내기 위해 더 많은 사람이 필요한 곳에 우리를 데려다놓았다. 그들은 적이 바깥 지방에 여전히 사람이 살고 자체적 생존이 가능하다고 생각하기를 바랐지만, 내가 여기서 본 이들은 우리 같은 사람들뿐이다. 적이 우리를 죽일 때까지 먹고살 만큼의 식량만 갖고 하늘에서 떨어진 사람들.

아무도 고향에 가지 못했다.

나를 제외하고. 나는 고향에 돌아왔다. 바깥 지방은 내가 한때 살던 곳이었다.

"눈이야. 눈을 보고 있었어."

나는 새로 온 총알받이에게 말했다.

"여긴 눈이 오지 않는데."

그가 코웃음을 쳤다.

나는 대답하지 않고 계속 가장 가까운 고원 꼭대기를 쳐다보았다. 붉은 바위 위의 흰 눈, 그것은 바라볼 만한 가치가 있었다. 녹으면서 그것은 흰색에서 수정같이 맑은 색깔로 변했고 무지개가 피어올랐다. 이전에 눈이 내릴 때 위에 올라가본 적이 있었다. 죽은 겨울 식물들 위로 깃털같이 내려앉는 눈은 아름다웠다.

뒤에서 그가 돌아서서 다시 수용소로 달려가는 소리가 들렸다.

"고원 위를 봐!"

그가 외치자, 다른 사람들이 술렁이더니 흥분해서 맞고함을 쳤다. 잠시 후 누군가가 내게 소리쳤다.

"우리는 눈을 가지러 올라갈 거야. 카이! 가자."

"안 될걸. 금방 녹을 거야."

내가 그들에게 말했다.

그러나 아무도 내 말을 듣지 않았다. 오피셜들은 여전히 우리를 목마른 채로 내버려두었고 우리가 가진 물은 수통 안쪽 같은 맛이 났다. 가장 가까운 강에는 이제 독이 들어 있었고 비는 자주 내리지 않았다.

한 모금의 신선하고 차가운 물. 그들이 왜 올라가고 싶어하는지는 알 수 있었다.

"정말이야?"

한 명이 내게 소리치자, 나는 다시 고개를 끄덕였다.

"너도 가니, 빅?"

누군가가 외쳤다.

빅은 일어서서 냉정함을 띤 파란 눈을 한 손으로 가리고, 서리가 내린 세이지 덤불에 침을 뱉었다.

"아니. 카이가 우리가 거기 가기 전에 다 녹을 거라잖아. 그리고 우리는 무덤을 파야 해."

"너희는 늘 우리에게 땅 파라고 하더라."

총알받이 한 명이 불평했다.

"우리는 농부인 척 행동하게 되어 있어. 소사이어티가 그렇게 말했잖아."

그가 옳았다. 그들은 우리가 삽과 마을 창고에서 가져온 씨앗으로 겨울 작물을 심고, 시체는 그대로 버려두기를 바랐다. 다른 마을에서는 그렇게 한다고 다른 총알받이들이 하는 말을 들은 적이 있다. 그들은 소사이어티나, 적이나, 혹은 시체를 원할지도 모르는 온갖 짐승을 위해 시체를 남겨두었다.

그러나 빅과 나는 사람들을 묻었다. 강에 떠내려 보낸 그 소년에서 시작된 일이고, 아직 아무도 우리를 저지하지 않았다.

빅은 차가운 소리를 내며 웃었다. 오피셜도 오피서도 없는 이곳에서 그는 비공식적인 리더가 되었다. 때때로 다른 총알받이들은 그가 사실은 소사이어티에서 어떤 권력도 갖고 있지 않았다는 것을 잊곤 했다. 그도 일탈자라는 사실을 잊어버렸다.

"나는 너희에게 아무것도 강요하지 않아. 카이도 그래. 너희는 누가 시키는지 알고 있잖아. 저 위에서 기회를 잡아보고 싶다면, 난 너희를 막지 않을 거야."

해가 더 높이 올라갔고 그들도 올라갔다. 나는 잠시 지켜보았다. 그들이 입은 검은 평상복, 마을과 고원 사이의 먼 거리 때문에 그들은 언덕에 떼 지어 올라가는 개미처럼 보였다. 그다음 나는 일어서서 다시 작업에 들어갔다. 전날 밤의 폭격에서 죽은 자들을 위해 묘지에 구멍을 팠다.

빅과 다른 사람들은 내 옆에서 구멍을 팠다. 우리는 일곱 개의 구멍을 파야 했다. 폭격의 규모와, 그리고 죽어도 되는 사람이 백 명 정도 된다는 사실을 감안하면 그리 많은 수는 아니었다.

나는 올라가는 사람들을 계속 등지고 있었다. 그들이 고원 꼭대기에 올라갔을 때쯤 눈이 다 녹은 것을 보지 않아도 되도록. 그곳에 올라가는 것은 시간낭비였다.

그것은 죽은 사람들에 대해 생각할 시간을 낭비하는 일이기도 했다. 그리고 이곳에서 일이 진행되는 방식으로 판단하자면, 내게는 낭비할 시간이 많지 않았다.

그러나 어쩔 수가 없었다.

'단풍나무 자치구'에서 보낸 첫 번째 밤에, 새 침실 창문을 내다보았을 때 낯익거나 고향 같아 보이는 것은 하나도 없었다. 그래서 나는 눈길을 돌렸다. 그때 에이다 이모가 방으로 들어왔는데, 이모가 우리 어머니와 매우 닮았기 때문에 나는 다시 숨을 쉴 수 있었다.

이모가 나침반을 든 손을 내밀었다.

"우리 부모님에게는 공예품이 단 하나뿐이었고, 딸은 둘이었어. 네 엄마와 나는 그걸 번갈아 갖고 있기로 했는데, 그런 다음 네 엄마가 떠나버렸지."

이모는 내 손을 벌리게 하고 손안에 나침반을 놓았다.

"우리는 같은 공예품을 갖고 있었어. 이제는 둘 다 같은 아들을 가졌구나. 이건 네 거다."

"전 이걸 가질 수 없어요. 전 일탈자예요. 우리는 이런 물건을 가지면 안 돼요."

내가 말했다.

"그래도, 이건 네 거다."

에이다 이모가 말했다.

그다음 나는 카시아에게 그것을 주었고 그녀는 내게 녹색 실크를 주었다. 나는 그들이 언젠가 그걸 내게서 빼앗아가리라는 것을 알고 있었다. 절대로 내가 그것을 계속 갖고 있지 못하리라는 것을 알았다. 그래서 우리가 마지막으로 '언덕'에서 걸어 내려올 때, 나는 멈춰 서서 그녀가 눈치채지 못하도록 재빨리 그것을 나무에 묶었다.

나는 '언덕' 꼭대기에서 비바람 속에 있는 그 천을 생각하는 게 좋았다.

왜냐하면 결국, 갖고 싶은 것을 늘 선택할 수는 없기 때문이다. 그것을 어떻게 보내야 할지 선택할 수 있을 따름이다.

카시아.

처음 눈을 보았을 때 나는 그녀를 생각하고 있었다. 나는 생각했다.

'우리는 저기 올라갈 수 있어. 눈이 전부 녹는다고 해도. 우리는 저기 앉아서 아직 축축한 모래에 글을 쓸 거야. 우린 그럴 수 있어. 네가 떠나지 않는다면.'

그다음 나는 떠올렸다.

'하지만 떠난 건 네가 아니지. 나야.'

···

무덤가에 장화 하나가 나타났다. 나는 솔기 가장자리에 새겨진 표시를 보고 그 장화가 누구 것인지 알아보았다. 여기 있는 사람들 가운데 몇몇이 생존한 시간을 표시하는 방법이었다. 다른 사람은 아무도 그렇게 많이 벤 자국을 갖고 있지 않았다. 그렇게 많은 나날을 보내지 않았다.

"너 죽지 않았구나."

빅이 말했다.

"그래."

나는 일어서며 말했다. 나는 입에서 먼지를 뱉어내고 삽으로 손을 뻗었다.

빅은 내 옆에서 땅을 팠다. 둘 다 우리가 오늘 묻을 수 없을 사람들에 대해서는 말하지 않았다. 눈을 향해 기어 올라가던 사람들.

마을에서는 총알받이들이 서로를 부르고, 우리를 부르는 소리가 들렸다.

"여기 세 명 더 죽었어."

그들은 외치다가 위를 쳐다보면서 침묵했다.

고원에 올라간 총알받이는 한 명도 돌아오지 못할 것이다. 나는 불가능한 일을 바라고 있음을 깨달았다. 최소한 그들이 폭격 전에 목이라도 축였기를. 죽는 순간 깨끗하고 차가운 눈을 한입 가득 머금고 있었기를.

# 4
## 카시아

젠더가, 여기, 내 앞에 있다. 금발, 파란 눈, 너무나 따뜻해서, 오피셜이 우리에게 만져도 좋다고 허락하기도 전에 손을 뻗을 수밖에 없는 미소.

"카시아."

젠더가 말했고, 그도 기다리지 않았다. 그는 나를 자기 팔 안으로 끌어당겼고 우리는 서로를 꽉 껴안았다. 나는 심지어 그의 가슴에, 집과 그의 냄새가 나는 옷에 얼굴을 묻는 걸 참아보려고도 하지 않았다.

"네가 보고 싶었어."

젠더가 말했다. 그의 목소리가 내 머리 위에서 울렸다. 더 깊어진 것 같은 목소리였다. 그는 더 강해진 것 같았다. 이렇게 그와 함께 있다는 사실이 아주 기쁘고 즐거운 감정을 불러일으켜서, 나는 뒤로 몸을 기댄 채 양손으로 그의 얼굴을 잡고 끌어내려 그의 뺨에, 위험할 정도로 입술과 가까운 곳에 키스했다. 내가 그에게서 떨어졌을 때는 둘 다 눈에 눈물이 그렁그렁했다. 젠더의 눈물이라니, 정말 낯선 광경이어서 나는 숨을 멈추었다.

"나도 네가 보고 싶었어."

그에게 말하면서 나는 잰더를 잃었다는 사실에서 얼마나 많은 고통을 느꼈는지를 생각했다.

잰더 뒤의 오피셜이 미소 지었다. 우리의 재회에는 아무것도 빠지지 않았다. 그는 신중하게 뒤로 조금 떨어져서 우리에게 공간을 주며, 뭔가를 자기 데이터포드에 입력했다. 아마 이런 것이겠지.

'두 연구 대상은 서로를 보자 적절한 반응을 표시했다.'

"어떻게? 어떻게 여기 온 거야?"

나는 잰더에게 물었다. 그를 보니 너무 좋았지만, 너무 좋아서 불안하기도 했다. 이건 내 오피셜이 하는 또 하나의 시험일까?

"우리가 매칭되고 다섯 달이 됐잖아. 우리 달에 매칭된 사람들은 모두 첫만남을 가지고 있어. 매칭부는 아직 그 행사를 없애지 않았어."

잰더가 말했다. 그는 나를 내려다보면서 웃었지만, 눈에는 슬픔이 깃들어 있었다.

"나는 이제 우리가 서로 가까이 살지 않으니 만날 자격이 있다고 말했어. 그리고 관습상 여자애가 사는 곳에서 만나야지."

그는 '여자애 집에서'라고 말하지 않았다. 그는 알고 있었다. 그가 옳다. 나는 여기 산다. 하지만 이 노동수용소는 집이 아니었다. 잰더가 오리아에 살고, 엠도 그곳에 살고, 내가 그곳에서 삶을 시작했기 때문에 오리아는 집이라고 부를 수 있었다. 내가 산 적은 없지만 우리 부모님과 브램이 사는 케야의 새로운 장소를 집이라고 부를 수도 있었다.

그리고 카이가 사는 곳이 있다. 이름도 모르고 정확히 어딘지도 모르지만, 나는 그곳을 집이라고 생각한다.

잰더가 내게 손을 뻗었다.

"바깥에 나가도 된다는 허락을 받았어. 네가 괜찮다면."

그가 말했다.

"물론이지."

내가 웃으면서 말했다. 참을 수가 없었다. 몇 분 전만 해도 손을 씻으며 외롭다고 느꼈는데 이제 잰더가 여기 있다. 마치 자치구에서 내가 잃어버리고 나를 뒤에 남기고 간 것들에 상관하지 않는 척하면서 불 밝힌 집의 창가를 걸어가다가, 문을 열어달라고 손을 들지도 않았는데 갑자기 따뜻한 금빛 방 안에 들어가 있게 된 것 같은 기분이었다.

오피셜이 나가는 문 쪽을 가리켰다. 나는 그가 자치구에서 외식을 할 때 함께했던 오피셜이 아니라는 것을 깨달았다. 그건 잰더와 나를 위해 특별히 준비되었던 외출이었다. 우리가 이미 서로 알기 때문에 첫 번째 포트 통화 대신 준비된 행사였다. 그날 밤 우리를 데려갔던 오피셜은 젊었다. 이 오피셜도 젊었지만, 더 친절해 보였다. 그는 내 시선을 알아채고 살짝 끄덕였다. 공식적이고 예절을 지키면서도 어쩐지 따뜻한 몸짓이었다.

"이제는 더 이상 매칭마다 특정한 오피셜이 배치되지 않는다. 이쪽이 더 능률적이거든."

그는 설명하는 어조로 내게 말했다.

"식사하기에는 너무 늦었어. 하지만 시내로 나갈 수 있어. 어디 가고 싶니?"

잰더가 물었다.

"난 거기 뭐가 있는지도 모르는걸."

내가 말했다. 장거리 열차를 타고 시내에 들어가, 우리를 수용소로 데려가는 수송 차량까지 거리를 걸어간 기억은 흐릿했다. 거의 헐벗은 나무들이 드문드문한 붉은색과 금빛 잎사귀로 하늘에 불꽃을 튀기던 기억. 그러나 그것이 이 도시였을까, 아니면 다른 수용소 근처의 도시였을까? 잎이 그렇게 선명했으니 더 이른 가을이었던 건 분명하다.

"여기 시설들은 더 작아. 하지만 우리 자치구에 있던 건 다 있어. 음악감상실, 게임 센터, 영화관 한두 개."

잰더가 말했다.

영화. 나는 오랫동안 영화관에 가지 못했다. 나는 잠시 그걸 선택해야지 하고 생각했다. 영화관에 가자고 말하려고 했다. 나는 극장이 어두워지고, 화면에 영상이 떠오르고, 스피커로 음악이 흘러나오기를 기다리는 동안 가슴이 쿵쾅거리는 상상을 했다. 다음 순간 총격 장면과 불이 들어왔을 때 카이의 눈에 괴어 있던 눈물을 떠올렸고, 또 다른 기억이 머릿속에서 번뜩였다.

"박물관도 있을까?"

잰더의 눈에서 뭔가 춤을 추었다. 그것이 무엇인지는 알 수 없었다. 즐거움? 놀람? 나는 더 가까이 몸을 숙여 그것이 무엇인지 보려고 했다. 보통 잰더는 내게 수수께끼가 아니었다. 그는 감추는 것이 없고, 정직하고, 내가 계속 되풀이해 읽으면서 매번 사랑하는 이야기였다. 그러나 이 순간에는 그가 무슨 생각을 하는지 알 수 없었다.

"있어."

그가 말했다.

"나 거기 가고 싶어. 네가 괜찮다면."

내가 말했다. 잰더는 고개를 끄덕였다.

시내로, 공중에 짙은 농장 냄새―나무 태우는 냄새와 서늘한 공기와 사과술로 변하는 사과의 냄새—속으로 걸어 들어가는 데 조금 시간이 걸렸다. 나는 이 장소에 대한 애정의 물결이 이는 것을 느끼며, 그것이 내 곁에 서 있는 소년 때문이라는 것을 알았다. 잰더는 언제나 모든 장소, 모든 사람을 더 좋게 만든다. 저녁 공기는 '어쩌면 그럴 수도 있었던' 것의 달콤쌉싸름하고 짜릿한 맛을 품고 있었다. 따뜻한 가로등 불빛 아래서 잰더가 나를 돌아보았을 때 나는 숨을 멈추었다. 그의 눈은 여전히 '어쩌면 그럴 수도 있는 것'에 대해 말하고 있었다.

　박물관이 1층뿐인 것을 보자 가슴이 내려앉았다. 박물관은 아주 작았다. 이곳이 오리아와 다르면 어떻게 하지?
　"여기는 반시간 후에 닫습니다."
　프런트 데스크의 남자가 말했다. 그의 제복은 올이 드러날 정도로 닳고 지쳐 보였으며, 그도 그랬다. 그는 마치 아슬아슬하게 부서져가는 것 같았다. 그가 책상 위를 손으로 쓸듯이 데이터포드 하나를 우리 쪽으로 밀었다.
　"이름을 타이핑해주세요."
　우리는 그의 말대로 했다. 오피셜이 먼저 했다. 가까이에서 보니, 오피셜은 프런트의 나이 든 남자와 마찬가지로 눈에 지친 기색을 띠고 있는 것 같았다.
　"고맙습니다."
　나는 이름을 입력하고 책상 면을 따라 데이터포드를 다시 남자에게 밀어주며 말했다.
　"별로 볼 건 없어요."
　그가 우리에게 말했다.

"괜찮아요."

내가 말했다.

우리 오피셜이 여기 오는 것을 이상한 선택이라고 여기지 않을까 궁금했지만, 놀랍게도 우리가 박물관 주 전시실에 들어서자마자 그는 즉시 돌아섰다. 우리 둘만 이야기할 수 있는 공간을 주고 싶은 듯했다. 그는 앞면이 유리로 된 상자로 걸어가 손으로는 뒷짐을 지고 앞으로 몸을 숙였다. 아무렇지도 않은 듯하면서 우아함에 가까운 자세였다. 친절한 오피셜. 물론 그런 사람도 존재하는 게 당연하다. 할아버지도 그런 분이셨다.

찾고 있던 것—유리 안에 든 소사이어티 지도를 즉시 발견하자 안도감이 온몸을 감쌌다. 그것은 실내 한가운데 있었다.

"저기야. 우리 저거 보러 갈래?"

잰더는 고개를 끄덕였다. 내가 강과 도시와 지방 이름을 읽는 동안, 그는 내 옆에서 자세를 바꾸며 손으로 머리를 쓸었다. 이런 장소에서 가만히 서 있는 카이와는 달리, 잰더는 언제나 자신 있는 동작의 연속이었다. 움직임의 작은 물결들. 그래서 그가 게임에서 그렇게 위력적인 것이었다. 변덕스럽게 움직이는 눈썹, 미소 짓기, 손으로 끊임없이 카드를 움직이는 방식.

"그 전시물은 최근에 업데이트되지 않았습니다."

뒤에서 어떤 목소리가 말하는 바람에 나는 깜짝 놀랐다. 프런트에 앉아 있던 남자였다. 나는 실내를 훑어보며 다른 일꾼을 찾았다. 그런 내 모습을 보고 그는 슬픈 듯이 미소 지었다.

"밤이 다 되어서 다른 사람들은 뒤쪽에서 문을 닫고 있어요. 뭔가 알고 싶다면 물어볼 사람은 나뿐입니다."

나는 우리 오피셜을 바라보았다. 그는 여전히 입구 가장 가까이 있는 전시 상자 앞에 서 있었다. 그 전시 상자 안에 있는 전시물이 뭔지 몰라도 그는 거기에 모든 흥미를 쏟고 있는 듯했다. 나는 잰 더를 바라보며 말없이 그에게 메시지를 전하려고 애썼다.

'부탁해.'

잠시 그가 이해하지 못했거나 이해하고 싶지 않은 거라고 생각 했다. 그러나 그의 손가락이 내 손가락을 꼭 쥐는 느낌이 들고, 그 의 눈빛이 딱딱해지고 턱이 약간 긴장하는 것이 보였다. 다음 순 간 그는 부드러워진 표정으로 고개를 끄덕였다.

"서둘러."

그는 그렇게 말한 후 손을 놓고 맞은편의 오피셜 쪽으로 걸어갔 다.

이 지친 회색 머리 남자가 내게 줄 대답이 있을 것 같지 않아서 희망이 사라져버리는 듯했지만, 시도는 해봐야 했다.

"'타나 지방의 영광스러운 역사'에 대해 좀 더 자세히 알고 싶 어요."

침묵. 한 박자.

남자는 숨을 한번 들이쉬고 말하기 시작했다.

"타나 지방은 아름다운 지형을 가졌고 농업으로도 유명하죠."

그의 목소리는 단조로웠다.

'이 사람은 몰라.'

가슴이 내려앉았다.

오리아에서 카이는 할아버지가 내게 주신 시가 가치가 있을 수 도 있고, 그 지방 역사를 묻는 것이 '기록 보관자'들에게 거래 의 사가 있음을 알리는 방법이라고 내게 말해주었다. 나는 여기서도 같은 방식이기를 바랐다. 내가 어리석었다. 타나에는 기록 보관자가 아예 없거나, 있다고 해도 문 닫는 시간을 기다리는 이 서글프고 작은 박물관보다 더 그럴듯한 장소에 있을 것이다.

남자는 말을 계속했다.

"소사이어티 이전에는 때때로 타나에서 홍수가 일어났죠. 그러나 지금은 오랫동안 통제되어왔습니다. 이곳은 소사이어티에서 가장 생산적인 농업 지방입니다."

나는 잰더도, 오피셜도 돌아보지 않았다. 내 앞의 지도만 보았다. 전에 이런 거래를 한 번 하려고 한 적이 있었으나, 그때도 잘되지 않았다. 그러나 그때는 카이와 내가 공유하는 시를 포기할 수 없었기 때문이었다.

다음 순간 나는 남자가 말을 멈춘 것을 알아차렸다. 그는 나를 똑바로 쳐다보고 있었다.

"또 다른 게 있나요?"

그가 물었다.

나는 포기해야 했다. 미소를 지은 채 잰더에게 돌아가 이에 관해 잊어버려야 했다. 그 남자가 아무것도 모른다는 걸 인정해야 했다. 그러나 어째서인지 나는 갑자기 하늘을 배경 삼아 붙어 있던 마지막 붉은 잎사귀를 떠올렸다. 나는 숨을 쉬었다. 그것은 떨어졌다.

"네."

나는 조그맣게 말했다.

할아버지는 내게 시 두 편을 주셨다. 카이와 나는 토머스의 시를 좋아했지만 시는 또 한 편 있었다. 지금 내게 떠오른 것은 그 시였다. 테니슨의 시, 그걸 전부 기억하지는 못했지만 한 연은 마음속에 내내 쓰여 있었던 듯이 또렷이 되살아났다. 아마 남자가 홍수를 언급하는 바람에 다시 떠오른 것 같았다.

　우리 시간과 공간의 틀에서
　흐름이 나를 멀리 싣고 가더라도
　나의 '인도자'를 직접 뵈었으면
　모래톱을 다 건넜을 때.

　내가 조용히 그 시를 읊자 남자의 얼굴이 바뀌었다. 그는 영리해지고, 기민해지고, 활기를 띠었다. 내가 제대로 기억한 것이 틀림없었다.

　"흥미로운 시군요. 내 생각엔 '백 편의 시'는 아닌 것 같은데."

　그가 말했다.

　"아니에요."

　내가 말했다. 손이 떨렸다. 나는 감히 다시 희망을 품었다.

　"하지만 꽤 가치가 있죠."

　"그럴 것 같지 않은데요. 원본을 갖고 있지 않다면."

　그가 말했다.

　"없어요. 그건 없어졌어요."

　'내가 없앴어요.'

　나는 복원 현장에서 그 종이를 없애던 순간을, 종이가 펄럭이며 위로 올라갔다가 내려가 불타던 모습을 기억했다.

　"안타깝군요."

　그의 말은 진심인 것 같았다.

　"뭘 거래하고 싶었던 건가요?"

　그가 물었다. 그의 목소리에는 호기심이 깃들어 있었다.

나는 바깥 지방을 가리키며 작은 목소리로 말했다.

"그들이 일탈자들을 저기로 데려간다는 건 알아요. 하지만 정확히 어디인지, 어떻게 하면 거기 갈 수 있는지도 알고 싶어요. 지도가 필요해요."

그는 나를 향해 고개를 흔들었다.

'안 돼요.'

내게 말할 수 없다는 것일까? 아니면 말하지 않겠다는 것일까?

"다른 것도 있어요."

내가 말했다.

나는 잰더도 오피셜도 내 손을 볼 수 없도록 등을 돌린 채 가방 안에 손을 넣었다. 손가락이 알약 용기를 만짐과 동시에 나침반의 딱딱한 표면을 쓸자 나는 손을 멈추었다.

'뭘 거래해야 하지?'

갑자기 카이를 분류해야 했던 때가 생각나서 어지럽고 혼란스러워졌다. 실내의 증기, 땀, 나를 내리누르는 결정의 고통……

'정신 차려.'

나는 혼잣말을 했다. 어깨 너머로 잰더를 흘끗 보다가 짧은 한순간 그의 파란 눈과 마주쳤다. 그다음 그는 다시 오피셜에게 돌아섰다. 그들이 카이를 끌고 가기 전 카이가 에어트레인 플랫폼에서 나를 내려다보던 모습이 떠오르면서, 또다시 시간이 다 되어간다는 공포를 느꼈다.

나는 마음을 정하고 가방 안에 손을 넣어 거래할 물건을 꺼냈다. 손을 떨지 않도록 애쓰며 이것을 포기할 수 있다고 다짐하면서, 남자에게 보일 정도로만 높이 들어 올렸다.

그는 미소를 짓고 내게 고개를 끄덕였다.

"그래요. 그건 가치가 있는 물건이군요. 하지만 당신이 원하는 걸 준비하려면 며칠, 몇 주가 걸릴 겁니다."

"나한텐 오늘 밤밖에 없어요."

내가 말했다.

무슨 말을 더 하기 전에 남자는 내민 물건을 가져갔고 내 손은 텅 비었다. 남자가 물었다.

"다음엔 어디로 가죠?"

"음악감상실요."

내가 말했다.

"떠날 때 의자 아래를 살펴봐요. 난 최선을 다할 테니까."

그가 속삭였다.

우리 위쪽에 켜져 있던 불이 흐려졌다. 그의 눈도 흐려졌다. 다음 순간, 처음의 단조로운 목소리로 돌아와 그가 말했다.

"이제 문을 닫습니다. 모두 나가셔야 합니다."


음악이 흐르는 동안 잰더는 몸을 숙이고 있었다.

"필요한 건 얻었니?"

그가 물었다. 그의 목소리는 깊고 낮았으며, 그의 숨결은 내 목을 쓸었다. 그의 다른 쪽 옆에는 오피셜이 앉아 앞쪽을 쳐다보고 있었다. 그는 의자 팔걸이를 손가락으로 두드리며 음악에 박자를 맞추었다.

"아직 모르겠어."

나는 그에게 말했다. 기록 보관자는 떠날 때 의자 아래를 보라고, 그전에는 안 된다고 했다. 그래도 나는 더 일찍 보고 싶은 유혹을 느꼈다.

"도와줘서 고마워."

"내가 하는 일이 그거잖아."

잰더가 말했다.

"알아."

나는 그가 준 선물을 기억했다. 그림, 용기 안에 깔끔하게 줄지어 있는 파란 알약들. 심지어 나침반, 카이에게 받은 그 선물까지도 자치구에서 그들이 공예품을 가져가던 날 잰더가 나 대신 숨겨 준 물건이었음을 깨달았다.

"하지만 넌 나에 대해서 모든 걸 알지는 못하지."

잰더가 말했다. 장난스러운 웃음이 그의 얼굴을 스쳐갔다.

나는 내 손을 감싼 그의 손을 내려다보았다. 그의 엄지손가락이 내 피부를 쓰다듬고 있었다. 그다음 나는 다시 그의 눈을 쳐다보았다. 여전히 미소 짓고 있었지만 이제 그의 표정에는 진지함이 깃들어 있었다.

"그래. 난 몰라."

나는 그의 말에 동의했다.

우리는 서로 꼭 붙어 있었다. 소사이어티의 음악이 우리를 둘러싼 사방에서 연주되었지만, 우리의 생각은 언제나 우리 것이었다.

. . .

일어서면서 의자 아래를 손으로 쓸었다. 그곳에 뭔가가, 사각형으로 접힌 종이가 있었고, 잡아당기자 쉽게 빠져나왔다. 나는 지금 당장 보고 싶었지만 대신 그것을 주머니에 슬쩍 넣었다. 내가 갖게 된 것, 내가 거래한 것이 무엇인지 궁금했다.

오피셜은 우리와 함께 수용소 본관으로 되돌아왔다. 우리가 안으로 들어가자 그는 홀을 둘러보았다. 긴 테이블 여럿과 거대한 포트 하나. 다시 나를 돌아보는 그의 눈에는 동정 비슷한 기색이 깃들어 있었다. 나는 턱을 들어 올렸다.

"작별할 시간을 10분 주겠다."

오피셜이 우리에게 말했다. 이제 다시 수용소에 들어오자 그의 목소리는 아까보다 더 날카로워진 것 같았다. 그는 데이터포드를 내밀고, 나를 다시 숙소로 데려가려고 기다리는 오피서에게 고개를 끄덕였다.

잰더와 나는 동시에 깊이 숨을 들이쉬었다. 그러고 나서 우리는 함께 웃었다. 나는 그 웃음소리가 좋았다. 우리의 웃음소리가 거의 비어 있는 홀 안에 메아리쳤다.

"저 사람은 뭘 그렇게 오래 보고 있었어?"

나는 오피셜 쪽으로 고갯짓을 하며 잰더에게 물었다.

"매칭 역사에 대한 전시물이었어."

잰더가 조용히 말했다. 그는 마치 거기에 내가 이해해야 할 의미가 있다는 듯이 나를 바라봤지만, 나는 이해할 수가 없었다. 나는 그 오피셜에게 면밀하게 주의를 기울이지 않았다.

"9분."

오피셜이 눈을 들어 보지도 않고 말했다.

"난 아직도 그들이 네가 이곳에 오는 걸 허락해줬다는 걸 믿을 수가 없어. 그들이 허락해줘서 정말 기뻐."

나는 잰더에게 말했다.

"최적의 타이밍이었어. 난 오리아를 떠나게 되었거든. 카마스 지방으로 가는 길에 타나를 지나가던 것뿐이었어."

"뭐라고?"

나는 놀라서 눈을 깜박였다. 카마스는 바깥 지방에 바로 잇닿아 있는 경계 지방에 속한다. 나는 묘하게 묶여 있던 줄이 풀린 것처럼 느꼈다. 별을 바라보는 것을 아주 좋아하지만, 나는 별들의 안내를 받아 길을 찾는 법을 배운 적이 없다. 나는 나의 길을 사람들로 표시했다. 잰더는 지도의 한 지점. 우리 부모님은 또 다른 지점. 카이, 최종 목적지. 잰더가 움직이자 모든 지형이 바뀌고 말았다.

"나 최종 일터 지정을 받았어. 너와 마찬가지로 센트럴에 지정받았지. 하지만 그들은 내가 먼저 경계 지방에서 경험을 쌓기를 바랐어."

잰더가 말했다.

"왜?"

나는 작은 소리로 물었다.

잰더의 어조는 진지했다.

"지정된 일터에서 일하기 위해 거기서 배워야 할 것들이 있어. 다른 데서는 배우지 못하는 거야."

"그다음에 센트럴로 간단 말이지."

내가 말했다. 잰더가 센트럴에서 일하게 됐다는 결정은 옳았고 바꿀 수 없는 것으로 느껴졌다. 당연히 그에게는 소사이어티의 수도가 어울린다. 당연히 그들은 그의 잠재력을 보고 그를 그곳으로 데려간 것이다. 내가 말했다.

"넌 정말 떠나게 되겠구나."

분노처럼 보이는 표정이 순식간에 그의 얼굴을 스쳐 지나갔다.

"넌 남겨진다는 게 어떤 건지 아니?"

"물론 알지."

나는 화가 나서 말했다.

"아니, 카이가 널 떠난 방식 말고. 그 애는 가고 싶어하지 않았잖아. 어떤 사람이 너를 남겨놓고 떠나는 걸 선택한다는 게 어떤 건지 아냐고?"

"난 너를 일부러 남겨놓지 않았어. 우린 재배치된 거야."

잰더는 숨을 내쉬었다.

"아직도 이해 못하는구나. 넌 오리아를 떠나기 전에 나를 먼저 떠났어."

그는 오피셜 쪽을 흘끗 본 다음 다시 나를 보았다. 그의 파란 눈은 진지했다. 내가 지난번 본 이후 그는 달라졌다. 더 냉정해졌다. 더 조심스러워졌다.

더 카이 같았다.

이제 그가 무슨 뜻으로 내가 떠났다고 말하는지 알았다. 잰더에게 나는 카이를 선택했을 때 이미 떠나기 시작한 것이었다.

잰더가 우리 손을 내려다보았다. 우리는 여전히 손을 꽉 맞잡고 있었다.

내 시선이 그의 시선을 따라갔다. 그의 손은 강했고 손마디는 거칠었다. 그는 손으로 글씨를 쓸 수 없지만, 그 손은 카드와 게임에서 빠르고 확실하다. 상대는 카이가 아니었지만 이것은 여전히 내가 사랑하는 사람과 하는 접촉이다. 나는 절대로 놓지 않을 것처럼 그의 손을 붙잡았고, 마음속 한구석에서는 결코 놓고 싶지 않았다.

본관 공기가 차가워서 나는 몸을 떨었다. 이 계절을 늦은 가을이라고 불러야 하나? 초겨울? 알 수가 없었다. 초과 수확을 하면서 소사이어티는 계절을 나누는 경계, 식물을 심고 수확하는 때와 그냥 놓아둬야 하는 때 사이의 경계도 흐려놓았다. 잰더는 손을 빼고 앞으로 몸을 기울여 나를 깊이 들여다보았다. 나는 자치구에서 우리가 나누었던 키스를 생각하며 그의 입술을 바라보고 있다는 것을 깨달았다. 모든 것이 바뀌기 전의 그 달콤하고 순진한 키스를 떠올리며. 이제 잰더와 나는 다른 방식으로 키스할 것 같았다.

잰더의 속삭임이 내 쇄골을 스쳤다.

"여전히 그 애를 찾으러 바깥 지방에 갈 생각이니?"

"응."

나도 속삭였다.

오피셜이 시간을 외쳤다. 겨우 몇 분밖에 남지 않았다. 잰더는 억지로 미소 지으며 밝게 말하려고 애썼다.

"네가 정말 원하는 일이니? 너 카이를 원해? 대가가 뭐든 간에?"

오피셜이 지금 우리를 지켜보면서 데이터포드에 쳐 넣는 단어들을 상상할 수 있을 것 같았다.

'남성 매칭 상대가 카마스에 일터 지정을 받았다고 말한 직후, 여성 매칭 상대는 동요를 일으켰다. 남성은 그녀를 위로했다.'

"아니. 어떤 대가로든 그런 건 아니야."

내가 말했다. 잰더는 날카롭게 숨을 들이쉬었다.

"그럼 그 기준이 뭔데? 뭘 포기하지 않을 건데?"

나는 침을 삼켰다.

"우리 가족."

"하지만 날 포기하는 건 상관없구나."

그의 턱이 긴장했다. 그는 다른 곳을 보았다.

'다시 날 봐. 나는 너도 사랑한다는 거 모르니? 네가 오랫동안 내 친구였다는 거? 난 어떤 의미로는 여전히 너와 매칭되어 있다고 느낀다는 거 모르니?'

나는 생각했다.

"아냐. 난 널 포기한 게 아냐. 봐."

나는 작은 소리로 말한 후 위험을 무릅썼다. 가방을 열고 아직 그 안에 있는 것이 무엇인지, 내가 간직한 것이 무엇인지 그에게 보여주었다. 파란 알약. 그는 카이를 찾으라고 그 알약을 줬지만, 그래도 그건 잰더의 선물이었다.

잰더의 눈이 커졌다.

"너 카이의 나침반을 거래했어?"

"응."

내가 말했다.

잰더는 미소를 지었고, 그 표정 속에 놀람과 교활함과 행복이 모두 섞여 있는 것이 보였다. 나는 잰더를—그리고 나 자신도—놀라게 했다. 나는 처음 예상했던 것보다 더 복잡한 방식으로 잰더를 사랑하는 것 같다.

그러나 나는 카이를 찾아야 했다.

"시간 다 됐다."

오피셜이 말했다. 오피셜은 내 쪽을 보고 있었다.

"안녕."

나는 숨 막힌 목소리로 잰더에게 말했다.

"난 안녕이라고 생각 안 해."

그는 그렇게 말하고 몸을 굽혀, 아까 내가 그에게 한 것처럼 내 입술 가까이에 키스했다. 우리 둘 중 누구라도 조금만 움직였다면 모든 것이 바뀌었을 것이다.

# 5
## 카이

빅과 나는 시체 하나를 들어 올려 무덤으로 가져갔다. 나는 이제 모든 죽은 자들에게 하는 말을 읊는다.

우리 시간과 공간의 틀에서
흐름이 나를 멀리 싣고 가더라도
나의 '인도자' 를 직접 뵈었으면
모래톱을 다 건넜을 때.

나는 이 이상 무엇을 할 수 있을지 모르겠다. 이렇게 쉽게 죽고 이렇게 빨리 부패하는 이 시체들에게 죽은 다음에도 남겨질 무언가가 있는지. 그러나 내 마음속 한구석에서는 죽음의 흐름이 우리를 결국 어딘가로 데려갈 거라고, 결국 만나게 될 사람이 있다고 믿고 싶었다. 죽은 자들이 내가 하는 말을 듣지 못한다는 것을 알면서도 그들에게 그 말을 하는 것은 그 마음 한구석이었다.

"왜 매번 그 말을 해?"

빅이 내게 물었다.

"울림이 좋아서."

빅은 기다렸다. 그는 내가 더 말하기를 바라지만 나는 하지 않을 것이다.

"무슨 뜻인지 알아?"

그가 마침내 물었다.

"그건 더 많은 것을 바라는 사람에 대한 이야기야."

나는 애매하게 말했다.

"소사이어티 이전에 있었던 시의 일부."

카시아와 내가 나눈 시의 일부는 아니다. 그녀를 만나 얘기할 수 있을 때까지 '그 말'은 아무에게도 하지 않을 것이다. 내가 지금 읊는 시는 카시아가 그날 숲 속에서 자기 공예품을 열었을 때 발견한 또 한 편의 시다.

카시아는 내가 거기 있었다는 걸 몰랐다. 나는 우뚝 선 채 그녀가 그 종이를 읽는 모습을 지켜보았다. 그녀의 입술이 내가 모르는 시의 단어를, 그다음 내가 아는 시의 단어를 만들어내는 것을 보았다. 그녀가 '인도자'라는 말을 하는 것을 깨달았을 때 나는 앞으로 발을 내디뎠고 나뭇가지 하나가 내 발 아래에서 꺾였다.

"그들에게는 아무 소용 없어."

빅이 시체 하나를 가리키고는 엷은 갈색 머리카락을 짜증스럽게 얼굴에서 뒤로 넘기면서 말했다. 그들은 우리에게 머리카락을 자를 가위나 면도할 칼을 주지 않는다. 서로 또는 우리 자신을 죽일 무기로 변하기가 너무 쉬우니까. 보통은 그런 것이 문제가 되지 않는다. 눈을 찌를 정도로 머리가 길 만큼 오래 있었던 사람은 빅과 나뿐이었다.

"그럼 그게 전부야? 오래된 시 한 편?"

나는 어깨를 으쓱했다.

그게 실수였다.

보통 빅은 내가 대답하지 않으면 상관하지 않는다. 그러나 이번에는 그의 눈에서 도전의 빛이 보였다. 나는 그를 쓰러뜨릴 가장 좋은 방법이 뭘까 계획을 짜기 시작했다. 잦은 폭격은 그에게도 영향을 주었다. 그는 날카로워졌다. 그는 나보다 더 몸집이 컸지만 그렇게 많이 크지는 않았고, 나는 오래전 이곳에서 싸우는 법을 배웠다. 이제 이곳에 돌아오자 기억이 났다. 고원의 눈처럼. 내 근육이 긴장했다.

그러나 빅은 거기서 멈추었다.

"넌 절대로 장화에 눈금을 새기지 않지."

그의 목소리는 다시 침착해졌고 눈은 다시 차분해졌다.

"그래."

내가 동의했다.

"왜?"

"아무도 알 필요 없으니까."

"뭘 알아? 네가 얼마나 오래 버텼는지?"

빅이 물었다.

"나에 대해서 아무것도 알 필요 없어."

내가 말했다.


우리는 무덤을 뒤로한 채 마을 바깥에 있는 둥근 사암 무더기 위에 앉아 점심 휴식 시간을 가졌다. 사암은 어린 시절에 본, 붉은 오렌지빛을 띤 갈색이었고, 질감도 똑같았다. 마르고, 거칠고, 11월에는 차가웠다.

나는 총알받이용 총의 좁은 끝으로 사암을 긁어 자국을 냈다.

내가 글자를 쓸 수 있다는 것을 아무에게도 알리기 싫었기 때문에 그녀의 이름은 쓰지 않았다.

대신 나는 곡선을 그렸다. 파도. 커다란 바다처럼, 혹은 바람에 나부끼는 녹색 실크 조각처럼.

'새겨라, 새겨.'

물과 바람 같은 서로 다른 힘들로 형성된 그 사암은 이제 나로 인해 바뀐다. 난 그것이 좋았다. 나는 언제나 다른 사람들이 원하는 모습을 나 자신에게 새겨 넣었다. '언덕' 위에서 카시아와 함께 있을 때, 그때만 나는 진짜 나 자신이었다.

나는 아직 그녀의 얼굴을 그릴 준비가 되어 있지 않았다. 내가 그릴 수 있는지 없는지도 모른다. 그러나 나는 또 하나의 곡선을 바위에 새겼다. 그것은 약간 'C' 처럼 보였다. 내가 제일 처음 그녀에게 쓰는 법을 가르친 C. 나는 그녀의 손을 떠올리며 그 곡선을 다시 만들었다.

빅은 내가 무엇을 하는지 보려고 몸을 굽혔다.

"그건 아무것도 아닌 것 같은데."

"달 같잖아. 초승달."

내가 그에게 말했다.

빅은 고원 위를 흘끗 보았다. 오늘은 아까 에어십 몇 대가 시체를 가지러 왔다. 전에는 없었던 일이다. 소사이어티가 시체들을 어떻게 했는지는 모르지만, 저 위로 올라가서 총알받이들의 죽음을 표시하기 위해 뭔가 썼으면 좋았을걸 하는 생각이 들었다.

이제 그들이 그곳에 있었음을 말해줄 만한 것은 아무것도 없었기 때문이다. 눈은 그들이 발자국을 내기도 전에 녹아버렸다. 그들의 삶은, 어떤 삶이 펼쳐질지 알기도 전에 끝났다.

"그 아이가 운이 좋았다고 생각해? 우리가 마을에 오기 전에 수용소에서 죽은 애 말이야."

내가 빅에게 물었다.

"운이 좋았다라."

빅은 그 말이 무슨 뜻인지 모른다는 듯이 말했다. 아마 그는 모를 것이다. 운이란 소사이어티가 쓰도록 장려하는 말이 아니다. 그리고 이곳에 있는 우리가 많이 가지고 있는 것도 아니다.

우리가 마을에서 보낸 첫날 밤 폭격을 당했다. 우리는 모두 숨으려고 달리기 시작했다. 남자아이 몇 명이 총을 가지고 거리로 달려 나가 하늘에 대고 쏘았다. 빅과 나는 다른 한두 명과 같은 집에 있었다. 나는 그들의 이름을 기억하지 못한다. 그들은 이미 죽었다.

"왜 넌 밖에 나가서 마주 쏘지 않아?"

그때 빅이 내게 물었다. 우리는 그때 소년을 강에 두고 온 이후 서로 많은 이야기를 나누지 않았다.

"그럴 이유가 없으니까. 저 탄약은 진짜가 아니야."

나는 내가 가진 표준 규격 총을 옆 땅바닥에 놓았다. 빅도 자기 총을 내려놓았다.

"언제부터 알고 있었어?"

"우리가 여기 오는 길에 그들이 그걸 줬을 때부터. 너는?"

"나도 그래. 우리가 다른 사람들한테 말했어야 했어."

빅이 대답했다.

"알아. 내가 어리석었어. 시간이 조금 더 있을 줄 알았어."

"우리에게 시간 같은 건 없어."

빅이 말했다.

바깥에서 세상이 산산조각 났고, 다른 누군가가 비명을 지르기 시작했다.

"제대로 작동하는 총이 있었으면 좋겠어. 에어십에 타고 있는 놈들을 죄다 날려버리게. 그놈들 몸이 불꽃 조각처럼 떨어져 내리겠지."

빅이 말했다.


"다 먹었어. 일을 다시 시작하는 게 좋겠다."

빅이 자기 포일을 날카로운 은빛 사각형으로 접으면서 말했다.

"왜 그들이 우리에게 그냥 파란 알약을 주지 않는지 모르겠어. 그러면 우리 식사 때문에 귀찮을 일이 없을 텐데."

내가 말했다. 빅은 미쳤다는 듯이 나를 바라보았다.

"너 몰라?"

"뭘 몰라?"

"파란 알약은 네 목숨을 구해주지 않아. 널 멈춰버리지. 하나 먹으면 몸이 느려지고 누가 널 발견할 때까지 그곳에 머물러 있게 돼. 누가 찾지 못하면 죽어버리고. 두 개면 넌 당장 끝장이야."

나는 고개를 흔들며 하늘을 쳐다봤지만, 뭔가를 찾으려는 건 아니었다. 그냥 그 푸른 하늘을 바라보고 있을 뿐이다. 나는 주위 하늘을 더 잘 볼 수 있도록 손을 들어 올려 해를 가렸다. 구름은 없었다.

"미안. 하지만 그게 사실이야."

빅이 말했다.

나는 그를 흘끗 보았다. 돌처럼 굳은 그의 얼굴에 걱정이 보이는 것 같았다. 그것이, 그 모든 것이 너무 우스워서 나는 웃기 시작했고 빅도 웃었다.

"당연히 알았어야 했는데. 소사이어티에 무슨 일이 일어난다면 그들이 자기들이 없으면 아무도 살아남기를 바라지 않으리라는 걸."

내가 말했다.

몇 시간 후 빅이 가지고 있는 미니 포트에서 삑 하는 소리가 들렸다. 그는 그것을 허리띠 고리에서 빼내 화면을 살펴보았다. 미니 포트─데이터포드와 거의 비슷한 크기의 장치─를 가진 총알받이는 빅밖에 없다. 그러나 미니 포트는 통신용으로 사용할 수 있었다. 데이터포드는 정보를 저장하기만 한다. 빅은 미니 포트를 거의 내내 가지고 다녔지만, 때때로─새로 온 총알받이들에게 마을과 총에 대한 진실을 말할 때라든지─포트를 잠시 어딘가에 숨겨두기도 했다.

우리는 소사이어티가 그 미니 포트로 우리의 위치를 추적한다고 확신했다. 그들이 더 큰 포트로 하는 것처럼 우리 말도 엿들을 수 있는지는 알 수 없었다. 빅은 그럴 거라고 생각한다. 그는 소사이어티가 우리 말을 내내 듣고 있다고 생각했다. 나는 그들이 신경 쓰지 않는다고 생각한다.

"그들이 뭘 하려는 거야?"

빅이 화면의 메시지를 읽는 동안 내가 물었다.

"우린 이동하게 될 거야."

그가 말했다.

마을 바깥에 조용히 내려앉는 에어십들을 맞이하러 갈 때 다른 사람들도 우리를 따라왔다. 보통 때와 마찬가지로 오피서들은 서두르고 있었다. 그들은 이 바깥 지방에서 오랜 시간을 보내고 싶어하지 않았다. 그것이 우리 때문인지, 적 때문인지는 모르겠다. 그들이 어느 쪽을 더 큰 위협이라고 생각하는지는 알 수 없었다.

이번 이송을 책임진 오피서는 젊었지만, 오리아의 '언덕'에서 우리를 맡았던 오피서를 생각나게 했다. 그의 표정은 '내가 어쩌다 여기까지 오게 됐지? 이 애들을 데리고 뭘 하라는 거야?'라고 말하고 있었다.

"그런데 고원 위에서 있었던 일, 그건 뭐였지? 거기서 무슨 일이 일어난 거냐? 너희가 모두 아래쪽 마을에 머물러 있었다면 전사자가 그렇게 많이 나진 않았을 거다."

그가 우리를 바라보며 말했다.

"오늘 아침 그 위에 눈이 쌓여서 그걸 가지러 올라간 겁니다. 우리는 늘 목이 마르니까요."

내가 말했다.

"그들이 거기에 올라갔던 이유가 확실히 그것뿐인가?"

"무슨 일을 할 만한 이유가 그리 많지 않습니다. 배고픔, 목마름, 죽지 않기. 그것밖에 없어요. 그러니 우리를 못 믿겠다면, 다른 두 가지에서 고르시죠."

빅이 말했다.

"전망을 보려고 그 위에 올라갔을지도 모르지."

오피서가 말했다.

빅이 웃었지만, 별로 좋은 웃음소리는 아니었다.

"교대자들은 어디 있습니까?"

"에어십 안에 있다. 우리는 너희 모두를 새로운 마을로 데려가,

너희에게 더 많은 물품을 공급할 거다."

오피서가 말했다.

"더 많은 물도."

빅이 말했다. 무장하지 않았고 오피서가 지시하는 대로 따라야 했지만, 오히려 빅 쪽이 명령을 내리는 사람처럼 보였다. 오피서가 미소를 지었다. 소사이어티는 인간적이지 않지만 소사이어티를 위해 일하는 사람들은 때때로 인간적이다.

"그래, 더 많은 물을 줄 거다."

오피서가 말했다.


에어십에 탄 교대 부대를 본 빅과 나는 둘 다 소리 죽여 욕설을 내뱉었다. 그들은 어렸다. 우리보다 훨씬 어렸다. 열서너 살로 보였다. 그들은 눈을 휘둥그레 뜨고 겁에 질려 있었다. 그중 한 명, 가장 어려 보이는 아이는 카시아의 남동생 브램과 조금 닮았다. 그는 브램보다 피부색이 더 검었고, 심지어 나보다도 더 검었다. 그러나 그의 눈은 브램의 눈처럼 반짝거렸다. 자르기 전에는 머리카락도 브램의 머리카락처럼 곱슬거렸을 것이다.

"소사이어티가 갖다댈 몸뚱이가 다 떨어져가는 게 분명해."

나는 목소리를 낮춘 채 빅에게 말했다.

"아마 원래 그럴 계획이었겠지."

그가 말했다.

소사이어티가 일탈자를 죽이고 싶어한다는 것은 우리 둘 다 알았다. 그것은 왜 우리가 이곳에 버려졌는지, 왜 싸울 수 없는지를 설명해준다. 그러나 다른 물음이 있었다. 내가 대답할 수 없는 질문이었다.

'왜 그들은 우리를 그렇게 미워할까?'

우리는 눈먼 채 날았다. 조종칸만 빼고 에어십에는 창이 없었
다.

그래서 바깥으로 걸어 나갈 때까지 나는 우리가 어디에 왔는지
알지 못했다.

마을 자체는 모르지만 그 지역은 알았다. 우리가 걷고 있는 들
판에는 오렌지색 모래와 검은 바위, 노란 풀과 올해 여름 녹색으
로 자란 식물들이 있었다. 바깥 지방에는 이런 들판이 온 천지에
있었다. 하지만 나는 눈앞에 있는 것을 보고 내가 어디 있는지 정
확히 알았다.

'난 고향에 왔어.'

마음이 아팠다.

그것은 지평선에 있었다. 내 어린 시절의 이정표.

'카빙 대협곡(The Carving)'이다.'

지금 있는 곳에서는 그것 전부를 볼 수 없었다. 여기저기 튀어
나온 붉은색이나 오렌지색 사암 조각만 보였다. 그러나 더 가까이
가면—언저리까지 가서 카빙 대협곡을 들여다보면—그 돌들이 결
코 작지 않다는 것을 깨닫게 된다. 그것들은 산만 한 대형(隊形)의
끄트머리다.

카빙 대협곡은 하나의 협곡, 하나의 산이 아니라 여러 개의 협
곡과 산맥으로 이루어져 있었다. 몇 킬로미터나 계속 맞물리며 이
어지는 대형의 그물망. 땅은 물처럼 오르락내리락했고, 높고 들쭉
날쭉한 봉우리와 깊게 파인 협곡들은 바깥 지방의 색채로 줄무늬
져 있었다. 오렌지색, 붉은색, 흰색의 그라데이션. 멀리까지 뻗은

카빙 대협곡, 불타는 듯한 사암의 색 위에는 먼 구름의 파란 그림자가 진다.

그것은 모두 내가 그 언저리에 몇 번 가보았기 때문에 아는 것이다.

그러나 안에 들어가본 적은 한 번도 없었다.

"뭐 때문에 웃는 거야?"

빅이 내게 물었다. 그러나 내가 대답하기도 전에 브램을 닮은 아이가 우리에게 와서 빅의 얼굴을 똑바로 쳐다보았다.

"난 엘리예요."

아이가 말했다.

"알았어."

빅은 그렇게 말한 뒤 짜증을 내며, 그를 자신의 리더로 선택한 아이들의 줄줄이 늘어선 얼굴을 향해 돌아섰다. 그는 결코 리더 역할을 하고 싶어하지 않았다. 어떤 사람들은 어쩔 수 없이 리더가 된다. 리더 역할은 그들의 피와 뼈와 두뇌 속에 있고, 그걸 떨쳐버릴 방법은 없다.

그리고 어떤 사람들은 따른다.

'넌 따라갈 때 살아남을 기회가 더 많아. 네 아버지는 지도자가 될 자격도 없으면서 자기가 지도자라고 생각했어. 그래서 그분에게 무슨 일이 일어났는지 봐.'

나는 스스로에게 일깨우며, 빅의 한 걸음 뒤에 섰다.

"우리에게 설명 같은 거 안 해주나요? 우리는 막 여기 왔는데."

엘리가 물었다.

"난 이 난장판을 책임진 사람이 아니야. 소사이어티의 대변인도 아니고."

빅이 말했다. 실제로도 그랬다. 분노가 약간 내비쳤다. 보통 때 그는 그 분노를 억제하느라 대부분의 힘을 쓰고 있었다.

"하지만 그걸 가진 사람은 형밖에 없잖아요."

엘리가 빅의 허리띠에 매달린 포트를 가리키며 말했다.

"설명을 원해?"

빅이 묻자 새로 온 아이들이 일제히 고개를 끄덕이며 그를 열심히 바라보았다. 그들은 우리가 에어십에 올라탔을 때 들은 것과 똑같은 강의를 듣게 될 것이다. 소사이어티에는 우리가 필요하며, 적들을 끌어내기 위해 마을 사람이나 시민처럼 행동하라는 말. 이건 겨우 6개월짜리 일이고, 일단 소사이어티에 돌아가면 우리의 일탈자 신분은 깨끗이 지워질 거라는 말.

아무도 6개월씩이나 버티지는 못한다는 것을 그들이 깨닫는 데는 딱 하루 폭격이면 족할 것이다. 빅조차도 자기 장화에 그렇게 많은 눈금을 새겨 넣으려면 아직 멀었다.

"먼저 온 사람들을 지켜봐. 마을 사람처럼 행동해. 우리는 여기서 그렇게 하도록 되어 있어."

빅은 말을 멈추더니, 허리띠에서 포트를 풀어 2주 정도 있던 또 다른 총알받이에게 던져주었다.

"이걸 갖고 달려가. 마을 끝에서 이게 아직 작동하는지 확인해 봐."

아이는 떠났다. 포트의 가청 범위에서 벗어나자마자 빅이 말했다.

"탄약은 모두 공포탄이야. 그러니까 그걸로 너희를 방어하려고 애쓰지 마."

엘리가 끼어들어 항의했다.

"하지만 우리는 훈련소에서 그걸로 사격 연습을 했는데요."

저렇게 어린아이가 여기까지 오게 되었다는 것에 속이 뒤집혀야 하고 실제로 뒤집어진다는 사실에도 불구하고 나는 나도 모르게 웃기 시작했다. 이 아이는 정말 브램 같다.

"상관없어. 그건 모두 공포탄이야."

빅이 말했다.

엘리는 이 정보를 소화했지만, 또 다른 질문이 있었다.

"여기가 마을이라면, 여자와 아이들은 모두 어디 있어요?"

"네가 애잖아."

빅이 말했다.

"아니에요. 그리고 난 여자애도 아니라고요. 그들은 어디 있죠?"

엘리가 물었다.

"여자애는 없어. 여기 여자라곤 없어."

"하지만 그럼 적이 우리가 진짜 마을 사람이 아니라는 걸 알 텐데요. 그들은 그 정도는 추측해낼 거예요."

엘리가 말했다.

"맞아. 하지만 어쨌든 그들은 우리를 전부 죽이고 있어. 아무도 상관하지 않아. 그리고 이제 우리에겐 해야 할 일이 있어. 우리는 농부로 가득 찬 동네의 마을 사람인 척해야 해. 그러니 농장 일을 하자고."

우리는 들판을 향해 출발했다. 해가 머리 위에서 뜨겁게 빛났다. 등을 돌린 뒤에도 나는 엘리의 화난 시선을 느낄 수 있었다.

"최소한 우리에겐 마실 물이 충분히 있어. 네 덕분이야."

나는 가득 찬 물통을 가리키며 빅에게 말했다.

"나한테 고마워하지 마."

빅이 말했다. 그가 목소리를 낮췄다.

"빠져 죽을 정도의 물도 아닌데 뭘."


이곳의 작물은 목화다. 키우기는 거의 불가능했다. 목화 타래 속 질 낮은 솜털은 쉽게 흩어진다.

"여기 여자애나 아이들이 없다고 걱정 안 하는 것도 이상할 게 없군요. 적은 이게 진짜 마을이 아니라는 걸 보기만 해도 알 거예요. 아무도 멍청하게 여기서 목화를 키우지는 않을 거라고요."

엘리가 내 뒤에서 말했다.

처음에는 그 아이의 말에 대꾸하지 않았다. 빅만 제외하고, 일하는 동안 누구와 이야기를 나누는 덫에 빠진 적이 없었다. 나는 다른 모든 사람들에게서 떨어져 있었다.

그러나 지금의 나는 약했다. 오늘의 목화와 어제의 눈 때문에, 유월의 눈처럼 내리던 미루나무 씨에 대해 카시아가 해준 이야기가 다시 생각났다. 소사이어티는 미루나무를 아주 싫어했지만, 그것은 바깥 지방에 있는 나무와 같았다. 그 나무는 무엇을 새기기에 좋다. 하나라도 찾을 수 있다면 나는 '언덕'에서 내 손으로 그녀의 손을 덮었던 것처럼, 그녀의 이름으로 나무껍질을 뒤덮을 것이다.

나는 갖기 힘든 것을 바라지 않으려고 엘리에게 말하기 시작했다.

"바보 같지. 하지만 소사이어티가 해온 몇몇 일들보다는 더 현실적이야. 이곳 몇 군데 마을은 일탈자들의 농업 공동체로 시작했어. 소사이어티가 일탈자들에게 키우도록 지시한 작물 중에 목화도 있었어. 물이 더 있었을 때 얘기긴 하지만. 그러니 누군가가 여기서 작물을 기른다는 게 완전히 불가능한 일은 아니야."

"아."

엘리는 그렇게 말하고는 조용해졌다. 왜 내가 그 애에게 희망을 주려고 했는지 모르겠다. 아마 미루나무 씨가 생각나서였을 것이다.

아니면 그녀가 생각나서.

나중에 돌아보았을 때, 나는 엘리가 울고 있는 모습을 보았다. 그러나 빠져 죽을 만큼 눈물을 흘리진 않았기 때문에 나는 아직 아무것도 하지 않는다.


들판에서 다시 마을로 걸어 돌아오는 길에 나는 빅을 향해 휙 고개를 돌렸다. 포트 없이 이야기하고 싶다는 우리끼리의 신호였다.

"자."

그가 포트를 엘리에게 던져주었다. 엘리는 이미 울음을 그쳤다.

"이걸 가지고 먼저 가."

엘리는 고개를 끄덕이고 떠났다.

"뭔데?"

빅이 물었다.

"난 이 근처에 살았어."

나는 목소리에서 그 어떤 감정도 감추려고 애쓰면서 말했다. 이곳은 내 고향이었다. 나는 소사이어티가 이곳에 해놓은 짓이 너무나 증오스러웠다.

"내가 살던 마을은 겨우 몇 킬로미터 떨어진 곳에 있었어. 나는 이 지역을 알아."

"그래서 넌 도망칠 거냐?"

빅이 물었다.

그거였다. 진정한 질문. 우리 모두 내내 우리 자신에게 던지는 질문.

'도망갈까?'

나는 그 생각을 매일, 매시간 한다.

"너희 마을로 돌아갈 생각을 하고 있어? 거기 널 도와줄 사람이 있을까?"

빅이 물었다.

"아니. 그 마을은 없어졌어."

내가 말했다. 빅은 고개를 저었다.

"그럼 도망쳐봤자 소용없어. 멀리 가지 못해 누군가가 우리를 볼 거야."

"가장 가까운 강도 너무 멀지. 그쪽으로 도망갈 수도 없어."

내가 말했다.

"그러면 어떻게?"

빅이 물었다.

"건너가거나 내려가지 않을 거야. 안으로 갈 거야."

빅이 돌아보았다.

"어디로 간다고?"

"협곡."

나는 우리 근처에 있는 카빙 대협곡을 가리키며 그에게 말했다. 카빙 대협곡은 몇 킬로미터 길이였고, 여기서는 보이지 않는 작은 입구가 여러 개 뚫려 있었다.

"그 안으로 깊숙이 들어가면 맑은 물이 있어."

"오피서들은 늘 바깥 지방의 협곡에는 비정상들이 들끓는다고 말했지."

빅이 말했다.

"나도 들었어."

내가 인정했다.

"그러나 그들 중 몇몇은 정착지를 만들고 여행자를 도와줘. 그 안에 가본 사람에게 들었어."

"잠깐. 너 협곡 안에 들어가본 사람을 알아?"

빅이 물었다.

"거기 가봤던 사람을 알아."

"믿을 수 있는 사람이야?"

"우리 아버지."

나는 대화에 종지부를 찍으려는 듯 말했다. 빅은 고개를 끄덕였다. 우리는 몇 걸음 더 걸었다.

"그러면 언제 떠나지?"

빅이 물었다.

"그게 문제야."

나는 그가 같이 간다는 것에 얼마나 마음이 놓였는지 티를 내지 않으려 애쓰며 말했다. 혼자 저 협곡과 맞서고 싶지는 않았다.

"소사이어티가 우리를 추적해 본보기로 삼지 않도록 하려면, 떠나기 가장 좋을 때는 혼란이 일어날 폭격 도중이야. 야간 폭격 같은 때. 그렇지만 만월이니까 앞은 보일 거야. 그들은 우리가 도망간 게 아니라 죽었다고 생각할 수도 있어."

빅이 웃었다.

"소사이어티도 적도 적외선 장치를 갖고 있어. 위에서 보면 누구든지 우리가 도망가는 걸 알 거야."

"나도 알아. 하지만 여기 시체가 엄청 쌓인다면 작은 몸뚱이 셋은 놓칠 수도 있어."

"셋이라고?"

빅이 물었다.

"엘리도 같이 갈 거야."

말하기 전에는 나도 몰랐다.

침묵.

"너 미쳤구나. 그 꼬마가 그때까지 버틸 길은 없어."

"나도 알아."

나는 빅에게 말했다. 그의 말이 옳았다. 엘리가 쓰러지는 건 시간문제일 뿐이었다. 그는 어렸다. 충동적이었다. 질문을 너무 많이 했다. 하지만 다시 생각하면, 그건 우리 모두에게 시간문제일 따름이었다.

"그럼 왜 그 애와 같이 가려는 거야? 왜 그 애를 데려가려고 해?"

"오리아에 아는 여자애가 있었어. 그 애는 그 여자애의 동생을 닮았어."

내가 말했다.

"그건 충분한 이유가 안 돼."

"내게는 돼."

내가 말했다.

우리 사이에 침묵이 깔렸다.

"넌 약해지고 있어. 그러다 죽을 수도 있어. 그건 네가 그 여자애를 다시는 못 보게 된다는 뜻일 수도 있어."

마침내 빅이 말했다.

"내가 그 애를 돌보지 않는다면, 그녀가 날 다시 보게 된다고 해도 난 그녀가 모르는 사람이 될 거야."

나는 빅에게 말했다.

# 6
## 카시아

숙소 안에서 다른 사람들의 숨이 무거워지고 그들이 잠들었다는 확신이 들자, 나는 옆으로 몸을 굴려 주머니에서 기록 보관자의 종이를 꺼냈다.

할아버지의 시가 적혀 있던 두꺼운 크림색 종이와 달리 그 종이는 흐물흐물하고 값싼 느낌이 났다. 오래된 종이였지만 할아버지의 종이만큼 오래되지는 않았다. 아버지라면 내게 그 종이의 연대를 말해주실 수 있을 것이다. 그러나 아버지는 여기 안 계시다. 아버지는 내가 떠나도록 해주셨다. 조심스레 종이를 펼쳤지만 작은 소리가 났다. 그 소리는 무척 크게 느껴졌다. 나는 다른 여자애들이 그것을 담요 바스락거리는 소리나 곤충의 날갯짓 소리라고 생각하기를 바랐다.

오늘 밤 모두 잠들기까지는 오랜 시간이 걸렸다. 숙소로 돌아왔을 때 여자애들은 아직 우리 중 누구도 이동 명령을 받지 못했다고 말했다. 오피서는 아침에 우리 목적지를 말해주겠다고 했다. 나는 소녀들의 불안을 이해했다. 나도 불안하다. 우리는 언제나 다음날 어디로 보내질지 그 전날 밤에 알았다. 왜 이런 변화가 생겼을까? 소사이어티에게는 언제나 이유가 있었다.

나는 바깥 달이 비추는 하얀빛의 사각형 안으로 그 종이를 들이밀었다. 가슴이 빠르게 쿵쾅거렸다. 가만히 있는데도 뛰어갈 때의 두근거림이었다.

'제발 이게 제값을 하기를.'

나는 누구에게랄 것 없이 그렇게 말한 다음 그 종이를 보았다.

'아니잖아.'

나는 다들 잠든 방에서 그 말을 소리 내어 내뱉지 않기 위해 주먹으로 입을 막았다.

그건 지도가 아니었고, 여러 줄 쓰여 있는 지시문도 아니었다.

그것은 이야기였다. 나는 첫 줄을 읽는 순간 그것이 '백 가지 이야기'에 들어 있지 않다는 것을 알았다.


한 남자가 언덕 위로 바위를 밀었다. 그가 꼭대기에 다다르면 그 돌은 언덕 기슭으로 굴러 내려갔고 그는 다시 시작했다. 근처 마을 사람들이 그를 주목했다.

"심판이야."

그들은 말했다. 그들은 벌을 내린 사람들이 두려워 절대로 그와 함께하거나 그를 도와주려고 하지 않았다. 그는 밀었다. 그들은 지켜보았다.

몇 년 후, 새로 자란 세대는 해와 달이 지는 것처럼 남자와 그의 돌이 언덕 속으로 가라앉는 것을 알아차렸다. 그들은 남자가 언덕 꼭대기로 돌을 굴려 올릴 때 바위와 남자의 몸 일부만 볼 수 있었다.

한 소녀가 호기심을 느꼈다. 그래서 어느 날 그 소녀는 언덕 위로 걸어 올라갔다. 더 가까이 갔을 때 소녀는 돌에 이름과 날짜와 장소들이 새겨져 있는 것을 보고 놀랐다.

"이게 다 뭐예요?"

소녀가 물었다.

"세상의 슬픔이야. 나는 그걸 언덕 위로 거듭거듭 인도하고 있어."

남자가 소녀에게 말했다.

"당신은 돌로 언덕을 닳게 만들고 있어요."

소녀는 돌이 회전한 곳에 깊고 길게 팬 홈을 보고 말했다.

"나는 뭔가 만들고 있어. 내가 다 끝내면 네가 내 자리를 차지할 거다."

소녀는 두려워하지 않았다.

"뭘 만드는데요?"

"강."

남자가 말했다.

소녀는 사람이 어떻게 강을 만들 수 있는지 어리둥절해져서 다시 언덕을 내려왔다. 그러나 오래지 않아 비가 오고 긴 골을 따라 홍수가 몰아쳐 남자를 먼 곳으로 휩쓸어갔을 때, 소녀는 남자가 옳았다는 것을 알았다. 그리고 소녀는 그 돌을 밀며 세상의 슬픔을 인도하는 일을 맡았다.

그렇게 '인도자'가 있게 되었다.

인도자는 돌을 밀고 물에 휩쓸려간 남자다. 강을 건너고 하늘을 본 여자다. 인도자는 늙었고, 젊었고, 모든 색깔의 눈과 모든 색조의 머리카락을 가졌다. 사막에, 섬에, 숲에, 산에, 들판에 산다.

인도자는 '봉기' —소사이어티에 대한 반역—를 이끌며, 결코 죽지 않는다. 한 인도자의 시간이 끝나면, 다른 인도자가 이끌 시간이 온다.

그렇게 그것은 계속된다. 구르는 돌처럼 되풀이된다.


숙소 안의 누군가가 돌아눕고 움찔거리는 바람에, 나는 얼어붙은 채 그 아이의 숨소리가 다시 평온해지고 잠들기를 기다렸다. 그 애가 다시 잠들자 나는 종이의 마지막 줄을 내려다보았다.

'소사이어티의 지도 끝을 지난 장소에서, 인도자는 언제나 살아 움직인다.'

이 이야기가 진짜로 말하는 것이 무엇인지, 내가 무엇을 받았는지 깨닫는 순간, 예상치 못한 희망의 뜨거운 고통이 온몸을 뚫고 지나갔다.

반역자들이 있다. 현실적이고 조직되어 있으며 오래 존재해온, 지도자를 가진 반역자들.

'카이와 나는 외롭지 않아.'

'인도자' 라는 단어가 연결고리였다. 할아버지는 이걸 알고 계셨을까? 그래서 돌아가시기 전에 내게 그 종이를 주신 걸까? 할아버지는 내가 그 시를 따라가기를 바라셨는데 나는 내내 잘못 알고 있었던 걸까?

가만히 앉아 있을 수가 없었다.

"일어나."

아주 작게 속삭인 바람에 내게도 거의 들리지 않았다.

"우린 외롭지 않아."

나는 한 발을 침대 가장자리에 올려놓았다. 나는 내려가서 다른 여자애들을 깨우고 그들에게 봉기에 대해 말할 수 있었다. 그들은 이미 알고 있을 수도 있다. 그럴 것 같지는 않지만. 그들은 너무나 희망이 없어 보였다. 인디만 제외하고. 하지만, 다른 사람보다는 좀 더 큰 불길을 간직하고 있긴 해도 인디에게도 목적이 없었다. 인디도 아는 것 같지 않았다.

인디에게 말해야 했다.

나는 잠깐 동안 그렇게 하리라 생각했다. 사다리 아래까지 내려오자 발이 바닥에 부드럽게 닿았고, 나는 입을 열었다. 그때 오피서 하나가 우리 숙소 문앞을 순찰하는 소리가 들리는 바람에 얼어 붙었다. 내가 쥔 그 위험한 종이는 작고 흰 깃발 같았다.

그 순간 나는 내가 다른 사람들에게 말하지 않으리라는 것을 알았다. 나는 누군가가 나를 믿고 위험한 글을 주었을 때 늘 하던 대로 행동할 것이다.

없앨 것이다.


"뭐해?"

인디가 작은 목소리로 뒤에서 물었다. 그녀가 숙소를 가로질러 오는 소리를 듣지 못했기 때문에 펄쩍 뛸 뻔했지만 때맞춰 억눌렀다.

"손 다시 씻는 거야."

나는 뒤돌아보고 싶은 충동을 억누르며 속삭였다. 얼음처럼 차가운 물이 숙소의 어둠 속에서 강 같은 소리를 내며 손가락 사이로 흘렀다.

"아까 제대로 손을 못 씻었어. 침대가 더러워지면 오피서들이 어떻게 구는지 알잖아."

"다른 사람들 깨우겠다. 애네들 겨우 잠들었어."

그녀가 말했다.

"미안."

나는 미안하다 말했고, 실제로도 미안했다. 그러나 그 글을 물에 빠뜨릴 다른 방법을 생각해낼 수가 없었다.

종이를 조각조각 잘게 찢는 데 걸린 시간은 길고 고통스러웠다. 처음에는 종이 찢는 소리가 너무 크게 나지 않게 하기 위해 종이에 입을 대고 입김을 쐬었다. 종이 때문에 싱크대가 막혀서 물이 넘치지 않을 정도로 잘게 찢었기만 바랐다.

인디가 내 쪽으로 와서 물을 잠갔다. 나는 잠시 그녀가 뭔가 알고 있다고 생각했다. 아마 인디는 봉기나 반역에 대해서는 모를 것이다. 그러나 나에 대해 뭔가 알고 있다는 아주 이상한 느낌을 받았다.

따각따각. 순찰 오피서의 장화 뒷굽이 시멘트에 닿는 소리. 인디와 나는 자신의 침대로 달려갔다. 나는 최대한 빨리 사다리를 올라 창밖을 내다보았다.

오피서는 잠깐 우리 숙소 옆에 멈추어서 귀를 기울이더니 계속 걸음을 옮겼다.

나는 잠시 앉은 채로 오피서가 다시 길을 따라가는 것을 지켜보았다. 그녀는 다른 숙소 문앞에 멈추었다.

반역. 인도자.

그게 누굴까?

카이가 이것에 대해 조금이라도 알까?

알지도 모른다. 바위를 밀어 올리는 이야기 속의 남자는 시시포스 같았고, 카이는 예전에 자치구에서 그에 대해 이야기해주었다. 그리고 카이가 내게 자신의 이야기를 조각조각 들려주었던 것도 기억났다. 나는 그의 이야기를 다 들었다고 생각하진 않았다.

오랫동안 그를 찾는 것만이 단 하나의 목적이었다. 지도가 없어도, 나침반이 없어도, 나는 그를 찾을 수 있다는 것을 안다. 나는 그를 만나는 순간을 여러 번 되풀이해서 상상했다. 그가 어떻게 나를 끌어안을지, 내가 어떻게 그에게 시를 속삭일지. 내 꿈의 단 한 가지 결함은 내가 아직 그를 위해 한 편의 시도 다 쓰지 못했다는 것이었다. 나는 결코 첫 번째 줄을 넘기지 못했다. 몇 달 동안 이곳 바깥 지방에서 시작은 너무나 많이 했지만, 우리가 하는 사랑의 중간과 끝은 아직 본 적이 없었다.

나는 가방을 옆구리 쪽으로 꽉 끌어당기고 최대한 부드럽게 누웠다. 세포 하나하나가 눕는 느낌으로, 침대가 내 온 무게를 지탱할 때까지, 가벼운 머리카락 끝에서부터 무거운 다리와 발까지. 나는 오늘 밤 잠들지 못할 것이다.


그들은 카이에게 그랬던 것처럼 이른 새벽에 왔다.

어떤 비명 소리도 들리지 않았지만 다른 것이 나를 경계하게 했다. 아마 공중에 떠도는 무거운 분위기였을 것이다. 남쪽으로 여행하던 중 숲 속에서 쉬는, 아침에 노래하는 새들의 음조 변화.

나는 일어나 앉아 창밖을 내다보았다. 오피서들이 다른 숙소에서 소녀들을 데려가고 있었다. 어떤 아이들은 울면서 몸을 비틀어 빠져나가려고 했다. 나는 더 보기 위해 유리 가까이 붙었다. 가슴이 쿵쾅거렸다. 나는 그 소녀들의 운명을 안다고 확신할 수 있었다.

'어떻게 해야 저 애들과 함께 갈 수 있지?'

내 정신은 숫자를 분류했다. 긴 거리와 여러 가지 변수를 생각해보면 다시는 이렇게 카이와 가까워질 수 없었다. 내 힘으로는 바깥 지방에 갈 수 없을 것 같았지만, 어쩌면 소사이어티가 지금 나를 그곳으로 데려다줄지도 모른다.

두 명의 오피서가 문을 밀어 열었다.

"이 숙소에서 두 명이 필요하다. 8번 침대와 3번 침대."

오피서 한 명이 말했다. 8번 침대의 여자애가 지치고 얼떨떨한 모습으로 일어나 앉았다.

3번 침대, 인디의 침대는 비어 있었다.

오피서들이 고함쳤고 나는 창밖을 내다보았다. 누군가가 길 가까이 자라는 숲 언저리에 혼자 서 있었다. 인디였다. 빛이 간신히 비치는 새벽에도 그 밝은 색 머리카락으로, 서 있는 모습으로 그녀가 누군지 알 수 있었다. 인디도 소리를 듣고 어떻게인지 빠져나간 게 분명했다. 나는 그녀가 떠나는 것을 보지 못했다.

인디는 도망치려 하고 있었다.

오피서들이 8번 침대의 여자애를 끌어내고 인디 때문에 미니 포트를 통해 사람을 부르느라 정신이 없는 사이, 나는 재빨리 움직였다. 나는 내 용기에서 세 개의 알약—녹색, 파란색, 빨간색 알약—을 꺼내서 파란색 알약 꾸러미 속에 넣었다. 알약을 가방 속 메시지들 아래 숨기고, 누구도 너무 깊이 뒤지지 않기를 기도했다. 용기는 내 매트리스 아래 쑤셔 넣었다. 시민의 증표를 최대한 없애야 했다.

그때 나는 깨달았다.

뭔가가 가방에 없었다.

내 매칭 파티의 은상자.

나는 다시 한 번 종이 사이를 샅샅이 뒤졌다. 침대에 깔린 담요를 더듬어보았다. 바닥을 내려다보았다. 나는 그것을 떨어뜨리거나 잃어버린 적이 없다. 하지만 그것은 사라졌다.

어쨌든 그 상자는 없애야 했을 것이다. 그러려고 했다. 그러나 그것이 없어지자 불안했다.

'어디 갔을까?'

지금은 그에 대해 걱정할 시간이 없었다. 나는 침대에서 내려와 오피서와 울고 있는 여자애를 따라갔다. 숙소의 다른 아이들은 자는 척했다. 그들이 카이를 데려간 날 아침 자치구 사람들이 그랬던 것처럼.

"도망쳐, 인디."

나는 숨죽여 속삭였다. 나는 우리 둘 다 원하는 것을 얻기를 바랐다.

만약 누군가를 사랑한다면, 누군가가 당신을 사랑한다면, 그가 당신에게 글자 쓰는 법을 가르치고 당신이 말할 수 있게 만들어주었다면, 어떻게 아무것도 하지 않을 수 있겠는가? 당신은 그의 말을 흙에서 꺼내고 바람에서 낚아채려 할 것이다.

왜냐하면 일단 사랑하면 그걸로 끝이기 때문이다. 사랑에 빠지면 그것을 취소할 수는 없다.

카이는 내 마음속에 무겁게 자리 잡았고, 가슴속 깊이 박혔고, 그의 손바닥은 내 빈 손 위에 따뜻하게 얹혔다. 그를 찾아야 했다. 그를 사랑하자 내게는 날개가 생겼고, 내가 한 모든 일은 그 날개를 움직일 힘을 주었다.

에어십 한 대가 수용소 한가운데 내려앉았다. 오피서들은 힘겹고 걱정에 차 있는 듯했다. 몇 명은 전에 본 적이 없는 사람들이었다. 조종사 제복을 입은 사람이 뭔가 퉁명스럽게 말하고는 하늘을 바라보았다. 곧 해가 뜰 것이다.

"한 명이 없어."

나는 오피서가 나직이 말하는 소리를 듣고 슬쩍 줄에 끼어들었다.

"확실해?"

다른 오피서가 눈으로 우리를 훑어보면서 물었다. 수를 세고 있다. 표정이 바뀌면서 그녀는 안도한 것 같았다. 그녀는 길고 아름다운 갈색 머리카락을 갖고 있었고 오피서치고는 점잖아 보였다.

"아냐. 딱 맞아."

그녀가 말했다.

"맞다고?"

첫 번째 오피서가 말했다. 그는 직접 수를 세어보았다. 그의 눈이 내 얼굴에 머물며 내가 아까 거기 없었다는 것을 기억했다는 건 내 상상일까? 처음 그런 의문이 든 것은 아니었지만, 내 오피셜이 내가 하는 일을 얼마나 알고, 얼마나 예측할지 궁금했다. 그녀는 여전히 지켜보고 있을까? 소사이어티는?

나머지 소녀들이 차례차례 문을 거의 통과했을 때쯤, 다른 오피서가 인디를 에어십 안으로 끌고 왔다. 그의 얼굴에는 손톱자국이 나 있었다. 그의 제복과 인디의 평상복 곳곳에 들판의 흙이 묻어 있었다. 마치 상처에서 흙이 배어나온 것처럼.

"얘는 도망치려고 했어."

그가 인디를 내 옆자리로 밀어 넣으며 말했다. 그러고는 인디의 손목에 수갑을 채웠다. 그녀는 수갑 채우는 소리에 움찔하지 않았지만, 나는 움찔했다.

"이젠 정해진 수보다 더 많은데."

여자 오피서가 말했다.

"얘네는 일탈자들이잖아. 그게 무슨 상관이야? 우린 가야 해."

그가 날카롭게 내뱉었다.

"지금 수색해야 하나?"

그녀가 물었다.

'안 돼.'

그들은 내 가방에서 알약을 찾아낼 것이다.

"에어십을 타고 가면서 하지. 가자."

인디가 나를 바라보자 우리 눈이 마주쳤다. 그녀를 알고 나서 처음으로, 나는 그녀와 이상한 동류의식을 느꼈다. 지금 처지에서 느끼는 한 우정에 가까운 친근감이었다. 우리는 노동수용소에서 서로 알게 되었다. 지금, 우리는 함께 새로운 체험을 향해 들어가고 있었다.

이 모든 일에서 뭔가 이상한 조짐이 느껴졌다. 소사이어티답지 않게 불안하고 조직되지 않은 느낌이었다. 그 틈으로 미끄러져 들어올 기회가 생긴 것은 고마운 일이었지만, 나는 여전히 그들이 사방에서 벽처럼 압박해오는 것을 느꼈다. 그들의 존재는 구속이 되기도 하고 위안이 되기도 했다.

오피셜 한 명이 에어십에 올랐다.

"다 준비됐나?"

그가 묻자 오피서들은 고개를 끄덕였다. 나는 오피셜들이 더 타기를 기다렸지만—그들은 거의 언제나 셋씩 움직이므로—문은 닫혔다. 단 한 명의 오피셜과 세 명의 오피서, 그리고 그중 하나는 조종사. 오피서들이 오피셜을 대하는 태도로 보아, 그가 그 집단에서 서열이 가장 높다는 것을 알 수 있었다.

에어십이 하늘로 떠올랐다. 이렇게 여행하는 건 처음이었다. 내가 타본 것은 에어카와 에어트레인과 이송열차뿐이었다. 창문이 없다는 것을 깨닫자, 실망으로 가슴이 무너지는 느낌이었다.

높이 난다는 것이 이런 것일 줄은 몰랐다. 아래에 펼쳐져 있는 것들이나, 밤이 올 때 별이 뜰 곳을 전혀 볼 수 없다니. 에어십 앞쪽의 조종사는 밖을 내다볼 수 있었다. 그러나 소사이어티는 우리가 우리 자신의 비행을 보지 못하게 막는다.

# 7
## 카이

"모두가 너를 지켜보고 있어."

빅이 내게 말했다.

나는 그를 무시했다. 전날 밤 적이 우리에게 투하한 탄창 몇 개는 완전히 폭발하지 않았다. 그 안에는 아직 화약이 들어 있었다. 나는 그중 일부를 총열에 밀어 넣었다. 적들이 이해가 가지 않았다. 우리가 여기 더 오래 머물수록 그들의 탄약은 더욱더 원시적이 돼가고 점점 더 효과가 없어지는 것 같았다. 그들은 정말로 지고 있는 것인지도 모른다.

"뭐하는 거야?"

빅이 물었다.

나는 대답하지 않았다. 이것을 어떻게 했는지 기억해내려고 애썼다. 탄약을 손가락으로 거르며 살피느라 내 손이 검게 물들었다.

빅이 내 팔을 잡았다.

"그만해. 다른 애들이 모두 보고 있어."

그가 낮은 목소리로 말했다.

"왜 그들에게 신경 써?"

"너 같은 사람이 미치면 사기가 떨어져."

"우리는 그들의 리더가 아니라고 네가 말했잖아."

나는 빅에게 말하고는 총알받이들을 바라보았다. 그들은 모두 내 눈을 피했다. 엘리만 제외하고. 엘리는 나를 빤히 바라보았고, 나는 그에게 내가 미치지 않았다는 것을 알려주기 위해 재빨리 웃음 지었다.

"카이."

빅은 말하려다가 갑자기 뭔가 알아차렸다.

"너 이걸 다시 탄약으로 만드는 방법을 생각하는 거야?"

"그리 쓸모는 없을 거야. 딱 한 번 크게 폭발하겠지. 그리고 이건 수류탄처럼 써야 해. 총을 던지고 도망가는 거지."

내가 말했다.

빅은 그 얘기를 듣고 좋아했다.

"돌멩이나, 여기 있는 다른 물건을 넣을 수도 있겠군. 도화선 부분은 생각했어?"

"아직. 그게 제일 어려운 부분이야."

"왜?"

그가 묻고는 다른 사람들이 듣지 못하게 낮은 소리로 다시 말했다.

"확실히 좋은 생각이야. 하지만 우리가 도망가는 동안 그걸 터뜨리기는 힘들 거야."

"그건 우리가 할 일이 아니야."

나는 말하면서 다시 다른 사람들을 흘끗 보았다.

"떠나기 전에 저 애들에게 이걸 터뜨리는 방법을 가르쳐줄 거야. 하지만 우리에겐 시간이 없어. 오늘은 다른 애들에게 죽은 사람을 맡기자."

빅이 일어서서 그 무리를 둘러보았다.

"카이와 나는 오늘은 시체 파묻는 일을 쉴 거야. 다른 사람들이 교대로 해봐도 돼. 너희 새로 온 녀석들은 아직 못해봤을 테니까."

그들이 나가는 동안 나는 내 손을—재처럼 검고, 전날 밤 우리에게 죽음을 퍼부은 물질로 덮여 있는—내려다보며, 내가 실제 마을에서 살 때 남아 있는 것을 뒤지던 방식을 떠올렸다. 소사이어티와 적은 자신들만 불을 갖고 있다고 생각했지만, 우리는 그들의 불을 사용하는 법을 알았다. 우리의 불을 만드는 법도. 정말로 불이 필요할 때 우리는 '처트'(Chert, 석영의 미립으로 된 퇴적암으로, 예전에는 부싯돌로 쓰였고 현재는 내화재 원료로 쓰인다—옮긴이)라는 돌을 사용하여 작은 불을 붙였다.

"난 아직도 우리가 폭격으로 불이 나는 밤을 피해야 한다고 생각해. 설득력 있게 꾸민다면 그들은 우리가 이 물질로 자폭했다고 생각할 수도 있어."

빅은 우리 주위에 흩어져 있는 가루를 가리켰다.

그는 중요한 점을 지적했다. 나는 그들이 우리를 추적하리라고 확신했기 때문에 다른 가능성은 생각하지 못했다. 그러나 다른 사람들이 따라오려고 시도할 가능성이 더 컸다. 전투가 그들의 넋을 빼놓고 죽음이 우리의 길을 막지 않는다면. 나는 누군가가 우리와 함께하는 것을 바라지 않았다. 총알받이가 몇 이상 사라지면 소사이어티가 알아차릴 것이다. 그리고 우리는 여전히 그들이 추적할 가치가 있는 존재일지도 몰랐다.

또, 우리가 카빙 대협곡에서 뭔가를 발견하게 될지 모를 일이었다. 나는 누구를 이끌려는 것이 아니었다. 오직 살아남기만을 바랐다.

"이건 어때? 우리 오늘 밤에 가자. 폭격이 있건 없건."

내가 말했다.

"좋아."

잠시 후 빅이 말했다.

그럼 정해진 것이었다. 우리는 도망칠 것이다. 곧.

빅과 나는 빠르게 작업하며 총을 폭발시키는 방법을 찾아내려고 노력했다. 무덤 파는 일을 마치고 돌아와 우리가 무엇을 하는지 알게 된 다른 사람들이 탄약과 돌멩이를 모아서 우리를 도왔다. 남자애들 중 몇 명은 일을 하면서 노래를 부르고 콧노래를 흥얼거렸다. 그들이 노래를 부른다는 건 놀랄 일이 아니었지만, 그 곡이 무엇인지 알아차렸을 때는 몸이 차가워졌다. 그것은 '소사이어티'가였다. 소사이어티는 '백 곡의 노래'를 조심스럽게 선택함으로써 음악을 빼앗아갔다. 백 곡의 노래는 그들의 공학 처리된 목소리로만 쉽게 부를 수 있는 복잡한 노래들이었고, 대부분의 사람들이 부를 수 있는 곡은 소사이어티가뿐이었다. 심지어 소사이어티가에도 훈련받지 않은 사람은 부를 수 없는, 높이 올라가는 소프라노 곡조가 들어 있었다. 대부분의 사람들은 단조롭게 울리는 베이스 음이나 알토와 테너 부분의 쉬운 음조만 따라 할 수 있었다. 내가 지금 듣고 있는 것이 그 부분이었다.

바깥 지방에 살았던 사람들 몇몇은 자신들이 아는 옛날 노래를 간신히 간직할 수 있었다. 우리는 일할 때 그 노래를 함께 부르곤 했다. 강, 골짜기와 가까운 카빙 대협곡 근처에서는 옛날 곡조를 기억하는 일이 어렵지 않다고 한 여자가 내게 말해준 적이 있었다.

나는 그 일을 '어떻게' 하는지만 기억하기를 바랐다. 그러나 '누구'와 '왜'도 예전 기억에서 계속 돌아오고 있었다.

빅은 고개를 저었다.

"총을 폭발시키는 법을 알아낸다고 해도, 우리가 저 애들을 죽게 내버려두고 가야 한다는 건 변하지 않아."

그가 말했다.

"알아. 하지만 최소한 저 애들은 맞서 싸울 수 있어."

내가 말했다.

"딱 한 번뿐이겠지."

빅이 말했다. 그의 어깨가 전에 없이 처져 있었다. 그는 마침내 자신이 리더이며 언제나 리더였음을 깨달았고, 그 깨달음이 그를 무겁게 짓누르는 것 같았다.

"그걸로는 충분하지 않겠지."

나는 다시 작업을 시작하며 말했다.

"맞아."

빅이 동의했다.

나는 다른 총알받이들을 제대로 보지 않으려고 했지만 결국 보고 말았다. 한 명은 얼굴에 멍이 들어 있었다. 또 한 명은 우리가 강에 밀어 넣었던 소년과 아주 비슷한 주근깨를 가지고 있어서 그들이 형제가 아닐까 궁금했다. 그러나 나는 절대로 묻지 않았고 앞으로도 결코 묻지 않을 것이다. 그들은 모두 잘 맞지 않는 평상복과, 죽음을 기다리는 동안 몸을 따뜻하게 해줄 멋진 코트를 입고 있었다.

"네 진짜 이름이 뭐야?"

빅이 갑자기 내게 물었다.

"내 진짜 이름은 카이야."

내가 그에게 말했다.

"성은 뭔데?"

몇 년 만에 처음 그 이름이 마음속에 번뜩이고 지나가는 바람에 나는 잠시 침묵했다. 카이 피노. 그것이 예전 내 이름이었다.

"로버츠."

내가 머뭇거리자 빅이 안달하듯 말했다.

"그게 내 성이야. 빅 로버츠."

"마캠. 카이 마캠."

나도 그에게 말했다. 카시아가 나를 아는 이름이니까 그것이 이제 내 진짜 이름이다.

그러나 마음속으로 말했을 때, 나의 다른 이름도 맞는 것처럼 들렸다. 피노. 내가 우리 아버지 어머니와 함께 갖고 있는 이름.

나는 돌멩이를 모으고 있는 총알받이들을 바라보았다. 내 마음 속 한구석은 그들의 움직임에 깃든 목적성을 좋아했고, 그들의 기분이 잠깐 동안이라도 더 나아지도록 도왔다는 것이 좋았다. 그러나 마음속 깊은 곳에서는 내가 하려는 모든 일이 굶주린 저들에게 음식찌꺼기를 던져주는 것이나 다름없음을 알았다. 그들은 여전히 굶어죽을 것이다.

# 8
## 카시아

모두가 매우 차가운 하늘 위에 앉아 떨고 있을 때 소사이어티가 가장 먼저 한 일은 우리에게 코트를 약속하는 것이었다.

"소사이어티 이전에 온난화가 일어났을 때, 바깥 지방에서는 모든 게 바뀌었다. 추워지긴 했지만 옛날만큼 춥지는 않아. 아직도 밤에 얼어 죽을 수는 있지만 코트를 입으면 괜찮을 거다."

오피셜이 우리에게 말했다.

그러면, 바깥 지방이구나. 그건 확실했다. 다른 여자애들은, 심지어 인디마저도 똑바로 앞을 바라보고 있었다. 그들은 눈도 깜박이지 않는 것 같았다. 어떤 아이들은 다른 아이들보다 더 동요했다.

"이번에도 다른 노동수용소 일과 다르지 않아. 우리는 너희가 작물을 심기를 바란다. 사실 목화를 심지. 우리는 적이 이 지역에 여전히 사람이 살며 생존 가능한 곳이라고 생각하기를 바란다. 이건 소사이어티 입장에서는 전술적 행동이야."

오피셜이 우리의 침묵에 대고 말했다.

"그럼 그게 사실인가요? 적과 전쟁이 있어요?"

한 소녀가 물었다. 오피셜이 웃었다.

"그리 대단한 건 아니야. 소사이어티의 권력은 확고해. 그러나 적은 예측할 수 없지. 우리는 그들이 바깥 지방에 인구가 많고 번성한다고 생각하도록 만들어야 해. 그리고 소사이어티는 어떤 집단도 그곳에서 너무 오래 사는 버거운 짐을 지우려고 하지 않는다. 그래서 6개월 교대 프로그램을 시행하고 있지. 너희 타임이 다 끝나자마자 너희는 시민으로 돌아갈 거다."

'그건 전혀 사실이 아니야. 당신은 그렇게 믿는 것 같지만.'

나는 생각했다.

"이제 저분들이 너희를 저 커튼 뒤로 데려가서 수색을 하고, 너희가 입을 표준 의상을 줄 거다. 코트를 포함해서."

그는 에어십을 조종하지 않는 두 오피서를 가리키며 말했다.

'저들은 우리를 수색할 거야. 지금.'

나만 움찔한 것이 아니었다. 나는 정신없이 알약을 숨길 장소를 찾으려고 했지만, 아무 데도 찾을 수 없었다. 소사이어티가 만든 에어십의 표면은 온통 번드르르하니 매끄러웠고, 구석이나 틈이라고는 찾을 수 없었다. 심지어 우리가 앉은 의자나 우리를 꽉 묶고 있는 벨트도 단단하고 매끄러웠다. 알약을 넣을 곳이 없었다.

"뭐 숨길 거 있어?"

인디가 내게 속삭였다.

"응."

내가 말했다. 왜 거짓말을 하겠는가?

"나도 그래. 내가 네 것을 갖고 있을게. 넌 내 차례가 되면 내 걸 갖고 있어."

그녀가 속삭였다.

나는 가방을 열고 슬쩍 알약 꾸러미를 꺼냈다. 내가 더 이상 뭔가를 하기도 전에, 인디는—심지어 수갑을 차고도 빨랐다—그것을 손안에 감추었다. 다음에는 어떻게 할까? 숨기기 위해 어떻게 행동할까? 그렇게 수갑이 채워진 손으로 무엇을 할 수 있을까?

그걸 확인할 시간은 없었다.

"다음."

갈색머리 오피서가 나를 가리키며 말했다.

'인디를 돌아보지 말자. 아무것도 들켜선 안 돼.'

나는 나 자신에게 말했다.


커튼 뒤에서 오피서가 내 낡은 갈색 평상복 주머니를 뒤지는 동안 나는 속옷까지 벗어야 했다. 그녀는 내게 새 평상복을 한 벌 건네주었다. 검은색이었다.

"그 가방 보자."

그녀가 가방을 가져가며 말했다. 그녀는 메시지를 샅샅이 훑었고, 브램이 보낸 옛날 메시지 한 장이 조각조각 부서질 때 나는 움찔하지 않으려고 애썼다.

그녀가 가방을 내게 돌려주며 말했다.

"다시 옷 입어도 돼."

셔츠의 마지막 단추를 끼운 순간 오피서가 헤드 오피셜에게 외쳤다.

"이 아이는 아무것도 갖고 있지 않습니다."

내 얘기였다. 오피셜은 고개를 끄덕였다.

나는 다시 인디 옆자리로 돌아와, 새로 얻은 코트에 팔을 끼웠다.

"난 준비됐어."

나는 입술을 거의 움직이지 않고 작게 말했다.

"그건 이미 네 코트 주머니에 있어."

인디가 말했다.

그녀에게 어떻게 그렇게 빨리 했느냐 물어보고 싶었지만 누가 엿듣는 건 바라지 않았다. 나는 우리가 해낸 일에 대한 안도감으로 아찔할 정도였다. 인디가 해낸 일이지.

잠시 후 오피서가 인디를 가리켰을 때, 그녀는 일어서서 머리를 숙이고 수갑 찬 손을 순순히 앞으로 내민 채 걸어갔다.

'인디는 기가 꺾인 척을 아주 잘하고 있어.'

나는 속으로 생각했다.

에어십 맞은편에서 그들이 나 다음으로 수색한 소녀가 울기 시작했다. 그녀가 무엇을 숨기려다 실패했는지 궁금했다. 인디가 없었으면 내게도 일어났을 일이었다.

"울 만하지. 우리는 바깥 지방에 가게 될 거야."

다른 소녀가 멍하니 말했다.

"걔 가만 놔 둬."

또 다른 소녀가 말했다. 오피셜이 울고 있는 소녀를 보고 녹색 알약을 가져다주었다.

인디는 수색에서 돌아온 이후 아무 말도 하지 않았다. 내 쪽을 보지도 않았다. 나는 코트 주머니에 든 알약의 무게를 느꼈다. 직접 보고 그것이 거기 있는지 확인할 수 있으면 좋겠다. 잰더의 파란 알약과 안에 쑤셔 넣은 내 알약 세 개. 그러나 나는 그러지 않았다. 나는 인디를 믿었고 그녀는 나를 믿었다. 꾸러미의 무게는 거의 같았다. 무게가 더해진 것은 거의 알아차릴 수 없었다. 그녀가 숨기고 싶었던 것이 무엇이든 작고 가벼운 것이리라.

그게 뭘까 궁금했다. 아마 나중에 말해주겠지.

그들은 우리에게 최소한의 장비만 주었다. 이틀치 배급 식량,

여벌 평상복 한 벌, 물통 하나, 모든 것을 넣어 가지고 다닐 수 있는 배낭 하나. 칼이나 날카로운 것은 없었다. 총이나 무기도. 손전등이 하나 있었지만, 아주 가볍고 모서리는 모두 곡선으로 되어 있어 싸움에는 별 도움이 안 될 것이다.

코트는 가볍지만 따뜻했다. 특별한 재질로 만들어졌다는 것을 알 수 있었다. 왜 그들이 여기로 보내는 사람들에게 자원을 낭비하는지 궁금했다. 코트는 그들이 우리가 죽거나 사는 것에 신경쓸지도 모른다는 유일한 표시였다. 그들이 우리에게 준 다른 어떤 것보다도 그 코트는 투자, 즉 비용을 의미했다.

나는 오피셜을 흘깃 쳐다보았다. 그가 몸을 돌리고 재차 조종실 문을 열었다. 그가 그 문을 약간 열어두는 바람에 조종실 안 계기판에 켜진 별자리 같은 기기들이 보였다. 내게 그것들은 별처럼 무수하고 이해할 수 없는 것이었다. 그러나 조종사는 자기가 갈 길을 안다.

"이 에어십에서는 강 같은 소리가 나."

인디가 말했다.

"네가 있던 곳에는 강이 많았니?"

내가 물었다. 그녀가 고개를 끄덕였다.

"내가 이 근처에서 들어본 강이라곤 시시포스 강뿐이야."

내가 말했다.

"시시포스 강?"

인디가 물었다. 나는 오피셜과 오피서들이 우리 이야기를 듣고 있는 건 아닌지 슬쩍 보았다. 그들은 지쳐 보였다. 심지어 여자 오피서는 눈을 잠깐 붙이고 있었다.

"소사이어티가 그 강을 중독시켰어. 그 강 속이나 강기슭에서는 아무것도 살 수 없어. 거기서는 아무것도 자라지 못해."

내가 그녀에게 말했다. 인디는 나를 바라보았다.

"강을 진짜로 죽일 수는 없어. 언제나 움직이고 바뀌는 건 어느 누구도 죽일 수 없어."

오피셜이 에어십 안을 돌아다니며 조종사와 말을 하고 다른 오피서들과 이야기를 나눴다. 그가 에어십 안에서 움직이는 모습은 카이를 떠올리게 했다. 카이가 움직이는 에어트레인에서 균형을 잡고 작은 방향 변화를 예측하는 방식을.

방향을 예측하기 위해 카이에게 나침반이 필요하지는 않았다. 나도 그것 없이 여행할 수 있었다.

나는 카이를 향해, 잰더에게서 멀어져서 더 바깥에 있는 또 다른 것을 향해 날아갔다.

"거의 다 왔다."

갈색 머리 오피서가 말했다. 그녀가 우리를 바라봤을 때 나는 그 눈에서 뭔가를 보았다. 동정이었다. 그녀는 우리 모두를 불쌍하게 여기고 있었다. 나를.

그녀가 그래선 안 되었다. 이 에어십 안에 있는 누구도 그래선 안 된다. 나는 마침내 바깥 지방으로 가고 있었다.

나는 우리가 착륙했을 때 카이가 나를 기다리는 것을 상상했다. 그를 볼 때까지 얼마 남지 않았다고 상상했다. 심지어 그의 손을 어루만지고, 급기야는 어둠 속에서 그의 입술과 맞닿을 시간까지.

"너 웃고 있어."

인디가 말했다.

"알아."

내가 답했다.

# 9
## 카이

달을 기다리는 동안 저녁이 두텁게 내려앉았다. 하늘은 파랗다가 분홍빛이 되었다가 다시 파래졌다. 검은색에 아주 가까운, 더 어둡고 더 짙은 파랑이었다.

나는 아직도 엘리에게 우리가 떠난다는 이야기를 하지 않았다.

조금 전 빅과 나는 모두에게 총을 발사하는 법을 알려주었다. 이제 우리는 다른 사람들을 떠나 카빙 대협곡의 들쭉날쭉하게 벌린 입으로 들어갈 때를 기다리고 있었다.

미니 포트에 메시지가 들어올 때 나는 날카로운 삑 소리가 들렸다. 빅이 그것을 귀에 갖다대고 귀를 기울였다.

나는 적이 우리를 어떻게 생각할지 궁금했다. 소사이어티가 방어할 생각도 하지 않는 이 사람들을. 그들이 아무리 쏘아 죽여도, 다음 순간 우리는 끝없이 공급되는 듯 다시 슬금슬금 기어 나온다. 우리가 들쥐나 생쥐, 벼룩, 죽일 수 없는 해충처럼 보일까? 아니면 적은 소사이어티가 하고 있는 일을 조금이라도 알고 있을까?

"잘 들어."

빅이 입을 열었다. 그는 미니 포트에 전송된 메시지를 다 들은 뒤였다.

"방금 담당 오피셜에게서 메시지를 받았어."

모여 있는 아이들이 여기저기서 웅성거렸다. 그들은 검은 가루가 묻은 손과 희망으로 생생한 눈을 가지고 서 있었다. 눈을 돌려 다른 곳을 보지 않기 위해 애써야 했다. 어떤 말이 마음속을 스쳐 지나가기 시작했다. 익숙한 리듬. 나는 잠시 후에야 내가 무엇을 하고 있는지 깨달았다. 나는 그들에게 죽은 자를 위한 말을 해주고 있었다.

"우리는 곧 새로운 마을 사람들을 받게 될 거야."

빅이 말했다.

"얼마나 많이요?"

누군가가 물었다.

"나도 몰라. 내가 아는 건 오피셜이 그들은 다르다고 말했다는 것뿐이야. 하지만 우리는 그들을 다른 마을 사람들처럼 대해야 하고, 그들에게 무슨 일이 일어나도 우리가 책임을 져야 한대."

빅이 말했다.

모두 조용했다. 그들이 우리에게 한 말 중에서 그것 하나만은 진실이었다. 누군가가 다른 사람을 죽이거나 다치게 하면 오피셜들이 오리라는 것. 신속하게. 우리는 전에 그런 일이 일어나는 것을 보았다. 소사이어티는 그 점을 분명히 했다. 우리는 서로를 해치면 안 된다. 그것은 적이 할 일이었다.

"사람들이 많이 보내지나 봐. 그들이 여기 와서 싸울 때까지 기다려야 할지도 몰라."

누가 소리 내어 말했다.

"아냐. 적이 오늘 밤 온다면 우리도 오늘 밤 총을 쏘는 거야."

빅이 권위적인 목소리로 말했다. 그는 지평선에 떠오르는 둥글고 흰 달을 가리켰다.

"자기 자리로 가자."

"무슨 뜻인 것 같아요? 새로 오는 마을 사람들은 다르다는 말이?"

다른 사람들이 자리로 돌아간 후 엘리가 물었다.

빅의 입이 일자로 굳게 다물어졌고, 나는 우리가 똑같은 생각을 하고 있다는 것을 알았다. 소녀들. 그들은 여자애들을 보내고 있었다.

"네가 옳아. 그들은 일탈자들을 제거하고 있어."

빅이 나를 바라보며 말했다.

"우리가 오기 전에 그들이 비정상들을 모두 쓰러뜨렸다는 것도 장담할 수 있지."

그 말이 내 입에서 다 나오기도 전에, 빅이 꽉 쥔 주먹을 곧장 내 얼굴을 향해 휘두르는 것이 보였다. 나는 간신히 제때 피할 수 있었다. 그의 주먹은 빗나갔고, 나는 본능적으로 그의 배를 정통으로 때렸다. 그는 뒤로 비틀거렸으나 쓰러지지는 않았다.

엘리가 숨을 들이켰다. 빅과 나는 서로를 노려보았다.

빅의 눈에 깃든 고통은 내 주먹에 맞았기 때문이 아니었다. 나와 마찬가지로, 빅은 전에도 맞아보았다. 우리는 그런 종류의 고통을 견딜 수 있었다. 왜 그가 내가 한 말에 그런 반응을 보였는지 알 수 없었지만, 그가 그 이유를 결코 말하지 않으리라는 것은 알았다. 나는 내 비밀을 지킨다. 그는 그의 비밀을 지킨다.

"넌 내가 비정상이라고 생각해?"

빅이 조용히 물었다. 엘리는 한발 물러서서 거리를 지켰다.

"아니."

내가 말했다.

"만약 내가 그렇다면?"

"기쁠 거야. 누군가가 살아남았다는 뜻일 테니까. 아니면 소사이어티가 여기서 하고 있는 일에 대한 내 짐작이 틀렸다는 뜻이거나……."

빅과 나 둘 다 하늘을 바라보았다. 우리는 똑같은 것을 듣고 똑같은 움직임을 느꼈다.

적이다.

달이 떴다.

보름달이었다.

"적들이 오고 있어!"

빅이 소리쳤다.

다른 목소리들이 그 외침에 응답했다. 그들은 소리를 질렀고, 외쳤고, 나는 그들의 목소리에서 공포와 분노와 오래전에 들었던 또 다른 것을 알아차렸다. 맞서 싸우는 기쁨.

빅이 나를 쳐다보았다. 나는 우리가 똑같은 생각을 한다는 것을 알았다. 머물러서 적들과 싸워 격퇴하고 싶은 유혹을 느꼈다. 나는 빅을 보며 고개를 저었다.

'안 돼.'

그는 머무를 수 있지만 나는 그러지 않을 것이다. 나는 여기서 나가야 했다. 카시아에게 돌아가야 했다.

손전등이 빛 속에서 이리저리 움직였다. 검은 사람 그림자들이 달리고 비명을 질렀다.

"지금이야."

빅이 말했다.

나는 총을 떨어뜨리고 엘리의 팔을 잡았다.

"우리와 함께 가자."

나는 엘리에게 말했다. 그는 당황해서 나를 바라보았다.

"어디로요?"

그가 물었다. 내가 카빙 대협곡 쪽을 가리키자 그의 눈이 커졌다.

"저기로요?"

"그래. 지금."

내가 말했다.

엘리는 단 한순간만 머뭇거리다가 고개를 끄덕였고 우리는 뛰었다. 나는 땅에 총을 남겨두었다. 누군가에게는 또 한 번의 기회가 생길 것이다. 곁눈질을 하자 빅도 자기 총을 내려놓은 것이 보였다. 그는 그 옆에 미니 포트도 내려놓았다.

밤이어서 그런지, 거대한 동물의 등 위를 빠르게 달리는 것 같았다. 달빛 속에서 은빛 털처럼 빛나는, 군데군데 듬성듬성하게 솟은 높은 금빛 수풀을 뚫고 척추 위를 전력 질주하는 기분. 곧 카빙 대협곡에 가까워지면서 딱딱한 바위를 디딜 테고, 그때가 우리가 가장 노출되는 순간이었다.

1킬로미터도 못 가서 엘리가 뒤처지는 것이 느껴졌다.

"총 버려."

내가 말했지만 엘리가 총을 버리지 않자, 나는 손을 뻗어 그의 손에서 총을 쳐냈다. 그것이 철컹 땅에 떨어지자 엘리는 발을 멈추었다.

"엘리."

내가 입을 연 순간 폭격이 시작되었다.

그리고 비명이.

"듣지 말고 뛰어."

나는 엘리에게 말했다. 나도 그것을 하나도 듣지 않으려고 애썼다. 비명을, 외침을, 죽어가는 생명을.

사암층 언저리에 닿자, 엘리와 나는 상황을 파악하고 있는 빅 옆에 멈추었다.

"저쪽이야."

내가 가리키며 말했다.

"돌아가서 저들을 도와야 해요."

엘리가 말했다.

빅은 대답하지 않고 다시 출발했다.

"카이 형?"

"계속 뛰어, 엘리."

내가 그에게 말했다.

"저들이 죽어가도 상관없어요?"

엘리가 물었다.

픽-픽-픽.

뒤에서 우리가 조작한 총의 가련한 소리가 들렸다. 여기서, 그것은 아무것도 아니었다.

"너 살고 싶지 않아?"

나는 엘리가 일을 이렇게 어렵게 만들고 있는 것에 화가 나서, 우리 뒤에서 무슨 일이 일어나는지 잊어버리게 놔두지 않는 것에 화가 나서 물었다.

그때 우리 발밑의 짐승이 몸을 떨었다. 뭔가 커다란 것이 땅을 때렸고, 엘리와 나는 빠르게 움직였다. 살고자 하는 것 외에 아무런 본능도 남지 않았고, '도망쳐' 외에 아무것도 마음속에 없었다.

나는 전에도 이런 일을 겪었다. 오래전에. 아버지가 내게 말씀하신 적이 있었다.

"무슨 일이 일어나면 카빙 대협곡을 향해 도망쳐라."

아버지 말씀이었고, 나는 그렇게 했다. 언제나 그랬듯이 나는 살고 싶었다.

내가 뛰어가는 데 몇 시간이나 걸린 거리를 에어십이 재빠르게 날아오더니 오피셜들이 내 앞에 내려섰다. 그들은 나를 땅에 찍어 눌렀다. 나는 몸부림쳤다. 돌멩이에 얼굴이 긁혔다. 그러나 나는 마을에서 가지고 나온 한 가지 물건만은 꼭 쥐고 있었다. 어머니의 그림붓.

에어십 안에 다른 생존자는 단 한 명뿐이었다. 우리 마을 여자애 한 명이었다. 일단 다시 날아오르자 오피셜들은 우리에게 빨간 알약을 내밀었다. 나는 빨간 알약에 얽힌 소문을 들은 적이 있었다. 먹으면 죽을 거라고 생각했기 때문에 입을 꼭 다물었다. 나는 알약을 먹지 않을 것이다.

"저런."

오피셜 한 명이 동정하듯 내뱉고는 내 입을 억지로 벌려 녹색 알약을 밀어 넣었다. 가짜 진정감이 나를 덮치는 바람에, 그녀가 붉은 알약을 입속에 밀어 넣었을 때 싸울 수 없었다. 그러나 내 손은 알고 있었다. 그림붓을 어찌나 세게 움켜쥐었는지 붓이 부러졌다.

나는 죽지 않았다. 그들은 우리를 에어십 안 커튼 뒤로 데려가 손과 얼굴을 씻기고 머리를 감겼다. 우리가 잊어버리는 데 걸리는 시간 동안 그들은 우리를 점잖게 대했고, 우리에게 새 옷을 주며 진짜로 일어났던 일 대신 기억해야 할 새로운 일들을 말해주었다.

"안됐구나. 너희 마을 사람들이 일하고 있던 들판을 적이 공습했단다. 전체 사상자 수는 적지만, 너희 부모님들은 돌아가셨어."

그들이 얼굴에 유감의 뜻을 띠고 말했다.

나는 생각했다.

'왜 우리에게 이런 이야기를 하지? 우리가 잊어버릴 거라고 생각해? 사상자 수는 적지 않았어. 거의 모든 사람이 죽었어. 그리고 그들은 들판에 있지 않았어. 난 다 봤다고.'

그 소녀는 울면서 고개를 끄덕였고, 그들이 거짓말을 하고 있다는 것을 알아야 하는데도 그들의 말을 믿었다. 나도 바로 그렇게 잊어버려야 한다는 것을 깨달았다.

나는 잊어버린 척했다. 나는 소녀처럼 고개를 끄덕이며 그녀가 눈물 아래 짓고 있는 것과 똑같은 멍한 표정을 지으려고 애썼다.

그러나 나는 그녀처럼 울지는 않았다. 울면 결코 멈추지 못하리라는 것을 알았기 때문이다. 그러면 그들은 내가 정말로 무엇을 봤는지 알게 될 것이다.

그들은 부러진 그림붓을 가져가며 왜 내게 그것을 갖고 있었냐고 물었다.

잠시 나는 공황 상태에 빠졌다. 기억할 수가 없었다. 그 붉은 알약이 약효를 발휘하고 있는 것일까? 그때 나는 기억해냈다. 그 그림붓은 어머니 것이기 때문에 갖고 있었던 것이다. 폭격당한 후 고원에서 내려왔을 때 나는 그것을 마을에서 찾아냈다.

나는 그들을 보며 말했다.

"모르겠어요. 그냥 찾아냈어요."

그들은 나를 믿었고 나는 들키지 않을 만큼만 거짓말을 하는 법을 배웠다.

카빙 대협곡은 이제 더 가까이 있었다.

"어디야?"

빅이 내게 외쳤다. 카빙 대협곡에 아주 가까이 오면 멀리서는 보이지 않았던 것이 보인다. 표면에 난 깊은 틈. 틈 하나하나가 또 다른 협곡이고 또 다른 선택지였다.

나도 몰랐다. 전에는 한 번도 여기까지 와본 적이 없었고, 아버지의 말씀만 들었다. 그러나 빨리 결정해야 했다. 지금 잠깐 동안은 내가 리더였다.

"저기야."

나는 가장 가까이 있는 땅의 갈라진 곳을 가리키며 말했다. 근처에는 둥근 돌무더기가 있었다. 뭔가 딱 들어맞는 듯한 느낌이었다. 내가 전에 알던 이야기처럼.

이제 손전등은 쓸 수 없다. 달빛이 그 역할을 해주어야 했다. 땅속으로 들어가려면 양손이 다 필요했다. 나는 돌멩이에, 밀항자처럼 어디든 붙어 있을 수 있는 식물들의 깔쭉깔쭉한 날에 팔을 베었다.

뒤에서 웅 하는 소리가 들렸다. 적의 폭격 소리 같지는 않았다. 마을에서 나는 것도 아니었다. 가까이서 났다. 우리 바로 뒤 들판 어딘가에서 나는 소리였다.

"저게 뭐죠?"

엘리가 물었다.

"가자."

빅과 내가 동시에 그에게 말했다. 우리는 빨리, 더 빨리 가려고 허둥거렸다. 베이고 피 흘리고 멍들면서. 사냥당하면서.

잠시 후 빅이 멈추는 바람에 나는 그를 밀고 말았다. 이제 우리는 가늘고 긴 협곡 안쪽 깊숙이 들어가야 했다.

"조심해. 땅이 온통 바위야."

내가 뒤쪽을 향해 말했다. 엘리와 빅이 내 뒤에서 숨을 몰아쉬는 소리가 들렸다.

"저게 뭐죠?"

우리가 안에 들어가자마자 엘리가 다시 물었다.

"누군가가 우리를 따라오다가 총에 맞아 쓰러졌어."

빅이 말했다.

"잠시 멈춰도 될 것 같아."

내가 위로 튀어나온 커다란 바위로 올라가며 말했다. 빅과 엘리도 서둘러 올라왔다.

빅의 숨소리가 귀에 거슬렸다. 나는 그를 바라보았다.

"괜찮아. 난 뛰면 이래. 특히 먼지가 있으면."

그가 말했다.

"누가 그들을 쏴서 쓰러뜨렸죠? 적인가요?"

엘리가 물었다. 빅은 아무 말도 하지 않았다.

"누구예요?"

엘리가 새된 목소리로 물었다.

"난 몰라. 정말 몰라."

빅이 말했다.

"모른다고요?"

엘리가 말했다.

"누구도, 아무것도 몰라. 카이만 빼고. 그는 어떤 여자애한테서 그 진실을 찾아냈다고 생각해."

빅이 말했다.

마음속에서 증오가 끓어올랐다. 순수하고 기진맥진한 분노였다. 그러나 내가 무슨 짓을 하기도 전에 빅이 덧붙였다.

"누가 알겠어? 카이가 옳을 수도 있어."

그가 기대고 있던 돌벽에서 몸을 일으켰다.

"가자. 네가 먼저 가."

숨을 들이쉬고 눈이 적응하기를 기다리면서, 어둠의 색조가 바위와 식물들의 모습으로 바뀌는 동안 협곡의 공기가 목구멍에서 차갑게 타올랐다.

"이쪽이야. 꼭 필요하면 손전등을 낮게 비춰. 하지만 달빛으로 충분할 거야."

내가 말했다.

소사이어티는 모든 것을 우리에게서 감추려고 했다. 그러나 바람은 우리가 무엇을 알든 상관하지 않았다. 우리가 협곡 안으로 더 멀리 들어갈 때, 바람은 무슨 일이 벌어졌는지 흔적을 실어다 주었다. 연기 냄새와, 우리 위에 떨어지는 흰 물질. 하얀 재. 나는 한순간도 그것이 눈이라고 생각하지 않았다.

# 10
## 카시아

나는 착륙하면 맨 처음 에어십에서 내려서 카이가 그곳에 있는지 보고 싶었다. 그러나 섞여드는 것이 얼마나 중요한지에 대해 그가 자치구에서 해준 말을 기억했기 때문에, 나는 여자애들 무리 한가운데 머무른 채 우리 앞에 늘어서 있는 검은 코트의 남자애들 속에서 카이를 찾았다.

그는 여기 없었다.

"기억해둬라. 새로 온 마을 사람들을 다른 사람과 똑같이 대해라. 어떤 종류의 폭력도 안 돼. 우리가 지켜보고 귀 기울이고 있을 거다."

오피셜이 소년들에게 말했다.

아무도 대답하지 않았다. 리더가 없는 것 같았다. 옆에서 인디가 체중을 이 발 저 발로 옮겼다. 우리 뒤의 한 여자애가 울음을 억눌렀다.

"앞으로 나와서 배급 식량을 가져가라."

오피셜이 말했다. 앞 사람을 재촉하는 이는 없었다. 떠밀지도 않았다. 소년들은 모두 한 줄로 서서 지나갔다. 간밤에 비가 온 게 분명했다. 그들의 장화에는 붉은 진흙이 두껍게 달라붙어 있었다.

나는 얼굴을 하나하나 바라보았다.

어떤 얼굴은 겁에 질려 있었다. 어떤 얼굴은 교활하고 위험해 보였다. 아무도 친절해 보이지 않았다. 그들 모두 너무 많은 것을 보았다. 나는 그들의 등을, 그들이 식량을 가져갈 때의 손을, 오피셜이 앞을 지나갈 때의 얼굴을 바라보았다. 그들은 음식을 두고 다투지 않았다. 모두에게 돌아갈 만큼의 음식이 있었다. 그들은 커다란 파란 물통에서 휴대용 물통을 채웠다.

'난 저들을 분류하고 있어.'

나는 깨달았다. 다음 순간 궁금해졌다.

'내가 나 자신을 분류해야 한다면 어떨까? 무엇을 보게 될까? 나는 살아남을 사람일까?'

나는 나 자신을, 오피셜과 오피서들이 짐을 챙겨 에어십으로 떠나는 것을 지켜보는 소녀를 내려다보려고 노력했다. 그 소녀는 낯선 옷을 입고, 모르는 얼굴들을 탐욕스럽게 바라보고 있었다. 나는 그녀의 엉킨 갈색 머리를, 조그맣지만 똑바로 서 있는 모습을 내려다보았다. 심지어 오피서들과 오피셜이 떠나고 소년 하나가 앞으로 나와 새로 온 소녀들에게 작물 같은 건 없다고 말한 뒤에도. 적이 매일 밤 폭격을 가하고, 소사이어티는 이제 무기를 나누어주지 않고, 하여간 그 무기들은 절대로 작동하지 않으며, 수용소의 모든 사람이 여기에 죽으라고 보내졌고, 아무도 왜 그래야 하는지 모른다고 말한 뒤에도.

다른 소녀들이 무릎을 꿇고 주저앉았을 때도, 그 소녀는 강하고 똑바른 자세로 남아 있었다. 그녀는 내내 알고 있었기 때문이다. 찾아야 할 사람이 있었기 때문에, 그녀는 물러날 수 없었다. 공중에 손을 쳐들거나 땅으로 눈물을 떨어뜨릴 수 없었다. 다른 소녀들 사이에서 오직 홀로, 그녀는 살짝 미소 짓고 있었다.

'그래. 저 아이는 살아남을 거야.'

나는 나 자신에게 말했다.

인디가 내게 꾸러미를 달라고 했다. 나는 그것을 그녀에게 넘겨주었고, 그녀가 알약 속에서 뭔가를 슬쩍 꺼낸 다음 다시 돌려주었을 때, 나는 그녀가 숨겨야 했던 것이 무엇인지 아직 모른다는 걸 깨달았다. 그러나 지금은 그것을 물을 때가 아니었다. 더 긴급한 다른 의문이 있었다. 카이는 어디 있지?

"난 누구를 찾고 있어요. 그 애 이름은 카이예요."

나는 큰 소리로 말했다. 한 소년이 우리에게 진실을 다 밝혔으므로, 어떤 소년들은 이미 떠나기 시작했다.

"짙은 색 머리와 파란 눈을 갖고 있어요."

나는 더 크게 외쳤다.

"그는 도시에서 왔지만, 이곳에 대해서도 알아요. 그는 글을 알고 있어요."

그가 그것을 팔 수 있는 방법을, 여기서 무엇과 바꿀 방법을 찾았는지 궁금했다.

서로 다른 눈 색깔을 가진 사람들이 서로를 빤히 바라보았다. 파란색, 갈색, 녹색, 회색. 그러나 그 색깔 중 어느 것도 카이의 눈 색깔이 아니었다. 그 파란색 중 아무것도 딱 들어맞지 않았다.

"너희는 지금 쉬어야 해."

우리에게 진실을 말한 소년이 말했다.

"밤에는 자기 힘들어. 적들이 보통 그때 폭격을 하니까."

그 아이는 기진맥진해 보였다. 그가 몸을 돌릴 때 그의 손안에 있는 미니 포트가 보였다. 그가 리더였나? 지금은 습관적으로 정보 전달을 계속하고 있는 건가?

다른 아이들도 몸을 돌렸다. 이곳 상황 자체보다 이곳의 무관심이 나를 더 겁먹게 했다. 이 사람들은 반역이나 봉기에 대해 전혀 모르는 것 같았다. 더 이상 아무도 상관하지 않는다면, 모든 사람이 포기했다면, 카이를 찾는 일을 누가 도와줄까?

"난 못 자. 만약 이게 내 마지막 날이면 어떡해?"

에어십에 같이 탔던 소녀가 작은 소리로 말했다.

최소한 그녀는 말을 할 수 있었다. 다른 아이들 몇 명은 충격으로 긴장병에 걸린 것처럼 보였다. 나는 한 소년이 소녀 한 명에게 걸어와 뭔가 말하는 것을 보았다. 그녀는 어깨를 으쓱하고 우리를 돌아보더니 그와 함께 걸어가버렸다.

가슴이 더 빠르게 뛰었다. 그녀를 막아야 했나? 저 남자애는 뭘 하려는 걸까?

"너 저들의 장화 봤어?"

인디가 내게 속삭였다.

나는 고개를 끄덕였다. 나는 장화에 묻은 진흙과 장화 자체를 보았다. 두꺼운 솔기에 고무로 된 장화였다. 솔기 옆에 눈금이 새겨져 있다는 것만 제외하면 우리 것과 같았다. 나는 그것이 무엇을 의미하는지, 무엇을 표시하는지 알았다. 살아남은 날수였다. 소년들 중 누구도 장화에 새긴 자국이 많지 않았기 때문에 가슴이 내려앉았다. 카이는 떠난 지 12주가 다 되었다.

사람들이 발을 끌며 떠나갔다. 자신들의 일이나 신경 쓰며 자러 가려는 것 같았다. 그러나 남자애들 몇 명이 우리 여자애들 주위를 빙빙 돌았다. 그들은 굶주린 듯 보였다.

'분류하지 마. 그냥 봐.'

나는 스스로에게 말했다.

그들의 솔기에는 눈금이 거의 새겨져 있지 않았다. 그들은 아직 무관심해지지 않았다. 여전히 많은 것을 원했다. 새로 온 아이들이었다. 카이를 알 정도로 여기 오래 있지 않았을 것이다.

'넌 여전히 분류하고 있어. 그냥 봐.'

한 아이는 손에 화상을 입고 장화 전체에 검은 가루를 묻히고 있었다. 무릎 위부터는 깨끗했다. 그는 남자애들 무리 뒤에 서 있었다. 그는 내가 자기 손을 바라보는 것을 보고 나와 눈을 마주치더니 심기에 거슬리는 손짓을 했다. 그러나 나는 그의 시선을 계속 따라갔다. 나는 그 애를 있는 그대로 보려고 애썼다.

"넌 그 애를 아는구나? 내가 말하는 사람을 알지?"

나는 그 소년에게 말했다. 나는 그가 그것을 인정하리라 생각하지 않았지만, 그는 고개를 끄덕였다.

"그 애는 어디 있어?"

내가 물었다.

"죽었어."

소년이 말했다.

"거짓말하지 마. 네가 진실을 말하고 싶을 때 네 얘기를 듣겠어."

나는 솟구치는 눈물과 불안을 안으로 억누르며 말했다.

"왜 내가 너한테 뭘 이야기해줄 거라고 생각하는 거야?"

그가 물었다.

"너한테는 이야기할 시간이 많이 남지 않았으니까. 우리 모두 그래."

내가 말했다.

인디는 내 옆에 서서 지평선을 계속 바라보았다. 그녀는 우리에게 무엇이 닥쳐올지 지켜보고 있었다. 다른 아이들이 우리 근처에 모여 귀를 기울였다.

잠깐 그 소년은 말을 할 것도 같았다. 그러나 다음 순간 그는 그냥 웃고는 가버렸다.

하지만 나는 걱정하지 않았다. 나는 그가 돌아오리라는 것을 알았다. 그것을 그의 눈에서 보았다. 나는 들을 준비를 할 것이다.


그날은 길기도 하고 동시에 짧기도 했다. 모두들 기다렸다. 소년 무리가 돌아왔지만, 무엇 때문인지 우리에게 거리를 두었다. 아마 우리 근처에 머물러 있는 예전 리더의 위협 때문일 것이다. 그는 손에 미니 포트를 들고 있었지만 어디에도, 아무것도 보고하지 않았다. 그들은 우리를 다치게 했을 경우 오피셜이 돌아왔을 때 닥칠 결과를 두려워하는 것일까?

다른 소녀들과 함께 포일그릇에 담긴 저녁을 먹고 있을 때, 손에 화상을 입은 소년이 나를 향해 오는 것을 보았다. 나는 일어서서 남은 음식을 내밀었다. 이곳의 배급 식량은 아주 적었다. 이곳에 오래 있었던 사람은 누구라도 굶주릴 것이다.

"바보 같아."

인디가 내 옆에서 중얼거렸다. 그러나 그녀도 일어섰다. 에어십에서 서로를 도운 이후 우리는 왠지 동맹을 맺게 된 것 같았다.

"너 날 매수하는 거야?"

더 가까이 와서 내가 내민 고기와 탄수화물 캐서롤을 본 소년이 악의에 찬 목소리로 물었다.

"당연하지. 거기 있었던 사람은 너밖에 없어. 사정을 아는 사람도 너밖에 없고."

내가 말했다.

"난 이걸 그냥 가져갈 수도 있어. 너한테서 원하는 거라면 전부 가져갈 수 있어."

"그럴 수도 있겠지. 하지만 그건 현명하지 못한 짓일 거야."

"왜?"

"왜냐하면 아무도 나처럼 네 얘길 들어주지 않을 테니까. 아무도 알고 싶어하지 않을 테니까. 하지만 난 알고 싶어. 난 네가 무엇을 봤는지 알고 싶어."

그가 머뭇거렸다.

"다른 사람들은 그다지 듣고 싶어하지 않을 거야. 안 그래?"

그가 뒤로 몸을 기대고 머리카락을 손으로 쓸어 올렸다. 과거의 시간에서 남겨진 몸짓일 거라는 생각이 들었다. 이제는 다른 소년들과 마찬가지로 그의 머리도 짧았기 때문이다. 그가 말했다.

"좋아. 하지만 그건 다른 수용소에서의 일이야. 여기 오기 전에 있었던 곳. 같은 사람이 아닐 수도 있어. 내가 아는 카이는 네 말대로 글을 알고 있었어."

"어떤 글을 알고 있었는데?"

내가 물었다. 소년은 어깨를 으쓱했다.

"죽은 자에게 하는 말."

"어떤 말이었어?"

내가 물었다.

"많이는 기억 안 나. 인도자에 대한 거였어."

나는 놀라서 눈을 깜박였다. 카이는 테니슨의 시도 알고 있었다. 어떻게? 순간 나는 숲 속에서 처음 콤팩트를 열었던 날을 떠올렸다. 카이는 나중에 나를 보았다고 말했다. 그는 내 어깨 너머로 그 시를 보았든가, 아니면 내가 그곳 숲 속에서 되풀이해 읽을 때 소리 내어 속삭였던 것을 보았을 것이다. 나는 미소 지었다.

'그러면 우리는 두 번째 시도 함께 갖고 있는 거구나.'

인디가 소년과 나를 번갈아 보았다. 그녀의 눈은 호기심에 차 있었다.

"인도자가 무슨 뜻이야?"

그녀가 물었다. 소년은 어깨를 으쓱했다.

'난 몰라. 그건 그 애가 사람들이 죽을 때마다 한 말이었어. 그 것뿐이야."

그다음 소년은 웃기 시작했다. 그 웃음소리에는 어떤 즐거움도 깃들어 있지 않았다.

"하지만 카이는 마지막 날 밤 그 말을 몇 시간 동안 하고 있었을 거야."

"마지막 날 밤에 무슨 일이 일어났는데?"

"폭격이 있었어. 최악의 폭격이었지."

그는 더 이상 웃지 않고 말했다.

"그게 언제였어?"

그가 자기 장화를 내려다보았다.

"이틀 전에. 그보다 훨씬 오래된 것 같지만."

그는 믿을 수 없다는 듯이 말했다.

"그날 밤에 그 애를 봤어? 확실해? 그 애 얼굴을 봤니?"

내가 물었다. 심장이 질주했다. 이 소년을 믿을 수 있다면, 이틀 전에 카이는 살아 있었고 가까이 있었다.

"얼굴은 못 봤어. 등을 봤지. 카이와 그의 친구 빅은 우리를 남겨둔 채 달아났어. 그들은 자기 목숨을 건지려고 우리가 죽든 말든 내버려두고 떠났어. 우리 중에서 겨우 여섯 명이 살아남았지. 오피서들이 나를 여기로 데려온 뒤 다른 다섯 명을 어디로 데려갔는지는 모르겠어. 이 수용소에 나 혼자만 두고."

소년이 말했다.

인디가 나를 흘깃 보면서 눈으로 물었다.

'그게 그 애야?'

사람들을 남겨두고 가는 것은 카이답지 않았다. 그러나 절망적인 상황에서 기회를 찾아 움켜쥐는 건 카이다웠다.

"그럼 그 애는 그 폭격을 당한 날 밤에 달아났구나. 너를 두고……."

나는 그 문장을 끝맺을 수가 없었다.

하늘 아래 이곳은 고요했다.

"난 그들을 탓하지 않아."

소년이 말했다. 쓰디쓴 어조가 힘 빠진 어조로 변했다.

"나라도 그렇게 했을 거야. 너무 많이 도망갔다면 붙잡혔을 거야. 그들은 우리를 도우려고 했어. 우리에게 총이 한 번 발사되게 하는 법을 알려줬기 때문에 최소한 응사할 수 있었거든. 그렇지만 그들은 도망간 밤에 자신들이 무슨 일을 하고 있는지 알았어. 그들이 선택한 시기는 완벽했어. 그날 밤 아주 많은 사람들이 죽었고 그중 몇 명은 우리 총에 맞아 죽었기 때문에, 소사이어티는 누가 재가 되었고 누가 아니었는지 몰랐을 거야. 하지만 난 알았지. 그들이 떠나는 걸 봤으니까."

"그들이 지금 어디 있는지 알아?"

인디가 물었다.

"저기 어딘가에."

그는 여기서는 거의 보이지 않는 사암층을 가리켰다.

"저 바위 너머에 당시 우리가 머물던 마을이 있었어. 카이는 그곳을 카빙 대협곡이라고 불렀어. 그 애는 필사적이었던 게 분명해. 그곳에는 죽음이 있어. 비정상, 전갈, 순간적인 홍수. 하지만……"

그는 말을 멈추고 하늘을 바라보았다.

"그들은 그 아이도 함께 데려갔어. 엘리. 겨우 열세 살 정도고, 우리 무리에서 가장 어렸어. 입을 다물고 있지를 못했지. 그 애가 그들에게 무슨 소용이 있었을까? 왜 우리 중 한 명을 데려가지 않았을까?"

그게 카이였다.

"근데 그 애가 가는 걸 봤는데 왜 넌 따라가지 않았어?"

내가 물었다.

"그렇게 뒤따라간 사람에게 무슨 일이 벌어졌는지 봤거든."

소년은 심드렁하게 말했다.

"뒤따라간 애는 너무 늦었어. 에어십이 그 애를 쏘아 쓰러뜨렸어. 그들 셋만 겨우 저 안에 들어갔지."

그는 다시 카빙 대협곡을 뒤돌아보며 기억을 떠올리는 듯했다.

"카빙 대협곡은 얼마나 멀어?"

내가 물었다.

"여기서 오래 달려야 해. 4, 50킬로미터."

그는 나를 향해 눈썹을 치켜 올렸다.

"너 혼자 거기 갈 수 있다고 생각해? 간밤에 비가 내렸어. 그들의 발자국은 사라졌을 거야."

"네가 날 도와주면 좋겠어. 그 애가 정확히 어디로 갔는지 알려 줘."

내가 말했다. 그가 웃었다. 마음에 들지는 않지만 이해할 수 있는 웃음이었다.

"그 대가로 내가 뭘 얻는데?"

"네가 협곡에서 살아남는 데 쓸 수 있는 거. 소사이어티의 의료센터에서 훔친 거야. 네가 우리를 카빙 대협곡까지 안전하게 데려다주면 더 말해줄게."

나는 인디를 흘끗 보았다. 그녀가 나와 함께 갈지 안 갈지 이야기해본 적은 없었다. 하지만 우리는 이제 한 팀인 것 같았다.

"좋아."

그는 흥미를 보이는 듯했다.

"하지만 나는 포일그릇 맛이 나는 음식 찌꺼기를 원하는 건 아니야."

인디가 조그맣게 놀라는 소리를 냈지만, 나는 왜 그가 그 이상 버티지 않는지 알 수 있었다. 그는 우리와 함께 떠나고 싶었던 것이다. 그도 탈출하고 싶었지만 혼자 하려고 들지는 않았다. 카이와 함께 수용소에 있을 때는 도망가지 않았다. 지금도 아니었다. 우리에게 그가 필요한 만큼 그에게도 우리가 필요했다.

"그러진 않을 거야. 약속해."

내가 말했다. 소년이 말했다.

"우린 오늘 밤 도망가야 해. 너 할 수 있겠어?"

"응."

"나도 할 수 있어."

인디가 말했다. 나는 그녀를 흘끗 보았다.

"나도 갈 거야."

인디의 말은 질문이 아니었다. 그녀는 자기가 원하는 대로 했다. 그리고 이것은 필생의 도주였다.

"좋아."

내가 말했다.

"어두워지고 모두들 잠들면 내가 와서 너희를 데려갈게. 쉴 곳을 찾아봐. 마을 언저리에 낡은 가게가 있어. 거기가 가장 좋은 장소일 거야. 그곳에 머무는 총알받이들은 너희를 해치지 않을 거야."

소년이 말했다.

"알았어. 근데 폭격이 있으면?"

내가 물었다.

"폭격이 있으면, 끝난 뒤에 내가 와서 너희를 찾을게. 너희가 죽지 않았다면. 너희들 손전등 받았어?"

"응."

내가 대답했다.

"그걸 가져와. 달빛이 도움이 되겠지만, 이제는 보름달이 아니니까."


검은 산마루 위로 달이 하얗게 떠올랐을 때, 나는 그 산마루가 내내 거기 있었다는 것을 깨달았다. 산 모양을 따라 별이 보이지 않기 때문에 충분히 알아차릴 수 있었지만, 나는 그걸 잊어버리고 있었다. 이곳의 별은 타나의 별들과 비슷했다. 깨끗한 밤공기 속에서 많이, 그리고 또렷이 보였다.

"나 곧 돌아올게."

인디는 그렇게 말하고는 내가 잡기도 전에 슬쩍 빠져나갔다.

"조심해."

내가 속삭였지만 너무 늦었다. 그녀는 이미 가버렸다.

"적들은 보통 어디서 와?"

여자애 한 명이 물었다. 우리는 모두 유리창이 없는 창가에 모여 서 있었다. 창으로 바람이 불어 들어왔다. 흘러 들어오는 바람은 창에서 창으로 흐르는 차가운 공기의 강 같았다.

"절대로 몰라."

한 소년이 말했다. 그의 얼굴은 체념으로 가득했다.

"'절대로' 알 수가 없어."

그가 한숨 지었다.

"적들이 왔을 때 가장 숨기 좋은 장소는 지하실이야. 이 마을에는 지하실이 있어. 없는 마을도 있지만."

"하지만 어떤 사람들은 지상에서 기회를 엿보기도 해. 난 지하실이 싫어. 그 아래 있으면 제대로 생각을 못하거든."

다른 소년이 말했다.

그들은 마치 영원히 이곳에 있었던 것처럼 말했다. 그러나 손전등을 아래로 비췄을 때 나는 그들의 장화에 각각 겨우 대여섯 개의 눈금만 새겨진 것을 보았다.

"난 바깥에 서 있을 거야. 그걸 금지하는 규칙은 없지? 그렇지?"

잠시 후 내가 물었다.

"그늘에 서서 빛을 비추지 마. 주의를 끌지 마. 그들이 위에 떠서 기다리고 있으면 어쩔래?"

지하실을 싫어하는 소년이 내게 말했다.

"일았어."

내가 말했다.

막 나가려고 할 때 인디가 문으로 슬며시 들어오는 바람에 나는 안도의 한숨을 쉬었다. 그녀는 또 도망간 것이 아니었다.

"여긴 아름답네."

그녀가 내 옆에 와서 대화를 하려는 듯 말했다.

그녀가 옳았다. 지금 일어나고 있는 모든 일을 간과하고 볼 수 있다면, 이곳은 아름다웠다. 달이 시멘트 보도에 하얀빛을 쏟아부었고, 나는 그 소년을 보았다. 그는 조심스러워했다. 그는 그늘에 머물러 있었지만 나는 그가 거기 있다는 것을 알았다. 그가 내 귀에 속삭였을 때 나는 놀라지 않았고, 인디도 펄쩍 뛰지 않았다.

"우리 언제 가?"

내가 그에게 물었다.

"지금. 아니면 새벽 전에 닿지 못해."

그가 말했다.

우리는 그를 따라 마을 끝으로 갔다. 다른 사람들도 자신들에게 남은 얼마 안 되는 시간 동안 갖가지 일들을 하며 그늘 속으로 미끄러지듯 걸어다니는 것이 보였다. 아무도 우리를 알아챈 것 같지 않았다.

"아무도 도망치려고 하지 않아?"

내가 물었다.

"자주는 안 그래."

그가 말했다.

"반역은 어때? 여기서는 아무도 그런 이야기 안 해?"

우리가 마을 언저리에 닿았을 즈음 내가 물었다.

"응. 우린 안 해."

소년은 단호하게 말하더니 멈추었다.

"너희 코트 벗어."

우리는 그를 빤히 바라보았다. 그가 살짝 웃으면서 자기 코트를 벗어 배낭끈에 말아 넣었다.

"너희한테도 그게 계속 필요하지는 않을 거야. 금방 몸이 따뜻해질 테니까."

그가 우리에게 말했다.

인디와 나는 코트를 벗었다. 우리의 검은 평상복이 밤과 섞였다.

"날 따라와."

그가 말했다.

그다음 우리는 달렸다.


1.5킬로쯤 달렸을 때, 아직도 차가운 곳은 손뿐이었다.

나는 자치구에서 카이를 돕기 위해 풀 위를 맨발로 달렸다. 여기서는 무거운 장화를 신고, 내 발목을 부러뜨리겠다고 위협하는 바위들을 돌아가야 했다. 그렇지만 그때보다 몸이 더 가벼운 듯 느껴졌고, 트래커의 매끄러운 벨트 위에서 달리던 어느 때보다도 훨씬 가벼운 듯했다. 나는 아드레날린과 희망으로 가득 찼다. 나는 이 길로 영원히 카이에게 달려갈 수 있었다.

우리는 물을 마시기 위해 멈추었다. 얼음 같은 물이 내 몸속을 흘러가는 게 느껴졌다. 나는 물이 흘러가는 정확한 길을 목에서부터 뱃속까지 추적할 수 있었다. 뚜껑을 물통 위에서 다시 돌리기 전에 한번 몸을 떨게 만든 냉기의 흔적을.

그러나 나는 너무 빨리 지치기 시작했다. 바위 위에 발을 헛디디고, 덤불을 너무 늦게 피했다. 덤불은 내 옷과 다리에 이빨을, 가시투성이 씨앗을 박아 넣었다. 우리 발은 서리 속에서 얼어 바삭바삭했다. 눈이 안 내려서 다행이었다. 공기는 사막처럼 추웠다. 숨 쉴 때마다 얼음을 들이마시는 것 같아서 목마름을 느끼지 못하게 하는 날카롭고 얇은 추위였다.

손을 올려 어루만져보니 입술은 말라 있었다.

누가 우리를 따라오거나 어둠 속을 날아와 우리 위에 떠 있지 않은지 보려고 어깨 너머를 돌아보지는 않았다. 앞쪽에도 지켜봐야 할 것이 많았다. 달은 우리가 볼 수 있을 만큼 충분히 빛을 뿌렸지만, 그늘진 장소로 갈 때 우리는 이따금 손전등을 켜는 위험을 감수해야 했다.

소년이 자기 손전등을 켜고 투덜거렸다.

"위를 살피는 걸 잊어버렸어."

그가 말했다. 위를 올려다보고 나는 우리가 작은 산골짜기와 날카로운 모서리의 바위를 피하려고 애쓰다가 길을 돌기 시작했음을 알았다.

"너 지쳤어. 내가 앞장설게."

인디가 소년에게 말했다.

"나도 할 수 있어."

내가 말했다.

"좀 기다려. 맨 마지막에 우리를 데리고 갈 사람은 너밖에 없을 거야."

인디가 긴장되고 지친 목소리로 내게 말했다.

우리 옷이 거칠고 삐죽삐죽한 덤불에 걸렸다. 공중에 풍기는 날카로운 냄새는 메마르고 뚜렷했다.

'이게 세이지일까? 카이가 가장 좋아한 고향의 냄새?'

나는 궁금했다.

몇 킬로미터 더 달리던 끝에, 우리는 한 줄로 달리지 않기로 했다. 우리는 나란히 달렸다. 비효율적이었지만 우리에게는 서로가 너무나 필요했다.

우리 모두 여러 번 넘어졌다. 우리는 모두 피를 흘렸다. 소년은 어깨를 다쳤다. 인디는 다리를 긁혔다. 작은 골짜기 안에서 부딪치는 바람에 내 몸은 두들겨 맞은 것 같았다. 어찌나 느리게 달리는지 우리는 거의 걷고 있었다.

"마라톤이야. 이런 달리기를 마라톤이라고 불러. 그에 대한 얘기를 들은 적이 있어."

인디가 숨을 몰아쉬며 말했다.

"그 얘기를 해줄래?"

나는 그녀에게 물었다.

"듣고 싶지 않을걸."

"듣고 싶어."

이 일이 얼마나 힘든지, 우리가 가야 하는 길이 얼마나 먼지 하는 생각에서 마음을 돌릴 수 있는 것이라면 무엇이든 듣고 싶었다. 우리는 더 가까워지고 있겠지만, 발걸음은 조금도 더 줄어든 것처럼 느껴지지 않았다. 나는 인디가 아직도 말을 할 수 있다는 것이 믿어지지 않았다. 소년과 나는 둘 다 몇 킬로미터 전부터 말을 멈추었다.

"세상 끝에서 일어났던 일이야. 어떤 메시지를 전해야 했대."

그녀가 거칠게 숨을 몰아쉬었다. 그녀의 말은 뚝뚝 끊어졌다.

"어떤 사람이 그 메시지를 전하기 위해 달렸어. 42킬로미터를. 우리처럼. 그는 해냈어. 메시지를 전했지."

"그다음에 그들이 그에게 상을 줬어? 에어십이 내려와서 그를 구해줬어?"

내가 물었다. 내 숨이 귀에 거슬렸다.

"아니. 그는 자기 메시지를 전했고, 그런 다음 죽었어."

그녀가 말했다.

나는 웃음을 터뜨렸다. 숨을 아끼는 데는 좋지 않았다. 인디도 웃었다.

"듣고 싶지 않을 거라고 말했잖아."

"최소한 메시지는 전해졌네."

내가 말했다.

"그랬겠지."

인디가 대답했다. 그녀는 여전히 얼굴에 미소를 머금고 나를 흘 끗 보았다. 나는 인디에게서 차가움이라고 느꼈던 것이 사실은 온 기였음을 깨달았다. 인디 안에는 불이 있었다. 그 불이 그녀를 살 아 있게 하고, 심지어 이런 장소에서도 움직이게 했다.

소년이 기침을 하고 침을 뱉었다. 그는 이 지역에 우리보다 더 오래 있었다. 그는 약해 보였다.

우리는 이야기를 멈췄다.

카빙 대협곡에서 여전히 몇 킬로미터 떨어져 있는 이곳의 공기 는 달랐다. 조금 전의 식물 냄새처럼 깨끗하지 않고, 탄내처럼 짙 은 연기 냄새가 났다. 그 땅을 둘러보다가 나는 깜박이는 잉걸불을, 빛의 움직임을, 달빛 아래의 오렌지빛 조각들을 본 듯했다.

나는 어둠 속의 또 다른 냄새를 알아차렸다. 내가 잘 모르는 냄새였지만, 죽음의 냄새일지도 모른다고 생각했다.

우리 중 누구도, 아무 말도 하지 않았다. 그러나 어떤 것도 우리를 달리게 하지 못할 것 같은 이때, 그 냄새는 우리를 계속 달리게 만들었다. 그리고 얼마 후 우리는 깊은 숨을 들이쉬지 않게 되었다.

우리는 영원히 달리고 있는 것 같았다. 나는 발의 박자에 맞춰 그 시의 시구들을 계속 되풀이했다. 다른 사람의 목소리처럼 들렸다. 나는 어디서 숨이 나오는지 모르는 채 계속 시를 잘못 읊고 있었다. '우리 삶과 공간의 틀에서 흐름이 나를 휩쓸고 가더라도.' 그러나 그것도 문제가 되지 않았다. 나는 말이 문제가 되지 않을 수도 있음을 안 적이 없었다.

"너 그거 우리에게 들려주는 거야?"

소년이 헐떡이며 물었다. 몇 시간 만에 처음 입을 연 것이었다.

"우린 죽은 게 아니야."

내가 말했다. 죽은 사람은 이렇게 지치지 않는다.

"다 왔어."

소년은 그렇게 말하고 멈추었다. 그가 가리키는 곳에 둥근 바위한 무더기가 보였다. 내려가기 힘들 것 같았지만 불가능해 보이지는 않았다.

우리는 해낸 것이다.

소년은 지쳐서 몸을 반으로 굽힌 채였다. 인디와 나는 서로를 바라보았다. 나는 소년이 아픈 것 같아 손을 뻗어 그의 어깨를 어루만졌다. 그러나 순간 그가 몸을 폈다.

"가자."

나는 그가 왜 멈춰 있는지 모르는 채로 말했다.

"난 너희와 같이 가지 않을 거야. 대신 저 협곡을 타고 갈 거야."

그가 뒤쪽의 카빙 대협곡을 가리켰다.

"왜?"

내가 물었고, 인디도 이어서 말했다.

"우리가 널 어떻게 믿을 수 있어? 이게 맞는 협곡인지 어떻게 알아?"

소년은 고개를 저었다.

"여기야."

그가 대가를 달라고 손을 내밀면서 말했다.

"서둘러. 이제 곧 아침이야."

그는 감정을 섞지 않고 작은 소리로 말했다. 그래서 나는 그가 진실을 말하고 있다고 확신했다. 그는 너무 지쳐서 거짓말을 할 수가 없었다.

"적들은 오늘 밤 결국 폭격을 가하지 않았어. 사람들이 우리가 없어졌다는 걸 알아챌 거야. 그걸 미니 포트로 보고할지도 몰라. 우리는 협곡으로 들어가야 해."

"우리랑 같이 가자."

내가 말했다.

"안 돼."

그가 말했다. 그는 나를 쳐다봤고, 나는 그가 도망치기 위해서 우리를 필요로 했다는 것을 알았다. 혼자 도망치기는 너무 힘들었을 것이다. 그리고 이제, 이유가 무엇이건 간에 그는 자기 길을 가려고 한다. 그가 속삭였다.

"어서."

나는 주머니에 손을 넣어 알약을 꺼냈다. 등에서는 땀이 방울져 흘러내리는데도 꾸러미를 푸는 손은 서툴고 차가웠다. 그는 뒤쪽 자신이 가고 싶은 곳을 바라보았다. 나는 그가 우리와 함께 갔으면 했다. 그러나 그것은 그의 선택이었다.

"여기."

나는 알약의 절반을 내밀었다. 그는 작은 칸에 봉해진 알약을 내려다보았다. 알약마다 뒤쪽에 깔끔하게 꼬리표가 붙어 있었다. 파랑. 파랑. 파랑. 파랑.

다음 순간 그는 웃었다.

"파랑이구나."

그가 더 크게 웃으며 말했다.

"모두 파랑이야."

그때, 그가 말을 해서 그 색깔이 생겨난 듯이, 우리는 모두 하늘이 아침으로 변한 것을 알아차렸다.

"좀 가져가."

내가 그에게 더 가까이 다가서며 말했다. 그의 바싹 깎은 머리카락 끝에 땀이 얼어붙은 것이 보였다. 그의 눈썹에 서리가 내렸다. 그는 몸을 떨었다. 코트를 입어야 했다.

"가져가."

내가 다시 말했다.

"아냐."

그가 내 손을 밀어내며 말했다. 알약이 땅에 떨어졌다. 나는 소리를 지르며 무릎을 꿇고 그것을 주워 모았다.

소년이 멈추었다.

"한두 개 정도만."

그가 말했고, 그의 손이 빠르게 내려오는 것이 보였다. 그가 꾸러미를 낚아채 작은 칸 두 개를 떼어냈다. 내가 붙잡기도 전에 그는 나머지를 내게 다시 던져주고 방향을 돌려 달려갔다.

"다른 것도 있어!"

나는 그의 뒤에 대고 소리쳤다. 그는 우리가 여기까지 올 수 있게 도와주었다. 나는 그에게 침착해지는 녹색 약을 줄 수 있었다. 아니면 빨간색을. 그러면 그는 그 길고 끔찍한 달리기와 우리가 타버린 마을을 지나올 때 그의 친구들에게서 풍겨오던 죽음의 냄새를 잊을 수 있을 것이다. 나는 그에게 둘 다 주었어야 했다. 나는 입을 열어 다시 그를 부르려고 했으나 우리는 그의 이름조차 몰랐다.

인디는 움직이지 않았다.

"저 애를 따라가야 해. 어서."

내가 그녀를 재촉했다.

"19번이야."

그녀가 작게 말했다. 그녀의 시선을 좇아 둥근 바위 너머를 볼 때까지는 그녀의 말이 무슨 뜻인지 이해할 수가 없었다. 이윽고 그 너머에 있는 것이 보였다. 처음으로, 카빙 대협곡이 가까이서 환하게 보였다.

"아."

나는 속삭였다.

"아."

세상은 여기서 바뀌었다.

앞에는 협곡, 깊은 틈, 갈라진 땅과 골짜기가 있었다. 그림자와 어둠의 땅, 오르락내리락하는 땅. 붉고, 파랗고, 녹색은 거의 없는 땅. 인디가 옳았다. 하늘이 밝아지고 날카로운 돌과 입을 벌린 골짜기들을 보자, 카빙 대협곡은 언뜻 잰더가 내게 준 그림을 연상시켰다.

그러나 카빙 대협곡은 현실이었다.

세상은 내 생각보다 훨씬 거대했다.

수 킬로미터의 산맥과 협곡, 벼랑과 후미진 골짜기로 이루어진 카빙 대협곡 안으로 내려가면 우리는 완전히 사라질 것이다. 우리는 무(無)가 될 것이다.

갑자기 이차 학교에 다니던 때가 생각났다. 전공 과정을 시작하기 전, 우리에게 뼈와 인체 도해를 보여주며 우리가 얼마나 약한지, 소사이어티가 없으면 우리가 얼마나 쉽게 뼈가 부러지거나 병들 수 있는지 말해줬을 때였다. 그림에서 본 것이 기억났다. 우리의 흰 뼈는 사실 붉은 피와 골수로 채워져 있었고, 그때 '나는 이런 게 내 안에 있는 줄 몰랐어' 하고 생각했다.

나는 대지 안에 이런 게 있는 줄 몰랐다. 카빙 대협곡은 그 위에 있는 하늘만큼이나 넓어 보였다.

그곳은 카이 같은 사람이 숨기에 완벽한 장소였다. 이곳이라면 반역자 전체가 숨을 수 있었다. 나는 미소 지었다.

"잠깐만. 몇 분 있으면 해가 뜰 거야."

인디가 둥근 바위를 내려가 카빙 대협곡 안으로 들어가려고 했을 때 내가 말했다. 나는 탐욕스러웠다. 그곳을 더 보고 싶었다.

그녀는 고개를 저었다.

"밝아지기 전에 저 안에 들어가야 해."

인디가 옳았다. 나는 마지막으로 더욱 작아진 소년을, 생각했던 것보다 너 빠르게 움직이는 소년을 돌아보았다. 그가 떠나기 전에 고맙다고 말했으면 좋았을걸 하는 생각이 들었다.

나는 인디 뒤를 따라 내려가, 카이가 겨우 이틀 전에 지나갔기를 바라는 협곡으로 서둘러 들어갔다. 소사이어티, 잰더, 내 가족, 내가 아는 삶을 떠나서. 우리를 여기로 데려다준 소년에게서, 이 땅에 슬금슬금 펼쳐지면서 하늘을 파랗게, 돌을 붉게 물들이는, 그들이 우리를 죽일 수 있게 도와줄 빛을 떠나서.

# 11
## 카이

협곡에는 순찰이 있어야 했다. 나는 아버지가 처음 왔을 때 한 것처럼 우리가 검문소를 지나치며 물물교환을 하고 간청을 해야 할 거라고 생각했다. 그러나 아무도 없었다. 처음에는 그 고요함 이 불안했다. 그러나 시간이 흐르면서 나는 카빙 대협곡이 여전히 생명으로 들끓고 있음을 깨닫기 시작했다. 검은 까마귀들이 머리 위 하늘에서 맴돌며 골짜기 아래로 날카로운 울음소리를 내질렀 다. 땅에는 코요테와 산토끼, 사슴의 똥이 있었고, 우리가 물을 마 시러 가자 작은 회색 여우들이 냇가에서 도망쳤다. 아래쪽 한가운 데 길고 검은 흉터가 난 나무 속에서 작은 새들이 피난처를 찾았 다. 그 나무는 벼락을 맞고도 불탄 자리 주위에서 계속 자란 것 같 았다.

그러나 사람의 흔적은 없었다.

비정상들에게 무슨 일이 일어난 걸까?

협곡 속으로 더 깊이 들어갈수록 시내의 폭은 더 넓어졌다. 나 는 일행을 시내 옆 둥글고 매끄럽게 닳은 바위 위로 걷도록 안내 했다. 그 위만 계속 걸으면 누군가가 찾아낼 만큼 많은 발자국이 남지는 않을 것이다.

'여름에는 지팡이를 짚고 곧장 강 속으로 들어간단다.'

아버지는 내게 말했다.

그러나 물은 지금 들어가 걷기엔 너무 차가웠다. 강기슭에는 빙판이 얼어 있었다. 나는 주위를 돌아보며 아버지가 여름에 무엇을 봤을지 생각했다. 지금은 헐벗은, 볼품없는 작은 나무들에 나뭇잎이 가득 달렸거나, 이런 사막에서 달릴 수 있는 한 많은 이파리들이 돋았을 것이다. 태양은 뜨겁게 내리쬐었을 테고, 차가운 물은 아버지의 발에 기분 좋게 느껴졌을 것이다. 아버지의 기척을 느낀 물고기들이 헤엄쳐 도망갔을 것이다.

세 번째 날 아침 우리는 땅이 서리로 뒤덮인 것을 보았다. 불을 붙일 만한 처트는 하나도 보이지 않았다. 코트가 없었다면 우리는 얼어 죽었을 것이다.

내 생각이 메아리친 듯 엘리가 말했다.

"그나마 소사이어티는 우리에게 이걸 줬네요. 나는 이렇게 따뜻한 코트를 가져본 적이 없어요."

빅도 동의했다.

"거의 군용품 수준이야. 왜 소사이어티가 이걸 우리에게 낭비하는지 모르겠네?"

그들의 이야기를 들으며 나는 마음속 깊은 곳에서 나를 괴롭히던 것이 무엇인지 깨달았다.

'이것도 뭔가 잘못됐어.'

나는 코트를 벗었다. 바람을 맞자 몸서리쳐질 정도였지만 날카로운 마노 조각을 떼어내는 손은 떨리지 않도록 애썼다.

"뭐하는 거야?"

빅이 물었다.

"코트를 잘라내려고."

"왜 그러는지 말해줄래?"

"보여줄게."

나는 코트를 동물 시체처럼 펼쳐서 절개했다.

"소사이어티는 물자 낭비를 좋아하지 않아. 그러니까 우리가 이 걸 갖게 된 이유가 있을 거야."

나는 직물의 바깥층을 벗겨냈다.

파랗고 빨간 방수 전선이 패딩 안에 핏줄처럼 둘둘 감겨 있었 다.

빅이 투덜거리며 자기 코트를 자르려고 움직였다. 나는 손을 들 어 그를 막았다.

"잠깐. 우리는 그들이 뭘 하는지 아직 몰라."

"아마 우리를 추적하고 있을 거야. 우리가 어디 있는지 알 수도 있어."

빅이 말했다.

"그 말은 맞아. 하지만 내가 살펴보는 동안 너는 그냥 따뜻하게 있는 게 좋을 거야."

나는 아버지가 하던 모습을 떠올리며 전선을 당겼다.

"코트 안에 난방장치가 있어. 이 전선을 보니 알겠네. 그래서 그 렇게 따뜻한 거야."

내가 말했다.

"그럼 다른 건 없어? 그들은 왜 우리가 따뜻하기를 바랐을까?"

빅이 물었다.

"그래야 우리가 코트를 계속 입고 있을 테니까."

내가 말했다. 나는 난방장치의 붉은 전선과 함께 흘러가는 깔끔한 거미줄 같은 파란색 전선을 바라보았다. 코트 옷깃의 파란 실은 팔을 따라 손목까지 내려갔다. 그 거미줄은 팔의 앞과 뒤, 옆과 아래를 덮고 있었다. 심장 부근에는 마이크로카드 크기쯤 되는 작은 은빛 원반이 있었다.

"왜요?"

엘리가 물었다.

나는 웃음을 터뜨렸다. 나는 안으로 손을 넣어 원반에서 파란 전선을 빼내, 붉은 전선 안팎을 누비면서 조심스럽게 풀어냈다. 난방장치는 건드리고 싶지 않았다. 그것은 지금 있는 그대로 잘 작동하고 있었다.

"왜냐하면 그들은 우리에게는 관심이 없지만 데이터는 아주 좋아하거든."

내가 엘리에게 말했다. 은빛 원반이 풀려 나오자, 나는 그것을 들어 올렸다.

"이게 우리 맥박이나 체내수분량, 죽음의 순간 같은 것을 기록한다고 장담해도 좋아. 그리고 우리가 마을에 있는 동안 그들이 알고 싶어하는 다른 것도 기록하겠지. 우리를 내내 추적하기 위해서 이걸 사용하지는 않을 거야. 그러나 우리가 죽으면 우리 데이터를 모으겠지."

"코트는 언제나 태우지 않았지."

빅이 말했다.

"그리고 코트가 타더라도 원반은 불연성이야."

나는 말하고는 빙긋 웃었다.

"우리는 그들이 일하기 어렵게 만들고 있었어. 우리가 파묻은 사람들을 생각해봐."

나는 빅에게 말했으나, 오피서들이 코트를 벗기기 위해 시체를 흙에서 끌어내는 모습을 생각하자 그 웃음은 사라졌다.

"처음 강물에 넣은 아이. 그들은 우리가 그 애를 떠내려 보내기 전에 코트를 벗기게 했지."

빅이 기억해냈다.

"그런데 그들은 우리에게 관심도 없으면서 왜 우리 데이터에는 신경 쓰는 거죠?"

엘리가 물었다.

"죽음 때문이야. 그들이 완전히 정복하지 못한 한 가지. 그들은 그것에 대해 더 알고 싶어해."

내가 말했다.

"우리는 죽고, 그들은 어떻게 해야 안 죽는지 배우는 거군요."

엘리가 말했다. 그의 목소리는 아득했다. 코트만 생각하는 게 아니라 다른 것도 생각하고 있는 것 같았다.

"왜 그들이 우리를 저지하지 않았는지 궁금하네. 우리는 몇 주 동안이나 시체를 묻고 있었는데."

빅이 말했다.

"모르겠어. 우리가 그 일을 얼마나 계속할지 궁금했나 보지."

우리는 모두 잠시 침묵했다. 나는 파란 전선을 감아서 그것을— 소사이어티의 내장을—바위 아래 남겨두었다.

"너희 것도 손봐줄까? 오래 걸리지 않을 거야."

내가 물었다.

빅이 자기 코트를 건네주었다. 이제는 그 파란 전선이 어디 있는지 알기 때문에, 조금 더 조심해서 절개할 수 있었다. 나는 작은 구멍 몇 개만 내고도 파란 전선을 끄집어냈다. 구멍 하나는 심장 위쪽에 냈기 때문에 원반도 꺼낼 수 있었다.

"네 코트는 어떻게 할 거야?"

빅이 몸을 움츠려 코트를 입으면서 물었다.

"이대로 입고 나중에 고칠 방법을 찾아야지."

내가 말했다.

우리 가까이 있는 나무 중에는 잣나무가 있었는데, 거기에서는 수액이 흘러나왔다. 나는 가지 몇 개를 꺾어 코트의 잘린 가장자리 몇 군데를 다시 붙이는 데 사용했다. 날카롭고 흙내음 같은 수액 냄새를 맡자 '언덕'에 있던 더 높은 소나무가 생각났다.

"붉은 전선만 조심하면 여전히 따뜻할 거야."

나는 엘리의 코트에 손을 뻗었으나 그 애는 그것을 주지 않았다.

"아뇨. 괜찮아요. 난 신경 안 써요."

"그래."

놀라서 답했지만 다음 순간 이해할 것 같았다. 그 작은 원반은 우리 중 누구든 불멸에 닿을 수 있는 가장 가까운 길이었다. 소사이어티가 기술을 개발했을 때 언젠가 다시 살아날 수 있는 기회로는, 이상적인 시민이 보관하는 조직 표본만큼 좋지는 않겠지만.

그들이 그런 방법을 언젠가 알아낼 것 같지는 않았다. 소사이어티조차도 죽은 사람을 다시 데려올 수는 없다. 그러나 소사이어티에 우리 데이터가 영원히 살아 있는 것은 사실이었다. 그것은 계속 이리저리 굴러다니면서 소사이어티에 필요한 어떤 숫자든 되어버릴 것이다. 그것은 봉기에 인도자의 전설이 이용된 방식과 비슷했다.

나는 반역과 그 인도자에 대해, 내가 기억하는 한 오랫동안 알고 있었다.

그러나 카시아에게는 한 번도 말하지 않았다.

내가 가장 비슷한 말을 했던 것은 '언덕'에서의 그날, 그녀에게 시시포스 이야기를 했을 때였다. 봉기 세력이 각색한 버전이 아니라 내가 가장 좋아하는 버전을 이야기했을 때. 카시아와 나는 그 짙은 녹색 숲 속에 서 있었다. 우리 둘 다 손에 붉은 천 조각을 들고 있었다. 나는 그 이야기를 끝내고 더 이어가려고 했다. 그때 그녀가 내게 내 눈 색깔을 물었다. 그 순간 나는 서로를 사랑한다는 것이 다른 무엇보다도 더 위험하게—더 반역적으로—느껴진다는 것을 깨달았다.

나는 그때껏 테니슨의 시를 부분부분 들어왔다. 그러나 오리아에서, 카시아의 입술에서 테니슨의 시구를 본 후 나는 그 시가 봉기를 상징하는 것이 아님을 깨달았다. 시인은 그들을 위해 그 시를 쓰지 않았다. 그는 그것을 소사이어티가 존재하기 훨씬 이전에 썼다. 그것은 시시포스 이야기와 비슷했다. 그 시는 봉기나 소사이어티나 우리 아버지가 그걸 자기 것이라고 주장하기 훨씬 전부터 존재했다.

자치구에서 똑같은 일을 되풀이하는 나날을 보낼 때, 나도 그 이야기를 변형시켰다. 나는 다른 무엇보다도 그 이야기를 어떻게 생각하는지가 중요하다고 보았다.

그래서 나는 다른 시를 전에 어떻게 들었는지에 대해, 또는 반역에 대해 그녀에게 한 번도 이야기하지 않았다. 왜? 우리에게는 우리 관계를 파고 들어올 틈을 노리는 소사이어티가 있었다. 우리에게는 다른 누구도 필요하지 않았다. 우리가 함께 나눈 시와 이야기들은 우리가 바라는 대로 뜻을 가질 수 있었다. 우리는 우리 자신의 길을 함께 선택할 수 있었다.

우리는 마침내 비정상들의 흔적을 찾았다. 그들이 올라가곤 했던 장소. 벼랑 기슭의 땅은 파란 조각들로 얼룩져 있었다. 나는 몸을 숙여 좀 더 자세히 보았다. 파란빛 아래에는 멍든 듯한 자줏빛이 부서져서 붉은 진흙과 뒤섞여 있었다.

다음 순간 나는 그것이 벽 가까이 자라는 나무에서 열린 노간주나무 열매라는 것을 깨달았다. 그것은 땅에 떨어져 누군가의 장화에 부서졌고, 비가 그 발자국을 흐려놓는 바람에 흐릿한 흔적만 남았다. 나는 바위의 잘린 자리와, 비정상들이 올라가기 위한 장비를 꽂아두던 금속 구멍을 손으로 쓸어보았다. 밧줄은 사라졌다.

# 12
## 카시아

걸어가는 동안 나는 이 장소에서 카이가 간 길을 표시했을 만한 것을 찾아보았다. 그러나 아무것도 찾지 못했다. 발자국도, 사람이 살았다는 어떠한 표시도 보지 못했다. 심지어 나무도 작고 제대로 자라지 못했으며, 그중 한 그루는 한가운데 짙고 뚜렷한 흉터가 나 있었다. 나도 상처 받은 느낌이었다. 우리와 함께 카빙 대협곡으로 도망친 소년이 최근에 비가 왔다고 이야기해주었지만, 나는 여전히 카이의 발자취를 찾을 수 있을 거라는 희망을 갖고 있었다.

또한 나는 봉기의 증거를 찾고 싶었다. 나는 인디에게 그런 일에 대해 들어보았냐고 물어보려 했지만, 왠지 그럴 수가 없었다. 하여간 반역의 조짐이 어떤 모습일지 예상할 수도 없었다.

작은 시내가 하나 보였다. 너무 작아서 인디와 내가 동시에 물통을 채우자 거의 바닥나버렸다. 카빙 대협곡 언저리에 다다를 때쯤에는 말랐거나 땅 아래로 완전히 스며들어버렸다. 어둠 속에서 비틀거리느라 시내가 언제 흐르기 시작했는지는 보이지 않았고, 그것이 갑자기 나타났다는 것만 알았다. 떠다니던 나뭇조각들이 메마른 채로 물가에 낮게 쌓인 모래에 걸려 멈춰 있었다. 다른 때에는 더 큰 강에서 떠돌던 것이겠지. 위에서는 이 광경이 어떻게 보일지 궁금하지 않을 수가 없었다. 카빙 대협곡의 광대한 붉은 바위 속에서, '백 벌의 옷' 중 한 벌에서 뽑아낸 빛나는 은빛 실이 구불거리는 것처럼 보일까.

위에서 보면, 인디와 나는 너무 작아서 보이지도 않을 것이다.

"우리가 협곡을 잘못 찾은 것 같아."

내가 인디에게 말했다.

인디는 바로 대꾸하지 않았다. 그녀는 몸을 숙이고 부서질 듯한 회색 물건을 땅에서 집어 올리고 있었다. 그녀가 그것을 조심스럽게 들고 내게 보여주었다.

"오래된 말벌집이네."

나는 안팎으로 말려 있는 얇은 티슈 같은 둥근 물체를 보며 말했다.

"조개껍데기 같아."

인디가 자기 배낭을 열고 버려진 벌집을 조심스럽게 넣었다.

"너 다시 밖으로 나가고 싶니? 다른 협곡으로 들어가보고 싶은 거니?"

그녀가 물었다.

나는 침묵했다. 우리는 지금 거의 24시간 동안 움직이고 있었고, 음식도 다 떨어졌다. 카빙 대협곡까지 오랜 시간 달려온 후 힘을 얻기 위해 이틀치 식량을 대부분 먹어치웠던 것이다. 나는 다시 밖에 나가느라 알약을 낭비하고 싶지 않았다. 다른 것보다, 무슨 일이 뒤따를지, 아니면 뭔가가 기다리고 있을지 모르기 때문이었다.

"계속 가야 할 것 같아. 곧 그가 남긴 흔적이 보일 거야."

내가 말했다.

인디는 고개를 끄덕인 후 배낭을 들쳐 메고, 언제나 가지고 다니는, 칼처럼 날카로운 돌 두 개를 집었다. 나도 똑같이 했다. 아직 여기서 비정상이 남긴 자취는 찾지 못했지만, 동물 발자국은 보았다.

우리는 아직 어떤 사람의 자취도 보지 못했다. 산 사람이건 죽은 사람이건, 일탈자건 비정상이건, 오피셜이건, 반역자건.

. . .

그날 밤 나는 어둠 속에 앉아 시를 썼다. 그것은 내가 뒤에 남기고 온 어떤 것에 대해서도 생각하지 않도록 나를 도와주었다.

나는 또 다른 첫 줄을 썼다.

'네게 날아갈 길을 찾을 수 없어서, 이 돌 위로만 걸어갔지.'

첫 줄로 쓴 게 너무 많아. 어떤 면에서는 아직 카이를 찾지 못해서 다행이라고 스스로에게 말했다. 여전히 그를 보고 무슨 말을 속삭여야 할지, 어떤 글을 주어야 가장 좋을지 몰랐기 때문이다.

마침내 인디가 입을 열었다.

"배고파."

그녀의 목소리는 빈 벌집처럼 공허했다.

"파란 알약 줄까?"

내가 그녀에게 말했다. 왜 내가 그것을 그렇게 먹기 싫어하는지 알 수 없었다. 지금은 내가 헤쳐나가도록 잰더가 도와주려고 했던 바로 그런 상황이었다. 아마 우리와 함께 도망 온 소년이 그 알약을 바라지 않는 것 같았기 때문이리라. 또는 이미 나침반을 바꿔버렸기 때문에, 카이를 만날 때 그에게 대신 줄 것이 있기를 바라기 때문이리라. 아니면 할아버지가 다른 알약, 녹색 알약 이야기를 하셨을 때의 그 목소리가 내 마음에 울리기 때문이리라.

'넌 그것 없이도 버틸 수 있을 정도로 강해.'

인디가 내게 날카롭고 어리둥절한 눈길을 던졌다.

어떤 생각이 마음속에 떠오르는 바람에 나는 손전등을 꺼냈다. 나는 주위에 손전등을 비춰보고, 내가 아까 보고 기억에 저장해두었던 것을 다시 떠올렸다. 식물이었다. 어머니는 내게 여러 가지 식물 이름을 꼭 집어 가르쳐주지는 않았지만, 독 있는 식물이 보이는 일반적인 징후는 이야기해주셨다. 이 식물은 그런 징후를 전혀 보이지 않았고, 가시의 존재 자체가 그 안에 보호할 뭔가가 있다는 사실을 가리키는 것 같았다. 그것은 다육질에 녹색이었고, 가장자리는 자주색이었다. 자치구의 식물처럼 무성하지는 않았지만, 이곳의 많은 식물들이 겨울에 축 늘어진 막대기와 이파리 덩어리로 변해버리는 모습에 비하면 훨씬 볼품이 있었다. 어떤 나무에는 헐벗은 가지에 작은 회색 고치들이 매달려 있었다. 나비의 기억들.

인디는 내가 넓은, 가시투성이 이파리를 조심스럽게 떼어내는 모습을 잠시 지켜보았다. 그다음 그녀도 내 옆에 웅크려 앉아 이파리를 떼어냈다. 우리 둘 다 돌칼을 써서 조심스럽게 가시를 긁어냈다. 시간은 조금 걸렸지만 우리 눈앞에는 각각 피부 같은 작은 녹회색 식물 조각이 하나씩 놓였다.

"독이 있을 것 같아?"

인디가 내게 물었다.

"모르겠어. 그럴 것 같지는 않아. 하지만 내가 먼저 먹어볼게."

"아냐. 우리 둘 다 조금씩 먹어보고 무슨 일이 일어나나 보자."

인디가 말했다.

우리는 1분 정도 씹기만 했다. 그것은 내가 평생 먹어온 소사이 어티의 음식과 달랐지만, 그래도 배고픔을 완화시키고 달랠 만했다. 내 몸을 갈라 열면, 뼈가 아니라 마른 힘줄로 이어져 있는 소녀가 나올 것이다. 이곳 나무에서 조각조각 떨어져 나가는 나무줄기처럼 보이는 힘줄들로.

잠시 후 아무 일도 일어나지 않자 우리는 또 한 입 먹었다. 나는 운율을 맞출 수 있는 다른 말을 생각해내고 적었지만, 다음 순간 다시 문질러 지웠다. 그것은 어울리지 않았다.

"뭐하는 거야?"

인디가 물었다.

"시를 써보려고."

"백 편의 시 중 하나?"

"아니. 새로운 거야. 이건 내 글이야."

"어떻게 쓰는 법을 배웠어?"

인디가 조금 더 가까이 다가와 모래 위의 글자들을 호기심에 찬 눈으로 바라보았다.

"그 애가 나에게 가르쳐줬어. 내가 찾고 있는 남자애가."

내가 말했다.

그녀는 다시 조용해졌다. 또 한 줄이 생각났다.

'내 손을 감싼 네 손, 내게 사물의 모습을 가르쳐주네.'

"너는 왜 일탈자가 됐어? 네가 첫 세대야?"

인디가 물었다.

나는 인디에게 거짓말을 하고 싶지 않아 머뭇거렸다. 그러나 다음 순간 내가 더 이상 거짓말을 하고 있지 않다는 것을 깨달았다.

소사이어티가 내가 도망친 것을 알아챘다면, 나는 확실히 일탈자 지위를 얻을 것이다.

"응. 내가 첫 세대야."

내가 말했다.

"그러면 무슨 짓인가 저질렀구나?"

그녀가 물었다.

"그래. 내가 재분류된 건 내 탓이야."

그것도 사실이었다. 아니면 곧 사실이 될 것이다. 내 지위가 바뀐다 해도 그건 우리 부모님 잘못이 아니다.

"우리 어머니는 보트를 한 척 만드셨어."

인디가 말했다. 그녀가 그 식물을 또 한 조각 삼키는 소리가 들렸다.

"어머니는 고목을 조각해서 보트를 만드셨어. 몇 년 동안 작업하셨지. 그다음에 노를 저어 도망갔지만 오피셜들은 한 시간도 안돼 어머니를 찾아냈어."

그녀는 한숨을 쉬었다.

"그들은 어머니를 구조했어. 그들은 우리에게 어머니가 보트를 시험 삼아 몰고 나가려던 것뿐이고, 자기들이 제때 찾아내서 어머니가 고마워했다고 말했어."

어둠 속에서 이상한 소리가 들렸다. 어디서 나는지 찾아낼 수 없는, 속삭임 같은 섬세한 움직임. 인디가 말을 하면서 벌집을 손안에서 거듭 돌리는 소리라는 것을 깨닫는 데는 잠시 시간이 걸렸다.

"나는 한 번도 물 근처에서 살아본 적이 없어. 하여간 큰 바다 근처에서는 살아본 적이 없어."

내가 말했다.

"바다는 사람을 불러."

인디가 부드럽게 말했다. 무슨 뜻이냐고 내가 묻기 전에 그녀가 덧붙였다.

"나중에, 오피셜들이 돌아간 다음, 어머니는 아버지와 내게 진짜로 무슨 일이 벌어졌는지 말해주셨어. 어머니는 떠날 작정이었다고 했어. 그런데 최악은, 해변이 시야에서 멀어지기도 전에 그들이 어머니를 찾아냈다는 거야."

나 자신이 대양 가장자리에 서 있고 어떤 것, 어떤 지식이 발치에 철썩거리는 듯한 기분이었다. 뒤에는 하늘과 바다 외에 아무것도 없이, 물 위에 보트를 타고 저 멀리 나아가는 여자가 보일 것만 같았다. 한때 해안이 있었던 곳에서 얼굴을 돌릴 때 그녀가 내쉬는 깊은 안도의 숨소리가 들리는 것만 같았다. 그녀가 그만큼 멀리 갔으면 싶었다.

인디가 조용히 말했다.

"어머니가 우리에게 무슨 말을 했는지 오피셜들이 알게 됐을 때, 그들은 우리 모두에게 붉은 알약을 줬어."

"아."

내가 말했다. 그다음에 무슨 일이 일어났는지 아는 것처럼 행동해야 할까? 그 망각을?

"난 잊지 않았어."

인디가 말했다. 너무 어두워서 더 이상 그녀의 눈을 볼 수 없었지만, 나는 그녀가 나를 바라보고 있음을 알았다.

그녀는 내가 붉은 알약이 무슨 일을 하는지 안다고 생각한 것이 분명했다. 그녀는 카이, 그리고 잰더와 같았다. 그녀도 면역이 있었다.

'얼마나 많은 사람들이 그들과 같을까? 나도 그중 하나일까?'

파란 알약 사이에 들어 있는 붉은 알약은 그들이 카이를 데려가던 날 아침에 그랬듯이 때때로 나를 유혹했다. 그러나 지금은 잊어버리고 싶어서가 아니었다. 알고 싶어서였다. 나도 면역이 있을까?

그러나 내게는 면역이 없을 수도 있다. 그리고 지금은 잊어버릴 때가 아니었다. 게다가, 훗날 그 붉은 알약이 필요할 수도 있었다.

"어머니가 떠나려고 한 것 때문에 화났니?"

나는 잰더를, 내가 떠난 것에 대해 그가 했던 말을 떠올리며 물었다. 그 물음이 내 입을 떠난 순간 나는 그 말을 하지 말걸 하고 생각했다. 그러나 인디는 기분 상한 것 같지 않았다.

"아니. 어머니는 언제든 우리에게 돌아오려고 계획하고 계셨어."

그녀가 말했다.

"아."

우리 둘 다 잠시 아무 말도 하지 않았다. 나는 문득 브램과 함께 작은 수목원 연못가에 서서 어머니를 기다리던 때를 떠올렸다. 브램은 연못에 돌을 던지고 싶어했지만 누군가가 보면 곤란해지리라는 것을 알았다. 그래서 그 애는 기다렸다. 지켜보았다. 그 애가 겁먹었다고 생각했던 바로 그때 브램은 앞으로 팔을 홱 뻗었고, 돌은 물속에 떨어지며 잔물결을 일으켰다.

인디가 먼저 돌을 던졌다.

"어머니는 해안에서 떨어진 섬에서 반역이 일어났다는 이야기를 들었어. 그 섬을 찾고 가족에게 돌아오려고 하셨지."

"나도 반역 이야기를 들었어. '봉기'라고 부르던데."

나는 흥분을 억누르지 못하고 말했다.

"같은 거야. 그건 모든 곳에서 일어난다고. 누군가가 어머니에게 말했어. 이곳 카빙 대협곡도 바로 그것이 일어났을지 모르는 장소야."

인디가 열정적인 목소리로 말했다.

"나도 그럴 것 같아."

내가 말했다. 나는 마음속에서 소사이어티의 지도 위에 투명한 종이 한 장이 겹쳐지는 것을 보았다. 그 투명지에는 소사이어티가 모르거나 우리에게 보여주고 싶지 않은 장소들이 표시되어 있었다.

"너 '인도자'라는 지도자를 믿니?"

내가 물었다.

"응."

인디가 흥분해서 말했다. 다음 순간 그녀가 보통 때의 무뚝뚝한 어조와는 매우 다른 부드러운 목소리로 뭔가 읊는 바람에 나는 깜짝 놀랐다.


해는 매일 하늘을 가로질러
밤의 문을 지나가고


별은 매일 밤 대지 위에 높이 떠서
다시 한 번 빛나고


그녀의 보트는 매일 파도 위를 날아
해안으로 가겠지.

"네가 썼니? 백 편의 시에는 없는 거잖아."

내가 물었다. 갑자기 질투가 번쩍이며 마음속을 저몄다.

"내가 안 썼어. 그리고 이건 시가 아니야."

인디가 단호하게 말했다.

"시 같은걸."

내가 말했다.

"아니야."

"그럼 뭐야?"

내가 물었다. 나는 인디와 말싸움을 해봤자 소용없다는 것을 재빠르게 배우고 있었다.

"우리 어머니가 매일 밤 내가 자러 가기 전에 해주시던 말이야. 내가 무슨 말이냐고 물을 만큼 나이를 먹었을 때 어머니는 인도자가 봉기를 이끌 사람이라고 말해줬어. 어머니는 물을 건너는 여자가 인도자가 될 거라고 했어."

인디가 내게 말했다.

"아."

나는 놀라고 말았다. 나는 늘 인도자를 하늘에서 오는 사람이라고 생각했다. 그러나 인디가 옳을 수도 있었다. 나는 다시 테니슨의 시를 떠올렸다. 그 시에도 물 이야기가 있었다.

인디도 그 생각을 한 것 같았다. 그녀가 입을 열었다.

"우리가 달리고 있을 때 네가 말한 그 시. 전에는 들어본 적이 없지만, 그건 인도자가 물을 건너올 수도 있다는 걸 증명해. '모래톱'이란 물속 얕은 곳의 모래가 솟아오른 부분이야. 그리고 인도자는 배를 안전하게 조종해서 항구 안팎을 드나드는 사람이기도 하고."

"나는 인도자에 대해서는 잘 몰라."

내가 말했다. 그것은 사실이었다. 그러나 나는 반역을 이끄는 지도자에 대해 나 나름의 이상형을 갖고 있었는데, 그것은 인디의 말과 잘 들어맞지 않았다. 그렇지만 착상은 같았고, 기록 보관자가 내게 준 이야기에는 인도자가 계속 바뀐다고 되어 있었다. 인디와 나 둘 다 옳을 수도 있었다.

"하지만 그건 문제가 아닐 거야. 그 사람은 남자일 수도 여자일 수도 있고, 하늘에서 내려올 수도 물을 건너올 수도 있어. 그렇지 않을까?"

"그래. 나도 알아. 넌 남자애 한 명만 찾고 있는 게 아니야. 다른 것도 찾고 있어."

인디가 의기양양한 목소리로 말했다.

나는 맑고 또렷한 별들을 품고 좁은 강처럼 펼쳐진 머리 위 하늘을 올려다보았다.

'그게 사실일까? 자치구를 떠나 먼 길을 왔는데 아직도 충분히 멀리 오지 못했어.'

나는 갑자기 기분이 고양되는 것을 느끼고 놀라 생각했다.

"우린 올라갈 수 있어. 위로 가자. 다른 협곡으로 내려가볼 수 있어. 아마 거기서 그를, 아니면 봉기 세력을 찾아낼 거야."

인디가 조용히 말했다. 그녀가 손전등을 켜서 협곡 옆을 따라 위로 비추었다.

"난 산을 오르는 법을 알아. 소노마에서는 그걸 배우지. 우리 지방이야. 내일 올라가기 좋은 곳을 찾을 수 있을 거야. 절벽이 이렇게 높고 가파르지 않은 곳."

"난 전에는 절벽을 올라가본 적이 없어. 내가 할 수 있을까?"

내가 말했다.

"네가 조심하고, 또 밑을 내려다보지 않는다면."

인디가 말했다.

침묵이 이어졌다. 나는 위를 올려다보고, 이렇게 제한된 하늘의 한 조각도 자치구에서 보던 것보다 더 많은 별을 품고 있음을 깨달았다. 왠지 몰라도 이 사실은 내가 보지 못한 것이 훨씬 많다는 희망을 주었다. 나는 우리 부모님과 브램, 잰더, 그리고 카이를 위해 희망을 가졌다.

"해보자."

내가 말했다.

"일찍 그런 장소를 찾아볼 거야. 너무 밝아지기 전에. 밝은 대낮에 건너가고 싶지는 않으니까."

인디가 말했다.

"그래."

내가 말했다. 그리고 모래 위에 첫 행을 쓰고, 처음으로 두 번째 행도 썼다.


나는 너를 위해 어둠 속을 기어오른다.

너는 저 별들 속에서 나를 기다리고 있을까?

# 13
## 카이

협곡의 옆면은 검은색과 오렌지색이었다. 타올라 바위로 변한 불 같았다.

"여긴 아주 깊네요."

엘리가 경이감에 차서 위를 올려다보며 말했다. 이곳의 절벽은 내가 본 어떤 건물보다 더 높이 치솟아 있었다. '언덕' 보다 더 높았다.

"어떤 거대한 존재가 땅에 새기고 우리를 그 안에 떨어뜨린 것 같아요."

"그래."

내가 말했다. 카빙 대협곡 안에 들어오면 위에서는 전혀 보이지 않던 강과 동굴과 바위들이 보인다. 마치 가까이서 갑자기 자기 몸이 움직이는 것을 보고, 피가 흐르는 것을 보고, 심장이 고동치는 소리를 듣는 것 같은 기분이다.

"센트럴에는 이런 게 없었어요."

엘리가 말했다.

"너 센트럴 출신이야?"

빅과 내가 동시에 물었다.

"난 거기서 자랐어요. 다른 곳에선 한 번도 살아본 적이 없어요."

엘리가 말했다.

"이곳은 네게 쓸쓸해 보이겠구나."

나는 엘리의 나이에 오리아로 이사했을 때 느꼈던 다른 종류의 고독—사람들이 너무 많은 데서 오는 고독—을 떠올리면서 말했다.

"그런데 비정상들은 어떻게 여기 정착하게 됐어요?"

엘리가 물었다.

"비정상들은 애초에 소사이어티가 생겨날 때 비정상이 되는 쪽을 선택했어."

나는 엘리에게 말했다. 그리고 다른 것도 기억해냈다.

"그리고 카빙 대협곡에 사는 사람들은 자신들을 비정상이라고 부르지 않아. 그들은 농부로 알려지는 쪽을 더 좋아해."

"그런데 그들은 어떻게 그런 걸 선택할 수 있었어요?"

엘리가 이야기에 빠져든 듯 물었다.

"소사이어티가 통제력을 갖기 전에, 그것이 닥쳐올 것을 보고 그 일부가 되기를 결코 바라지 않은 사람들이 있었어. 그들은 카빙 대협곡 안에 물건을 저장하기 시작했지."

나는 사암 절벽의 곡선과 굴곡을 가리켰다.

"이곳에는 사방에 동굴이 숨겨져 있어. 농부들은 자신들이 가져온 종자를 심어서 수확할 때까지 동굴을 뒤져볼 만큼 충분한 식량을 갖고 있었어. 그들은 자신들의 정착지를 '거주구'라고 불렀어. 소사이어티의 단어조차 쓰기 싫어했으니까."

"소사이어티는 그들을 추적하지 않았나요?"

"결국은 했지. 하지만 농부들은 먼저 들어왔기 때문에 유리했어. 그들은 추적하려는 자를 누구든 베어 쓰러뜨릴 수 있었어. 그리고 소사이어티는 농부들이 조만간 모두 죽어 없어질 거라고 생각했지. 여기는 살기 쉬운 곳이 아니거든."

코트의 솔기가 또다시 조금 뜯어지는 바람에 나는 수액을 더 얻기 위해 잣나무가 있는 곳에 멈추어 섰다.

"그들은 소사이어티의 다른 목적에 쓸모가 있기도 했어. 소사이어티가 농부들이 야만적이라는 소문을 퍼뜨리기 시작했기 때문에, 바깥 지방의 많은 사람들이 겁을 먹고 카빙 대협곡으로 도망치려고 하지 않았지."

"그들이 정말로 우리를 죽이려고 할까요?"

엘리가 걱정되는 듯 물었다.

"그들은 소사이어티의 누구에게도 인정사정없었어. 하지만 우리는 이제 소사이어티 사람이 아니잖아. 우리는 일탈자야. 그들은 자신들이 공격받지 않는 이상, 일탈자나 다른 비정상들을 막무가내로 죽이지는 않았어."

내가 말했다.

"우리가 누군지 그들이 어떻게 알아요?"

엘리가 물었다.

"우리를 봐. 시민이나 오피셜처럼 보이지는 않잖아."

내가 말했다. 우리 셋은 어리고, 더러웠고, 도망치는 와중에 눈에 띄게 옷차림이 흐트러졌다.

"그러면 네 아버지는 왜 가족을 여기로 데려오지 않으셨어?"

빅이 물었다.

"소사이어티는 어떤 점에서는 옳았어. 사람은 여기서 자유롭게 죽을 수 있지만 더 빨리 죽어. 협곡에 있는 농부들에겐 저 바깥의 소사이어티가 가진 약이나 기술이 없어. 어머니는 나 때문에 그런 생활을 바라지 않았고 아버지는 그걸 존중하셨지."

빅이 고개를 끄덕였다.

"그러면 그 사람들을 찾아서 우릴 도와달라고 해야겠구나. 그들이 너희 아버지를 도와주었으니까."

"그래. 그들과 거래할 수 있었으면 좋겠어. 그들은 지도와 오래된 책들을 가지고 있거든. 최소한 예전에는 갖고 있었어."

내가 말했다.

"너한테는 거래할 게 뭐가 있는데?"

빅이 날카롭게 물었다.

"너랑 엘리도 가지고 있는 거야. 소사이어티에 대한 정보. 우리는 바깥에서 살았어. 바깥 지방에 진짜 마을이 없어진 지는 좀 됐어. 그건 협곡 사람들이 오랫동안 누구와도 거래를 하거나 이야기할 수 없었을 거라는 뜻이야."

"만약 그들이 우리와 거래하길 원하고, 그래서 우리가 지도와 옛날 책을 얻게 된다면 그걸로 뭘 해야 하죠?"

엘리가 납득하지 못한 기색으로 물었다.

"뭐든 하고 싶은 대로 할 수 있어. 너는 그들과 꼭 거래하지 않아도 돼. 다른 걸 얻으면 되지. 난 상관없어. 하지만 나는 지도를 갖고 경계 지방 근처로 가볼 거야."

내가 말했다.

"잠깐만요. 형은 소사이어티로 돌아가고 싶어요? 왜요?"

엘리가 물었다.

"돌아가진 않을 거야. 우리가 온 곳과 다른 길로 가서, 내가 어디 있는지 알 수 있도록 그 애에게 메시지를 보낼 수 있을 만큼만 돌아갈 거야."

"어떻게 그럴 수 있어요? 형이 경계 지방까지 간다고 해도, 소사이어티는 포트를 지켜보고 있어요. 형이 그 누나에게 뭔가 보낸다면 그들도 볼걸요."

엘리가 물었다.

"그래서 내가 거주구에서 문서를 얻으려는 거야. 나는 그걸 기록 보관자와 거래할 거야. 그들은 포트를 쓰지 않고 메시지를 보내는 방법을 알고 있어. 하지만 그건 비쌀 테지."

"기록 보관자?"

엘리가 어리둥절해서 물었다.

"암시장에서 거래하는 사람들이야. 그들은 소사이어티 이전부터 있었어. 우리 아버지도 그들과 거래하곤 했지."

"그럼 그것이 네 계획이구나. 우리에게 말한 것 이상은 없는 거지?"

빅이 말했다.

"지금 당장은."

내가 말했다.

"잘될 것 같아요?"

엘리가 물었다.

"모르겠어."

내가 말했다. 우리 위에서 새 한 마리가 울기 시작했다. 협곡의 굴뚝새. 뚜렷하고 잊을 수 없는 음조였다. 그 소리는 바위로 된 협곡을 타고 폭포처럼 내려왔다. 아버지가 흉내 내어주곤 했기 때문에 나는 그 소리를 알아들을 수 있었다. 아버지는 그것이 카빙 대협곡의 소리라고 말했다.

아버지는 이곳의 그 소리를 매우 좋아했다.

내게 이야기할 때마다, 아버지는 사실과 가상을 나누는 선을 흐리곤 했다. 어머니가 그것을 두고 아버지를 놀리자 아버지는 말했다.

"그건 어떤 면에서는 모두 진실이야."

"하지만 협곡의 거주구는 사실이죠? 거기에 대해 해주신 이야기는 진실인 거죠?"

나는 언제나 묻고 확인했다.

"그래. 언젠가 거기로 데려가마. 그때 볼 수 있을 거다."

아버지는 말하곤 했다.


그래서 협곡의 다음 굽이를 돌아 그것이 우리 앞에 나타났을 때, 나는 믿을 수가 없어서 잠깐 멈추었다. 그것은 아버지가 말한 대로 존재하고 있었다.

'골짜기 넓은 부분에 형성된 정착지란다.'

협곡 절벽에 쏟아지는 늦은 오후의 햇빛처럼 비현실적인 느낌이 자리 잡았다. 거주구는 아버지가 당신의 첫 방문을 묘사했던 기억과 거의 똑같아 보였다.

'햇빛이 내리비쳐 모든 것을 금빛으로 물들였단다. 다리, 건물, 사람들, 심지어 나까지도. 몇 년 동안이나 그 얘기를 들었으면서도 나는 그 장소가 실재한다는 걸 믿을 수가 없었어. 나중에 그곳의 농부들이 내게 글자 쓰는 법을 가르쳐주었을 때도 똑같은 느낌을 받았다. 해가 언제나 내 등 뒤에 있었던 것 같은 느낌.'

겨울 햇빛이 우리 앞의 건물과 다리에 오렌지빛이 섞인 금빛 광채를 뿌렸다.

"여기야."

내가 말했다.

"진짜였구나."

빅이 말했다.

엘리는 환하게 웃었다.

우리 앞의 건물들은 한데 모여 있다가, 붕괴된 암석이나 강 주위에서는 갈라지며 뻗어나갔다. 집들. 더 큰 건물들. 협곡이 더 넓어지는 곳에, 작은 들판이 새겨진 듯 자리 잡고 있었다.

그러나 뭔가가 빠져 있다. 사람들. 그 고요함은 절대적이었다. 빅이 나를 흘끗 보았다. 그도 그것을 느꼈다.

"너무 늦었어. 그들은 떠나버렸어."

내가 말했다.


사람들이 떠난 지 오래되지는 않았다. 그들의 흔적을 아직 여기저기서 볼 수 있었다.

그들이 떠날 준비를 하면서 남긴 흔적도 보였다. 서두르지 않고 조심스럽게 출발한 모습이었다. 그들은 비틀린 검은 사과나무를 수확해갔다. 금빛 사과 몇 개만 아직 가지에 매달려 빛나고 있었다. 농기구도 대부분 사라졌다. 농부들이 해체해서 가져간 것 같았다. 녹슨 농기구 몇 개만 남아 있었다.

"그들이 어디로 갔을까요?"

엘리가 물었다.

"나도 모르겠어."

내가 말했다.

소사이어티 바깥에 남아 있는 사람이 있을까?

우리는 냇가의 미루나무숲을 지나갔다. 작고 뻣뻣한 나무 한 그루가 가장자리에 홀로 자라 있었다.

"잠깐만. 오래 걸리지 않을 거야."

나는 다른 두 사람에게 말했다.

깊이 베지는 않았다. 나무를 죽이고 싶진 않았으니까. 나는 언제나 그랬듯이, 글자 쓰는 법을 가르쳐주기 위해 그녀의 손을 잡았을 때를 생각하며 그녀의 이름을 조심스럽게 나무줄기에 새겼다. 내가 새기는 동안 빅과 엘리는 아무 말도 하지 않았다. 그들은 기다렸다.

다 끝냈을 때 나는 뒤로 물러서서 그 나무를 보았다.

얕은 뿌리. 모래 섞인 흙. 나무줄기는 회색이었고 거칠었다. 잎은 오래전에 떨어졌지만 여전히 그녀의 이름은 아름다워 보였다.

. . .

우리 모두 집에 이끌렸다. 실제 사람들이 머물고자 하는 의도를 갖고 지은 건물을 본 지가 너무 오래된 기분이었다. 집들은 비바람을 맞았고, 조각조각 모은 사암이나 닳은 회색 나무로 지어져 있었다. 엘리가 그중 한 집의 계단을 올라갔다. 빅과 나는 따라갔다.

"카이 형, 봐요."

일단 안으로 들어가자 엘리가 말했다.

집 안의 모습에 나는 생각을 바꿨다. 그들의 출발에는 서두름이라는 요소가 있었던 것 같았다. 그게 아니면 자기 집을 이렇게 놔두고 떠났을까?

서둘렀음을 알려주는 건 벽이었다. 그것은 시간이 충분하지 않았다고 말해주었다. 벽은 그림으로 뒤덮여 있었다. 농부들에게 시간이 더 있었다면 그들은 그 벽을 깨끗이 지웠을 것이다. 벽은 너무 많은 것을 말하고 보여주었다.

하늘에 그려진 보트가 흰 구름 베개 위에 떠 있었다. 화가는 방의 한구석에 자기 이름을 서명해놓았다. 그 글자들은 그 그림―그 착상―이 자기 것이라고 주장하고 있었다. 이곳이 내가 내내 찾고 있었던 장소인데도 나는 숨을 멈추었다.

이 거주구는 아버지가 배운 곳이었다.

쓰는 법을.

그림을.

"여기서 쉬어요. 집에 침대가 있어요. 영원히 머무를 수도 있겠어요."

엘리가 말했다.

"너 뭔가 잊어버린 거 아니니? 여기 살던 사람들은 그럴 만한 이유가 있어서 떠난 거야."

빅이 말했다. 나는 고개를 끄덕였다.

"지도와 음식을 찾아서 나가야 해. 동굴을 살펴보자."

우리는 협곡 옆면을 따라 모든 동굴을 들여다보았다. 어떤 동굴에는 집 안에 그려진 것처럼 벽에 그림이 그려져 있었지만, 우리는 종이 한 장 찾지 못했다.

그들은 아버지에게 쓰는 법을 가르쳐주었다. 그들은 쓰는 법을 알았다. 그들이 어디에 글을 남겼을까? 그걸 전부 가져갈 수는 없었다. 밤이 가까워져서 그림의 색채는 사라져가는 빛 속에서 회색으로 변했다. 나는 우리가 수색하던 동굴의 벽을 쳐다보았다.

"이 그림 좀 이상한데요."

엘리 또한 그 그림을 보았다.

"뭔가 빠져 있어요."

그는 손전등을 위로 비췄다. 벽은 물 때문에 손상되었고 그림의 맨 위쪽만 남아 있었다. 한 여자의 머리 일부분이었다. 보이는 것은 그녀의 눈과 앞머리뿐이다.

"저 여자 우리 엄마를 닮았어요."

엘리가 작은 소리로 말했다.

나는 놀라서 그를 돌아보았다. 우리 어머니는 한 번도 여기 오신 적이 없는데도 지금 내 마음속에서 계속 되풀이되던 말이었기 때문이다. 나는 그 말, '어머니'가 나에게 위험한 만큼 엘리에게도 위험할지 궁금했다. 그 말은 '아버지'보다 더 위험할 수 있었다. 나는 어머니에게는 분노를 느끼지 않았기 때문이다. 상실감뿐이었고, 그것은 쉽게 싸워 밀어낼 수 없는 감정이었다.

"그들이 지도를 어디에 숨겼는지 알겠어요."

엘리가 문득 말했다. 그의 눈에 전에는 보지 못했던 교활한 빛이 번쩍였다. 나는 엘리가 브램을 생각나게 해서가 아니라 나 자신을 생각나게 해서 그를 이렇게 좋아하는 건 아닌지 궁금했다. 캐로 부부에게서 붉은 알약을 훔쳤을 때의 나는 지금의 엘리 나이였다.

처음 오리아에 갔을 때 나는 집과 직장과 에어트레인에서 사람들이 동시에 쏟아져 나오는 모습을 지켜보는 것이 낯설었다. 그들이 동시에 같은 곳으로 움직이는 방식은 나를 초조하게 만들었다. 그래서 나는 거리는 집에서 뻗은 마른 골짜기고, 사람들은 비 온 뒤의 물이어서 마른 바닥을 시내로 바꾸는 거라고 생각했다. 회색과 파란색 평상복을 입은 사람들은 움직이는 또 하나의 자연의 힘일 뿐이라고 나 자신에게 말했다.

그러나 그것도 아무 소용 없었다. 나는 하필이면 어느 자치구에서 길을 잃고 말았다.

그리고 내가 집으로 가는 길을 찾으려고 나침반을 사용하는 것을 잰더가 보았다. 그는 내가 붉은 알약을 훔쳐오지 않으면 패트릭 이모부가 내게 그것을 갖고 있게 했다고 일러바치겠다 위협했다.

잰더는 내가 일탈자라는 것을 알았어야 했다. 그가 그것을 얼마나 빨리 알게 됐는지는 알 수 없었고, 우리가 그 후 그 일에 대해 이야기한 적은 없었다. 그러나 그것이 문제가 아니었다. 그것은 배워두어야 할 좋은 교훈이었다. 한 장소를 다른 장소인 양 상상하거나 유사성을 찾지 말라. 실제로 그것이 무엇인지만 보아라.

"어딘데, 엘리?"

나는 그에게 물었다.

그는 여전히 웃으며 잠시 뜸을 들였다. 나는 그것도 기억해냈다. 드러냄의 순간.

나는 손을 내밀어 잰더에게 내가 훔친 두 개의 알약을 보여주었다. 그는 내가 그 일을 해낼 수 있으리라고 생각하지 않았다. 나는 일탈자지만 그와 동등하다는 것을 그에게 알려주고 싶었다. 단 한 번 그때만, 내가 주위 사람들보다 뒤떨어지는 척하는 삶을 시작하기 전에 누군가에게 알리고 싶었다. 잠깐 동안, 나는 강력해진 기분을 느꼈다. 아버지가 된 것처럼 느꼈다.

"물이 닿을 수 없는 곳에요. 그 동굴은 이 아래에 없어요. 위에, 높은 곳에 있을 거예요."

엘리가 이제는 씻겨 나간 여자 그림을 바라보며 말했다.

"그 생각을 했어야 하는데."

나는 말했다. 우리 셋은 서둘러 동굴에서 나가 벼랑을 올려다보았다. 아버지는 내게 홍수 이야기를 해주었다. 농부들은 때때로 강이 불어나는 것을 보고 홍수가 일어나리라는 것을 알았다. 그전에는, 갑자기 홍수가 일어날 경우 사전 경고를 거의 받지 못했다.

그들은 공간이 있는 협곡 바닥에 건물을 올리고 농사를 지었지만, 물이 올라오면 더 높은 동굴로 갔다.

'카빙 대협곡에서 생존할 수 있는 선은 아슬아슬해. 선 이쪽과 저쪽 중 옳은 편에 있기를 바랄 수밖에 없단다.'

아버지는 말했다.

이제 무엇을 찾아야 할지 알게 되자, 옛날에 있었던 홍수의 흔적이 사방에서 보였다. 협곡 위쪽에는 침전물의 흔적이 보였고, 홍수의 순간적인 거친 힘과 속도 때문에 생긴 틈 높은 곳에 죽은 나무들이 쐐기처럼 박혀 있었다. 자연이 이런 일을 하는 데 들인 힘이면 소사이어티조차 무릎 꿇릴 수 있을 것이다.

"나는 언제나 물건을 파묻는 게 더 안전하다고 생각했는데."

빅이 말했다.

"꼭 그런 건 아니야. 때로는 최대한 높이 두는 게 더 안전해."

나는 '언덕'을 떠올리며 그에게 말했다.


우리가 찾는 길을 발견하는 데 한 시간 가까이 걸렸다. 아래에서는 거의 보이지 않았다. 농부들이 벼랑을 파고 물건을 넣어두었기 때문에 그곳은 흙터투성이 협곡 안에 완벽하게 녹아들어 있었다. 우리는 그 길을 더 높이 올라가, 아래에서는 보이지 않는 굽이를 따라 난 길로 벼랑 옆을 돌아갔다. 그 길은 위에서도 보이지 않을 것 같았다. 그 장소로 제대로 올라와서 자세히 보아야 볼 수 있었다.

일단 그곳에 닿자 동굴이 보였다.

그곳은 물건을 저장해두기에 완벽한 장소였다. 높고, 잘 숨겨져 있었다. 그리고 건조했다. 빅이 몸을 숙이고 첫 번째 동굴로 들어갔다.

"그 안에 먹을 게 있어요?"

엘리가 물었다. 그의 배가 꼬르륵거렸다. 그 소리에 나는 활짝 웃었다. 우리는 조심스럽게 식량을 나누었고, 딱 떨어질 때쯤 거주구와 마주쳤다.

"아니, 카이. 이것 봐."

빅이 말했다.

몸을 숙인 채 그와 함께 안으로 들어가자 동굴이 보였다. 몇 안 되는 커다란 통과 상자들이 그 안에 있었다. 문 가까이에는 최근에 누군가가 비축된 물건들을 동굴 밖으로 끌고 나가 나른 흔적과 발자국이 보였다.

나는 이런 상자를 전에도 본 적이 있었다.

"조심해."

나는 빅에게 말하고, 상자 하나를 조심스럽게 열어 안을 들여다보았다. 전선, 키패드, 폭약. 생긴 걸로 보아 모두 소사이어티 제품이었다.

농부들이 소사이어티와 한통속일 수도 있을까? 그럴 것 같지는 않았다. 그러나 농부들이 이 물건들을 훔쳤거나 암시장에서 거래했을 수는 있었다. 이런 동굴을 채울 만한 저장품을 모으는 데 몇 년이 걸렸을 것이다.

나머지 물건은 어떻게 됐을까?

엘리가 내 뒤에서 부스럭거렸다. 나는 그에게 뒤로 물러나 있으라고 팔을 들었다.

"우리 코트 안에 있는 물건과 비슷해 보이네요. 저걸 좀 가져갈까요?"

그가 물었다.

"아냐. 계속 음식을 찾아봐. 지도 잊지 말고."

내가 말했다. 엘리는 동굴 밖으로 빠져나갔다.

빅은 머뭇거렸다.

"저걸 갖고 있는 편이 유용할 수도 있어. 넌 이 물건을 조작할 수 있지? 그렇지?"

그가 비축된 물건을 가리키며 말했다.

"시도는 해볼 수 있어. 하지만 안 하는 게 좋을 것 같아. 우리 배낭에 있는 공간에 음식과 문서를 채워 넣는 게 더 나을 거야. 그걸 찾을 수 있다면 말이야."

전선은 언제나 말썽으로 이어진다는 말은 하지 않았다. 아버지가 그 전선에 끊임없이 매혹된 것도 아버지의 죽음에 일조했을 거라는 생각이 들었다. 아버지는 당신이 시시포스처럼 되어 소사이어티의 무기로 그들을 겨냥할 수 있다고 생각했다.

물론 우리가 카빙 대협곡으로 도망쳐 들어오기 전 다른 총알받이들의 총을 조작했을 때, 나 또한 같은 일을 시도하고 있었다. 그리고 그것은 아버지의 마을이 당한 것보다 그들의 처지를 조금도 더 좋게 만들어주지 않았을 것이다.

"이걸 거래하는 건 위험해. 기록 보관자들이 이걸 더 이상 취급하는지 어떤지도 모르겠고."

빅은 고개를 저었지만 반론하지 않았다. 그가 동굴 안으로 더 깊이 들어가 두꺼운 플라스틱 두루마리 하나를 잡아당기며 물었다.

"이게 뭔지 알아?"

"피난처 같은 건가?"

나는 좀 더 자세히 들여다보았다. 밧줄과 얇은 튜브가 안으로 말려 들어가 있는 것이 보였다.

"보트야. 전에 살던 군기지에서 이런 걸 본 적이 있어."

빅이 말했다.

그가 자신의 과거에 대해 이렇게 많이 얘기한 것은 처음이었다. 나는 그의 말이 더 이어지기를 기다렸다.

그러나 그때 엘리가 흥분에 가득 찬 목소리로 외쳤다.

"음식이라면 내가 찾았어요!"

그는 두 번째 동굴에서 사과를 먹고 있었다.

"이건 너무 무거워서 가져가지 못했나 봐요. 온갖 종류의 사과와 곡물이 있어요. 종자도 아주 많아요."

엘리가 말했다.

"돌아와야 할 때를 대비해 저장해두었을 거야. 모든 경우를 생각했던 거지."

빅이 말했다. 나는 동의의 뜻으로 고개를 끄덕였다. 그곳에 서서 그들이 남긴 것을 바라보면서, 나는 이곳에 살던 사람들에게 경탄했다. 실망도 느꼈다. 나는 그들을 만나고 싶었다.

빅도 그런 듯했다.

"우리는 탈주에 대해 온갖 생각을 했는데, 그들은 실제로 그걸 해냈어."

그가 말했다.

우리는 농부들의 창고에서 나온 음식으로 배낭을 채웠다. 우리는 사과와, 오랜 시간 상하지 않을 것처럼 생긴 납작하고 딱딱한 빵을 가져갔다. 우리는 또한 타르를 바른 성냥 몇 개를 찾았다. 농부들이 직접 만든 것 같았다. 아마도 불을 피울 안전한 장소가 있을 것이다. 일단 배낭을 다 채우자 우리는 창고 동굴에서 배낭을 몇 개 더 찾아 그것도 채웠다.

"이제 지도와 거래할 만한 것을 찾자."

내가 말했다. 나는 숨을 깊이 들이쉬었다. 그 동굴에서는 사암 냄새—진흙과 물—와 사과 냄새가 났다.

"분명히 여기에 있을 거예요."

엘리의 목소리가 동굴 뒤에서 작게 들렸다.

"방이 또 하나 있어요."

빅과 나는 엘리를 따라 모퉁이를 돌아, 바위가 물러나 생긴 후미진 공간으로 들어갔다. 손전등을 주위에 비춰보니 그곳은 깨끗했다. 잘 정리되어 있었고 상자들로 가득했다. 나는 방을 가로질러가 상자 하나의 뚜껑을 들어 올렸다. 거기에는 책과 종이가 가득 들어 있었다.

'여기가 아버지가 배웠던 장소가 틀림없어. 아버지는 바로 이 의자 위에 앉아 있었을 수도 있어.'

나는 이런 생각을 하지 않으려고 애썼다.

"참 많이 남기고 갔네요."

엘리가 속삭였다.

"그들은 이걸 다 가져갈 수가 없었어. 아마 제일 좋은 것들만 가져갔을 거야."

내가 말했다.

"그들은 데이터포드를 갖고 있을 수도 있어. 책에서 데이터포드로 정보를 옮겼을 수도 있지."

빅이 한마디 했다.

"그럴 수도 있지."

내가 말했다. 그렇다 해도 실물 복사본을 전부 뒤에 남기고 떠나는 게 얼마나 힘들었을까 하는 생각이 들었다. 이 동굴 속의 정보는 값어치를 따질 수 없을 정도로 귀중했다. 원본 형태로 되어 있었기 때문에 더욱. 게다가, 원래는 그들의 선조들이 이걸 전부 갖고 들어왔을 터다. 그런 것을 놔두고 가기는 힘들었을 것이다.

방 한가운데에 나무를 작게 잘라 만든 테이블이 있었다. 동굴 입구로 갖고 들어와 조립해야 하는 물건이었다. 거주구와 마찬가지로 방 전체도 신중하게 만들어진 듯한 느낌이다. 모든 물건에 의미가 가득한 것 같았다. 소사이어티가 만들어 무릎 위에 떨어뜨려준 것이 아니라, 사람들이 일해서 만들어낸 것이었다. 의미를 발견하고, 직접 만들었다.

나는 테이블에 불빛을 비추었다. 목탄 연필이 가득 들어 있는, 속을 파낸 나무통이 보였다.

손을 넣어 연필을 하나 집었다. 연필은 내 손에 작고 검은 자국을 남겼다. 연필을 보자 자치구에서 내가 글자를 쓰기 위해 만들었던 도구가 생각났다. 나는 언덕 위에서, 또는 자치구의 단풍나무 가지가 떨어질 때 한 번에 몇 개씩 나뭇조각을 모았다. 쓰고 그리기 위해 나뭇조각을 함께 묶어 소각기 안에 대고 끝을 그을렸다. 붉은색이 필요할 때는 화단에 있는 피 같은 색깔의 페튜니아 꽃잎 몇 장을 훔쳐서, 오피셜의 손과 내 손과 해를 칠한 적도 있었다.

"이것 봐."

내 뒤쪽에서 빅이 말했다. 안에 지도가 들어 있는 상자를 하나 찾아낸 것이다. 그가 지도 몇 장을 꺼냈다. 손전등의 따뜻한 불빛에 색깔이 변해서, 그 종이는 원래보다 더 낡아 보였다. 우리는 지도들을 살펴보았다. 나는 마침내 카빙 대협곡을 알아볼 수 있는 지도 하나를 발견했다.

"이거야."

내가 지도를 테이블에 펼치면서 말했다. 우리는 일제히 그 주위에 모였다.

"이게 우리가 있는 협곡이야."

지도를 가리키면서도 내 눈은 지도 위에 그려진, 우리가 있는 곳 옆에 있는 협곡에 이끌렸다. 두꺼운 검은 잉크로 X자가 바늘땀처럼 촘촘히 새겨져 있었다. 그것이 무슨 뜻일지 궁금했다.

'이 지도를 내가 다시 그릴 수 있었으면 좋겠어.'

이 세계가 정말 어떤 곳인지 알아내려고 애쓰는 대신 어떤 모습이었으면 좋겠다고 표시하는 쪽이 훨씬 쉬울 것 같았다.

"글자 쓰는 법을 알았으면 좋겠어요."

엘리가 말했다. 그에게 가르쳐줄 시간이 없는 것이 아쉬웠다. 아마 언젠가는 가르쳐줄 수 있겠지. 지금 당장은 계속 움직여야 했다.

"아름답네요. 우리가 소사이어티에서 배운, 화면에 그리는 법과는 달라요."

엘리가 지도를 부드럽게 어루만지면서 말했다.

"그래."

내가 말했다. 지도를 만든 사람이 누구였건 간에 상당한 예술가였다. 전체의 색깔과 비율이 완벽하게 어울렸다.

"형은 그림 그리는 법 알아요?"

엘리가 물었다.

"조금."

내가 말했다.

"어떻게 알아요?"

"어머니가 직접 배운 다음 날 가르치셨어. 우리 아버지는 여기 와서 농부들과 거래하시곤 했지. 한번은 아버지가 어머니가 쓸 그림붓을 갖고 오셨어. 진짜 붓. 하지만 물감을 살 여유는 없었어. 아버지는 늘 어머니에게 물감을 사주고 싶어했지만 한 번도 그러지 못하셨지."

"그럼 형 어머니는 그림을 그릴 수 없으셨겠군요."

엘리가 실망한 듯한 어조로 말했다.

"아냐. 그릴 수 있었어. 어머니는 바위 위에다 물로 그리셨거든."

내가 말했다. 나는 우리 집 근처의 작은 골짜기 틈새 속 고대 조각을 떠올렸다. 이제 와 생각하니 어머니는 거기서 돌 위에 그림을 그린다는 착상을 얻은 게 아닐지 궁금했다. 그러나 어머니는 물을 사용했고, 어머니의 손길은 언제나 부드러웠다.

"어머니의 그림은 언제나 공중에 사라졌어."

나는 엘리에게 말했다.

"그럼 그게 어떤 모습인지 어떻게 알았어요?"

엘리가 물었다.

"그림이 마르기 전에 봤어. 아름다웠어."

내가 말했다.

엘리와 빅은 침묵했다. 나는 그들이 내 말을 믿지 않을지도 모른다고 생각했다. 그들은 내가 그 말을 꾸며냈고, 내가 보았으면 하고 바란 그림을 떠올리고 있다고 생각할 수도 있었다. 그러나 내가 한 말은 진실이었다. 어머니의 그림은 마치 살아 있는 것 같았다. 빛났다가 사라지고, 다음 순간 어머니의 손 아래에서 새로운 모습으로 나타났다. 그림들은 존재하는 동안 눈에 보인 모습뿐 아니라 결코 지속될 수 없다는 사실 때문에도 아름다웠다.

"하여간, 나가는 길이 있어."

나는 두 사람에게 이 협곡이 우리가 들어온 곳에서 맞은편에 있는 들판으로 계속 이어지는 모습을 보여주었다. 지도로 판단하건대 그곳에는 더 많은 식물들이 있었고, 이 협곡에 있는 것보다 더 큰 강도 있었다. 들판 반대편 산 위에는 작고 검은 집들이 표시되어 있었다. 나는 그곳이 정착지이거나 안전한 장소일 거라고 생각했다. 농부들이 지도에 자기들의 거주구를 나타낼 때 사용한 것과 똑같은 표시가 되어 있었기 때문이다. 그리고 그곳을 지나 산 북쪽에, '소사이어티'라고 표시된 장소가 있었다. 경계 지방에 속하는 곳이었다.

"저 들판에 도착하는 데 이틀 아니면 사흘 걸릴 거야. 그리고 들판을 건너 저 산에 닿기까지 또 며칠 걸릴 거고."

"들판에 강이 있어."

빅이 말했다. 지도를 꼼꼼히 살피던 그의 눈이 환해졌다.

"농부들의 보트를 써서 그 강을 타고 내려갈 수 없는 게 너무 아쉽다."

"해볼 수는 있어. 하지만 산 쪽이 더 나은 선택일 거야. 그곳엔 정착지가 있으니까. 그 강이 어디로 흘러가는지도 알 수 없고."

내가 말했다. 산은 지도의 위쪽 끄트머리에 있었다. 강은 아래로 흘러 종이 아래쪽에서 사라졌다.

"네 말이 맞아. 하지만 잠깐 들러서 낚시를 할 수 있을지도 몰라. 훈제한 물고기는 오래가거든."

빅이 말했다. 나는 지도를 엘리 쪽으로 밀어주며 물었다.

"넌 어떻게 생각해?"

"그렇게 해봐요."

그가 말했다. 그가 손가락을 산속의 검은 집에 가져다댔다.

"농부들이 여기 있었으면 좋겠어요. 그들을 만나고 싶어요."

"우리 또 뭘 가져가야 하지?"

빅이 책더미를 훑어보며 물었다.

"아침에 뭔가 찾아낼 수 있을 거야."

내가 말했다. 왠지 몰라도, 깔끔하게 정리된 채 버려진 책들을 보자 슬퍼졌다. 지쳤다. 카시아가 여기 나와 함께 있었으면 하고 바랐다. 그녀는 책장을 하나하나 넘기며 모든 단어를 읽을 것이다. 나는 동굴의 흐린 빛 속에서 눈을 빛내며 미소 짓는 그녀의 모습을 상상할 수 있었다. 나는 눈을 감았다. 그 어슴푸레한 기억이 그녀를 다시 만나는 것에 가장 가까운 일일 수도 있었다. 지도가 생겼지만, 우리가 건너야 하는 거리는 여전히 극복할 수 없는 듯이 보였다.

"이제 자야 해."

나는 의심을 젖혀놓으며 말했다. 그런 의심은 소용없었다.

"날이 밝자마자 일정을 시작해야 하니까."

나는 엘리를 보았다.

"어때? 너는 다시 내려가서 집에서 잘래? 거기엔 침대가 있어."

"아뇨. 여기 같이 있을래요."

엘리가 바닥 위에서 몸을 웅크리며 말했다.

왜 그런지 알 수 있었다. 늦은 밤 빈 거주구에 있으면 강에, 농부들이 떠난 뒤 자리 잡은 고독에, 그들이 그린 그림 속 유령 같은 눈과 손에 노출된 듯이 느껴졌다. 그들이 물건을 안전하게 보관해둔 이곳 동굴 안은 우리도 안전할 수 있는 장소인 것 같았다.

꿈속에서 박쥐들이 밤새도록 동굴 안을 들락거렸다. 어떤 놈은 뚱뚱해서 무겁게 날았다. 나는 그들이 다른 생물들의 피로 배를 가득 채웠다는 것을 알았다. 어떤 것들은 좀 더 높이 날았는데 그들은 굶주려서 가벼운 것이었다. 그러나 날개는 모두 시끄럽게 퍼덕이고 있었다.

밤의 끝, 새벽이 가까워오자 나는 잠에서 깨어났다. 빅과 엘리는 여전히 자고 있었다. 나는 무엇 때문에 잠이 깨었는지 궁금했다. 거주구에서 무슨 소리가 났나?

나는 동굴 가장 바깥쪽 문으로 걸어 나와 내다보았다.

불빛 하나가 우리 아래의 어느 집 창문에서 깜박거렸다.

# 14
## 카시아

나는 코트 안에 몸을 웅크린 채 새벽을 기다렸다. 이곳 카빙 대협곡 아래에서 나는 흙 속을 걷고, 깊이 잠들고, 소사이어티는 나를 보지 않는다. 나는 그들이 정말로 내가 있는 곳을 모른다고 믿기 시작했다. 나는 탈출했다.

낯선 느낌이었다.

소사이어티는 평생 나를 지켜보았다. 소사이어티는 내가 학교에 가고 수영을 배우고 매칭 파티에 참석하기 위해 계단을 걸어 올라가는 모습을 보았다. 그들은 내 꿈을 분류했다. 내 데이터가 흥미롭다는 것을 알았을 때는, 내 담당 오피셜이 그런 것처럼 여러 요소를 바꾸고 내 반응을 기록했다.

그리고 다른 종류의 관찰이었지만, 내 가족도 나를 지켜보았다.

삶이 끝날 무렵, 할아버지는 해가 질 때 창가에 앉아 계시곤 했다. 그때 나는 할아버지가 밤새 깨어 있다가 해가 다시 뜨는 것을 보시는 건지 궁금했다. 그 길고 잠 못 이루는 어느 밤에 할아버지는 내게 그 시를 주리라 결심하셨을까?

나는 할아버지가 사라진 게 아니라 온 세상 위에 떠돌며, 저 위쪽에서 지켜보고 있는 세상 모든 것 중에서 협곡 안에 몸을 웅크린 조그만 소녀 하나를 선택하신 거라고 상상했다. 할아버지는 결국 새벽이 온다는 것이 분명해졌을 때 내가 깨어서 일어설지 궁금해하실 것이다.

할아버지는 내가 여기까지 오기를 바라셨을까?

"너 깼니?"

인디가 물었다. 내가 말했다.

"난 한잠도 안 잤어."

그러나 그렇게 말하면서도, 그게 사실인지는 알 수 없었다. 내가 할아버지를 상상한 것이 사실은 꿈이라면?

"몇 분 안에 출발할 수 있어."

인디가 말했다. 우리가 대화를 시작한 지 몇 초 지나지 않아 햇빛이 바뀌었다. 벌써 그녀가 더 잘 보였다.

인디는 좋은 장소를 골랐다. 나조차 그것을 알 수 있었다. 절벽은 다른 곳만큼 높거나 가파르지 않았고, 오래된 낙석이 남긴 둥근 돌무더기는 올라가는 길의 일부가 되었다.

그렇지만 협곡 절벽을 보자 주눅이 들었다. 나는 연습을 많이 해보지 않았다. 간밤에 잠들기 전 잠깐 시간을 내어 연습한 게 다였다.

인디가 강압적인 몸짓으로 손을 내밀었다.

"네 배낭 줘."

"뭐?"

"넌 산을 올라가는 데 익숙하지 않잖아. 내가 네 물건을 내 배낭 속에 넣고 갈 테니 너는 빈 배낭을 메고 가. 그렇게 하는 게 더 쉬울 거야. 네가 배낭 무게 때문에 떨어지면 안 되니까."

인디가 차분히 말했다.

"정말?"

문득 인디가 그 배낭을 가져가면 너무 많은 것을 가져가는 게 아닐까 하는 생각이 들었다. 나는 알약에서 떨어지고 싶지 않았다.

인디는 초조해 보였다.

"난 내가 뭘 해야 하는지 확실히 알아. 네가 식물에 대해 아는 것처럼."

그녀는 얼굴을 찌푸렸다.

"어서. 넌 에어십에서 날 믿었잖아."

그녀의 말이 옳았고, 그 말에 뭔가가 떠올랐다.

"인디. 넌 뭘 가져왔어? 에어십에서 네가 내게 맡겨서 숨긴 게 뭐야?"

내가 물었다.

"없어."

그녀가 말했다.

"없다고?"

나는 놀라 되풀이했다.

"나도 잃을 게 있다고 생각하지 않으면 네가 날 믿을 것 같지 않았어."

인디가 웃으면서 말했다.

"하지만 마을에서 넌 뭔가 다시 가져가는 척했잖아."

내가 말했다.

"그랬지."

그녀가 사과의 기미도 띠지 않은 목소리로 말했다. 나는 고개를 젓고 나도 모르게 웃으며 배낭을 벗어서 인디에게 건네주었다.

그녀가 내 배낭을 열어 내용물을 자기 배낭 안에 쏟았다. 손전등, 식물 이파리, 빈 물통, 파란 알약.

나는 갑자기 죄책감을 느꼈다. 내가 알약을 모두 가지고 가버릴 수도 있었는데 그녀는 여전히 나를 믿고 있었다.

"저기 올라가면 너도 알약을 좀 갖고 있어."

내가 말했다. 인디의 표정이 바뀌었다.

"아, 알았어."

그녀의 목소리가 경계하는 빛을 띠었다.

인디가 빈 배낭을 다시 건네주자 나는 그것을 어깨에 멨다. 우리는 코트를 입은 채 올라갔다. 코트 덕분에 몸이 둔했지만 인디는 코트를 벗어서 가져가는 것보다 그 편이 더 쉽다는 걸 알았다. 그녀는 길게 땋은 머리카락 위로 배낭을 멨다. 해가 떠오르자 그녀의 머리카락은 이 벼랑만큼이나 밝게 타올랐다.

"준비됐어?"

그녀가 물었다.

"그런 것 같아."

나는 바위를 쳐다보며 말했다.

"날 따라와. 가면서 설명할게."

그녀는 버틸 만한 곳에 손가락을 집어넣고 자기 몸을 끌어올렸다. 나도 열심히 따라가려다가 작은 돌무더기를 넘어뜨렸다. 돌무더기는 흩어졌고, 나는 벽을 꽉 붙잡았다.

"아래를 내려다보지 마."

인디가 말했다.

내려가는 것보다 올라가는 데 훨씬 더 오래 걸렸다.

올라가는 동안 버티고 기다리고 다음 동작을 결정한 후 그것을 실행하는 일이 얼마나 많은 부분을 차지하는가 하는 생각이 불현 듯 떠올랐다. 손가락은 바위를 꽉 쥐었고 발가락은 최대한 구부러 졌다. 나는 당면한 일에 집중했다. 왜인지 몰라도 그것은 내가 카 이를 생각하지 않는 순간조차도 그의 생각에 완전히 몰두해 있다 는 뜻이었다. 나는 그와 비슷하게 행동하고 있었다.

이곳 협곡 절벽은 붉은빛을 띤 오렌지빛에 검은빛이 군데군데 섞여 있었다. 그 검은색이 어디서 비롯됐는지는 알 수 없었다. 마 치 오래전 절벽 옆면에 거대한 타르의 바다가 철썩거린 것 같았 다.

"잘하고 있어."

내가 선반처럼 튀어나온 바위 위 인디 옆에 올라서자 그녀가 말 했다.

"이제 여기가 제일 어려운 부분일 거야. 내가 먼저 해볼게."

그녀가 앞을 가리키며 말했다.

나는 바위에 등을 대고 바닥에 앉았다. 바위 벽에 꼭 붙어 있느 라 팔이 아팠다. 바위에 달라붙을 때 그 바위가 우리를 잡아주고 감싸 안았으면 좋겠다는 생각이 들었지만 바위는 물론 그러지 않 았다.

인디가 아래에 대고 소리쳤다.

"나 해낸 것 같아. 네가 여기 올라오면……."

돌이 떨어지는 소리, 피부가 돌에 긁히는 소리가 들렸다. 나는 일어섰다. 바닥은 좁았고 내 균형은 불안정했다.

"인디!"

그녀는 내 위쪽에 매달린 채 바위들을 꼭 붙잡았다. 긁혀서 피투성이가 된 인디의 다리 한쪽이 내 근처에 늘어져 있었다. 그녀가 작게 투덜거리는 소리가 들렸다.

"괜찮아?"

나는 위에 대고 소리쳤다.

"밀어줘. 날 위로 밀어줘."

그녀의 목소리는 거칠었다.

나는 들판을 달려오느라 닳고, 협곡과 바위 때문에 먼지투성이가 된 그녀의 장화 밑에 손바닥을 댔다.

인디가 내 손바닥 위에 체중을 실은 한순간은 너무도 끔찍했다. 너무나 무거웠다. 나는 그녀가 위에서 붙잡을 만한 어떤 것도 찾지 못했음을 알았다. 다음 순간 인디가 사라졌다. 그녀의 장화 무게가 내 손을 떠났다. 발자국이 내 손바닥에 남았다.

"난 올라왔어. 넌 왼쪽으로 돌아와. 내가 이 위에서 보고 말해줄게."

그녀가 아래를 향해 외쳤다.

"무사하니? 너 괜찮은 거 맞아?"

"내 실수였어. 이 바위는 내가 올랐던 바위보다 더 물러. 내가 너무 무게를 많이 싣는 바람에 부서졌어."

그녀의 긁힌 다리를 보면 바위가 무르다는 게 거짓말 같았지만, 나는 그녀가 무슨 뜻으로 말했는지 알았다. 여기서는 모든 것이 전혀 달랐다. 중독된 강, 무른 바위. 무엇과 마주치게 될지는 절대 모르는 일이다. 무엇이 버티고 무엇이 무너지게 될지.

올라가는 길의 나머지 절반은 좀 더 순조로웠다. 인디 말이 옳았다. 가파른 부분이 가장 오르기 어려운 곳이었다. 나는 손가락

끝만으로 얇은 바위 가장자리를 움켜쥐고, 손마디를 구부린 채 버티며 발이 미끄러지지 않게 하려고 애썼다. 나는 인디가 가르쳐준 대로 옷과 피부를 이용해, 바위 면에 수직으로 난 틈에 팔과 무릎을 끼워 넣었다. 몸을 벽에 바짝 붙이고 있기 위해 마찰력을 높인 것이다.

"거의 다 왔어. 1분만 있다가 올라와. 여긴 나쁘지 않아."

그녀가 위쪽에서 말했다.

나는 잠시 틈새에 멈춰 쉬면서 숨을 골랐다. 이곳에서는 바위가 나를 버텨준다는 것을 깨닫고 우리가 얼마나 높은 곳에 있는지 들떠서 웃었다.

'카이는 이런 걸 좋아했을 거야. 아마 그도 기어오르고 있을걸.'

마지막으로 꼭대기로 돌진할 때였다. 나는 아래를 내려다보거나 뒤를 돌아보지 않을 것이다. 위와 앞이 아닌 다른 어떤 곳도 보지 않을 것이다. 빈 배낭이 살짝 움직이는 바람에 내 몸이 흔들렸고, 나의 손톱이 돌을 파고들었다.

'버텨. 기다려.'

가볍고 날개 달린 뭔가가 나를 지나쳐 날아가는 바람에 깜짝 놀랐다. 마음을 가라앉히기 위해, 카이가 내게 생일선물로 준 시를 떠올렸다. 물에 대한 시.

'경계를 넘어 길을 떠날 때 높은 파도와 백로가 뛰어들었지.'

나는 이 돌투성이 해변에서 물이 바다로 다시 밀려 나간 후 남겨진 생물이 된 기분이었다. 카이가 있을지도 모르는 어딘가로 올라가려고 애쓰는 생명체.

'그가 거기 없다고 해도 나는 그를 찾아낼 거야. 마침내 그가 있는 곳으로 건너갈 때까지 나는 계속 갈 거야.'

나는 잠깐 멈춰서 다시 균형을 잡았다. 그리고 다음 순간 나도 모르게 어깨 너머를 돌아보았다.

카이와 내가 함께 '언덕' 꼭대기에서 본 것과는 완전히 다른 경치였다. 집도, 시청도, 건물도 없었다. 모래와 바위와 볼품없는 나무들뿐이었다. 그러나 그것은 여전히 내가 올라온 길이었고, 다시 한 번, 왜인지 몰라도 카이가 나와 함께 그 길을 올라온 것처럼 느껴졌다.

"거의 다 왔어."

나는 그에게, 인디에게 속삭였다.

나는 미소를 띠고 벼랑 가장자리로 몸을 끌어올린 후 위를 쳐다보았다.

우리 둘만 있는 것이 아니었다.


나는 이제야 왜 그들이 '폭격'을 '화재'라고도 하는지 깨달았다. 사방이 재투성이였다. 바람이 카빙 대협곡을 가로질러 내 눈에 잡티를 불어 넣어 눈을 흐리게 하고 눈물이 나게 만들었다.

큰 화재가 있었을 뿐이라고, 나는 스스로를 설득해보려고 했다. 불탄 막대기들이 연달아 놓여 있었고, 연기는 하늘로 날아갔다.

그러나 인디의 표정이 내게 자기가 본 진실은 그렇지 않다고 말하고 있었다. 마음속으로는 나도 알았다. 땅에 흩어져 있는 검게 탄 물체들은 막대기가 아니었다. 그것은 진짜였다. 카빙 대협곡 꼭대기에 있는 이 수십 구의 시체들은.

인디가 몸을 굽혀 뭔가를 쥐고 허리를 똑바로 폈다. 그을린 긴 밧줄이었다. 대체로 멀쩡했다.

"가자."

밧줄의 재로 손이 검어진 채 인디가 말했다. 그녀가 손을 위로 올려, 바람에 흐트러져 우연히 얼굴로 흘러내린 붉은 머리카락을 쓸어 넘겼다.

나는 사람들을 훑어보았다. 그들의 피부에도 표시가 되어 있었다. 파랗고, 비틀린 선. 그것이 무엇을 뜻하는지 궁금했다.

'당신들은 왜 이 위로 오게 됐죠? 어떻게 이 밧줄을 만들었지요? 우리가 당신들에 대해 잊어버린 동안, 아니면 당신들이 존재했다는 것을 전혀 모르고 있던 동안, 당신들은 뭔가 다른 것을 알게 되었나요?'

"죽은 지 얼마나 오래됐을까?"

내가 물었다.

"꽤 됐을걸. 일주일, 아마 더 됐을 거야. 확실히는 모르겠어. 이런 짓을 한 게 누군지 몰라도 돌아올지도 몰라. 떠나야 해."

인디의 목소리는 단단히 날이 서 있었다.

곁눈질로 보이는 움직임에 나는 돌아섰다. 산마루를 따라 세워진 높고 붉은 깃발이 바람에 미친 듯이 펄럭이고 있었다. 나무에 매어진 게 아니라 땅에 세워졌지만, 그것을 보자 카이와 내가 '언덕'에 남겨놓고 온 붉은 천 조각이 떠올랐다.

누가 이 위쪽 땅에 표시를 했을까? 누가 이 사람들을 전부 죽였을까? 소사이어티? 적?

'봉기 세력은 어디에 있을까?'

"우린 지금 떠나야 해, 카시아."

인디가 내 뒤에서 말했다.

"안 돼. 저 사람들을 여기 두고 갈 수는 없어."

내가 말했다.

'저들이 봉기를 한 걸까?'

"비정상은 원래 이렇게 죽어. 우리 둘이서 어쩔 수는 없어. 다른 사람을 찾아야 해."

인디의 목소리는 차가웠다.

"이 사람들이 우리가 찾으려던 사람들일지도 몰라."

내가 말했다.

'제발. 우리가 찾을 기회를 갖기도 전에 봉기의 실마리를 없애지 마세요.'

나는 생각했다.

'오, 카이. 난 전혀 몰랐어. 네가 본 죽음은 이런 것이었구나.'

인디와 나는 시체들을 뒤에 남긴 채 카빙 대협곡 꼭대기를 달렸다.

'카이는 아직 살아 있어. 그래야만 해.'

나는 스스로에게 말했다.

하늘에는 오직 태양만 있었다. 아무것도 날지 않았다. 여기에 천사라곤 없었다.

# 15
## 카이

거주구에 있는 누군가와 거리를 둘 때까지, 우리는 움직임을 멈추지 않았다. 아무도 말을 많이 하지 않았다. 우리는 빠른 속도로 큰 협곡을 따라갔다. 몇 시간 뒤 나는 지도를 꺼내 우리 위치를 살펴보았다.

"내내 올라온 것 같은데요."

엘리가 약간 헐떡이며 말했다.

"그래."

내가 말했다.

"그런데 왜 조금도 높아진 것 같지 않죠?"

엘리가 물었다.

"협곡도 높아지고 있거든. 봐."

나는 그에게 농부들이 지도에 해발을 표시해놓은 것을 보여주었다. 엘리는 혼란스러워하며 고개를 저었다.

"카빙 대협곡과 그곳의 골짜기들을 커다란 보트라 생각해봐. 우리가 들어온 부분은 물속 아랫부분이야. 우리가 나가게 될 곳은 높은 부분이고. 알겠어? 올라가면 우리는 거대한 들판 위에 있게 될 거야."

빅이 엘리에게 말했다.

"보트에 대해 알아요?"

엘리가 물었다.

"조금. 많이는 아니고."

빅이 말했다.

"잠깐 쉬어도 될 것 같다."

나는 엘리에게 말하고 물통에 손을 뻗어 한 모금 마셨다. 빅과 엘리도 물을 마셨다.

"네가 죽은 사람을 위해 읊었던 그 시 기억해? 전에 내가 너한테 물어봤던 거."

빅이 입을 열었다.

"응."

나는 지도에 표시된 산 위 정착지를 바라보았다.

'저기로 가야 해.'

"그걸 어떻게 알게 됐어?"

"어쩌다 알게 됐어. 오리아에서."

내가 말했다.

"바깥 지방이 아니고?"

빅이 물었다.

그는 내가 말하는 것보다 아는 게 더 많다는 것을 눈치채고 있었다. 나는 그를 쳐다보았다. 그와 엘리는 지도 맞은편에 서서 나를 쳐다보고 있었다. 빅이 지난번 내게 도전했을 때는 마을 바깥에서 내가 소사이어티가 비정상들을 죽인 방법에 대해 말했을 때였다. 지금도 그의 눈에는 그때와 마찬가지로 부싯돌처럼 단단한 표정이 보였다. 그는 이 얘기를 할 때라고 생각하고 있었다.

그가 옳았다.

"물론 바깥 지방에서도. 나는 인도자에 대해서 평생 듣고 자랐어."

내가 말했다. 정말 그랬다. 경계 지방에서, 바깥 지방에서, 오리아에서, 그리고 이제 이곳 카빙 대협곡에서.

"그래서 넌 그게 누구라고 생각해?"

빅이 물었다.

"어떤 사람들은 인도자가 소사이어티에 대한 반역을 이끄는 사람이라고 생각하지."

내 말에, 엘리의 눈이 흥분으로 불타올랐다.

"봉기. 나도 들었어."

빅이 말했다.

"반역이 있었어요? 그리고 인도자가 그 지도자예요?"

엘리가 열성적으로 물었다.

"아마 그럴 거야. 그러나 그건 우리와 아무 상관 없어."

내가 말했다.

"당연히 상관있죠. 왜 다른 총알받이들에게 말하지 않았어요? 우리가 뭔가 할 수 있었을지도 모르잖아요!"

엘리가 화난 목소리로 말했다.

"뭘?"

나는 지친 듯이 엘리에게 물었다.

"빅과 나 둘 다 인도자에 대해 들었어. 하지만 우리는 그 사람이 어디 있는지 몰라. 그리고 안다고 해도, 나는 인도자가 죽으면서 많은 사람을 함께 데려가는 것 외에 다른 일을 할 수 있다고는 믿지 않아."

빅은 고개를 저었지만 아무 말도 하지 않았다.

"그들에게 희망을 줄 수 있었어요."

엘리가 말했다.

"뒷받침할 수 있는 게 아무것도 없는데 희망이 무슨 소용이야?"

내가 엘리에게 물었다. 그는 고집스럽게 이를 악물었다.

"그건 형이 총을 조작해서 하려고 한 일과 조금도 다르지 않잖아요."

그가 옳았다. 나는 한숨을 쉬었다.

"맞아. 하지만 그들에게 인도자에 대한 이야기를 해도 아무 소용 없었을 거야. 그건 그냥 우리 아버지가 해주시곤 하던 얘기야."

문득 아버지가 이야기하는 동안 어머니가 삽화를 그리던 장면이 떠올랐다. 아버지가 시시포스 이야기를 끝내고 그림이 마르는 동안, 나는 언제나 시시포스가 마침내 쉬고 있는 것처럼 느꼈다.

"나는 고향에서 어떤 사람에게 인도자에 대해 들었어."

빅이 말하고는 잠시 침묵했다. 그리고 물었다.

"네 부모님께 무슨 일이 일어났어?"

"폭격으로 돌아가셨어."

내가 그에게 말했다. 처음에는 그 말만 하고 말 거라 생각했다. 그러나 나는 계속 이야기하고 있었다. 엘리와 빅에게 무슨 일이 일어났는지 말해야 했다. 그래야 그들도 왜 내가 인도자를 믿지 않는지 알게 될 것이다.

"우리 아버지는 마을 사람들과 함께 모임을 여시곤 했어."

나는 그것이 늘 얼마나 흥분되는 일이었는지 생각했다. 모든 사람이 긴 의자에 앉아 서로 이야기했다. 아버지가 방에 들어오면 그들의 얼굴은 불이 켜진 듯 빛났다.

"아버지는 소사이어티 몰래 마을의 포트를 끊는 법을 알아냈어. 하여간 아버지는 그렇게 생각하셨어. 포트가 여전히 작동했는지, 아니면 누군가가 소사이어티에 모임에 대해 발설했는지는 모르겠어. 하지만 폭격이 시작됐을 때 그들은 모두 모여 있었어. 대부분이 목숨을 잃었지."

"그럼 형 아버지가 인도자였어요?"

엘리가 경외감이 깃든 목소리로 물었다.

"그랬다고 해도, 아버지는 이제 돌아가셨어. 그리고 마을 전체를 함께 데려갔지."

내가 말했다.

"네 아버지가 그들을 죽인 건 아니잖아. 넌 그분을 비난해선 안 돼."

빅이 말했다.

나는 비난할 수 있었고, 비난했다. 하지만 빅이 무슨 말을 하는지는 알았다. 잠시 후 빅이 물었다.

"그들을 죽인 건 소사이어티였어, 적이었어?"

"적의 에어십인 것 같았어. 하지만 소사이어티는 그 일이 다 끝날 때까지 오지 않았지. 그건 처음 있는 일이었어. 보통은 적어도 우리를 위해 싸우는 척이라도 했거든."

내가 말했다.

"그 일이 벌어졌을 때 넌 어디 있었는데?"

빅이 물었다.

"고원 위에. 나는 비가 내리는 걸 보러 갔어."

"눈을 얻으러 갔던 총알받이들처럼……. 하지만 넌 죽지 않았구나."

빅이 말했다.

"그래. 에어십들은 날 보지 못했어."

내가 답했다.

"운이 좋았구나."

빅이 말했다.

"소사이어티는 운을 믿지 않아요."

엘리가 입을 열었다.

"나는 그것만 믿기로 했어. 행운과 불운. 그런데 우리는 언제나 운이 나빴던 것 같아."

빅이 말했다.

"그렇지 않아요. 우리는 소사이어티에서 빠져나와 협곡에 들어왔어요. 지도가 있는 동굴을 찾아냈고, 누군가 우리를 보기 전에 거주구에서 도망쳐 나왔잖아요."

엘리가 말했다.

나는 아무것도 인정하지 않았다. 소사이어티도, 봉기도, 인도자도, 행운도, 불운도 믿지 않았다. 나는 카시아를 믿었다. 그 이상 무언가를 믿는다고 말해야 한다면 나는 '있는 그대로', 혹은 '없는 그대로'를 믿는다고 말할 것이다.

지금 당장은 그것이 '있는 그대로의 나'였다. 나는 그것을 지키기로 했다.

"가자."

두 사람에게 말하며 나는 지도를 다시 말았다.


황혼녘에 우리는 지도에 표시된 동굴에서 야영을 하기로 했다. 몸을 숙이고 입구로 들어서자 손전등이 안쪽 벽에 늘어선 그림과 조각을 밝혔다.

엘리가 가다가 멈춰 섰다. 나는 그가 어떤 기분일지 알 것 같았다.

나는 우리 마을 근처의 작은 바위틈에서 처음 저런 조각을 보았던 때를 기억한다. 어릴 때 어머니와 아버지가 나를 그곳으로 데려갔다. 우리는 그 기호가 무엇을 뜻하는지 추측해보려고 했다. 아버지는 그 그림을 흙 위에 베끼는 연습을 했다. 그건 아버지가 글자를 쓸 수 있게 되기 전이었다. 아버지는 언제나 배우려 했고, 모든 것에서 의미를 찾고 싶어했다. 모든 기호와 단어와 주변 환경에서. 의미를 발견하지 못하면 아버지는 직접 그것을 만들어냈다.

그런데 이 동굴은 놀라웠다. 색채가 있는 그림은 멋있었고, 표면에 새겨진 조각은 세세한 부분까지 풍성했다. 땅바닥의 흙과는 달리, 돌에 뭔가를 새기면 어두워지는 게 아니라 더 밝아졌다.

"이걸 누가 했을까요?"

엘리가 침묵을 깨고 물었다.

"많은 사람들이. 그림은 최근에 그린 것 같아. 농부들의 작품이겠지. 조각은 더 오래된 거고."

내가 말했다.

"얼마나 오래되었을까요?"

엘리가 물었다.

"수천 년."

내가 말했다.

가장 오래된 조각에는 손가락을 벌린, 어깨가 넓은 사람들이 있었다. 그들은 강인해 보였다. 한 사람은 하늘을 향해 손을 뻗고 있는 것 같았다. 나는 오랫동안 그 사람을, 내뻗은 손을 바라보며 마지막으로 카시아를 봤을 때를 떠올렸다.

소사이어티는 이른 아침 나를 찾아냈다. 아직 해는 없었고, 별은 거의 다 사라졌다. 무엇을 빼앗아가기 가장 쉬운, 아무것도 없는 때였다.

그들이 어둠 속에서 몸을 굽힌 채 나를 내려다보며 늘 하던 말을 하려고 입을 벌렸을 때 나는 깨어났다.

'두려워할 건 없어. 우리와 함께 가자.'

그러나 나는 그들이 그렇게 말하기 전에 그들을 때렸다. 그들이 내 피를 쏟게 하기 위해 나를 데려가기 전에, 내가 그들을 피 흘리게 했다. 모든 본능이 싸우라고 말했고 나는 그렇게 했다. 그때만은.

카시아에게서 평화를 찾았기 때문에 나는 싸웠다. 왠지는 몰라도 나를 불태우기도 하고 깨끗이 씻어내기도 하는 그녀의 손길에서 안식을 찾을 수 있다는 것을 알았다.

그 싸움은 오래가지 않았다. 그들은 여섯이었고 나는 혼자였다. 이모와 이모부는 아직 깨지 않았다.

"조용히 따라와. 그게 모두에게 더 편할 거다. 우리가 네게 재갈을 물려야겠니?"

오피셜과 오피서들이 말했다.

나는 고개를 저었다.

"결국 분류는 언제나 옳다니까. 이 애는 데려가기 쉽다고 되어 있었어. 오랫동안 고분고분했으니까. 하지만 그래도 어쨌든 일탈자야."

그들 중 하나가 다른 이들에게 말했다.

현관문을 나서는 순간 에이다 이모가 우리를 보았다.

에이다 이모는 비명을 질렀고, 패트릭 이모부는 낮고 다급하고 침착하게 말했다. 우리는 어두운 거리를 걸어갔다.

아니. 나는 패트릭 이모부와 에이다 이모에 대해, 그다음에 무슨 일이 일어났을지 생각하고 싶지 않다. 나는 카시아를 제외하면 세상 누구보다도 그들을 사랑한다. 그녀를 찾으면 우리는 함께 그들을 찾아 나설 것이다. 그러나 그들에 대해 오래 생각할 수가 없었다. 나를 받아들이고 그 대가로 더 큰 상실 외에는 아무것도 얻은 것이 없는 부모님. 그들이 다시 사랑하고자 결정한 것은 용감한 일이었다. 그래서 나도 그럴 수 있다고 생각하게 되었다.

내 입가의 피와 피부의 피멍은 누구의 눈에도 보일 것이었다. 머리를 아래로 숙이고, 손은 뒤로 꺾여 수갑을 찼다.

그리고 그때.

내 이름.

카시아는 내 이름을, 모든 사람 앞에서 외쳤다. 그녀가 나를 사랑한다는 것을 누군가 알아도 상관없었다. 나도 그녀의 이름을 외쳤다. 그녀의 헝클어진 머리를, 맨발을, 나만 바라보는 눈을 보았다. 그리고 다음 순간 그녀는 하늘을 가리켰다.

'언제나 나를 기억하겠다는 뜻이라는 걸 알아, 카시아. 하지만 네가 잊어버릴까 봐 두려워.'


우리는 쉴 곳을 만들기 위해 덤불 부스러기와 작은 돌을 쓸어냈다. 그 돌 중에 처트도 있었다. 농부들이 불을 피우려고 여기에 숨겨놓은 것 같았다. 거의 완벽에 가깝게 둥근 사암 한 조각도 보였다. 나는 곧바로 내 나침반을 떠올렸다.

"농부들이 카빙 대협곡 밖으로 나가는 길에 여기서 야영을 했을까요?"

엘리가 물었다.

"몰라. 아마 그랬겠지. 여기는 그들이 자주 이용한 장소 같아."

내가 말했다. 예전에 불을 피웠던 동그랗게 그을린 자국, 모래로 덮이고 흐려진 발자국, 여기저기 잡아먹힌 동물 뼈가 바닥에 남아 있었다.

보통 때와 마찬가지로 엘리는 빨리 잠들었다. 그는 양팔을 높이 든 사람 조각 발치에 몸을 웅크렸다.

"그런데 넌 뭘 가져왔어?"

나는 책이 쌓여 있는 동굴에서 챙겨 넣었던 배낭을 꺼내면서 빅에게 물었다. 서둘러 거주구를 떠나느라 우리 셋은 책과 문서를 살펴볼 틈도 없이 마구 움켜쥐고 넣었다.

빅이 웃음을 터뜨렸다.

"뭔데?"

"너는 나보다 잘 골랐기를 바란다."

자기가 가져온 것을 보여주면서 그가 말했다. 서두르는 바람에 한 무더기의 평범한 작은 갈색 팸플릿만 움켜쥐었던 것 같다.

"이건 예전에 타나에서 봤던 것 같아. 알고 보니 전부 똑같은 거더라고."

"그게 뭔데?"

내가 물었다.

"일종의 역사야."

그가 말했다.

"값어치가 있을 수도 있어. 아니라면 내 걸 좀 줄게."

내가 말했다. 내 쪽이 조금 더 나았다. 나는 시 몇 편과 '백 편'에 속하지 않은 이야기들로 가득한 책 두 권을 가져왔다. 나는 엘리의 배낭을 흘끗 보았다.

"엘리가 깨어나면 뭘 가져왔는지 물어봐야겠다."

빅이 페이지를 몇 장 넘겼다.

"잠깐만. 이거 재밌는데."

그가 첫 장을 펼친 팸플릿 하나를 건네주었다.

종이는 흐물흐물했다. 복원지에서 약탈한 듯한 옛날 장비를 이용해 소사이어티 변두리 어딘가에서 대량생산한 값싼 종이였다. 나는 팸플릿을 펴고 손전등 불빛에 의지해 읽었다.

봉기: 소사이어티에 대한 우리 반역의 짧은 역사

봉기는 '백 가지 위원회'가 발족한 시기에 본격적으로 시작되었다.

'백 가지 선택'이 시작되기 전 해, 암 박멸률은 여전히 85.1퍼센트에 머물러 있었다. 암 박멸 계획이 효력을 발휘한 이후 처음으로 개선에 실패한 것이다. 소사이어티는 이 사태를 가볍게 받아들이지 않았다. 모든 지역에서 계획을 완수하기는 불가능하다는 것을 알고 있었지만, 그들은 특정 지역에서 100퍼센트에 가까워지는 일이 매우 중요하다고 판단했다. 그들은 이 일이 완전한 집중과 헌신을 요구한다는 것을 알았다.

그들은 생산성과 육체적 건강 증진에 모든 노력을 집중하기로 결정했다. 최고 지위의 오피셜들은 문화를 증진하고 예술을 향유하고자 하는 욕망을 만족시키는 최적의 범위를 유지하는 한편 잉여 시와 음악 같은, 한눈팔 거리를 없앨 것을 투표로 정했다. 각각 예술의 한 분야를 맡은 '백 가지 위원회'는 그 선택을 감독하기 위해 만들어졌다.

이때부터 소사이어티는 권력을 남용하기 시작했다. 그들은 또한 소사이어티의 통치 아래 살 것인지 아닌지를 결정하는 각 세대의 투표를 중지시켰다. 소사이어티는 전체 인구에서 비정상과 일탈자들을 제거하고, 가장 말썽을 일으키는 사람들을 고립시키고 없애기 시작했다.

소사이어티가 '백 편의 시'로 인정하지 않았던 시 중 한 편은 테니슨의 「모래톱을 건너며」였다. 그것은 우리 반역 동지들 사이의 비공식적인 암호가 되었다. 그 시는 봉기의 두 가지 중요한 측면을 언급한다.

1. '인도자'라 불리는 지도자가 봉기를 지휘한다.

2. 봉기에 동참한 사람들은 소사이어티가 더 좋았던 시절―'백 가지 선택' 이전 시대로 되돌아갈 수 있다고 믿는다.

초기에 소사이어티에서 도망친 비정상 중 일부가 봉기에 합류했다. 봉기는 이제 소사이어티의 모든 부분에 존재하지만, 경계 지방과 바깥 지방에 그 영향이 가장 강하게 남아 있다. '백 가지'의 도래 이후 특히 일탈자들이 점점 많이 보내진 곳이다.

"너 이걸 다 알고 있었어?"

빅이 물었다.

"일부만. 인도자와 봉기에 관한 부분은 알았어. 백 가지 위원회에 대해서는 당연히 알았고."

내가 대답했다.

"그리고 일탈자와 비정상을 죽인다는 것에 대해서도."

빅이 말했다.

"맞아."

내가 씁쓸한 목소리로 동의했다.

"네가 처음 강물에 던진 소년에게 그 시를 읊어주는 걸 듣고, 나는 네가 봉기에 속해 있을지도 모른다고 생각했어."

빅이 말했다.

"아냐."

"네 아버지가 이끌고 있었을 때도 아니었어?"

"아니었어."

나는 더 이상 말하지 않았다. 나는 아버지가 한 일을 찬성하지 않았지만 아버지를 배신하지도 않았다. 그것은 또 하나의 아슬아슬한 선이었다. 나는 그 선을 잘못 넘고 싶지 않았다.

"다른 총알받이들은 아무도 그 말을 알아듣지 못했어. 더 많은 일탈자들이 봉기에 대해 알고 자기 자식들에게 말해줘야 할 것 같아."

빅이 말했다.

"소사이어티가 우리를 마을로 보내기 전에 달아나는 법을 알아낸 일탈자들은 다 그랬을지도 모르지."

내가 말했다.

"그리고 농부들은 봉기 세력에 속해 있지 않았어. 그래서 난 네가 우리를 그들에게 이끄는 줄 알았지. 우리가 힘을 합칠 수 있도록."

빅이 말했다.

"난 너를 아무 데로도 이끌지 않았어. 농부들은 봉기에 대해 알 거야. 그러나 그들이 그 세력에 속해 있는 것 같지는 않아."

"넌 많이는 모르는구나."

빅이 싱긋 웃으며 말했다.

나는 웃을 수밖에 없었다.

"그래, 몰라."

내가 말했다.

"난 네가 더 큰 목적을 갖고 있다고 생각했어. 사람들을 모아 봉기로 이끄는 것. 그러나 너는 너 자신을 구하고 네가 사랑하는 여자애에게 돌아가기 위해 카빙 대협곡으로 들어온 거구나. 그게 전부야."

빅이 생각에 잠겨 말했다.

"그게 전부야."

나는 동의했다. 그게 진실이었다. 원한다면 빅이 나를 평가절하해도 좋았다.

"그걸로 됐다. 잘 자."

빅이 말했다.

. . .

마노 조각으로 돌을 긁자 또렷하고 흰 자국이 남았다. 물론 이 나침반은 작동하지 않을 것이다. 열리지도 않는다. 바늘은 절대로 돌지 않을 것이다. 그래도 나는 새겼다. 마노 조각을 또 하나 찾아야 했다. 뭔가를 죽이는 게 아니라 조각하느라 마노가 다 닳아가고 있었다.

두 사람이 잠든 동안, 나는 나침반을 완성했다. 작업을 끝낸 뒤 바늘이 내가 북쪽이라고 믿는 방향을 가리키도록 손안에서 돌린 다음 쉬려고 누웠다. 카시아는 우리 이모와 이모부가 나를 위해 감추어두었던 진짜 나침반을 아직 가지고 있을까?

그녀는 다시 언덕 꼭대기에 서 있었다. 작고 둥근 금 조각을 손에 들고. 나침반이다. 더 밝은 금빛 원반이 지평선에 걸려 있다. 해가 떠오르고 있었다.

그녀는 나침반을 열고 바늘을 바라보았다.

얼굴에 눈물이 흐르고, 바람이 머리를 흩날린다.

그녀는 녹색 드레스를 입고 있다.

그녀가 나침반을 땅에 내려놓기 위해 몸을 굽히자 치맛자락이 풀밭을 쓸었다. 다시 일어섰을 때 그녀의 손은 비어 있었다.

잰더가 그녀 뒤에서 기다리고 있었다. 그는 손을 벌리고 있다.

"그는 가버렸어. 난 여기 있어."

그가 그녀에게 말했다. 그의 목소리는 슬프게, 그러나 희망차게 들렸다.

'아냐.'

나는 그렇게 말하려고 했다. 그러나 잰더는 진실을 말하고 있었다. 현실의 나는 그곳에 있지 않았다. 하늘에서 지켜보고 있는 그림자일 뿐이었다. 그들은 현실이었다. 나는 더 이상 존재하지 않았다.

• • •

"카이 형."

엘리가 나를 흔들었다.

"카이 형, 일어나요. 어디 아파요?"

빅이 손전등을 켜서 내 눈에 비추었다.

"너 악몽을 꾸고 있었어. 무슨 꿈이야?"

그가 물었다. 나는 고개를 저었다.

"아무것도 아니야."

나는 손에 쥔 돌을 내려다보며 말했다.

이 나침반의 바늘은 한 곳에 고정되어 있었다. 돌지 않았다. 바꾸지도 않았다. 카시아를 가리키는 나처럼. 한 가지 생각, 하늘의 한 점에 고정되어 있었다. 다른 모든 것이 내 주위에 먼지가 되어 떨어져 내린다 해도 지켜야 할 하나의 진실.

# 16
## 카시아

꿈속에서 그는 태양 앞에 서 있었다. 그래서 그가 빛이라는 것을 알아도 어둡게 보였다.

"카시아."

그가 말했다. 그의 목소리에 깃든 부드러움에 눈물이 치솟았다.

"카시아, 나야."

말을 할 수가 없었다. 나는 팔을 내밀고, 미소를 짓고, 혼자가 아니라는 것에 기뻐하며 울었다.

"난 이제 갈 거야. 밝아질 거야. 하지만 너는 눈을 떠야 해."

그가 말했다.

"난 눈을 뜨고 있어."

내가 혼란스러워하며 말했다. 아니라면 내가 어떻게 그를 볼 수 있지?

"아냐. 넌 잠들어 있어. 넌 깨어나야 해. 때가 됐어."

그가 말했다.

"너 떠날 거 아니지? 그렇지?"

내가 생각할 수 있는 건 그것밖에 없었다. 그가 떠날지도 모른다는 것.

"갈게."

그가 말했다.

"그러지 마, 제발."

"넌 눈을 떠야 해."

그가 또다시 그렇게 말했고, 나는 눈을 떴다. 빛으로 가득 찬 하늘을 향해 깨어났다.

그러나 잰더는 여기 없다.

'우는 건 수분 낭비야.'

나는 속으로 말했지만 멈출 수 없을 것 같았다. 눈물이 먼지 속에 길을 내며 얼굴로 흘러내렸다. 흐느끼지 않으려고 애썼다. 해가 떴는데도 아직 자고 있는 인디를 깨우고 싶지 않았다. 어제 파랗게 표시된 시체들을 본 다음, 우리는 두 번째 협곡의 마른 냇바닥을 따라 하루 종일 걸었다. 아무것도, 아무도 보지 못했다.

나는 손을 얼굴로 가져가 눈물의 온기를 느꼈다.

'너무 무서워. 나 때문에. 카이 때문에. 카이가 남긴 자취를 전혀 볼 수 없어서 우리가 협곡을 잘못 들어왔다고 생각했어. 하지만 그들이 카이를 재로 만들었다면, 그가 어디 있었는지 절대로 알 수 없을 거야.'

나는 생각했다.

나는 언제나 그를 찾을 수 있을 거라고 생각했다. 몇 달 동안 씨앗을 심고, 어둠 속에서 조종되는 창 없는 에어십에 탔을 때, 카빙 대협곡을 향해 오랫동안 달려오면서.

'그러나 이제 찾을 것이 남아 있지 않을지도 몰라. 카이는 사라지고 봉기도 없어졌을지 몰라. 인도자가 죽고 아무도 그 사람의 자리를 맡지 않았다면?'

인디를 흘깃 보면서 그녀가 진짜 내 친구일지 의문을 느꼈다.

'인디는 스파이일지도 몰라. 내가 카빙 대협곡 안에서 실패하고 죽는 걸 지켜보라고 내 담당 오피셜이 보낸 거야. 오피셜이 자기 실험이 어떻게 끝나는지 알려는 걸 거야.'

나는 생각했다.

'왜 이런 생각을 하게 됐을까?'

다음 순간 답이 떠올랐다.

'난 아픈 거야.'

소사이어티에서 사람들은 거의 병들지 않는다. 물론 지금 내가 있는 곳은 소사이어티가 아니었다. 내 마음이 작동 중인 변수를 전부 분류해보았다. 탈진, 탈수, 과도한 정신적 긴장, 불충분한 음식. 병이 날 수밖에 없었다.

그것을 깨닫자 기분이 조금 나아졌다. 만약 병이 났다면 나는 지금 제정신이 아닐 것이다. 카이와 인디와 봉기에 대한 이런 생각은 진심이 아니다. 정신이 어찌나 뒤죽박죽인지 나는 이 실험을 시작한 사람이 내 오피셜이 아니라는 것을 잊어버리고 있었다. 그녀가 오리아의 박물관 앞에서 내게 거짓말을 할 때 눈을 깜박이던 모습이 기억났다. 그녀는 누가 매칭 목록에 카이의 이름을 집어넣었는지 몰랐다.

나는 숨을 깊이 들이쉬었다. 잠시, 잰더가 나온 꿈을 꿨을 때의 느낌이 돌아와서 나는 위안을 얻었다.

'눈을 떠.'

그는 내게 말했다. 잰더가 나에게 보라고 한 것은 무엇이었을까? 나는 지난밤 우리가 야영을 한 동굴을 둘러보았다. 인디를, 바위를, 알약이 들어 있는 내 배낭을 보았다.

최소한 어떤 의미에서 파란 알약은 소사이어티가 아닌 내가 믿는 잰더가 준 것이었다. 나는 충분히 오래 기다렸다.

손가락이 안 움직여서 알약 칸을 여는 데 오래 걸렸다. 마침내 나는 꾸러미에서 파란 알약을 꺼내 입에 넣고 꿀꺽 삼켰다. 내가 처음으로 알약을 먹는 순간이었다. 하여간 내가 아는 한에는 처음이다. 나는 잠시 할아버지의 얼굴을 마음속에 떠올렸다. 할아버지는 실망하신 것 같았다.

나는 빈자리가 보일 거라 생각하며 파란 알약이 있었던 구멍을 내려다보았다. 그러나 그곳에는 뭔가가 있었다. 작은 종이쪽지였다.

포트 종이였다. 나는 여전히 떨리는 손으로 그것을 펼쳤다. 밀봉되어 있었기 때문에 종이는 온전하게 남아 있었다. 그러나 이제 공기에 닿았으니 곧 분해될 것이다.

직업: 의료.
영구 일터 지정을 받고 의사가 될 가능성: 97.3%.

"오, 잰더."
나는 속삭였다.
이것은 잰더의 공식 매칭 정보였다. 내가 마이크로카드에서 한 번도 보지 못했던 정보. 내가 이미 다 안다고 생각했던 모든 것. 나는 손에 쥔 밀봉된 알약을 보았다. 그는 어떻게 했을까? 어떻게 이 안에 종잇조각을 넣었을까? 더 있을까?

나는 그가 포트에서 정보 복사본을 인쇄하고, 한 줄 한 줄 조심스럽게 찢어 알약 꾸러미 안에 넣을 방법을 찾는 모습을 그려보았다. 그는 내가 결코 마이크로카드를 보지 않았다고 추측한 게 틀림없었다. 그는 내가 마음을 돌려 카이를 보기로 선택했다는 것을 안다.

마치 카이와 잰더가 자치구에서 내게 줬던 종이 같았다. 두 소년, 쪽지에 쓰여 내게 건네진 두 개의 이야기. 잰더의 이야기는 내가 이미 아는 것이어야 했기에, 눈물로 눈이 뜨거워졌다.

'다시 날 봐.'

그는 그렇게 말하는 것 같았다.

나는 알약을 또 하나 꺼냈다. 다음 종이에는 이렇게 쓰여 있었다.

성명 : 잰더 토머스 캐로.

기억이 하나 떠올랐다. 함께 놀기 위해 잰더가 나오기를 기다리고 있는, 자치구의 어린애였던 나 자신의 기억이었다.

"잰더. 토머스. 캐로!"

나는 그의 집 앞 바닥돌 위를 왼발 오른발 번갈아 폴짝거리며 외쳤다. 그때는 어려서 다른 사람 집에 갈 때는 조용히 해야 한다는 것을 가끔 잊어버렸다. 잰더의 이름을 부르면 기분이 좋았다. 딱 떨어지는 소리가 나는 것 같았다. 두 음절로 되어 있어서, 발맞춰 걷기 완벽한 리듬이었다.

"소리 안 질러도 돼. 나 여기 있으니까."

잰더가 문을 열고 내게 웃어 보이며 말했다.

잰더가 그리웠다. 알약을 더 뜯어내는 손을 멈출 수가 없었다. 파란색 알약을 더 삼키려는 것이 아니라, 종이쪽지들이 무슨 말을 하는지 보기 위해서였다.

> 탄생 후 단풍나무 자치구에 거주.
> 가장 좋아하는 여가 활동: 수영.
> 가장 좋아하는 레크리에이션 활동: 게임.
> 잰더 캐로를 가장 존경하는 학생으로 꼽은 동료: 87.6%.
> 가장 좋아하는 색깔: 빨강.

놀라웠다. 나는 언제나 잰더가 가장 좋아하는 색깔이 녹색이라고 생각했다. 내가 그에 대해서 모르는 것이 또 뭐가 있지?

벌써 힘이 나는 것을 느끼며 나는 미소 지었다. 인디를 보니 그녀는 아직 자고 있었다. 계속 움직이고 싶은 충동이 더 강해져서, 나는 밖으로 걸어 나가 우리가 어둠 속에서 들어온 이 장소를 더 잘 살펴보기로 했다.

처음에는 단순히 협곡 속의 넓게 트인 장소처럼 보였다. 동굴이 벌집처럼 얽혀 있고 바위들이 굴러떨어져 있고 물결치는 바위벽이 매끈한, 다른 장소들과 같았다. 그러나 주위를 다시 돌아보자 바위벽 한쪽이 이상하게 보였다.

나는 마른 냇바닥을 건너서 그 바위벽에 손을 댔다. 손에 닿는 느낌은 거칠었다. 그러나 그 느낌은 이상했다. 너무 완벽했다.

그래서 나는 그것이 소사이어티라는 것을 알았다.

그 완벽함에서 나는 균열을 보았다. 나는 백 곡의 노래 중 한 곡을 부르던 여자의 계량된 숨소리를, 소사이어티는 우리에게 가수가 숨 쉬는 것을 들려주는 거라고 카이가 내게 말했던 것을 떠올렸다. 우리는 그들이 인간이라는 것을 알면 좋아한다. 그러나 그들이 보여주는 인간성마저도 조심스럽게 계산된 것이었다.

가슴이 내려앉았다. 이곳이 소사이어티라면 봉기는 있을 수 없었다.

나는 손으로 바위를 쓸면서 벽을 따라 걸었다. 나는 소사이어티가 카빙 대협곡과 만났을 때의 균열을 찾고 있었다. 얽혀 있는 검은 덩굴 가까이 갔을 때 뭔가가 땅에 누워 있는 것이 보였다.

그 소년이었다. 우리와 함께 카빙 대협곡으로 달려왔지만, 함께 가는 대신 이 협곡에 들어온 소년.

그는 옆으로 몸을 웅크리고 있었다. 눈은 감겨 있었다. 바람이 일으킨 약간의 먼지가 그의 피부와 머리카락에 흩뿌려져 있었다. 그의 손은 변색되고 피로 붉었으며, 그가 파고 또 팠지만 들어갈 수 없었던 협곡 바위벽의 그곳도 그랬다. 나는 눈을 감았다. 협곡 흙에 결정이 되어 말라붙은 붉은 피를 보자 할아버지의 파이 접시에 붉게 흘러내린 딸기와 설탕이 생각나 속이 뒤집어졌다.

나는 다시 눈을 뜨고 소년을 보았다. 내가 그에게 무슨 일을 해줄 수 있을까? 더 가까이 몸을 굽히자 그의 새파래진 입술이 보였다. 의료 훈련을 받은 적이 한 번도 없었기 때문에, 사람들을 돕는 법에 대해서는 아무것도 몰랐다. 그는 숨을 쉬지 않았다. 나는 맥박을 짚을 수 있다고 배운 손목을 살펴보았다. 그러나 그곳은 뛰지 않았다.

"카시아."

누군가가 속삭이는 바람에 홱 돌아보았다.

인디였다. 나는 안도의 숨을 내쉬었다.

"그 남자애야."

내가 말했다. 인디가 내 옆에 웅크려 앉았다.

"그 애는 죽었어."

인디는 그렇게 말하고 그의 손을 바라보았다.

"얘는 뭘 하고 있었던 걸까?"

"안으로 들어가려고 했던 것 같아."

내가 그곳을 가리키며 말했다.

"그들은 이곳을 바위처럼 보이게 만들었지만 난 이게 문인 것 같아."

인디가 내 옆에서 일어섰고, 우리 둘 다 그 피투성이 바위벽과 소년의 손을 바라보았다.

"얘는 들어갈 수 없었어. 그리고 파란 알약을 먹었지만 너무 늦었어."

내가 말했다.

인디는 나를 보았다. 그녀의 눈이 잽싸게 움직이며 나를 살폈다.

"이 협곡에서 벗어나야 해. 소사이어티가 이 안에 있어. 난 알 수 있어."

내가 말했다.

인디가 침묵하다가 잠시 후 입을 열었다.

"네 말이 맞아. 아까 그 협곡으로 돌아가야 해. 거기엔 최소한 물이 있었어."

"우리가 아까 온 곳을 지나서 돌아가야 하니?"

나는 카빙 대협곡 꼭대기에 있던 시체들을 떠올리고 나도 모르게 몸을 떨며 물었다.

"이제 밧줄이 있으니까, 여기를 넘어갈 수 있어."

인디가 말했다. 그녀는 나무 따윈 자랄 수 없어야 할 협곡 옆면에 매달려 있는 나무뿌리를 가리켰다.

"이게 우리에게 시간을 벌어줄 거야."

그녀는 배낭을 열고 손을 넣어 밧줄을 찾았다. 내가 지켜보는 동안 그녀는 밧줄을 꺼내 어깨에 걸친 다음 조심스럽게 배낭 속에 남은 것을 다시 정리했다.

'벌집이네.'

나는 생각했다.

"너 그거 계속 잘 갖고 다니는구나."

내가 말했다.

"뭐?"

인디가 깜짝 놀라 물었다.

"네 벌집. 부서지지 않았다고."

내가 말했다.

인디는 경계하는 듯한 기색으로 고개를 끄덕였다. 내가 뭔가 잘못 말한 게 분명했지만 그것이 뭔지는 알 수가 없었다. 깊은 피로감이 나를 덮쳤고, 나도 그냥 저 소년처럼 몸을 웅크리고 이곳 땅위에서 쉬고 싶다는 아주 이상한 욕망을 느꼈다.


카빙 대협곡 꼭대기에서 우리는 시체가 있는 방향을 쳐다보지 않았다. 하여간 너무 멀리 있어서 전혀 보이지 않았다.

나는 아무 말도 하지 않았다. 인디도 그랬다.

우리는 차가운 바람과 하늘 아래 카빙 대협곡을 가로질러 빠르게 움직였다. 달리기 시작하자 정신이 맑아지면서, 내가 아직 살아 있다는 것, 아무리 그러고 싶어도 아직 누워서 쉴 수 없다는 것을 일깨워주었다.

인디와 나는 바깥 지방에서 살아 있는 단둘의 생명체인 것 같았다.

인디가 맞은편에 밧줄을 단단히 맸다.

"빨리 와."

그녀가 말했고, 우리는 다시 첫 번째 협곡으로 들어갔다. 카이의 흔적을 찾지 못했을지 모르지만, 여기에는 최소한 물이 있었고, 소사이어티의 흔적이라곤 아무것도 보이지 않았다. 아직까지는.


희망은 발자국과 같았다. 누군가가 조심성 없이 부드러운 진흙으로 걸어 들어갔다가, 이후 저녁 바람과 아침 바람에 흩날려갈 수 없을 정도로 단단히 굳은, 반쯤 남은 발자국.

나는 이 협곡에서 본 다른 흔적들에 대해 생각하지 않으려고 애썼다. 한때 있었던 것, 한때 살았던 것들이 남긴 자국이나 그들의 뼈 외에 아무것도 남지 않은, 너무나 오래전에 지나간 시대에서 남겨진 화석들. 이 흔적은 최근에 남겨진 것이다. 그렇게 믿어야 했다. 다른 누군가가 여기 살아 있다고 믿어야 했다. 그것이 카이일 수도 있다고 믿어야 했다.

# 17
## 카이

우리는 카빙 대협곡 밖으로 기어 나왔다. 뒤에는 협곡과 농부들의 거주구가 가로놓여 있었다. 밑에는 갈색과 금빛 풀이 덮인 들판이 길고 넓게 뻗어 있다. 냇가를 따라 나무가 무리지어 서 있고, 들판 맞은편에는 봉우리에 눈을 인 채 파란 산맥이 솟아 있었다. 눈은 그대로 남아 있었다.

어떤 계절이라고 해도 먼 길이었다. 지금, 겨울의 가장 끝 무렵에는 더욱 그랬다. 승산이 크지 않다는 것은 알지만, 나는 여전히 여기까지 온 것이 기뻤다.

"많이 멀군요."

내 옆에 선 엘리가 말했다. 그의 목소리는 떨리고 있었다.

"지도에서 보는 것만큼 멀지는 않을 거야."

내가 말했다.

"저 첫 번째 숲까지 가보자."

빅이 제안했다.

"괜찮을까요?"

엘리가 하늘을 쳐다보며 물었다.

"조심한다면."

빅이 말했다. 그는 흐르는 물에 시선을 둔 채 이미 움직이고 있었다.

"저 강은 협곡의 시내와는 달라. 여기 물고기는 틀림없이 클 거야."

우리는 첫 번째 숲으로 갔다.

"너 낚시에 대해서 얼마나 알아?"

빅이 내게 물었다.

"아무것도 몰라."

내가 말했다. 나는 심지어 물에 대해서도 잘 몰랐다. 우리 마을 근처에는, 소사이어티가 보내주는 것 외에는 물이 많지 않았다. 그리고 협곡의 시내 중에는 이 강처럼 넓고 물살이 느린 곳이 없었다. 그 시내는 더 좁고 더 빨랐다.

"지금쯤이면 물고기는 다 죽지 않았을까? 물이 너무 차갑지 않아?"

"흐르는 물은 얼어붙는 일이 드물어."

빅이 내게 말했다. 그는 쭈그리고 앉아 강 속을 들여다보았다. 뭔가가 움직이고 있었다.

"우리는 이놈들을 잡을 수 있어. 저건 분명히 갈색 송어야. 아주 맛있어."

그가 신이 나서 말했다.

나도 어느새 그의 곁에 쭈그리고 앉아 그 생각을 하고 있었다.

"어떻게 잡을 수 있어?"

"물고기가 산란을 끝냈어. 그래서 느릿느릿 움직일 거야. 충분히 가까이 가기만 하면 손으로 저놈들을 건져낼 수 있어. 별로 재미는 없지만."

빅은 아쉬운 듯이 우리에게 말했다.

"고향에서는 한 번도 이렇게 해본 적이 없어. 그때는 낚싯줄이 있었지."

"고향이 어딘데?"

내가 빅에게 물었다.

그는 생각에 잠겨 나를 바라보았다. 그러나 이제 내 출신지를 알게 됐으니 자신도 어디 출신인지 이야기해도 된다고 생각한 것 같았다.

"난 카마스 출신이야. 너도 거기 가봤어야 하는데. 그곳 산은 저 산보다 커."

그는 들판 맞은편의 산을 가리켰다.

"시내에는 물고기가 가득하고."

그러더니 말을 멈추고, 다시 물속 깊은 곳을 들여다보았다. 뭔가 움직이고 있었다.

엘리는 여전히 내가 그러라고 한 대로 자세를 낮춘 채 웅크리고 있었다. 나는 카빙 대협곡과 산 사이의 하늘 아래 이 들판에 우리 모습이 훤히 드러나 있다는 것이 마음에 들지 않았다.

"여울을 찾아봐. 흐르는 물이 얕아지고 더 빠르게 움직이는 곳이야. 여기처럼. 그다음 이렇게 해."

빅은 이제 엘리에게 말하고 있었다. 빅이 물가에 천천히, 조용히 쭈그리고 앉았다. 그는 기다리고 있다가 물속, 물고기 뒤쪽으로 손을 미끄러뜨려 넣었다. 손가락을 조금씩 물을 거슬러 움직여 물고기 배 아래로 가져갔다. 다음 순간 빠르게, 그는 물고기를 물가로 튕겨냈다. 물고기가 매끄러운 몸을 펄떡이며 호흡하기 위해 헐떡거렸다.

우리 모두 물고기가 죽는 모습을 지켜보았다.

그날 밤, 우리는 다시 모닥불 연기를 숨길 수 있는 카빙 대협곡 안으로 들어왔다. 나는 처트를 부딪쳐서 불을 붙이고, 농부들의 성냥은 나중을 위해 아껴두었다. 우리는 처음으로 제대로 불을 피웠다. 엘리는 날름거리는 불길에 손을 갖다대며 매우 좋아했다. 폭격을 당하는 건 당하는 거고, 몸이 따뜻해지는 건 또 다른 문제였다.

"너무 가까이 가지 마."

나는 엘리에게 경고했다. 그는 고개를 끄덕였다. 불빛이 협곡 절벽에 깜박이며 황혼의 색채를 보내주었다. 오렌지색 불길. 오렌지색 돌.

들판을 가로지르는 여행에서 물고기가 더 오래가도록, 우리는 물고기를 잉걸불 위에서 천천히 익혔다. 나는 연기를 지켜보면서 그 연기가 협곡 절벽을 넘어가기 전에 흩어지기를 바랐다.

물고기 준비가 끝날 때까지는 몇 시간이 걸릴 거라고 빅은 말했다. 물고기 살에서 물기를 다 빼야 하기 때문이다. 그렇게 해야 물고기가 더 오래갈 것이고, 우리에게는 음식이 필요하다. 우리는 그 거주구에 있던 누군가가 우리를 계속 따라왔을 가능성과, 들판을 가로지르는 동안 더 많은 식량이 필요해질 가능성을 계산해보았고, 결국 음식 쪽이 이겼다. 이제 얼마나 오래 가야 하는지를 알자 갑자기 배가 고팠다.

"무지개송어라 불리는 물고기가 있어."

빅이 생각에 잠긴 얼굴로 말했다.

"그 물고기는 오래전 '온난화' 때 멸종됐어. 하지만 예전에 카마스에서 한 마리 잡은 적이 있지."

"그것도 이렇게 맛있었나요?"

엘리가 물었다.

"아, 그럼."

빅이 말했다.

"넌 그걸 다시 던졌지. 안 그래?"

내가 물었다. 빅이 웃었다.

"차마 먹을 수가 없었어. 내가 본 단 한 마리였거든. 세상에 남은 마지막 한 마리일 수도 있다고 생각했어."

그가 말했다.

나는 다시 쭈그려 앉았다. 배가 불렀고, 소사이어티와 농부들의 거주구 양쪽에서 떨어지자 자유로워진 것 같았다. 중독된 것은 없었다. 흐르는 물은 얼어붙는 일이 드물다. 그 두 가지를 알게 되자 기분이 좋았다.

나는 '언덕'에 올라갔던 이후로 가장 행복했다. 결국 그녀에게 돌아갈 기회가 있을 거라는 생각이 들었다.

"재분류되기 전에 너희 부모님은 오피서였어?"

빅이 내게 물었다.

나는 웃었다. 우리 아버지가 오피서? 우리 어머니가? 둘 다 다른 이유에서, 그런 생각은 우스웠다.

"아니. 왜?"

"너 총에 대해서 알잖아. 그리고 코트 속의 전선에 대해서도. 네 부모님이 가르쳐주셨나 했지."

"아버지가 가르쳐주셨어. 하지만 오피서는 아니었어."

"네 아버지는 그것도 농부들한테서 배우셨어? 아니면 봉기에서?"

"아냐. 어느 정도는 일 때문에 소사이어티에서 배우셨어."

대부분은 독학이었다.

"네 부모님은 어때?"

"우리 아버지는 오피서였어."

그의 말에 나는 전혀 놀라지 않았다. 말이 되는 이야기였다. 빅의 자세, 지시 능력, 그 코트가 군용 등급이라고 했던 것, 그가 한때 군 기지 근처에 살았다는 사실. 오피서의 가족 구성원인데, 그렇게 높은 지위에 있는 사람이 무슨 일로 재분류되었을까?

빅이 더 이상 말하지 않으려는 것이 확실해지자 엘리가 말했다.

"우리 가족은 죽었어요."

그럴 거라고 추측은 했지만, 여전히 저 애가 그런 말을 하는 것을 듣고 싶지는 않았다.

"어쩌다?"

빅이 물었다.

"우리 부모님은 아팠어요. 센트럴의 의료 센터에서 돌아가셨죠. 그런 후 나는 여기로 보내졌어요. 내가 시민이었다면 누군가가 나를 입양했을 수도 있겠죠. 하지만 나는 시민이 아니었어요. 기억나는 한 오래전부터 나는 일탈자였어요."

그의 부모님이 아팠어? 그리고 죽었다고? 그런 일은 엘리의 부모 나이대의 젊은 사람에게는, 일탈자라 할지라도 일어나선 안 되는 것이었다. 내가 아는 한 일어나지 않는 일이었다. 바깥 지방에 살지 않는다면 그렇게 이른 죽음은 발생하지 않는다. 특히 센트럴에서는 일어나지 않는 일이다. 나는 소사이어티가 엘리를 보낸 것처럼 그의 부모님도 바깥 지방의 어느 마을로 보내져 죽었을 거라고 생각했다.

그러나 빅은 놀란 것 같지 않았다. 엘리를 위해서인지, 아니면 이런 이야기를 전에도 들은 적이 있어서인지는 알 수 없었다.

"엘리, 안됐구나."

내가 말했다. 나는 운이 좋았다. 패트릭 이모부와 에이다 이모의 아들이 죽지 않고 이모부가 그렇게 힘들어하지 않았다면, 나는 결코 오리아로 오지 못했을 것이다. 나는 지금쯤 이미 죽어 있었을 것이다.

"그러게. 안됐어."

빅이 말했다.

엘리는 대꾸하지 않았다. 그 이야기 때문에 탈진한 듯 그는 불가에 더 가까이 다가가 눈을 감았다.

"그 이야기는 더 이상 하고 싶지 않아요. 그냥 형들에게 말하고 싶었어요."

그가 조용히 말했다.

잠시 침묵이 흐른 후 나는 주제를 바꾸었다.

"엘리, 농부들 동굴에서 뭘 가져왔니?"

내가 물었다.

엘리는 눈을 뜨고 땅에 놓여 있던 배낭을 자기 쪽으로 끌어당겼다.

"무거워서 많이는 못 갖고 왔어요. 두 가지만 가져왔죠. 하지만 봐요. 이건 책이에요. 글과 그림이 있어요."

그가 한 권을 펼쳐 우리에게 보여주었다. 날개가 달린 거대한 생물의 그림이었다. 커다란 돌집 위 하늘을 나는 그 생물의 웅크린 등에 온갖 색깔이 칠해져 있었다.

"우리 아버지가 이런 책에 대해 이야기해주신 적 있는 것 같아. 이 이야기는 어린아이들을 위한 거야. 아이들은 부모가 글을 읽어주는 동안 그림을 볼 수 있었어. 훗날 아이들이 나이를 먹으면 오로지 자기 힘으로 글을 읽을 수 있고."

"이건 분명 가치가 있을 거야."

빅이 말했다.

엘리가 고른 것은 거래하기 힘들 것 같다는 생각이 들었다. 이야기는 완벽하게 복제할 수 있지만 그림은 그럴 수 없으니까. 그러나 이것을 움켜쥔 순간 엘리는 거래에 대해 생각하지 않았을 것이다.

우리는 잉걸불 옆에 앉아 엘리의 어깨 너머로 그 이야기들을 읽었다. 모르는 단어도 있었지만 그림을 보면서 그 의미를 풀어나갔다.

엘리가 하품을 하고 책을 덮었다.

"이건 내일 또 볼 수 있어요."

그가 단호하게 말하고 책을 배낭에 챙겨 넣는 바람에 나는 혼자 미소 지었다. 그는 '내가 가져온 거니까 형들은 내가 볼 때만 봐야 해요'라고 말하는 것 같았다.

나는 땅에서 막대기 하나를 집어 들어 흙 위에 카시아의 이름을 쓰기 시작했다. 엘리가 잠들었는지 그의 숨이 느려졌다.

"나도 한 아이를 사랑했어."

몇 분 뒤 빅이 내게 말했다.

"카마스에서."

그는 헛기침을 했다.

빅의 이야기. 나는 그가 그런 이야기를 할 거라고는 한 번도 생각해본 적 없었다. 그러나 오늘 밤의 모닥불에는 우리 모두를 이야기하게 만드는 힘이 있었다. 나는 잠시 기다리며 마음속에서 적절한 질문을 골라보았다. 석탄 조각의 밝은 부분이 타올랐다가 어두워졌다.

"그 애 이름이 뭐야?"

내가 물었다.

침묵.

"라니. 그 애는 우리가 살던 기지에서 일했어. 내게 인도자에 대해 말해준 건 그녀였어."

빅이 다시 헛기침을 했다.

"물론 그전에도 그 얘기를 들어본 적이 있었어. 기지 사람들은 오피서 중 누군가가 인도자일 수도 있을지 궁금해하곤 했지. 하지만 라니와 그녀의 가족에게는 달랐어. 그녀가 인도자에 대해 이야기할 때 그건 더 큰 의미가 있었어."

그는 내가 카시아의 이름을 흙 위에 되풀이해서 쓴 곳을 흘끗 보았다.

"나도 그럴 수 있으면 좋겠어. 카마스에는 필경기와 포트 외에는 아무것도 없었어."

그가 말했다.

"내가 글자 쓰는 법을 가르쳐줄 수 있어."

"써줘. 이 위에."

그가 내게 나뭇조각 하나를 밀었다. 미루나무였다. 우리가 낚시를 하던 숲에서 가져온 것 같았다. 나는 빅을 쳐다보지 않은 채 날카로운 돌조각으로 그 위에 새기기 시작했다. 엘리는 가까운 곳에서 계속 잠들어 있었다.

"그녀도 낚시를 했어. 나는 냇가에서 그녀를 만나곤 했지. 그녀는……."

빅은 잠시 말을 멈추었다.

"우리 아버지는 그 사실을 알자 매우 화를 내셨어. 전에도 아버지가 화를 내시는 걸 본 적이 있어. 나는 무슨 일이 일어날지 알았지만 그래도 계속 만났지."

"사람들은 사랑에 빠지는걸. 그런 일은 일어날 수밖에 없어."

나는 쉰 목소리로 말했다.

"비정상과 시민의 경우는 아니지. 그리고 대부분의 사람들은 그들의 계약을 축하해주지 않아."

빅이 말했다.

나는 숨을 들이켰다. 라니가 비정상이었어? 비정상들이 그들의 계약을 축하해준 거야?

"소사이어티의 허가는 받지 않았어. 하지만 때가 왔을 때 나는 매칭되지 않겠다고 선택했지. 그리고 그녀의 부모님에게 내가 그녀와 계약할 수 있느냐고 물었어. 그들은 허락해줬어. 비정상들은 자기들의 의식을 가지고 있어. 그들 외에는 아무도 그 사실을 인정하지 않지만."

"난 그건 몰랐어."

나는 그렇게 말하며 마노를 나뭇조각에 더 깊이 박았다. 나는 카빙 대협곡 안의 사람들 외에 비정상들이 여전히 그렇게 최근까지, 혹은 그렇게 소사이어티 가까이에 존재했을 줄은 몰랐다. 오리아에서는 오랫동안 누구도 비정상에 대해 보거나 그들에 대해 듣지 못했다. 내 사촌, 마캠 부부의 첫아들을 죽인 자를 제외하고.

"무지개송어를 본 날 그녀의 부모님에게 물어보았어. 나는 그 물고기를 강에서 잡아 올리다가 그 색깔이 햇빛에 번뜩이는 것을 봤어. 그게 무엇인지 알고 곧장 풀어주었지. 그녀의 부모님에게 그 물고기 얘기를 했을 때, 그들은 그게 좋은 징조라고 말했어. 조짐이라고. 그게 뭔지 알아?"

나는 고개를 끄덕였다. 우리 아버지도 때때로 조짐에 대해 말하곤 했다.

"그때부터 한 마리도 못 봤어. 무지개송어 말이야. 그건 결국 좋은 징조가 아니었나 봐."

빅은 깊이 숨을 들이쉬었다.

"겨우 2주 후 나는 오피셜들이 오고 있다는 말을 들었어. 나는 그녀를 찾으러 갔지만, 이미 사라져버렸지. 그녀의 가족도."

빅이 나뭇조각으로 손을 뻗었다. 아직 다 끝나지 않았지만 나는 그것을 그에게 건네주었다. 그는 그 나뭇조각을 돌리며 그녀의 이름이 어떻게 보이는지 꼼꼼히 뜯어보았다. '라ㄴ'. 거의 완전한 직선으로 쓰여졌다. 장화의 눈금처럼. 갑자기 나는 그가 내내 무엇을 표시하고 있었는지 깨달았다. 바깥 지방에서 살아남은 시간이 아니었다. 그녀 없이 살아온 시간이었다.

"내가 집으로 돌아가기 전에 소사이어티가 나를 찾아냈어. 그들은 나를 곧장 바깥 지방으로 데려왔지."

빅이 나뭇조각을 내게 건네주자 나는 다시 새기기 시작했다. 불빛이 마노 위에서 노닐었다. 빅이 물에서 무지개송어를 건졌을 때, 햇빛도 무지개송어의 비늘 위에서 이렇게 노닐었을 것이다.

"네 가족에게는 무슨 일이 일어났어?"

나는 빅에게 물었다.

"아무 일도. 그랬기를 바랄 뿐이야. 물론 소사이어티는 나를 자동적으로 재분류했어. 하지만 나는 부모가 아니잖아. 우리 가족은 괜찮았을 거야."

그의 목소리에는 불확실한 기미가 깃들어 있었다.

"분명 그럴 거야."

나는 그에게 말했다. 빅이 나를 바라보았다.

"정말?"

"소사이어티가 일탈자와 비정상을 없앤다고 해도 그것뿐이야. 그들과 연결된 모든 사람을 없앤다면 아무도 남지 않을걸."

내가 희망하는 일이기도 했다. 패트릭 이모부와 에이다 이모도 괜찮을 것이다.

빅은 고개를 끄덕이며 숨을 내쉬었다.

"너 내가 무슨 생각 했는지 알아?"

"뭔데?"

"넌 웃을지도 몰라. 하지만 네가 그 시를 처음 읊었을 때, 나는 네가 봉기에 속했는지만 궁금했던 게 아니었어. 네가 나를 거기서 꺼내주러 온 것이길 바라기도 했어. 내 개인적인 인도자로."

빅이 말했다.

"왜 그렇게 생각했는데?"

내가 물었다.

"우리 아버지는 군대에서 높은 지위에 있었어. 매우 높은 지위에. 나는 아버지가 꼭 누군가를 보내 날 구하실 거라고 생각했어. 그게 너라고 생각했고."

"널 실망시켜서 미안하구나."

내 목소리는 차갑게 들렸다.

"실망시키지 않았어. 넌 우리를 거기서 꺼내줬잖아. 안 그래?"

빅이 말했다. 빅의 말에 나도 모르게 작은 만족감을 느꼈다. 나는 어둠 속에서 미소 지었다.

"그녀에게는 무슨 일이 일어난 것 같아?"

잠시 후 내가 물었다.

"라니의 가족은 달아난 것 같아. 우리 주위의 비정상과 일탈자들이 사라지고 있었지만, 소사이어티가 그들을 다 잡아간 것 같지는 않아. 그녀의 가족은 인도자를 찾으러 떠났을 거야."

빅이 말했다.

"그들이 찾았을 것 같아?"

나는 지금 인도자가 존재하지 않는다고 그렇게 강하게 말하지 않으면 좋았을걸 하고 생각하고 있었다.

"그랬으면 좋겠어."

빅이 말했다. 그렇게 말하는 그의 목소리는 공허하게 들렸다.

나는 빅에게 그녀의 이름이 새겨진 미루나무 조각을 주었다. 그는 그것을 잠시 바라보더니 자기 주머니에 넣었다.

"그럼 이제, 이 들판을 건너 누구든 우리가 찾을 수 있는 사람에게 돌아가자. 나는 당분간 너를 계속 따라다닐 거야."

빅이 말했다.

"그런 말은 하지 마. 나는 인도하고 있는 게 아니야. 우리는 함께 가고 있는 거야."

내가 빅에게 말했다. 나는 별이 가득한 하늘을 쳐다보았다. 별들이 어떻게 빛나고 타버리는지 나는 모른다.

우리 아버지는 모든 것을 바꾸고 모두를 구하는 사람이 되려고 했다. 위험한 일이었다. 그러나 사람들은 모두 아버지를 믿었다.

마을 사람들, 우리 어머니, 나. 그리고 나는 나이를 더 먹고, 아버지가 결코 이길 수 없다는 것을 깨달았다. 그때부터 나는 믿지 않았다. 더 이상 어떤 모임에도 참석하지 않았기 때문에 나는 아버지와 함께 죽지 않을 수 있었다.

"그래. 하지만 우리를 여기까지 데려와줘서 고마워."

빅이 말했다.

"너도."

내가 말했다.

빅은 고개를 끄덕였다. 잠들기 전에 그는 돌조각을 꺼내 자기 장화에 또 하나 눈금을 새겼다. 그녀 없이 보낸 하루.

# 18
## 카시아

"너 안 좋아 보여. 속도를 좀 늦출까?"

인디가 말했다.

"아냐. 그래선 안 돼."

내가 말했다. 멈추면 다시 시작하지 못할 것 같았다.

"네가 가다가 죽어버리면 아무 소용 없잖아."

그녀가 화난 듯이 말했다. 나는 웃었다.

"난 안 죽어."

기진맥진하고 텅 빈 듯하고 메마르고 몸이 아팠지만, 죽는다는 생각은 우스웠다. 한 발자국마다 카이에게 더 가까이 가고 있는 지금 죽을 수는 없었다. 게다가 나는 파란 알약을 가지고 있다. 다른 알약 칸에 들어 있는 쪽지들은 무슨 말을 할까 생각하며 나는 웃었다.

나는 카이의 또 다른 흔적을 찾고 또 찾았다. 죽어가는 것은 아니겠지만, 처음 생각했던 것보다 더 아픈 것일 수도 있었다. 모든 것에서 카이의 흔적을 발견했기 때문이다. 나는 협곡 바닥의 갈라진 진흙의 무늬에서 카이의 메시지를 보았다고 생각했다. 예전에 비가 온 다음 굳어진 곳에서 글자로 해독할 수 있을 것 같은 형상이 보였다. 나는 쭈그리고 앉아 그것을 바라보았다.

"너한텐 이게 뭘로 보여?"

나는 인디에게 물었다.

"진흙."

그녀가 말했다.

"아냐. 좀 더 자세히 봐."

"피부나 비늘."

그녀가 말했고, 나는 그녀의 생각에 흥미를 느끼고 잠시 침묵했다. 피부나 비늘이라. 어쩌면 이 협곡 전체가 길고 구불구불한 한 마리 뱀이고, 우리는 그 등을 따라 걷고 있는지도 모른다. 끝에 다다르면 꼬리에서 곧장 내려갈 수 있을 것이다. 아니면 뱀의 입에 닿고, 뱀이 우리를 꿀꺽 삼켜버릴 것이다.

협곡 위의 파란 하늘에 분홍빛이 섞이고 공기가 변하기 시작할 때, 나는 마침내 진짜 흔적을 보았다.

그것은 내 이름이었다. 실낱같은 시냇물 근처 좁은 땅에서 자라는 어린 미루나무에 새겨진 '카시아'.

그 나무는 오래 살지 못할 것 같았다. 뿌리는 이미 너무 얕아져서 물을 빨아올리지 못했다. 그가 내 이름을 나무줄기에 아주 섬세하게 새겨놓아 그 이름은 마치 나무의 일부인 것처럼 보였다.

"이거 보여?"

나는 인디에게 물었다.

잠시 후, 그녀가 말했다.

"그래."

역시 그랬다.

냇가 근처에 작은 정착지가 보였다. 나무줄기는 뒤틀리고, 금빛 열매가 가지에 낮게 매달려 있는 작고 검은 과수원. 가지에 달린 사과를 보자 카이에게 몇 개 가져다주고 싶어졌다. 그가 간 길을 한 발 한 발 모두 따라갔다는 증거로. 시 외에 그에게 줄 다른 것을 찾아야 할 것 같았다. 적절한 시구를 생각해내 그 시를 완성할 시간이 없을 것이다.

다음 순간 미루나무 근처 땅을 다시 보니 협곡 속으로 더 깊이 들어간 발자국들이 보였다. 처음에는 그것을 알아차리지 못했다. 그 발자국은 시냇가에 물을 마시러 온 동물들의 흔적과 섞여 있었다. 그러나 발톱 달린 동물 발자국과 섞인 가운데 그곳에는 분명 장화 자국이 있었다.

인디가 울타리를 넘어 과수원으로 들어갔다.

"어서 가자. 여기서 멈출 이유가 없어. 그들이 어디로 갔는지 찾을 수 있어. 물과 알약도 있고."

내가 그녀에게 말했다.

"알약은 도움이 되지 않을 거야."

인디는 그렇게 말하면서 나무 한 그루에서 사과를 한 알 따서 한 입 물었다.

"최소한 이걸 가져가야 해."

"알약은 도움이 돼. 난 하나 먹었는걸."

내가 말했다. 인디가 사과를 씹다가 멈추었다.

"하나 먹었다고? 왜?"

"당연히 먹었지. 그건 식량만큼 생존에 효과가 있잖아."

내가 말했다. 인디가 서둘러 내게 다가와 사과를 내밀었다.

"이거 먹어. 당장."

그녀는 고개를 흔들었다.

"그 알약 언제 먹은 거야?"

"저쪽 협곡에서."

그녀의 걱정스런 표정에 놀라며 나는 말했다.

"그래서 네가 아팠던 거야. 너 정말 몰랐구나? 그렇지?"

인디가 물었다.

"뭘 몰라?"

"파란 알약은 독이야."

그녀가 말했다.

"그건 절대로 독이 아니야."

내가 말했다. 얼마나 우스운가. 독성이 있는 것이라면 잰더는 절대로 내게 주지 않았을 것이다.

인디는 입을 일자로 꼭 다물었다가 말했다.

"어쨌든 그 알약은 독이야. 더 이상 먹지 마."

그녀가 내 배낭을 열어 사과 몇 개를 안에 넣었다. 그러고는 물었다.

"우리가 어디로 가야 할지 어떻게 알아?"

"그냥 알아. 난 흔적을 분류하고 있었어."

내가 초조한 듯 발자국을 가리키며 말했다.

인디는 나를 바라보았다. 나를 믿어야 할지 말아야 할지 결정할 수가 없는 듯했다. 그녀는 내가 알약 때문에 아프고 제정신이 아니라고 생각했다.

그러나 그녀는 나무에 새겨진 내 이름을 보았고, 내가 그걸 거기 새기지 않았다는 것도 알고 있었다.

"그래도 넌 좀 쉬어야 돼."

인디가 마지막으로 말했다.

"안 돼."

내가 말했고, 그녀는 그게 진심이라는 것을 알았다.

우리가 숲을 떠난 후 오래지 않아 그 소리가 들렸다. 우리 뒤의
발소리였다. 우리는 물 가까이 있었다. 나는 멈추었다.

"누가 여기 있어. 우리를 따라오고 있어."

내가 인디를 돌아보며 말했다.

인디는 나를 바라보았다. 그녀의 표정은 조심스러웠다.

"환청이 들리는 거 아냐? 헛것을 보던 것처럼."

"아냐. 들어봐."

내가 말했다.

우리 둘 다 가만히 서서 협곡에 귀를 기울였다. 바람이 나뭇잎
사이를 지나가면서 잎이 살랑거리는 소리 외에는 조용했다. 바람
이 멈추고 살랑거림이 멎었지만, 여전히 무슨 소리가 들렸다. 모
래 위의 발소리? 손 하나가 몸을 받치기 위해 돌을 짚는 소리? 하
여간 무슨 소리였다.

"저기. 저거 들리지?"

나는 인디에게 말했다.

"아무것도 안 들려."

인디는 불안해 보였다.

"너 정말 좋지 않아. 우리 좀 쉬자."

나는 다시 걸어가는 것으로 그녀에게 답했다. 누군가가 우리 뒤
에 있는 듯한 소리에 귀를 기울였지만, 협곡의 바람을 타고 잽싸
게 다시 움직이는 이파리 소리밖에 들리지 않았다.

우리는 어두워질 때까지 걸었고, 어두워진 다음에는 손전등을 켜고 계속 갔다. 인디가 옳았다. 지금은 아무도 우리를 따라오는 것처럼 느껴지지 않았다. 나 자신의 숨소리만 들렸고, 나 자신만을 느꼈다. 핏줄마다, 근육을 굽힐 때마다, 지친 발걸음을 내디딜 때마다 약해진 내 몸을 느꼈다. 하지만 카이에게 가까워진 이 순간 아무것도 나를 멈추게 할 수 없었다. 알약을 더 먹을 것이다. 나는 인디가 알약에 대해 한 말을 믿을 수가 없었다.

그녀가 보지 않을 때 알약을 또 하나 꺼냈지만 손이 너무 떨렸다. 알약이 땅에 떨어지면서 종이도 작게 속삭이며 함께 떨어졌다. 다음 순간 나는 떠올렸다.

'잰더의 쪽지. 그걸 읽고 싶어.'

종이는 바람을 타고 날아갔고, 그것을 쫓아가거나 어둠 속에서 파란 알약을 찾는 것은 너무 힘들어 보였다.

# 19
## 카이

나는 하늘에서 뭔가 커다란 것이 날아다니는 소리를 듣고 깼다.

'그들이 언제부터 이렇게 아침 일찍 폭격을 하기 시작했지?'

나는 흥분에 휩싸인 채 생각했다. 하늘은 내가 생각했던 것보다 더 밝았고, 시간은 더 늦었다. 지쳐 있었던 것이 틀림없다.

"엘리!"

내가 외쳤다.

"나 여기 있어요!"

"빅은 어디 있어?"

"빅 형은 우리가 떠나기 전에 두어 시간 낚시를 하겠다고 했어요. 나한테 뒤에 남아서 형이 더 자도록 하라고 했고요."

엘리가 말했다.

"안 돼, 안 돼, 안 돼."

다음 순간 머리 위의 기계 소리가 너무 커서 둘 다 아무 말도 하지 못했다. 폭격 소리도 달랐다. 무겁고 육중했다. 정확했다. 우리에게 익숙해진 소낙비 오는 듯한 소리가 아니었다. 하늘에서 돌멩이만 한 우박이 쏟아지는 듯한 소리였다.

소리가 멈췄을 때, 나는 기다려야 했지만 그러지 않았다.

"넌 여기 있어."

나는 엘리에게 말하고 들판으로 달려 나가 풀 속을 기어가기 시작했다. 그 망할 강가를, 망할 습지를 향해서.

그러나 엘리는 나를 따라왔고, 나는 그를 내버려두었다. 나는 강가의 그 장소로 기어갔고 그다음, 보지 않았다.

나는 내가 본 것만 믿는다. 그러니까 빅이 죽은 것을 보지 않으면 그것은 사실이 아닐 것이다.

대신 나는 강물 위에서 뭔가 폭발한 것을 보았다. 갈색과 녹색의 늪지 수풀 일부가 흙으로 덮여서, 그 아래 끌려 들어간 시체의 길고 엉킨 머리카락처럼 보였다.

폭발의 힘으로 흙이 날아가 강을 막아버렸다. 웅덩이로 바꾸었다. 갈 곳이 없어진 강의 작은 조각.

나는 성큼성큼 하류 쪽으로 걸어갔다. 그들이 강 전체에 되풀이해서 저지른 짓을 볼 수 있을 정도로 멀리 걸어갔다.

엘리가 흐느끼는 소리가 들렸다.

다음 순간 나는 고개를 돌려 빅을 보았다.


"카이 형, 빅 형을 살릴 수 있어요?"

엘리가 물었다.

"아니."

무엇이 그렇게 세게 땅에 처박혔는지 몰라도 그것은 빅을 날려보낸 것 같았다. 그는 목이 부러졌다. 즉사했을 것이다. 나는 그 사실을 기뻐해야 한다는 것을 알았다. 하지만 기쁘지 않았다. 나는 하늘의 파란빛을 반사하는 공허한 눈을 보았다. 빅 자신은 그곳에 있지 않았다.

무엇이 그를 여기로 끌어냈을까? 왜 그는 이렇게 탁 트인 장소가 아닌 나무로 가려진 곳에서 낚시를 하지 않았을까?

나는 빅과 가까운 웅덩이에서 그 이유가 뭐였는지 보았다. 그것은 다시 고요해진 물속에 갇혀 있었다. 전에는 한 번도 본 적이 없었지만, 나는 바로 그것이 어떤 물고기인지 알았다.

무지개송어였다. 몸부림치자 그 빛깔이 햇빛 속에 번쩍였다.

빅이 이것을 봤을까? 그래서 이렇게 트인 장소로 나온 것이었을까?

웅덩이는 더 어두워졌다. 커다란 구체가 시내 바닥에 놓여 있었다. 더 가까이 가서 보자, 그 구체가 느릿느릿 독을 퍼뜨리는 것이 보였다.

그들은 빅을 죽이려던 게 아니었다. 이 강물을 죽이려던 것이다.

무지개송어의 몸이 뒤집히는 것을 지켜보고 있으니 곧 하얀 배가 위로 올라왔다. 놈은 수면 위로 떠올랐다.

빅처럼 죽었다.

나는 웃고 싶었고, 동시에 비명을 지르고 싶었다.

"형 손에 뭔가가 있었어요."

엘리가 말했다. 나는 엘리를 바라보았다. 그는 라니의 이름이 새겨진 나뭇조각을 쥐고 있었다.

"형이 쓰러지면서 떨어졌나 봐요."

엘리가 빅의 손 쪽으로 손을 뻗어 손을 잠시 쥐었다. 그러고는 빅의 팔을 그의 가슴 위에 교차시켰다.

"뭔가 해줘요."

엘리가 눈물범벅이 된 얼굴로 내게 말했다.

나는 돌아서서 코트를 찢었다.

"뭐하는 거예요? 형을 이렇게 두고 갈 수는 없잖아요."

엘리가 겁에 질려 물었다.

대답할 시간이 없었다. 나는 코트를 땅에 던지고 가장 가까이 있는 물웅덩이, 죽은 무지개송어가 있는 웅덩이에 손을 찔러 넣었다. 한기 때문에 손이 아팠다.

'흐르는 물은 얼어붙는 일이 드물어. 하지만 이 물은 더 이상 흐르지 않아.'

나는 독을 계속 뱉어내고 있는 구체를 양손으로 들어 올렸다. 그것은 무거웠다. 그러나 나는 그것을 옆으로 뒤집어 바위 가까이 놓고, 또 다른 구체를 찾기 시작했다. 흙이 폭발해 강을 막고 있는 여러 곳을 전부 깨끗이 할 수는 없었지만, 웅덩이 몇 군데에서 독을 건져낼 수는 있었다. 나는 이것이 내가 한 모든 일처럼 헛되다는 것을 알았다. 내가 죽기를 바라는 소사이어티로 카시아를 찾아 돌아가려는 것처럼.

그러나 나는 멈출 수 없었다.

엘리도 와서 물에 손을 뻗었다.

"너무 위험해. 숲으로 돌아가."

나는 그에게 말했다.

그는 대답하지 않고 나를 도와 다른 구체를 들어 올렸다. 나는 시체를 던질 때 빅이 나를 도와주던 것을 떠올리고 엘리를 내버려 두었다.

빅은 하루 종일 내게 이야기했다. 나는 그것이 나 자신이 미쳤다는 뜻임을 알았지만, 그의 말을 들어줄 수밖에 없었다.

엘리와 내가 구체들을 강에서 끌어내는 동안 그는 내게 말을 걸었다. 빅은 내게 계속해서 라니와 자신의 이야기를 했다. 나는 마음속에서 그것을 상상했다. 그는 비정상과 사랑에 빠진다. 라니에게 자기 마음을 고백한다. 무지개송어를 보고 그녀의 부모님에게 이야기하러 간다. 일어서서 계약을 축하한다. 그녀의 손을 향해 손을 뻗으며 미소 짓는다. 소사이어티를 무시하고 행복을 주장한다. 사라진 그녀를 찾으러 돌아간다.

"그만해."

나는 엘리의 놀란 표정을 무시하고 빅에게 말했다. 나는 아버지처럼 변하고 있었다. 아버지는 언제나 머릿속에서 목소리들을 들었다. 목소리는 아버지에게 사람들에게 이야기하라고, 세상을 바꾸라고 말했다.

최대한 많은 구체를 건져낸 후 엘리와 나는 함께 빅의 무덤을 팠다. 땅이 딱딱하지 않았는데도 힘이 들었다. 내 근육들은 기진맥진해서 비명을 질렀고, 무덤은 흡족할 만큼 깊지 않았다. 엘리는 옆에서 작은 손으로 끈질기게 흙을 퍼냈다.

다 끝났을 때 우리는 빅을 안에 뉘었다.

그는 잡은 물고기를 넣으려고 수용소 배낭 하나를 비워 가져왔다. 나는 안에서 은빛 비늘의 죽은 물고기를 찾아내 그것도 무덤에 넣었다. 우리는 빅의 몸 위에 그의 코트를 남겨두었다. 은빛 원반이 들어 있던 그의 심장 위 구멍은 작은 상처처럼 보였다. 소사이어티가 그를 파낸다 해도 그들은 그에 대해 아무것도 모를 것이다. 심지어 그의 장화에 새겨진 눈금의 뜻도 이해하지 못할 것이다.

내가 그의 얕은 무덤에 남기기 위해 사암 한 조각을 물고기 모양으로 깎아내는 동안에도, 빅은 계속 이야기를 하고 있었다. 그 물고기의 비늘은 흐린 오렌지빛이었다. 모든 색깔을 잃은 무지개 송어. 빅이 보았을 진짜 물고기가 아니었다. 그러나 내가 할 수 있는 최선이었다. 나는 그것으로 그가 죽었다는 것뿐만 아니라, 그가 누군가를 사랑했으며, 그녀도 그를 사랑했다는 표시를 해두고 싶었다.

"그들은 나를 죽이지 않았어."

빅이 내게 말했다.

"죽이지 않았다고?"

그러나 조용히 말했기 때문에 엘리는 내 말을 듣지 못했다.

"죽이지 않았어. 물고기가 여전히 근처에 있고, 여전히 헤엄치고, 수정하고, 산란하는 한에는."

그가 싱긋 웃으며 말했다.

"너 여기 안 보여? 우리는 물고기를 구하려고 했어. 하지만 그것들도 곧 죽을 거야."

내가 빅에게 말했다.

순간 그는 말을 그쳤다. 나는 그가 정말로 사라졌음을 알고 내 머릿속에 다시 목소리가 들렸으면 하고 바랐다. 나는 마침내 알았다. 아버지에게 그 목소리가 들리는 한, 아버지는 결코 혼자가 아니었음을.

# 20
## 카시아

내 숨소리가 이상하다. 돌을 닳게 하려고 바위에 철썩이며 작고 지친 소리를 내는 시내의 잔물결 같았다.

"내게 말을 걸어줘."

나는 인디에게 말했다. 인디가 배낭 두 개와 물통 두 개를 들고 가는 것이 보인다. 어쩌다 이렇게 됐지? 저게 내 것인가? 너무 지쳐서 집중할 수가 없었다.

"무슨 말을 하라는 거야?"

그녀가 물었다.

"뭐든지."

나의 숨소리, 나 자신의 지친 심장 소리 외에 무슨 소리든 들어야 했다.

어딘가에서, 인디의 말이 내 귓가에서 아무것도 아닌 소리로 변하기 전에, 그녀가 내게 뭔가를 말하고 있다는 것을, 여러 가지를 말하고 있다는 것을 깨달았다. 그녀는 이제 말을 멈출 수가 없었고, 내가 너무 정신이 없어서 자기 말을 정말로 듣지는 못할 거라 생각하고 있었다. 그 말에 더 주의를 기울이고, 그것을 기억할 수 있었으면 좋겠다고 생각했다. 겨우 몇 구절만 들렸다.

'언제나 밤에 잠들기 전에.'

'나는 모든 게 달라질 거라고 생각했어.'

'내가 얼마나 더 오래 믿을 수 있는지 모르겠어.'

마치 시처럼 들렸다. 카이를 위해 쓰던 시를 끝낼 수 있을까 하고 다시 생각했다. 마침내 그를 만났을 때 해줄 말이 있다면. 그와 내가 시작 그 이후의 시간을 가질 수 있다면.

나는 인디에게 배낭에 있는 파란 알약을 더 달라고 부탁하고 싶었다. 그러나 무슨 말을 하기도 전에 할아버지가 하신 말씀이 다시 떠올랐다. 나는 알약을 먹지 않아도 될 정도로 강하다는 말.

'하지만 할아버지, 저는 제가 이해한다고 생각한 만큼 할아버지를 잘 이해하지 못했어요. 그 시 두 편이요. 저는 할아버지의 의도를 안다고 생각했어요. 하지만 할아버지가 제가 믿기를 바라신 건 어느 쪽이었어요?'

나는 생각했다.

그리고 마지막 순간 할아버지가 종이를 주셨을 때 하셨던 말씀을 떠올렸다.

'카시아. 나는 네가 아직 이해하지 못할 걸 네게 줬다. 하지만 언젠가 이해할 거라고 생각한다. 다른 사람이 아닌 네가.'

그때 할아버지는 그렇게 속삭이셨다.

이곳에서도 오리아에서도 작은 나뭇가지에 고치를 늘어뜨리는 신부나비처럼, 한 가지 생각이 마음속으로 훨훨 날아 들어왔다. 전에도 했던 생각이지만 지금까지는 그 생각을 완성할 겨를이 없었다.

'할아버지, 할아버지는 옛날에 인도자였나요?'

그리고 그때 또 다른 생각이 떠올랐다. 가볍고 빨라서 내가 완전히 붙잡을 수 없는 생각이 또 한 번 내게 부드럽게 움직이는 날개 같은 인상을 남겼다.

"내겐 이제 그런 게 필요없어."

나는 스스로에게 말했다. 알약도, 소사이어티도. 그것이 진심인지는 모르겠다. 그러나 그래야 할 것 같았다.

그때, 나는 그것을 보았다. 돌로 만들어진 나침반이 절벽에서 선반처럼 튀어나온 바위 위, 딱 내 눈높이에 놓여 있었다.

나는 다른 것을 다 떨어뜨리고 그것을 집어 들었다.

그것은 내가 땅에 떨어뜨린 물건들보다 더 무거웠지만, 나는 그것을 손에 쥐고 걸어갔다. 그리고 생각했다.

'좋아. 무겁지만.'

나는 생각했다.

'이건 좋아. 나를 땅에 고정시켜줄 테니까.'

# 21
## 카이

"그 말을 해줘요."

엘리가 내게 말했다.

몇 시간 동안 일한 끝에 내 손은 기진맥진해서 떨렸다. 우리 위의 하늘은 어두워져 있었다.

"난 못해, 엘리. 그건 아무 뜻도 없어."

"그 말을 해요. 어서요."

엘리가 다시 눈물을 흘리며 명령하듯 말했다.

"난 못해."

나는 그에게 말하고, 사암으로 만든 물고기를 빅의 무덤 위에 내려놓았다.

"그 말을 해야 해요. 빅 형을 위해서 그 말을 해줘야 해요."

엘리가 말했다.

"나는 빅을 위해 할 수 있는 일을 이미 했어. 우리 둘 다 했어. 우리는 냇물을 구했어. 이제 가야 할 때야. 빅도 똑같이 했을 거야."

내가 말했다.

"지금 들판을 가로지를 수는 없어요."

엘리가 말했다.

"나무 옆으로 붙어서 갈 거야. 아직 밤이 아니야. 최대한 멀리까지 가자."

내가 말했다.


우리는 협곡 입구 가까이 있는 야영지로 돌아가 짐을 쌌다. 훈제 물고기를 싸고 나자 손과 옷에 은빛 비늘이 남았다. 엘리와 나는 빅의 배낭에서 음식을 나누어 가졌다.

"이거 가질래?"

나는 빅이 가져온 팸플릿을 발견하고 엘리에게 물었다.

"아뇨. 난 내가 고른 게 더 좋아요."

그가 말했다.

나는 팸플릿 하나를 배낭에 넣고 나머지는 남겨두었다. 전부 가져갈 가치는 없었다.

엘리와 나는 황혼 속에서 나란히 들판을 가로지르기 시작했다.

문득 엘리가 멈춰 서서 뒤돌아보았다. 그래선 안 되었다.

"우린 계속 가야 해, 엘리."

"잠깐만요. 가지 마세요."

"난 계속 갈 거야."

나는 그에게 말했다.

"카이 형. 뒤돌아봐요."

그가 말했다.

나는 뒤돌아보았고, 마지막 저녁 햇빛 아래 그녀를 보았다.

카시아.

멀리서도 짙은 머리카락이 바람에 얽히는 모습, 카빙 대협곡의 붉은 바위 위에 서 있는 모습으로 그녀임을 알아볼 수 있었다. 그녀는 눈보다 더 아름다웠다.

'이게 현실일까?'

그녀는 하늘을 가리켰다.

# 22
## 카시아

우리는 꼭대기에 거의 다다랐다. 들판을 내려다볼 수도 있을 것이다.

"카시아, 잠깐만."

내가 바위가 튀어나온 부분을 올라가기 시작했을 때 인디가 말했다.

"거의 다 왔어. 빨리 내려다봐야 해."

내가 말했다. 지난 몇 시간 동안 다시 강해지고 머리가 맑아진 느낌이었다. 나는 카이를 볼 수 있도록 가장 높은 지점에 서고 싶었다. 바람은 차갑고 맑았다. 내 몸을 훑는 느낌이 좋았다.

나는 가장 높은 바위 위로 올라갔다.

"하지 마. 떨어질 거야."

인디가 밑에서 말했다.

"아."

나는 감탄했다. 볼 것이 아주 많았다. 오렌지색 바위와 갈색 풀의 들판과 물과 푸른 산맥. 어두워지는 하늘, 짙은 구름, 붉은 태양, 그리고 몇 개의 작고 차가운 흰 눈송이가 내려오고 있었다.

두 개의 작고 검은 사람 형상이 올려다보고 있었다.

저들이 나를 보고 있나?

'저건 그일까?'

이렇게 멀리서는, 알 방법이 하나밖에 없었다.

나는 하늘을 가리켰다.

잠시, 아무 일도 일어나지 않았다. 그 사람은 가만히 서 있었고, 나도 차갑고 생기 넘치게 서 있었고, 그리고…….

그는 달리기 시작했다.

나는 헛디디고 미끄러지면서 바위를 타고 들판으로 내려가려고 했다. 내 발은 서툴렀고, 매우 빨리 움직였지만 그다지 빠르지 않았다. 나는 생각했다.

'달려갈 수 있으면 좋겠어. 시를 다 썼으면 좋았을걸. 나침반을 가지고 있었으면…….'

다음 순간 나는 들판에 다다랐고, 내가 지금 가진 것 외에 아무 것도 바라지 않았다.

'카이.'

나를 향해 달려오는 카이.

나는 그가 그렇게 뛰는 것을 한 번도 본 적이 없었다. 빠르고, 자유롭고, 강하고, 거칠게. 그는 무척 아름다웠고, 그의 몸은 정말 잘 움직이고 있었다.

그는 내가 그 푸른색 눈을 볼 수 있을 정도로, 그리고 내 붉은 손과 내가 녹색 옷을 입고 있었다면 좋았을 거라 생각하던 것을 잊어버릴 수 있을 정도로 가까운 거리에 딱 멈추었다.

"너 여기 왔구나."

그가 거친 숨, 갈망하는 듯한 숨을 쉬면서 말했다. 그의 얼굴은 땀과 먼지로 뒤덮여 있었다. 그는 자기가 보아야 하는 것은 나밖에 없다는 듯이 나를 바라보았다.

　나는 입을 열어 '응' 하고 말하려고 했다. 그러나 그가 마지막 거리를 좁히기 전, 내게는 숨을 들이쉴 시간밖에 없었다. 내가 아는 것은 그 키스뿐이었다.

# 23
## 카이

"우리 시. 그걸 나한테 말해줄래?"

그녀가 속삭였다.

나는 그녀의 귀 가까이 얼굴을 가져갔다. 내 입술이 그녀의 목을 쓸었다. 그녀의 머리카락에서는 세이지 냄새가 났다. 그녀의 피부에서는 고향 냄새가 났다.

그러나 나는 말을 할 수가 없었다.


우리 둘만 있는 게 아니라는 것을 먼저 기억해낸 건 그녀였다.

"카이."

그녀가 속삭였다.

우리는 둘 다 약간 뒤로 떨어졌다. 희미해지는 빛 속에서 그녀의 엉킨 머리카락과 그을린 피부가 보였다. 그녀의 아름다움은 언제나 나를 아프게 한다.

"카시아. 이쪽은 엘리야."

내가 쉰 목소리로 말했다. 엘리를 돌아보는 그녀의 얼굴이 불을 켠 듯 밝아졌을 때 나는 엘리가 브램과 닮았다는 것이 나만의 생각이 아니었음을 알았다.

"이쪽은 인디."

그녀가 함께 온 소녀를 가리키며 말했다. 인디는 가슴 위에 팔짱을 끼었다.

침묵. 엘리와 나는 서로를 바라보았다. 나는 우리 둘 다 빅을 생각한다는 것을 알았다. 이 순간 그를 소개해야 했지만 그는 죽어 버렸다.

전날 밤까지만 해도 빅은 살아 있었다. 오늘 아침 그는 냇가에 서서 송어가 헤엄치는 것을 지켜보고 있었다. 색깔이 반짝이고 해가 내리쬐는 동안 그는 라니를 생각했다.

그리고 그는 죽었다.

나는 뻣뻣하게 서 있는 엘리에게 손짓했다.

"오늘 아침까지만 해도 우리 일행은 셋이었어."

내가 말했다.

"무슨 일이 일어난 거야?"

카시아가 물었다. 그녀는 내 손을 꼭 잡았고, 나는 그녀의 피부에 새겨진 베인 자국을 조심하면서 그녀의 손을 부드럽게 마주 잡았다.

'너 날 찾으려고 무슨 일을 겪은 거야?'

"누군가가 왔어. 그들이 우리 친구 빅을 죽였어. 강도 죽였고."

내가 그녀에게 말했다.

갑자기 우리가 위에서 어떻게 보일지 깨달았다. 우리는 여기 들판 위 탁 트인 공간에 누구라도 볼 수 있는 모습으로 서 있었다.

"카빙 대협곡 안으로 들어가자."

내가 말했다. 서쪽 산맥 너머로 해가 낮게 지고—거의 사라지고—있었다. 어둠과 빛의 하루 위로. 빅은 죽었다. 카시아는 이곳에 왔다.

"어떻게 여기까지 왔어?"

카빙 대협곡 안으로 들어가며 그녀에게 가까이 다가가 물었다. 그녀가 대답하려고 내게 얼굴을 돌렸다. 그녀의 숨이 내 뺨에 뜨겁게 닿았다. 우리는 다시 하나가 되어 키스했다. 우리의 손과 입술이 부드럽고 탐욕스럽게 얽혔다. 나는 그녀의 따뜻한 피부에 대고 속삭였다.

"어떻게 우리를 찾았어?"

"나침반."

그녀가 그것을 내 손안에 쥐여주었다. 놀랍게도 그것은 내가 돌로 만든 것이었다.


"그럼 이제 우리 어디로 가요?"

빅과 함께 야영한 장소에 닿았을 때 엘리가 흔들리는 목소리로 물었다. 그곳에서는 아직도 연기 냄새가 났다. 우리 손전등 불빛이 바닥에 떨어진 은빛 생선비늘을 비추었다.

"계속 들판을 가로지를 건가요?"

"그럴 수 없어. 어쨌거나 하루 이틀은. 카시아가 아파."

인디가 말했다.

"난 이제 괜찮아."

카시아가 말했다. 그녀의 목소리는 건강해 보였다.

나는 배낭에서 처트를 꺼내 또 한 번 불을 피웠다.

"오늘 밤에는 여기 머물러야 할 것 같아. 나머지는 아침에 결정해도 돼."

나는 엘리에게 말했다. 엘리는 고개를 끄덕이고 내가 부탁하지 않았는데도 알아서 불 피울 덤불을 모으기 시작했다.

"저 애는 아주 어리네. 소사이어티가 쟤를 여기로 보냈어?"

카시아가 작은 소리로 물었다.

"응."

내가 말했다. 나는 처트를 부딪쳤다. 아무것도 일어나지 않았다.

그녀가 내 손 위에 손을 올려놓았고 나는 눈을 감았다. 그다음 처트를 부딪치자 불꽃이 일었고 그녀는 숨을 죽였다.

엘리가 마르고 거친 덤불을 한아름 가져왔다. 그가 불에 넣자 덤불은 탁탁 소리를 내며 타들어갔고 어둠 속으로 세이지 냄새가 피어올랐다. 날카로운 야생의 냄새였다.

카시아와 나는 최대한 가까이 붙어 앉았다. 그녀는 내게 몸을 기울였고 나는 그녀에게 팔을 둘렀다. 나는 우리가 서로 결합한 거라고 나 자신을 속이지 않았다. 그녀가 자기 힘으로 나와 결합한 것이다. 그녀를 안고 있기 때문에 나는 날아가버리지 않을 수 있었다.

"고마워."

카시아가 엘리에게 말했다. 그녀의 목소리로, 그녀가 그 애에게 미소 지었고 그도 그녀에게 가냘프게 마주 웃어 보였다는 것을 알 수 있었다. 엘리는 빅이 간밤에 앉았던 자리에 앉아 있었다. 인디가 엘리에게 자리를 더 내주고는 몸을 굽혀 불의 춤을 들여다보았다. 그녀가 나를 흘끗 바라봤을 때 나는 그녀의 눈에 뭔가가 번뜩이는 것을 보았다.

나는 자세를 조금 움직여 우리를 바라보는 인디의 시야를 등으로 가리고, 손전등의 각도를 바꿔 카시아의 손을 비추었다.

"무슨 일이 있었던 거야?"

나는 그녀에게 물었다.

그녀는 손을 내려다보았다.

"밧줄을 타다가 손을 베었어. 우리는 너를 찾아서 다른 협곡으로 올라갔다가 다시 이 협곡으로 왔어."

그녀는 다른 두 사람을 보고 웃어 보인 다음 더 가까이 몸을 숙였다.

"카이, 우리 다시 함께 있게 됐어."

그녀가 말했다.

나는 언제나 그녀가 내 이름을 부르는 방식을 사랑했다.

"나도 안 믿어져."

"난 너를 찾아야 했어."

그녀가 말했다. 그녀가 코트 아래 내 몸에 슬쩍 팔을 두르자, 그녀의 손가락이 내 등에 느껴졌다. 나도 똑같이 했다. 그녀는 너무나 가볍고 조그마했다. 그리고 강했다. 어떤 사람도 그녀가 한 일을 해내지 못했을 것이다. 나는 그녀를 더 가까이 끌어당겼다. 그녀를 만질 때의 아픔과 안도감은 내가 '언덕'에서 기억에 새긴 그 느낌이었다. 그 느낌은 이제 더 강해졌다.

"너한테 할 얘기가 있어."

카시아가 내 귀에 대고 속삭였다.

"듣고 있어."

내가 말했다. 그녀는 깊은 숨을 들이쉬었다.

"내게는 이제 나침반이 없어. 네가 오리아에서 준 거."

그녀는 서둘러 말을 이었다. 그녀의 목소리에는 눈물이 섞여 있었다.

"그걸 기록 보관자와 거래했어."

"괜찮아."

진심이었다. 그녀는 여기 있다. 이 모든 일을 겪은 후, 이 길을 오다가 잃어버린 것 중에서 나침반은 대단한 것이 아니었다. 그리고 나는 그것을 나 대신 맡아달라고 그녀에게 준 게 아니었다. 가지라고 준 것이다. 그래도 호기심이 일었다.

"그 거래에서 너는 뭘 얻었어?"

"내가 기대했던 건 아니었어. 나는 그들이 일탈자를 어디로 데려가고, 어떡하면 거기에 갈 수 있는지에 대한 정보를 부탁했거든."

그녀가 말했다.

"카시아."

나는 말을 하려다가 멈췄다. 그것은 위험한 일이었다. 그러나 그 거래를 시도했을 때 그녀 또한 위험하다는 것쯤은 알고 있었을 것이다. 굳이 그녀에게 그 말을 할 필요는 없었다.

"기록 보관자는 내게 이야기를 하나 줬어. 처음에는 그 사람이 나를 속였다고 생각해서 너무 화가 났어. 너에게 가는 길에 내게 남은 물건은 파란 알약뿐이었으니까."

"잠깐만. 파란 알약?"

"잰더가 준 거야. 협곡에서 살아남으려면 그게 필요할 거라고 생각해서 갖고 있었어."

그녀는 나를 보고 내 얼굴 표정을 오해했다.

"미안해. 아주 빨리 결정해야 했기 때문에……."

나는 그녀의 팔을 움켜쥐었다.

"그게 아니야. 파란 알약은 독이야. 너 먹었어?"

"딱 하나. 난 그게 독이란 걸 믿지 않아."

그녀가 말했다.

"나도 카시아에게 말하려고 했어. 하지만 그 애가 그걸 먹었을 때 난 거기 없었어."

인디가 말했다. 나는 숨을 내쉬었다.

"어떻게 계속 움직였니? 뭐 좀 먹었어?"

나는 카시아에게 물었다. 그녀가 고개를 끄덕였다. 나는 배낭에서 납작한 빵 조각을 꺼냈다.

"이거 지금 먹어."

내가 말했다. 엘리도 자기 배낭에 손을 넣어 빵 한 조각을 꺼냈다.

카시아는 우리에게서 빵 조각을 받았다.

"그 알약에 독이 들었다는 걸 어떻게 알아?"

그녀가 여전히 의심에 찬 목소리로 물었다. 나는 공포와 당황에서 벗어나려고 애쓰며 말했다.

"빅이 말해줬어. 소사이어티는 언제나 재난을 당하면 파란 알약이 우리를 구해줄 거라고 말했잖아. 하지만 그건 사실이 아니래. 그 알약은 네 몸을 정지시켜. 그리고 그들이 너를 구하러 오지 않으면 죽는 거야."

"난 그래도 못 믿겠어. 잰더가 나를 해칠 수 있는 걸 주진 않았을 거야."

카시아가 말했다.

"잰더도 몰랐을 거야. 거래를 하라고 그 알약을 준 것일 수도 있어."

내가 말했다.

"약효가 작용했다면 벌써 신호가 왔겠지. 어떻게인지는 몰라도 걸어가는 동안 약효가 다 떨어진 게 틀림없어. 누가 그랬다는 얘기는 한 번도 들은 적이 없지만, 너는 카이를 찾을 때까지 멈추지 않았을 거야."

인디가 카시아에게 말했다.

우리는 모두 카시아를 바라보았다. 그녀는 뭔가를 생각하고 있었다. 그 눈은 생각에 잠겨 있었다. 정보를 분류하고 있었다. 일어난 일을 설명할 사실들을 찾고 있었다. 그러나 그녀에게 필요한 단 한 가지 정보는 이미 내가 아는 것이었다. 그녀는 소사이어티가 예측할 수 없을 만큼 강했다.

"나는 겨우 하나만 먹었어. 다른 건 떨어뜨렸고. 그리고 종이가 들어 있었어."

그녀가 작은 소리로 말했다.

"종이?"

내가 물었다.

카시아는 마치 우리가 그곳에 있다는 것을 방금 기억해낸 듯이 쳐다보았다.

"잰더가 알약 속에 인쇄된 종이쪽지를 숨겼어. 그 애의 마이크로카드에 실려 있던 정보의 조각들."

"어떻게?"

내가 물었다. 인디가 몸을 앞으로 기울였다.

"잰더가 어떻게 해냈는지는 몰라. 알약을 훔친 것도, 안에 메시지를 넣은 것도. 하지만 그 애는 해냈어."

카시아가 말했다.

잰더. 나는 고개를 저었다. 그는 언제나 게임을 하고 있다. 물론 카시아는 그를 뒤에 완전히 남겨두고 떠나지 않았다. 그는 그녀의 가장 친한 친구다. 여전히 그녀의 매칭 상대다. 그러나 그는 그녀에게 알약을 주는 실수를 저질렀다.

"그걸 다시 줄래? 알약 말고. 쪽지만."

카시아가 인디에게 말했다.

나는 잠시 인디의 눈에서 뭔가 번뜩이는 것을 보았다. 도전. 그녀가 정말로 그 종이를 주기 싫은 건지 아니면 그냥 무슨 일을 하라는 소리를 듣기 싫어하는 건지는 알 수 없었다. 그러나 다음 순간 그녀는 자기 배낭에 손을 넣어 뒤에 포일이 붙어 있는 알약 판을 꺼냈다.

"자. 어차피 내겐 전혀 필요 없어."

그녀가 말했다.

"그 쪽지들에 뭐라고 적혔는지 말해줄래?"

나는 질투하는 듯이 보이지 않으려고 애썼다. 인디가 내게 빠르게 시선을 던졌고, 나는 그녀를 속이지 못했다는 것을 알았다.

"그냥 그 애가 가장 좋아하는 색깔과 가장 좋아하는 활동 같은 거야."

카시아가 부드럽게 말했다. 그녀도 내 어조가 꾸며낸 것임을 느낀 것이다.

"내가 마이크로카드를 한 번도 안 봤다는 걸 그 애도 알았나 봐."

그러자 내 걱정은 갑자기 사라져버렸다. 다시 삼켜져버렸다. 나 자신이 부끄러웠다. 그녀는 여기까지 이 먼 길을 나를 찾으러 온 것이다.

"다른 협곡의 그 남자애 있잖아, 그 애가 너무 오래 기다렸다고 네가 말했을 때 난 그게 걔가 너무 오래 시간을 끌다가 자살했다는 뜻인 줄 알았어."

인디가 말했다. 카시아는 손으로 입을 가렸다.

"아냐. 나는 그 애가 알약을 너무 늦게 먹는 바람에 알약이 그 애의 생명을 구하지 못했다고 생각한 거야."

그녀의 목소리는 작아져서 속삭임으로 변했다.

"난 몰랐어."

그녀가 겁에 질려 인디를 바라보았다. 그러고는 물었다.

"넌 그 애가 알고 있었다고 생각해? 그 애가 죽으려 했다고?"

"어떤 남자애?"

나는 카시아에게 물었다. 떨어져 있는 동안 우리에게는 너무 많은 일이 일어났다.

"우리와 함께 카빙 대협곡 안으로 도망 온 남자애가 있었어. 네가 어디로 갔는지 우리에게 알려준 애였어."

카시아가 말했다.

"그 애가 그걸 어떻게 알았어?"

내가 물었다.

"그 애는 네가 남겨두고 온 아이들 중 하나였어."

인디가 불쑥 말했다. 그녀가 사위어가는 불에서 뒤로 물러났다. 불빛은 그녀의 얼굴에 거의 닿지 않았다. 그녀가 우리 주변의 협곡을 가리켰다.

"여긴 그 그림이네. 안 그래? 19번이지?"

그녀가 물었다.

그녀가 무슨 말을 하는지 깨닫는 데 잠깐 시간이 걸렸다. 나는 말했다.

"아냐. 지형은 비슷해 보이지만, 그 협곡은 이것보다 더 커. 더 남쪽에 있지. 나는 한 번도 보지 못했지만 우리 아버지는 그걸 본 사람들을 알았어."

나는 그녀가 뭔가 말하기를 기다렸다. 그러나 그녀는 아무 말도 하지 않았다.

"그 남자애 말이야."

카시아가 다시 입을 열었다.

인디는 쉬려고 몸을 웅크렸다.

"그 애에 대해서는 잊어버려. 걔는 죽었어."

그녀가 카시아에게 말했다.


"몸은 좀 어때?"

나는 카시아에게 속삭였다. 나는 바위에 등을 대고 앉아 있었다. 그녀의 머리가 내 어깨에 놓여 있다. 잠들 수가 없었다. 약효가 떨어졌다는 인디의 말이 사실일 수도 있었다. 카시아는 건강해 보였다. 그러나 나는 밤새도록 그녀를 지켜보고 무사하다는 것을 확인해야 했다.

엘리가 몸을 뒤척였다. 인디는 조용했다. 그녀가 자고 있는지, 귀를 기울이고 있는지는 알 수 없었다. 그래서 나는 조용히 물었다.

카시아는 대답하지 않았다.

"카시아?"

"난 널 찾고 싶었어. 나침반을 거래했을 때, 난 네게 오려고 했던 거야."

그녀가 작은 소리로 말했다.

"알아. 넌 내게 왔어. 그들이 너를 속였는데도."

내가 말했다.

"속이지 않았어. 하여간 완전히 속이진 않았어. 그들은 내게 이야기 이상의 이야기를 줬거든."

그녀가 말했다.

"무슨 이야기?"

내가 물었다.

"그건 네가 내게 해준 시시포스 이야기와 비슷했어. 하지만 그들은 그를 인도자라고 불렀고, 반역에 대한 이야기였어."

그녀가 가까이 몸을 기울였다.

"우리만 이런 일을 하는 게 아니야. 어딘가에 봉기 세력이 있어. 전에 들어본 적 있니?"

"그래."

그러나 더 이상은 말하지 않았다. 나는 봉기에 대해 이야기하고 싶지 않았다. 그녀는 마치 그것이 좋은 일이라는 듯 '우리만 이런 일을 하는 게 아니야'라고 말했다. 그러나 나는 지금 당장은 야영지에 우리만 있는 것처럼 느끼고 싶었다. 카빙 대협곡에 우리만 있는 것처럼. 전 세계에.

나는 그녀의 얼굴에, 예전에 돌에 새기려고 했던 뺨의 곡선에 손을 대었다.

"나침반은 걱정하지 마. 나도 녹색 실크를 갖고 있지 않은걸 뭐."

"그것도 빼앗겼니?"

"아니. 그건 아직 '언덕' 위에 있어."

"그걸 거기 남겨뒀어?"

그녀가 놀라서 물었다.

"어느 나무의 가지에 묶었어. 누가 그걸 가져가는 건 싫었거든."

"'언덕'에 있구나."

카시아가 말했다. 잠시 우리 둘 다 침묵하며 기억을 되새겼다. 다음 순간 그녀가 목소리에 놀리는 어조를 띠고 말했다.

"너 아까 우리 시를 전혀 읊어주지 않더라."

나는 그녀에게 더 가까이 몸을 숙였다. 이번에는 말할 수 있었다. 마음으로는 외치고 싶었지만, 나는 속삭였다.

"순순히 들어가지 마라."

"응."

그녀가 동의했다. 이 멋진 밤에, 그녀의 목소리, 그녀의 피부는 부드러웠다. 다음 순간 그녀는 내게 세차게 입 맞췄다.

# 24
## 카시아

카이가 깨어나는 것을 지켜보는 건 해돋이를 보는 것보다 더 좋았다. 한순간 그는 조용히, 깊이 가라앉아 있었다. 그리고 나는 그가 어둠에서 돌아와 표면에 떠오르는 것을 볼 수 있었다. 그의 얼굴이 움찔거리고, 입술이 움직이고, 눈이 떠졌다. 그다음 그의 미소, 그것은 태양. 그가 내게 허리를 굽히는 동시에 나는 위로 손을 뻗었고 우리의 입술이 만나면서 따뜻해졌다.

우리는 테니슨의 시에 대해 이야기했다. 우리 둘 다 그것을 기억하고 있다는 이야기, 그가 오리아의 숲에서 내가 그것을 읽는 것을 본 이야기도 했다. 그는 그것이 이전에는 암호였다고 들었다. 그는 어렸을 때 이곳에서, 그리고 최근에는 빅에게서 들었다.

빅. 카이는 시체 묻는 것을 도와주던 친구와, 빅이 사랑했던 라니라는 이름의 소녀에 대해 부드러운 어조로 이야기했다. 그리고 딱딱하고 차가운 목소리로, 자기가 도망친 이야기, 다른 마을 사람들을 놔두고 떠난 이야기를 들려주었다. 그는 자신과 자신의 행동에 대해 가차 없는 빛을 비췄다. 그러나 내가 본 것은 그가 누구를 남겨두었느냐가 아니라 누구와 함께 왔느냐였다. 엘리. 카이는 자신이 할 수 있는 일을 했다.

나는 그에게 인디가 말했던 인도자에 대해 이야기하고, 카빙 대협곡 속의 다른 협곡으로 사라진 소년에 대해서 더 많이 이야기했다.

"그 애는 뭔가를 찾고 있었어."

그렇게 말하면서 나는 그 소년이 다른 협곡 속 소사이어티의 벽 뒤에 무엇이 있는지 알았을지 궁금했다.

"그리고 그 애는 죽었어."

마지막으로 나는 카이에게 카빙 대협곡 꼭대기의 파란 표시가 되어 있었던 비정상들에 대해 말했고, 그들이 봉기에 가담했을 수도 있지 않을까 생각했다는 이야기를 했다.

다음 순간 우리는 조용해졌다. 앞으로 무슨 일이 일어날지 몰랐기 때문이다.

"그러면 소사이어티는 이 협곡 안에도 있는 거구나."

카이가 말했다. 엘리의 눈이 커졌다.

"그들은 우리 코트 안에도 있어요."

"무슨 뜻이야?"

내가 묻자, 카이와 엘리는 몸을 따뜻하게 해주는 대신 우리 데이터를 가져가는 전선들에 대해 이야기했다.

"내 건 뜯어냈어."

카이의 말에, 나는 그의 코트 천이 찢어진 이유를 깨달았다.

나는 엘리를 흘끗 보았다. 그는 방어적으로 가슴 위에 팔짱을 끼었다.

"내 것은 그대로 남겨두었어요."

그가 말했다.

"그건 잘못된 게 아니야. 네가 선택하기 나름이지."

카이가 말했다. 그는 나를 흘깃 보며 어떻게 할 거냐고 말없이 물었다.

나는 그에게 웃어 보이며 코트를 벗어 내밀었다. 그는 코트를 손으로 받으며 여전히 눈앞에 있는 것을 믿을 수 없다는 듯 앞에 서 있는 나를 바라보았다. 나는 시선을 돌리지 않았다. 미소가 그의 입술을 지나갔다. 그다음 그는 자기 앞에 코트를 내려놓고 재빠르고 확신에 찬 동작으로 천을 잘랐다.

다 끝낸 뒤, 그는 내게 서로 얽힌 파란 전선과 작은 은빛 원반을 건네주었다.

"네 것은 어떻게 했어?"

내가 그에게 물었다.

"우린 그걸 파묻었어."

그가 말했다.

나는 고개를 끄덕이고 내 것도 묻기 위해 땅을 파기 시작했다. 다 끝내고 일어서자 카이가 내 코트를 내밀었고 나는 다시 코트 안으로 미끄러져 들어갔다.

"여전히 따뜻할 거야. 붉은 전선은 하나도 건드리지 않았으니까."

그가 말했다.

"누나는요?"

엘리가 인디에게 물었다. 그녀는 고개를 흔들었다.

"난 너처럼 그냥 둘래."

그녀가 말하자 엘리는 살짝 미소 지었다.

카이가 고개를 끄덕였다. 그는 놀란 것 같지 않았다.

"이제 어떻게 하지? 네 친구에게 그런 일이 벌어졌는데 우리가 들판을 가로질러야 할 것 같지는 않은데."

인디가 물었다. 엘리는 그녀의 퉁명스러운 태도에 흠칫했고, 카이의 목소리는 긴장한 것 같았다.

"그 말이 맞아. 그들이 돌아올 수도 있어. 그리고 그들이 돌아오지 않더라도, 그곳의 물은 이제 중독되었어."

"하지만 우리가 독을 좀 빼냈잖아요."

엘리가 말했다.

"왜?"

인디가 물었다.

"강을 구해보려고. 바보 같은 짓이었지."

카이가 말했다.

"아니에요."

엘리가 말했다.

"우리는 뭔가가 달라질 만큼 독을 빼내지는 못했어."

"우린 그만큼 했어요."

엘리가 고집스럽게 말했다.

카이가 자기 배낭 속에 손을 넣어 지도를 꺼냈다. 색깔이 있고 표시가 돼 있는 아름다운 물건이었다.

"우리는 지금 여기 있어."

그가 카빙 대협곡 가장자리의 한 지점을 가리키면서 말했다.

나는 미소 짓지 않을 수 없었다. 우리는 여기, 함께 있다. 이 넓고 거친 세계에서, 우리는 가까스로 다시 만났다. 나는 손을 뻗어 손가락으로 내가 그에게 오기까지의 거친 길을 따라갔다. 내 손이 지도 위에서 그의 손과 만날 때까지.

"난 네게로 가는 길을 찾으려고 했어. 들판을 가로질러 어떻게

든 소사이어티로 돌아가고 싶었거든. 우리는 농부들의 거주구에서 거래할 물건을 가져왔어."

카이가 말했다.

"그 버려진 옛날 정착지 말이지? 우리도 거길 거쳐왔어."

인디가 말했다.

"거긴 버려지지 않았어요. 카이 형이 거기서 불빛을 봤대요. 누군가는 떠나지 않은 거죠."

엘리가 말했다. 나는 누군가 따라오던 느낌을 떠올리고 몸을 떨었다.

"넌 뭘 가져왔어?"

나는 카이에게 물었다.

"이 지도. 그리고 이것들."

그는 배낭 안에 다시 손을 넣어 내게 다른 것을 건네주었다. 책이었다.

"아."

나는 책 내음을 들이마시고 책 가장자리를 손가락으로 훑으며 물었다.

"더 있니?"

"그들은 모든 걸 갖고 있어. 이야기, 역사, 네가 상상할 수 있는 거라면 뭐든지. 그들은 그것을 협곡 동굴 안에 오랫동안 숨겨놓았어."

카이가 말했다.

"그럼 돌아가자. 들판 위는 전혀 안전하지 않아. 그리고 카시아와 내게도 거래할 것이 필요해."

인디가 단호하게 말했다.

"음식도 더 가져올 수 있어요."

엘리가 말하다가 얼굴을 찌푸렸다.

"하지만 그 불빛……."

"조심하면 돼. 지금 당장 산맥 쪽으로 건너가려는 것보다는 그 편이 더 나을 거야."

인디가 말했다.

"어떻게 생각해?"

카이가 내게 물었다.

나는 오리아의 복원 현장에 갔던 그날을, 일꾼들이 책을 뜯고 책장이 떨어져 나가던 모습을 떠올렸다. 그리고 그 종이들이 떠오르고, 날아가고, 몇 킬로미터씩 날갯짓을 하다가 어딘가 안전하고 숨겨진 곳에 자리 잡는 상상을 했다. 마음속에 또 다른 생각이 빠르게 떠올랐다. 농부들이 감추어둔 물건 중에는 봉기에 대한 정보가 있을지도 모른다.

"난 글을 다 보고 싶어."

내가 카이에게 말하자, 그는 고개를 끄덕였다.

그날 밤, 카이와 엘리는 인디와 내가 카빙 대협곡에서 나오는 길에 알아차리지 못했던 야영 장소를 보여주었다. 일단 안에 들어서자 그곳은 널찍하고 커다란 동굴이었다. 카이가 주위에 손전등을 비추었을 때 나는 숨을 들이켰다. 그곳에는 그림이 그려져 있었다.

나는 이런 그림을 한 번도 본 적이 없었다. 그 그림은 진짜였다. 포트에 뜨거나 종잇조각에 인쇄된 것이 아니었다. 색채가 아주 풍성했다. 엄청난 규모였다. 그림은 벽을 덮고, 천장까지 가득 차 있었다. 나는 카이를 보았다.

"어떻게 이런 그림을 그렸을까?"

내가 그에게 물었다.

"농부들이 그렸을 거야. 그들은 식물과 광물로 자신들이 쓸 물건을 만드는 법을 알고 있었어."

"더 있어?"

"거주구의 많은 집들에 그림이 그려져 있어."

그가 말했다.

"이건 뭐야?"

인디가 물었다. 인디는 동굴 벽을 따라 더 깊이 들어간 곳에 있는 또 다른 그림을 가리키고 있었다. 야생적이고 원시적인 움직임을 보여주는 그림이 새겨져 있었다.

"그건 더 오래된 거야. 하지만 주제는 똑같아."

카이가 말했다.

그가 옳았다. 농부들의 작품이 덜 조잡하고 더 세련되었다. 아름다운 드레스를 입은 소녀들, 다채로운 셔츠와 맨발의 남자들이 벽 전체를 차지했다. 그러나 그들의 움직임은 더 오래전에 새겨진 그림의 동작을 되풀이하고 있었다.

"아. 매칭 파티를 그린 걸까?"

나는 속삭였다. 그 말을 하자마자 나는 내가 어리석다고 느꼈다. 여기에는 매칭 파티가 없다.

그러나 인디는 나를 비웃지 않았다. 벽을 따라 손가락으로 그림을 훑는 그녀의 표정은 복잡했다. 열망과 분노와 희망이 한꺼번에 그녀의 눈에 깃들어 있었다.

"뭘 하는 거지? 저 사람들은 한 쌍씩…… 움직이고 있는데."

내가 카이에게 물었다. 한 소녀는 머리 위로 손을 들어 올리고 있었다. 그녀가 무엇을 하는지 알아내려고 나도 손을 들어 올려보았다.

카이는 내가 모르는 것을 알고 있을 때, 내가 뭔가를 도둑질당했다고 생각했을 때 내게 짓는 눈빛, 슬프면서 동시에 사랑이 가득한 눈빛으로 나를 바라보았다.

"저들은 춤을 추고 있어."

그가 말했다.

"뭐?"

내가 물었다.

"언젠가 가르쳐줄게."

부드럽고 깊은 그의 목소리가 내 온몸을 떨리게 했다.

# 25
## 카이

어머니는 노래하고 춤출 줄 알았고, 매일 밤 해지는 것을 지켜보러 나가셨다.

"중앙 지방에서는 이렇게 해가 지는 광경을 볼 수 없어."

어머니는 말하곤 했다. 어머니는 언제나 모든 일에서 좋은 점을 찾았고, 기회만 있으면 그쪽으로 시선을 향했다.

어머니는 아버지를 믿고 모임에도 나갔다. 아버지는 어머니와 함께 폭풍이 몰아친 뒤의 사막에 나갔고, 어머니가 빗물이 가득 찬 웅덩이를 발견하고 물로 그림을 그리는 동안 계속 어머니와 함께했다. 아버지는 지속할 수 있는 것—그런 변화—을 만들려고 했다. 어머니는 언제나 당신이 한 일이 사라지리라는 것을 이해하고 있었다.

카시아가 자기가 무엇을 하는지 모르는 채 춤을 추는 모습을 봤을 때—동굴 안의 그림과 조각을 바라보며 기쁨에 겨워 돌고 또 도는 모습—나는 왜 부모님이 두 분 모두 스스로가 하는 일을 믿었는지 이해할 수 있었다.

그것은 아름답고 현실이었지만, 우리가 함께하는 시간은 고원 위의 눈처럼 순식간일 수 있었다. 우리는 모든 것을 바꾸려고 노

력할 수도 있고, 우리에게 남은 시간이 얼마든 간에 그것을 최대
한 활용할 수도 있었다.

# 26
## 카시아

카이는 우리가 이야기 나누는 동안 서로를 볼 수 있도록 손전등을 하나 켜두었다. 엘리와 인디가 잠들고 카이와 나 둘만 남았을 때, 그는 건전지를 아끼기 위해 불을 껐다. 동굴 벽의 소녀들은 다시 춤을 추며 어둠 속으로 들어갔고 우리는 진정 둘만 남았다.

우리 사이에 깔린 동굴 속의 공기가 무겁게 느껴졌다.

"하룻밤."

카이가 말했다. 그의 목소리에서 나는 '언덕'을 들었다. '언덕'의 바람 소리를, 우리의 소매를 쓸던 나뭇가지의 소리를, 그가 처음 내게 사랑한다고 말할 때의 목소리를 들었다. 우리는 전에도 소사이어티에게서 시간을 훔쳤다. 이제 다시 그럴 수 있다. 그 시간은 우리가 원하는 만큼 많지는 않을 것이다.

나는 눈을 감고 기다렸다.

그러나 그는 말을 잇지 않았다.

"나랑 같이 밖에 나가자."

그가 말했다. 그의 손이 내 손 위에 느껴졌다.

"멀리 가지 않을 거야."

그의 얼굴은 보이지 않았다. 그러나 나는 그의 목소리에서 복잡하게 섞인 감정을 들었고, 그가 나를 만지는 방식에서 그 감정을 느꼈다. 사랑, 불안, 그리고 뭔가 특별한 것, 달콤쌉싸름한 것.

카이와 나는 바깥에 나서서 길을 조금 걸어 내려갔다. 나는 바위에 등을 기댔고 그는 내 앞에 서서 손을 위로 뻗어 내 목에, 머리카락과 코트 옷깃 아래 둘렀다. 조각을 하고 암벽을 기어오르며 베인 그의 손은 거칠었지만, 그의 손길은 부드럽고 따뜻했다. 밤바람은 협곡을 지나가며 노래했고, 카이의 몸은 추위로부터 나를 막아주었다.

"하룻밤…… 나머지 이야기는 뭐야?"

나는 그를 재촉했다.

"그건 이야기가 아니야. 네게 뭔가 부탁하려고 했어."

카이가 부드럽게 말했다.

"뭔데?"

우리는 하늘 아래서 서로를 끌어당겼다. 우리의 숨결은 희었고 숨죽인 목소리는 작았다.

"하룻밤 정도는 과한 부탁이 아닐 것 같아."

카이가 말했다.

나는 아무 말도 하지 않았다. 그는 더 가까이 다가왔고 그의 뺨이 내 뺨에 느껴졌다. 세이지와 소나무 향기 속의 숨결, 오래된 먼지와 신선한 물과 그의 냄새가.

"하룻밤만, 우리 서로만 생각할 수 있을까? 소사이어티도, 봉기도, 우리 가족조차 생각하지 않고?"

"아니."

내가 말했다.

"뭐가 아니야?"

그가 한 손을 내 머리카락에 얽고, 다른 손으로 나를 더욱 가까이 끌어당겼다.

"아니, 우리는 그럴 수 없을 거야. 그리고 안 돼. 그건 너무 과한 부탁이야."

내가 말했다.

# 27
## 카이

전에 쓴 것에는 이름을 붙인 적이 없다

그럴 이유가 없었다

하여간 전부

같은 제목이었으니까

―너를 위하여―

그러나 나는 이것을

하룻밤이라고 부르리라

그날 밤

우리 세상에 오직 너만

그리고 나만

있을 때

세계가 녹색으로 파란색으로 빨간색으로 돌 때 우리는

그 위에 섰다

음악은 끝났다

그러나 우리는

아직도

노래하고 있다

# 28
## 카시아

카빙 대협곡에 해가 솟았을 때, 우리는 이미 다시 움직이고 있었다. 길이 아주 좁아서 우리는 웬만하면 한 줄로 걸어야 했다. 그러나 카이는 나와 가까운 곳에 계속 머물러 있었다. 그의 손은 내 허리의 잘록한 부분에 있었고, 우리 손가락은 서로 스치고 기회만 있으면 얽혔다.

우리는 이전에 이런 시간—하룻밤 내내 이야기하고 키스하고 안고 있는 시간—을 한 번도 가져본 적이 없었다. '다시는 갖지 못할 거야' 하는 생각이 계속 떠올랐다. 카빙 대협곡의 아름다운 아침 햇살 속에서 그런 생각은 묻어둬야 했지만 가만히 묻혀 있지 않았다.

다른 사람들이 깨어났을 때, 카이는 자기가 생각한 계획을 말했다. 해질녘에 거주구로 돌아가 그가 불빛을 본 곳에서 가장 떨어져 있는 집 한 채에 슬쩍 들어간다. 그다음 우리는 마을을 지켜볼 것이다. 불빛이 여전히 하나만 있다면 아침에 다가가볼 수 있다. 우리는 넷이고 그들은 겨우 한둘일 거라고 카이는 생각했다.

물론 엘리는 많이 어리지만.

나는 다시 엘리를 흘끔 바라보았다. 그는 알아채지 못하고 머리를 숙인 채 계속 걷고 있다. 그가 웃는 모습은 봤지만, 나는 빅의 죽음이 두 사람을 무겁게 내리누르고 있다는 것을 알았다.

"엘리는 내가 빅에게 테니슨의 시를 말해주기를 바랐어. 난 그렇게 할 수 없었지만."

카이가 내게 말했다.

선두에서 인디가 배낭을 고쳐 메고 우리가 여전히 따라오는지 확인하려고 뒤돌아보았다. 내가 죽었다면 그녀는 어떻게 했을지 궁금하다. 나를 위해 울었을까, 아니면 내 물건을 뒤져서 필요한 것만 갖고 계속 나아갔을까?

우리는 황혼녘에 슬그머니 거주구에 들어갔다. 카이가 선두에 섰다.

전에 왔을 때 나는 이곳을 자세히 보지 않았다. 지금 재빨리 거리를 내려가며 집들을 보자 흥미가 생겼다. 사람들이 직접 집을 지은 것 같았다. 집집마다 옆에 있는 집과 어느 정도 달랐다. 그리고 그들은 서로의 문지방을 넘어 서로의 거주지에 들어갈 수 있었다. 흙길을 보면 알 수 있다. 자치구의 길들과 달리, 이곳의 길은 앞문에서 보도로 똑바로 나 있지 않았다. 구불거리고, 거미줄처럼 얽히고, 서로 연결되어 있다. 오고 간 자취가 완전히 지워질 정도로 사람들이 떠난 지 오래되지는 않았다. 나는 그들을 흙에서 보았다. 협곡에서 그들이 서로를 부르는 소리, 그 메아리가 들리는 것 같았다. 안녕, 잘 가세요. 잘 지내요?

우리는 수위표가 문에 붙어 있는, 비바람에 시달린 듯한 작은 집 안에 모였다.

"아무도 우리를 보지 않은 것 같아."

카이가 말했다.

나는 그의 말을 거의 듣고 있지 않았다. 벽에 그려진 그림들을 바라보고 있었다. 동굴에 그림을 그린 사람이 그린 것은 아니겠지만, 이 그림에 나오는 사람들도 아름다웠다. 그들은 등에 날개가 없었다. 하지만 하늘을 나는 것이 놀랍지 않은 듯했다. 그들은 눈을 하늘로 돌리는 대신 땅을 내려다보고 있었다. 땅의 풍경을 좋은 추억으로 간직하려는 듯이.

그렇지만 나는 그들을 알아볼 수 있을 것 같았다.

"천사구나."

내가 말했다.

"그래. 농부들 중에서는 아직 그들을 믿는 사람이 있어. 하여간 우리 아버지 때는 그랬지."

카이가 말했다.

어둠이 좀 더 짙게 드리우자 천사들은 우리 뒤에서 그림자로 변했다. 그때 카이가 길 맞은편 작은 집에서 불빛을 보았다. 그는 그 불빛을 가리켰다.

"어젯밤과 같은 집이야."

"안에서 무슨 일이 일어나는지 궁금해요. 저기 누가 있을 것 같아요? 도둑? 집을 약탈하고 있는 걸까요?"

엘리가 물었다.

"아니."

카이가 말했다. 그는 그늘진 밤 속에서 나를 흘끗 바라보았다.

"저들은 자기 집에 있는 것 같아."

카이와 나는 새벽에 창밖을 지켜보고 있었다. 그래서 그 남자를 처음 본 이는 우리 두 사람이었다. 그는 뭔가를 들고 혼자 집 밖으로 나와 먼지 속을 뚫고 걸었다. 우리 쪽으로 오는 길을 따라, 우리가 처음 들어올 때 보았던 작은 숲 쪽으로 내려갔다. 카이는 모두에게 조용히 하라고 몸짓했다. 인디와 엘리도 집 앞쪽 다른 창가에 서서 내다보았다. 우리는 모두 창밖 너머를 조심스럽게 지켜보고 있었다.

그 남자가 서 있는 모습은 크고 강인했으며, 피부는 검게 그을려 있었다. 어떤 면에서 그는 내게 카이를 생각나게 했다. 그의 피부색, 그 조용한 움직임. 그러나 그는 지쳐 보였고, 자기가 운반하는 것 외에는 아무것도 보지 못하는 듯했다. 그 순간 나는 그것이 어린아이라는 것을 깨달았다.

아이의 짙은 색 머리카락이 그의 팔 위에 흘러내렸다. 아이가 입은 드레스는 하였다. 오피셜의 색깔이지만, 물론 그 여자아이는 오피셜이 아니었다. 그 드레스는 마치 연회에 가는 아이가 입을 법하게 사랑스러웠지만, 그 아이는 너무 어렸다.

그리고 전혀 움직이지 않았다.

나는 손을 입에 갖다댔다.

카이는 나를 흘끗 바라보고 고개를 끄덕였다. 그의 눈은 슬프고 지치고 다정했다.

'저 애는 죽었어.'

나는 엘리를 흘끗 보았다. 그는 괜찮을까? 다음 순간 나는 그가 훨씬 많은 죽음을 보아왔음을 떠올렸다. 전에 어린애가 죽는 것도 보았을지 모른다.

그러나 나는 한 번도 본 적이 없었다. 눈물이 차올랐다. 저렇게 어리고, 저렇게 작은 아이가……

'어쩌다가?'

남자가 아이를 땅에, 나무 밑 죽은 수풀 속에 부드럽게 내려놓았다. 뭔가가, 협곡의 바람에 실려 온 소리가 우리 귀에 닿았다. 노랫소리였다.

누군가를 묻는 데는 긴 시간이 걸린다.

남자가 느릿느릿 꾸준하게 구멍을 파는 동안 다시 비가 내리기 시작했다. 폭우는 아니었지만, 흙과 진흙에 계속해서 물이 튀었다. 나는 그가 왜 아이를 데리고 나왔을지 궁금했다. 아마 그는 아이가 마지막으로 얼굴에 비를 맞기를 바랐을 것이다.

그는 그저 혼자 있고 싶지 않았을 것이다.

나는 더 이상 견딜 수 없었다.

"우리가 가서 도와줘야 해."

내가 속삭였지만, 카이는 고개를 저었다.

"아니, 아직은 안 돼."

남자는 구멍에서 다시 기어 올라와 소녀에게 걸어갔다. 그러나 소녀를 무덤에 넣지는 않았다. 그는 소녀의 시체를 그 근처로 데려가 땅에 내려놓았다.

그리고 그때 나는 그의 팔 전체를 덮은 파란 선을 보았다.

그가 아래로 손을 뻗어 소녀의 팔을 들어 올렸다.

그러고는 뭔가를 꺼냈다. 파란 무언가였다. 그는 소녀의 피부 위에 그것으로 표시를 했다. 비가 씻어냈지만 그는 계속 그렸다. 계속 되풀이해서. 그가 여전히 노래를 부르고 있는지는 알 수 없었다. 마침내 비가 그쳤고 파란색은 남았다.

엘리는 더 이상 지켜보고 있지 않았다. 그는 창문 아래 등을 대고 앉아 있었다. 나는 마루를 기어가 그의 옆에 앉았다. 내 움직임이 바깥에 있는 남자의 시선을 끌지 않기를 바랐기 때문이다. 내가 팔을 두르자 엘리는 미끄러지듯 밀착해왔다.

인디와 카이는 계속 지켜보고 있다.

'저렇게 어린데.'

나는 계속 생각했다. '텅, 텅' 하는 소리가 들렸다. 잠시 그것이 내 심장 뛰는 소리인지, 무덤 속의 어린 소녀에게 흙이 떨어지는 소리인지 알 수가 없었다.

"내가 가볼게. 너희들은 여기서 기다려."

카이가 마침내 속삭였다.

나는 놀라서 몸을 돌려 그를 바라보다가, 머리를 들고 다시 창밖을 내다보았다. 남자는 매장을 끝냈다. 그가 평평한 회색 돌을 들어 올려 이제는 흙으로 채워진 그곳에 올려놓았다. 노랫소리는 들리지 않았다.

"안 돼."

내가 속삭였다. 카이는 나를 보며 눈썹을 치켜올렸다.

"그러면 안 돼. 내일까지 기다려보자. 저 사람이 무슨 일을 했는지 봐."

"우리는 최대한 시간을 줬어. 이제 더 많은 것을 알아내야 해."

카이의 목소리는 부드럽지만 단호했다.

"그리고 저 사람은 혼자야. 약하겠지."

인디가 말했다.

나는 충격을 받아서 카이를 바라보았다. 그러나 그는 인디의 말을 무시하지 않았다.

"지금이 좋을 때야."

그가 말했다.

내가 더 말하기 전에, 그는 문을 열고 나갔다.

# 29
## 카이

내가 무덤 가장자리에 닿았을 때 그 남자가 외쳤다.

"마음대로 해라. 상관없어. 내가 마지막이다."

그가 농부라는 것을 이미 알고 있지 않았다고 해도, 그 억양과 격식을 갖춘 말투로 그의 정체를 알 수 있었을 것이다. 아버지는 때때로 협곡에서 돌아오면 그들의 억양이 담긴 목소리로 말씀하셨다.

나는 다른 사람들에게 뒤에 머물러 있으라고 했지만, 물론 인디는 듣지 않았다. 나는 그녀가 내 뒤에서 다가오는 소리를 듣고 카시아와 엘리는 집 안에 있을 정도로 분별력이 있기를 바랐다.

"넌 누구냐?"

남자가 물었다.

"일탈자요. 소사이어티가 죽이려는 사람들."

인디가 내 뒤에서 대답했다. 나는 돌아보지 않았다.

"우리는 농부들을 찾으러 협곡에 왔어요. 당신들이 우리를 도와줄 수 있을 거라고 생각했거든요."

내가 말했다.

"우리는 모든 걸 했다. 끝났어."

남자가 말했다.

발소리. 우리 뒤. 나는 뒤돌아 카시아와 엘리에게 집 안으로 돌아가라고 말하고 싶었지만, 그 남자에게서 등을 돌릴 수 없었다.

"너희는 넷이구나. 더 있나?"

그가 물었다. 나는 고개를 저었다.

"전 엘리예요."

엘리가 내 뒤에서 말했다.

남자는 1분 정도 대꾸하지 않았다. 그러다가 입을 열었다.

"내 이름은 헌터다."

그는 우리를 자세히 살펴보았다. 나도 똑같이 했다. 그가 우리보다 그리 나이가 많지 않다는 것을 나는 깨달았다. 그러나 비바람이 그의 얼굴에 자취를 남겼다.

"너희 중 누가 소사이어티에 살았니?"

그가 물었다.

"우리 모두 살았어요. 시기는 다 르지만요."

"좋아. 너희 도움이 필요할지도 모르겠군."

헌터가 말했다.

"무엇과 교환할 건데요?"

내가 물었다.

"나를 도와준다면, 너희는 무엇이든 원하는 것에 접근할 수 있어. 우리에겐 음식이 있다. 문서도."

헌터는 지친 듯 저장 동굴 쪽을 가리키다가 나를 바라보았다.

"너희는 이미 직접 배를 채운 것 같구나."

"우리는 여기가 비어 있는 줄 알았어요. 모두 돌려드릴게요."

엘리가 말했다. 헌터는 초조한 듯했다.

"그건 상관없어. 너희는 뭘 원하니? 거래할 물건?"

"네."

내가 말했다.

나는 곁눈질로 카시아와 인디가 시선을 교환하는 것을 보았다. 헌터도 그것을 알아차렸다.

"또 뭐?"

그가 묻자 인디가 대놓고 말했다.

"우리는 봉기에 대해서 더 알고 싶어요. 그들이 이 근처에 있다면, 우리가 어떻게 찾을 수 있는지도요."

"그리고 인도자에 대해서도요."

카시아가 간절한 어조로 말했다. 그녀는 할아버지가 준 시에서 언급된 듯한 반역에 대해 알고 싶어했다. 나는 '언덕'에서 그녀에게 모든 것을 말할걸 하고 생각했다. 그때라면 그녀도 이해했을 것이다. 그러나 지금 그녀가 희망을 갖기 시작한 이때, 나는 어떻게 해야 할지 몰랐다.

"너희에게 줄 답이 있을지도 모르겠다. 너희가 나를 도와주면 내가 아는 걸 말해줄게."

헌터가 말했다.

"할게요. 우리가 뭘 하길 바라나요?"

인디가 말했다.

"그렇게 쉬운 일은 아니야. 어딘가로 가야 하는데, 지금은 너무 어두워졌어. 밝아지면 내일 여기로 다시 와주었으면 한다."

헌터가 말했다. 그가 무덤을 팔 때 사용한 삽에 손을 뻗자 나는 다른 사람들에게 뒤로 물러나라고 손짓했다.

"우리가 당신을 어떻게 믿죠?"

내가 물었다.

그는 다시 웃었다. 여전히 즐거움 없는 웃음이었다. 그 웃음의 희미한 메아리가 협곡 절벽과 빈집들에 울렸다.

"말해봐. 소사이어티에서는 사람들이 정말로 팔십까지 사니?"

헌터가 말했다.

"그래요. 하지만 시민들만요."

카시아가 말했다.

"팔십이라. 카빙 대협곡에 사는 우리는 절대로 팔십까지 살지 못해. 너는 그럴 가치가 있다고 생각하니? 선택의 여지는 없지만 그렇게 오래 사는 것이?"

헌터가 우리에게 물었다.

"어떤 사람들은 그렇게 생각해요."

카시아가 조용히 말했다.

헌터는 파란 표시가 된 손으로 얼굴을 문질렀다. 그가 아까 한 말이 갑자기 진실이 되었다. 그는 모든 걸 다 했다. 끝났다.

"내일 보자."

그가 말했다. 그러고는 돌아서서 걸어갔다.


• • •


모두가 작은 집 안에서 잠들었다. 엘리, 카시아, 인디. 나는 잠에서 깬 채 귀를 기울이고 있었다. 그들의 숨소리가 집 자체가 숨을 들이쉬고 내쉬는 듯이 울렸다. 물론 벽은 가만히 버티고 있었다. 나는 헌터가 우리를 해치지 않으리라는 것을 알았지만 쉴 수가 없었다. 계속 지켜보아야 했다.

새벽이 다가올 무렵 내가 문간에 서서 내다보고 있을 때, 방 한 곳에서 어떤 소리가 들렸다. 누군가가 깬 것이다.

인디였다. 그녀가 내 쪽으로 다가왔다.

"뭘 원해?"

나는 침착한 어조로 말하려고 애썼다. 나는 인디를 본 순간 알아보았다. 그녀는 나와 같았다. 생존자였다. 나는 그녀를 믿지 않았다.

"아무것도."

인디가 말했다. 침묵 속에서 그녀가 배낭을 움직이는 소리가 들렸다. 그녀는 결코 그것을 시야에서 안 보이는 곳에 두지 않았다.

"너 거기 뭘 숨기고 있니?"

내가 물었다.

"숨기는 건 없어. 여기 있는 건 전부 내 거야."

그녀가 목소리에 날을 세우며 말한 다음 침묵했다. 그러고는 물었다.

"왜 넌 봉기에 합류하려고 하지 않아?"

나는 대답하지 않았다. 우리는 잠시 침묵 속에 서 있었다. 인디가 배낭을 어깨 위로 끌어올려 가슴에 단단히 고정했다. 그녀는 멀리 있는 것 같았다. 나도 그랬다. 내 일부는 카시아와 함께 카빙 대협곡의 별 아래 있었다. 바람과 함께 '언덕' 위에. 어릴 적 자치구에서 나는 이런 일이 한 번이라도 일어날 수 있으리라고 절대로 믿지 않았다. 나는 소사이어티에게서 그렇게 많은 것을 훔치게 되기를 결코 꿈꾸지 않았다.

누군가 움찔거리는 소리가 들렸다. 카시아였다.

"저 애는 잰더 꿈을 꾸고 있어. 그 애가 잰더의 이름을 부르는 걸 들은 적이 있어."

인디가 내 뒤에서 속삭였다.

나는 잰더가 알약 속에 숨겨놓은 종이쪽지는 중요하지 않다고 스스로에게 말했다. 카시아는 잰더를 알고 지냈지만 나를 선택했다. 그리고 그 쪽지는 오래가지 않을 것이다. 포트 종이는 아주 빠르게 분해된다. 눈처럼 연약하게 산산조각으로 변한다. 재처럼 조용히 사라진다.

그녀를 지금 잃을 수는 없었다.


생의 많은 시간을 바깥 지방에서 보냈음.

카이 마캠을 가장 존경하는 학생으로 꼽은 동료 : 0.00%.


아무도 나에 대한 목록을 만들지 않을 것이다.

다른 사람을 사랑한다면 아무도 나 같은 매칭 상대를 원하지 않을 것이다.

누군가를 사랑한다는 건 그 사람이 안전하기를 바란다는 뜻일까? 아니면 그 사람이 선택할 수 있기를 바란다는 걸까?

"원하는 게 뭐야?"

나는 인디에게 물었다.

"난 잰더의 비밀을 알고 싶어."

인디가 말했다.

"무슨 뜻이야?"

대답으로 그녀는 종이쪽지를 내밀었다.

"카시아가 이걸 떨어뜨렸어. 난 돌려주지 않았지."

나는 그 쪽지를 받아선 안 된다는 것을 알았지만 받아버렸다.

카시아와 엘리에게 불빛을 비추지 않기 위해 조심하면서 손전등 스위치를 켜고 그 종이에 써 있는 것을 읽었다.

'매칭 상대를 다시 만났을 때 말해줄 비밀을 가지고 있다.'

잰더의 공식 마이크로카드에는 절대 포함되지 않았을 것 같은 한 줄. 그는 새로운 것을 덧붙인 것이다.

"어떻게 이렇게 했지?"

마치 인디가 알고 있기라도 한 것처럼, 나도 모르게 물었다. 소사이어티는 타이핑과 인쇄를 전부 세심하게 모니터한다. 잰더가 학교에서 포트를 사용하는 위험을 무릅썼을까? 아니면 집에서?

"그 애는 매우 영리할 거야."

인디가 말했다.

"그 애는 정말 영리해."

내가 말했다.

"그런데 그 비밀이 뭘까?"

인디가 가까이 몸을 숙이며 물었다. 나는 고개를 저었다.

"왜 내가 알 거라고 생각했어?"

나는 알지만 말하지 않을 것이다.

"너와 잰더는 친구잖아. 카시아가 그랬어. 그리고 나는 네가 말하는 것보다 아는 게 더 많다고 생각해."

"무엇에 대해서?"

"모든 것."

"나도 너에 대해 그렇게 생각해. 넌 뭔가 숨기고 있어."

내가 손전등을 그녀에게 정통으로 비추자 그녀는 눈을 깜박였다. 빛 속에서 그녀는 눈이 멀 듯이 아름다웠다. 그녀의 머리카락은 자주 볼 수 없는 색, 빨간색과 금색이 섞인 불과 같은 색깔이었다. 그리고 키가 크고 몸매가 좋고 강인했다. 야성적이었다. 그녀는 살아남고 싶어했다. 그러나 그녀가 살아남기 위해 취하는 방법에는 끊임없이 신경을 곤두서게 만드는 예측 불가능한 요소가 있었다.

"난 그 비밀을 알고 싶어. 봉기 세력을 찾아낼 방법도. 너는 그 답을 아는 것 같아. 하지만 넌 카시아에게 말하지 않을 테지. 왜 그런지 알 것 같지만."

그녀가 말했다.

나는 고개를 저었지만 아무 말도 하지 않았다. 나는 우리 사이에 침묵을 펼쳐놓았다. 원한다면 그녀가 그 자리를 채울 수 있을 것이다.

한순간 나는 그녀가 그럴 거라고 생각했다. 그러나 그녀는 몸을 돌려 다시 잠자리로 걸어갔다. 그녀는 나를 다시 보지 않았다.

잠시 후 나는 문으로 걸어가 살금살금 바깥으로 나갔다. 그리고는 바람을 향해 손을 벌리고 종이쪽지를 어둠 속으로 날려 보냈다.

# 30
## 카시아

천사 맞은편 벽에, 매우 다른 그림이 있었다. 천사 그림에 너무 집중하느라 아까는 알아차리지 못했다. 다른 사람들은 모두 자고 있었다. 카이마저도 계속 지켜보고 있겠다고 고집한 문 가까이에 쓰러져 자고 있다.

나는 침대에서 일어나 무엇을 그린 그림인지 보려고 애썼다. 어떤 곡선, 각도, 모양이 그려져 있었지만 그것이 무엇인지는 알 수가 없었다. '백 가지' 중 이런 모습을 한 것은 없었다. '백 가지'는 모두 분명한 사람, 장소, 사물이었다. 잠시 후 나는 방 맞은편에서 카이가 움직이는 소리를 들었다. 우리의 눈길이, 펼쳐진 회색 마루와, 인디와 앨리가 옹송그린 어두운 그림자를 건너 만났다. 카이는 일어서서 조용히 내 옆에 와 섰다.

"충분히 잤어?"

내가 속삭였다.

"아니."

그가 몸을 가까이 숙이고 눈을 감으며 말했다.

그가 다시 눈을 떴을 때 우리 둘 다 말할 힘도, 숨 쉴 힘도 남아 있지 않았다.

우리는 그 그림을 바라보았다. 몇 초 후 내가 물었다.

"이거 협곡이야?"

그러나 그렇게 이름 붙이면서도, 나는 그것이 다른 것일 수도 있다는 사실을 깨달았다. 누군가의 살이 베어져 벌어진 모습, 강 위에서 벗겨지는 일몰.

"사랑."

그가 마침내 말했다.

"사랑?"

내가 물었다.

"그래."

그가 말했다.

"사랑이라."

나는 여전히 어리둥절한 채 작은 소리로 되풀이했다. 카이가 설명하려는 듯 말했다.

"나는 이걸 보았을 때 '사랑'을 생각했어. 넌 다른 걸 생각했을 지도 몰라. 그건 네 시에 나오는 인도자도 마찬가지야. 모든 사람이 그 이름을 들을 때 서로 다른 걸 생각해."

"넌 내 이름을 들을 때 뭘 생각해?"

내가 그에게 물었다.

"많은 것."

카이가 속삭였다. 내 피부에 강물처럼 전율이 흘렀다.

"이 그림, '언덕', 카빙 대협곡, 우리가 함께 있었던 장소들."

그는 몸을 뗐다. 나는 그가 나를 바라보는 것을 느끼고 숨을 멈추었다. 그가 아주 많은 것을 보고 있음을 알았기 때문이다.

"우리가 함께하지 못했던 장소들. 아직."

그가 말했다. 미래를 말하는 그의 목소리는 맹렬했다.

우리 둘 다 다른 곳에 가고 싶었다. 바깥에 있고 싶었다. 인디와 엘리는 여전히 자고 있었기 때문에 우리는 그들을 깨우지 않았다. 일어나면 창밖으로 우리를 볼 수 있을 것이다.

처음에 아주 헐벗고 메말랐다고 생각한 이 협곡에는 놀라울 만큼 많은 녹색이 있었다. 특히 물가에. 물냉이가 습한 냇가를 수놓았다. 이끼는 강을 따라 붉은 바위들에 보석같이 박혔다. 늪의 수풀에는 녹색과 회색 풀잎이 얽혀 있었다. 냇가의 얼음을 밟자 깨졌다. 그것을 보자 자치구에서 드레스 조각을 보호하던 유리를 깼던 때가 생각났다. 발을 디딘 곳을 내려다보니 심지어 내가 깬 하얀 얼음 아래도 녹색인 것이 보였다. 딱 매칭 파티에서 내가 입었던 드레스 색깔이었다. 협곡을 처음 통과할 때는 이런 녹색을 전혀 보지 못했다. 나는 카이의 흔적을 찾는 데 너무 집중하고 있었다.

나는 시내를 따라 걷는 카이의 발걸음이 얼마나 편안한지 보았다. 심지어 모래가 떠내려와 길을 가로지른 곳을 걸을 때도 그랬다. 그는 나를 돌아보고 멈춰 서서 미소 지었다.

'넌 이곳에 속해 있구나. 소사이어티에 있을 때와 다르게 움직이고 있어.'

나는 생각했다. 거주구의 모든 것이 그와 잘 어울려 보였다. 그 아름답고 특이한 그림, 마을의 황량한 독립성.

그가 지도자가 되도록 도와줄 사람들만 없었다. 그에게는 우리 몇 명밖에 없다.

"카이."

나무숲 가장자리에 닿았을 때 나는 말했다.

그는 멈추었다. 그의 눈은 나만 바라보았고, 그의 입술은 내 입술에 닿았고, 내 목과 손과 손목 안쪽과 손가락 하나하나를 어루만졌다. 그날 밤 차갑게 불타오르는 별 아래에 서서 키스하며 꼭 껴안았을 때, 우리가 시간을 훔치고 있다는 느낌은 들지 않았다. 시간이 온통 우리 것처럼 느껴졌다.

"응."

그가 답했다.

우리는 또 한 번 한참 서로 눈을 마주치다가 나뭇가지 아래 몸을 숙였다. 나무줄기는 비바람에 시달려 회색이었고, 그 아래 갈색 이파리 더미는 협곡의 바람과 함께 움직이고 한숨지었다.

잎이 움직이자, 땅 위에 또 하나의 평평한 회색 돌이 보였다. 헌터가 어제 내려놓은 것과 비슷했다. 나는 카이의 팔을 어루만졌다.

"이게 전부……."

"사람들이 묻힌 장소야. 그래, 무덤이라고 불러."

그가 말했다.

"왜 더 높은 데 묻지 않았을까?"

"높은 땅은 살아 있는 사람에게 필요하니까."

"그러면 그 책은? 그 사람들은 그걸 높은 곳에 보관했지만 책은 살아 있는 게 아니잖아."

"그래도 살아 있는 사람들이 책을 보니까. 시체들이 아니라."

카이가 부드럽게 말했다.

"무덤에 홍수가 나도 이미 사라져버린 것 외에는 아무것도 상하지 않아. 도서관과는 다르지."

나는 쭈그려 앉아 돌들을 바라보았다. 사람들이 누워 있는 장소들은 서로 다른 방식으로 표시되어 있었다. 이름, 날짜, 때로는 한 줄의 글.

"이 글은 뭘까?"

내가 물었다.

"묘비명이라고 해."

그가 말했다.

"누가 고르는 거야?"

"때에 따라 달라. 때로는 죽어가는 사람이 자기가 죽는다는 걸 알고 직접 고르기도 해. 뒤에 남겨진 사람들이 죽은 사람의 삶에 맞는 말을 고르는 경우가 많지만."

"슬프구나. 하지만 아름다워."

내가 말했다.

카이가 눈썹을 치켜올리는 바람에 나는 서둘러 설명했다.

"죽음이 아름답다는 게 아니야. 묘비명의 개념을 말한 거야. 소사이어티에서는 우리가 죽을 때 남길 것을 그들이 선택하잖아. 네 역사에서 무엇이 계속될지 그들이 얘기해주고."

그래도 떠나기 전에 시간을 들여 할아버지의 마이크로카드를 더 자세히 봤다면 좋았겠다는 생각이 들었다. 그러나 할아버지는 보존에 관련해서는 당신이 남길 것을 결정하셨다. 무(無).

"너희 가족이 살던 마을에서도 이런 돌을 만들었니?"

나는 카이에게 묻자마자 그러지 말걸 하고 생각했다. 그의 이야기 중 그 부분에 대해서는 아직 물어보지 말걸.

카이는 나를 바라보았다.

"우리 부모님 것은 만들지 않았어. 그럴 시간이 없었어."

그가 말했다.

"카이."

내가 불렀지만, 그는 돌아서서 다른 곳에 늘어선 돌을 따라 걸어 내려갔다. 그가 놓아버린 손이 차갑게 느껴졌다.

나는 아무 말도 하지 말았어야 했다. 할아버지를 제외하고, 내가 죽는 모습을 본 사람들은 내가 사랑한 사람들이 아니었다. 마치 내가 걸어갈 필요가 없었던 길고 어두운 협곡을 들여다보는 것 같았다.

돌을 밟지 않으려고 조심하면서 돌 사이를 움직이는 동안, 이곳에서 예상 수명과 관련해서는 소사이어티와 헌터가 옳았다는 것을 알 수 있었다. 대부분의 수명은 80년에 이르지 못했다. 또한 헌터가 묻은 아이 외에 다른 아이들도 땅속에 누워 있었다.

"여기 아주 많은 아이들이 죽어 있구나."

내가 소리 내어 말했다. 나는 어제의 그 소녀가 예외였기를 바랐다.

"소사이어티에서도 어린애들이 죽어. 매튜를 생각해봐."

카이가 말했다.

"매튜."

내가 되풀이했다. 그의 이름을 듣자 나는 돌연 매튜를 떠올렸다. 정말로 기억해냈다. 오랜만에 처음으로 '마캠 부부의 첫아들', 비정상의 손에 저질러진 그 드문 비극 속에서 죽은 아이가 아닌 이름으로 그를 기억했다.

'매튜.'

그는 잰더와 나보다 네 살 위였다. 나이 차이가 있어서 가까이 갈 수 없었고, 닿을 수도 없었다. 그는 거리에서 우리를 보면 인사를 건네는 친절한 소년이었지만 우리보다 몇 년이나 앞서 있었다.

그는 알약을 가지고 있었고 이차 학교에 다녔다. 지금 다시 이름을 듣자 기억난 그 소년은 카이의 사촌답게 카이와 닮았다. 그러나 더 키가 크고, 몸집도 더 컸으며, 덜 빠르고 덜 매끄러웠다.

'매튜.'

마치 그의 이름이 그와 함께 죽어버린 것 같았다. 죽음에 이름을 붙이면 더욱 현실적이 되어버리는 듯이.

"하지만 그렇게 많지는 않잖아. 그뿐이었어."

내가 말했다.

"네가 매튜밖에 기억하지 못할 뿐이야."

"다른 사람들도 있었어?"

나는 충격을 받아 물었다.

뒤에서 소리가 나는 바람에 돌아보았다. 엘리와 인디가 우리가 머물던 집의 문을 닫는 소리였다. 엘리가 한 손을 흔들자 나도 마주 흔들었다. 이제 하늘에는 빛이 가득했다. 헌터가 곧 여기로 나올 것이다.

나는 헌터가 어제 내려놓은 돌에 손을 뻗어 그곳에 새겨진 이름 위에 얹었다. 새러. 그녀는 몇 년 살지 못했다. 다섯 살에 죽었다. 날짜 아래 한 줄의 글귀가 있었다. 나는 그것이 시에서 가져온 글 같다는 것을 깨닫고 한기를 느꼈다.

'갑자기 유월을 가로질러 손가락을 가진 바람이 가다.'

나는 카이에게 손을 뻗어 그 손을 최대한 꽉 쥐었다. 우리 주위의 차가운 바람이 그 탐욕스러운 손가락으로 그를 훔쳐가지 않도록. 봄이어야 할 시기에 모든 것을 앗아가는 바람의 손이.

# 31
## 카이

우리를 만나러 나왔을 때 헌터는 물통 하나를 들고 밧줄 한 뭉치를 어깨에 걸치고 있었다. 나는 그가 무엇을 하려는지 궁금했다. 내가 묻기 전에 엘리가 물었다.

"이 아이는 아저씨 여동생이었어요?"

엘리가 새로 놓인 돌을 가리켰다.

헌터는 무덤을 내려다보지 않았다. 아주 엷은 감정이 그의 얼굴에 잠깐 일렁였다.

"이 애를 봤니? 얼마나 오래 지켜보고 있었어?"

"오랫동안요. 우리는 아저씨와 이야기하고 싶었지만 아저씨가 다 끝낼 때까지 기다렸어요."

"무지 친절하구나."

헌터가 심드렁하게 말했다.

"안됐어요. 이 아이가 누구든 간에, 정말 불쌍해요."

엘리가 말했다.

"얘는 내 딸이야."

헌터가 말했다. 카시아의 눈이 커졌다. 나는 그녀가 무슨 생각을 하고 있는지 알았다.

'딸이라고? 하지만 저 남자는 너무 젊잖아. 겨우 스물 둘셋인데. 확실히 스물아홉은 되지 않았어. 소사이어티에서 다섯 살짜리 아이를 가질 수 있는 가장 어린 나이가 그 나이야.'

하지만 여기는 소사이어티가 아니다.

처음 침묵을 깬 사람은 인디였다. 그녀가 헌터에게 물었다.

"어디로 갈 거죠?"

"다른 협곡으로. 너희 모두 올라갈 수 있니?"

헌터가 말했다.

· · ·

어렸을 때 어머니는 내게 색깔을 가르치려고 노력했다.

"파랑."

어머니가 하늘을 가리키며 말했다. 그리고 다음으로 물을 가리키면서 다시 '파랑'이라고 말했다. 어머니는 내가 고개를 흔들었다고 했다. 하늘의 파란색과 물의 파란색이 늘 같지 않다는 것을 알기 때문이었다.

한 색깔의 모든 색조에 똑같은 단어를 사용하는 데는 오랜 시간이—내가 오리아에 살게 될 때까지—걸렸다.

협곡을 걸어갈 때 그 기억이 떠올랐다. 카빙 내협곡은 오렌지빛과 붉은빛을 띠었지만, 소사이어티에서는 절대로 이런 종류의 오렌지색과 붉은색을 보지 못할 것이다.

사랑에는 여러 가지 다른 색조가 있다. 카시아가 절대로 나를 사랑할 리 없다고 생각했을 때 내가 카시아를 사랑한 방식. 그녀가 나를 찾으러 협곡으로 들어온 지금 그녀를 사랑하는 방식. 그것은 달랐다. 더 깊다. 나는 여태껏 그녀를 사랑한다고 원한다고 생각했다. 그러나 함께 협곡을 걸어가면서 나는 이 사랑이 새로운 색조를 넘어설 수 있음을 깨달았다. 완전히 새로운 색깔로.

헌터가 우리 앞에 멈춰서 벼랑 위를 가리켰다.

"여기. 이곳이 가장 좋은 장소야."

그가 말했다. 그는 바위를 테스트해보고 주위를 둘러보기 시작했다.

나는 올라가는 길을 더 잘 볼 수 있도록 손을 올려 해를 가렸다. 카시아가 나를 흘끗 보고 똑같이 했다.

"여기는 인디와 내가 다시 넘어왔던 데야."

그녀가 알아보겠다는 듯이 말했다. 헌터가 고개를 끄덕였다.

"여기가 올라가기 제일 좋다."

"다른 쪽 협곡에 동굴이 하나 있어요."

인디가 헌터에게 말했다.

"알아. 그곳은 '굴'이라고 불러. 너희는 그 안에 있는 것에 대해 내게 말해주어야 해."

"우리는 안에는 들어가보지 않았어요. 거기는 단단히 봉해져 있었어요."

카시아가 말했다. 헌터는 고개를 저었다.

"그렇게 보이지. 하지만 우리 마을 사람들은 처음 카빙 대협곡에 왔을 때부터 그곳을 이용했어. 소사이어티가 그곳을 차지한 뒤에도 우리는 다시 안에 들어갈 방법을 찾아냈지."

카시아는 어리둥절한 듯 보였다.

"하지만 그럼 이미 아는 거잖아요……."

헌터가 그녀의 말을 잘랐다.

"우리는 그 안에 뭐가 있는지는 알아. 그게 왜 있는지를 모르는 거야."

그는 카시아를 바라보았다. 그녀를 평가하는 듯한 그의 시선은 사람을 불안하게 만들었다.

"너는 왜 그런지 알 수도 있을 것 같다."

"저요?"

그녀가 깜짝 놀란 목소리로 물었다.

"너는 다른 사람들보다 오래 소사이어티에 있었어. 난 알 수 있다."

헌터가 말했다. 카시아는 얼굴을 붉히며, 소사이어티라는 오점을 없애고 싶다는 듯이 손으로 팔을 쓸어내렸다.

헌터가 엘리를 바라보았다.

"넌 여기 올라갈 수 있을 것 같니?"

"네."

엘리가 벼랑을 열심히 올려다보며 답했다.

"좋아. 여기를 오르는 데 특별한 기술이 필요하지는 않아. 소사이어티도 시도했다면 할 수 있었을 거다."

헌터가 말했다.

"그들은 왜 안 했어요?"

인디가 물었다.

"했지. 하지만 여기는 우리가 가장 잘 지킨 지역이야. 올라오려고 하는 사람은 누구든 쓰러뜨렸어. 그리고 협곡 안에 에어십을 띄울 수는 없어. 너무 좁거든. 그들은 걸어 들어와야 했고 우리에게는 이점이 있었지."

헌터가 말했다. 그는 매듭을 또 하나 만들어 절벽의 금속 구멍에 밧줄을 걸었다.

"이건 오랫동안 효과가 있었지."

그러나 이제 농부들은 들판을 가로질러 떠나버렸다. 아니면 카빙 대협곡 꼭대기에서 죽었다. 소사이어티가 그 사실을 알고 들어오기로 결정하는 것은 시간문제일 뿐이었다.

헌터보다 그 사실을 더 잘 아는 사람은 없었다. 우리는 서둘러야 했다.

"우리는 모든 곳을 오르곤 했어. 카빙 대협곡 전체가 우리 거였지."

헌터가 손에 쥔 밧줄을 내려다보았다. 그는 모든 사람이 사라져버렸다는 사실을 다시 떠올리는 듯했다. 잊어버릴 수 있는 것이라면 생각하지 않겠지만, 때로 생각날 수도 있다. 잠시 동안. 그게 좋은지 나쁜지는 전혀 판단할 수 없었다. 망각은 잠깐 고통을 없애주지만 기억은 세차게 떠오른다.

전부 마음 아픈 일이다. 때로는—마음이 약해질 때—붉은 알약이 내게 효과가 있었더라면 하는 생각도 들었다.

"우리는 카빙 대협곡 꼭대기에서 시체들을 봤어요."

인디가 말했다. 그녀는 위를 올려다보며 벼랑을 가늠했다.

"그들에게도 당신처럼 파란 표시가 있었어요. 그들도 농부였나요? 그리고 소사이어티를 여기에서 기다리는 게 나았다면 그들은 왜 위로 올라간 거죠?"

나도 모르게 그녀가 존경스러워졌다. 그녀는 헌터에게 그런 질문을 할 수 있을 만큼 대담했다. 나도 계속 그 질문의 답을 알고 싶었다.

"소사이어티가 에어십을 착륙시킬 수 있을 만큼 넓고 평평한 장소는 그 꼭대기밖에 없어. 최근에, 어떤 이유인지 몰라도 그들은 더 공격적으로 카빙 대협곡 안으로 들어오려고 했다. 결국 협곡을 전부 지킬 수는 없었어. 우리 거주구가 있는 곳만 지켰지."

그는 매듭을 또 하나 만들고 밧줄을 팽팽하게 죄었다.

"농부들의 역사상 처음으로, 우리는 해결할 수 없는 분쟁을 겪었다. 어떤 사람들은 위로 올라가서 싸우고 싶어했어. 소사이어티가 협곡들을 내버려두도록. 어떤 사람들은 도망가고 싶어했지."

"당신은 어느 쪽이었어요?"

인디가 물었다. 헌터는 대답하지 않았다.

"그러면 들판을 건너간 사람들은 봉기에 합류하러 간 건가요?"

인디가 정보를 더 얻기 위해 밀어붙였다.

"이제 충분한 것 같다."

헌터가 말했다. 그의 얼굴 표정을 보자 인디는 더 묻지 못했다. 그녀가 입을 다물자 헌터는 그녀에게 밧줄을 건네주었다.

"네가 산을 오른 경험이 제일 많지."

그가 말했다. 그것은 질문이 아니었다. 어떻게인지 몰라도 그는 알 수 있었다.

그녀는 고개를 끄덕였고, 바위를 쳐다보면서 미소 지었다.

"나는 때때로 살금살금 빠져나가곤 했어요. 우리 집 근처에 좋은 장소가 있었죠."

"소사이어티가 올라가게 놔뒀어?"

헌터가 물었다. 그녀는 어이없다는 듯한 표정으로 그를 바라보았다.

"못 올라가게 했죠. 나는 그들 모르게 올라가는 방법을 찾아냈어요."

"너랑 내가 각각 한 명씩 데리고 가야겠다. 그런 식으로 하면 더 빠를 거야. 할 수 있겠니?"

헌터가 그녀에게 물었다. 인디가 대답 대신 웃었다.

"조심해. 이곳의 돌은 달라."

헌터가 그녀에게 경고했다.

"알아요."

그녀가 말했다.

"혼자 올라갈 수 있겠니?"

헌터가 내게 물었다. 나는 고개를 끄덕였다. 그를 보며 그 편이 더 좋을 거라고는 말하지 않았다. 떨어져도 최소한 누군가를 함께 끌고 가지는 않을 테니까.

"먼저 당신이 올라가는 걸 볼게요."

인디가 몸을 돌려 카시아와 엘리를 바라보았다.

"누가 나랑 같이 갈래?"

"엘리, 네가 선택해."

카시아가 말했다.

"카이 형이요."

엘리가 바로 대답했다.

"안 돼. 카이는 우리만큼 산을 많이 올라보지 않았어."

헌터가 그에게 말했다.

엘리는 항의하려고 입을 열었으나 나는 그를 보며 고개를 저었다. 그는 나를 물끄러미 바라보더니 인디 곁에 가 섰다. 인디가 다시 바위로 돌아서기 전, 그녀의 얼굴에 기쁜 듯 희미한 미소가 보인 것 같았다.

나는 카시아가 헌터의 줄에 몸을 고정하는 모습을 지켜보았다.

그다음 엘리의 몸이 줄에 제대로 걸렸는지 확인했다. 다시 쳐다봤을 때, 헌터는 이미 올라갈 준비를 마쳤다. 카시아의 턱이 굳었다.

올라가는 일은 걱정하지 않았다. 헌터는 뛰어난 등산가였다. 그리고 그는 동굴에서 자신을 도와줄 카시아를 안전하게 지켜야 했다. 그가 소사이어티가 왜 그런 짓을 했는지 알아야 한다고 말했을 때, 나는 헌터를 믿었다. 그는 여전히 이유를 알면 도움이 될거라 생각하고 있었다. 이유를 알아도 결코 소용이 없으리라는 것을 그는 아직 몰랐다.

모두 카빙 대협곡 꼭대기에 오르자, 우리는 일단 뛰었다. 나는 한 손으로 엘리를 꽉 잡고 다른 손으로 카시아의 손을 쥐었다. 우리는 모두 움직이고 있었다. 우리 숨은 조용하면서도 빨랐고, 우리의 발은 돌을 따라 날아갔다.

기나긴 몇 초간, 우리는 바위 위에서 하늘 아래 맨몸으로 노출되어 있었다.

그 시간은 충분히 길지 않았다. 여기서 영원히 뛸 수 있을 것 같은 기분이었다.

'봐! 난 여전히 살아 있어. 아직 여기 있어. 너희 데이터와 오피셜들은 다른 쪽을 원했겠지만.'

나는 외치고 싶었다.

빠른 발.

공기로 가득 찬 폐.

내가 사랑하는 사람을 잡고 있다.

'내가 사랑하는.'

가장 무모한 짓.

가장자리 가까이 갔을 때 우리는 서로 손을 놓았다. 밧줄을 잡아야 했다.

두 번째 협곡은 정말 가느다란 골짜기였다. 작고 좁았다. 농부들의 협곡보다 더 작았다. 모두 벼랑 바닥에 발을 딛자, 카시아는 길고 미끈한 표면을 가리켰다. 그곳은 사암처럼 보였지만 이상한 점이 있었다.

"우린 저기서 그 입구의 존재를 알아차렸어."

그녀가 말하다가 입을 꾹 다물었다.

"그 남자애 시체가 저기 있었어. 저 덤불 아래."

내가 아까 느꼈던 자유는 이제 사라졌다. 뇌우가 몰아친 뒤 찢겨서 흘러가던 구름이 머무른 것처럼, 이 협곡에는 소사이어티의 기운이 깃들어 있었다.

다른 일행도 그것을 알아차렸다. 헌터의 얼굴이 어두워졌다. 나는 그것이 그에게 최악의 상황이리라는 것을 알았다. 자기들만의 장소였던 곳에서 소사이어티를 느꼈기 때문이다.

헌터는 우리를 이끌고 협곡 절벽이 저절로 꺾인 곳에 나 있는 작은 동굴로 들어갔다. 다섯 명 모두 간신히 쭈그리고 들어갈 수 있었다. 동굴 뒤쪽은 바위더미로 막혀 있었다.

"우리는 이 안으로 들어가는 길을 만들었다."

그가 말했다.

"그런데 소사이어티가 이걸 전혀 발견하지 못했다고요?"

인디가 회의적인 어조로 물었다.

"그들은 어떻게 찾아야 하는지도 몰랐지."

헌터가 말했다. 그는 바위 하나를 들어 올렸다.

"이 돌더미 뒤에 틈이 하나 있어. 일단 안에 들어가면 '굴'의 구석으로 들어갈 수 있다."

"어떻게요?"

엘리가 물었다.

"땅을 기어서. 몸이 끼는 장소에선 숨을 참고."

헌터가 둥근 돌 하나에 손을 뻗으며 어깨 너머로 말했다.

"때가 되면 내가 먼저 가마. 그다음에 카시아. 우리는 가면서 이야기를 나눌 거야. 천천히 와라. 등을 대고 누워서 발로 몸을 밀어야 하는 곳이 있어. 몸이 끼면 불러라. 내 말소리가 들릴 정도로 가까이 있을 테니. 나는 틈 사이로 너희에게 말을 할 수 있어. 길이 끝나기 바로 직전이 제일 꽉 낄 거다."

나는 잠시 망설이며 이것이 덫일까 생각했다. 소사이어티가 이런 덫을 놓았을 수도 있을까? 혹은 인디가? 나는 그녀를 믿지 않았다. 나는 그녀가 헌터를 도와 바위를 치우는 모습을 지켜보았다. 열심히 움직이는 그녀의 긴 머리카락이 몸 주위에서 거칠게 휘날렸다. 그녀가 원하는 게 뭘까? 뭘 숨기고 있는 걸까?

나는 카시아를 바라보았다. 카시아는 모든 것이 소사이어티와 다른 새로운 장소에 있었다. 그녀는 끔찍하게 죽은 사람들을 보았고, 굶주리고 길을 잃어가며 나를 찾기 위해 사막으로 들어왔다. 소사이어티의 소녀라면 결코 경험하지 않아도 되었을 모든 일들. 그녀가 나를 바라볼 때 나는 그녀의 눈에서 반짝임을 보고 미소 지었다. 그녀는 이렇게 말하고 있는 것 같았다.

'숨을 참으라고? 땅을 기어? 우리는 내내 그렇게 하고 있었어.'

# 32
## 카시아

그 틈은 헌터가 안에 기어 들어갈 수 있을 만큼만 넓었다. 그는 뒤도 돌아보지 않고 사라졌다. 내가 그다음이었다.

나는 눈을 커다랗게 뜬 엘리를 바라보았다.

"넌 여기서 우리를 기다려야 할 거야."

내가 말했다. 엘리가 고개를 끄덕였다.

"난 동굴은 상관없어요. 하지만 이건 터널인걸요."

나는 그가 우리 중에서 가장 몸집이 작고 가장 틈에 낄 것 같지 않다는 점을 지적하지 않았다. 그가 무슨 말을 하는지 알기 때문이다. 이런 땅속을 벌레처럼 구불구불 뚫고 나아가는 것은 본능에 어긋나고 잘못된 일처럼 보였다.

"괜찮아. 넌 안 와도 돼."

내가 말했다. 나는 그에게 팔을 두르고 어깨를 꼭 감쌌다.

"오래 걸릴 것 같지는 않아."

엘리가 다시 고개를 끄덕였다. 그는 기분이 좀 더 나아지고, 덜 창백해 보였다.

"우린 돌아올 거야. 난 돌아올 거야."

내가 다시 말했다.

엘리는 내게 브램을 생각나게 했다. 내가 그 아이를 어떻게 뒤에 남겨놓았는지도.

너무 많이 생각하기 전까지는 괜찮았다. 내 위에 몇 톤의 바위가 있는지 계산하기 전까지는. 나는 사암 1세제곱미터의 무게가 얼마나 나가는지 알지 못했다. 그러나 전체 무게는 어마어마할 것이다. 그리고 돌에 비해 공기의 비율은 적을 것이다. 그래서 헌터가 우리에게 숨을 멈추라고 한 걸까? 그는 공기가 충분하지 않다는 것을 알고 있었을까? 숨을 내쉬었다가 다시 들이쉴 공기가 남아 있지 않을 수도 있는 걸까?

나는 움직일 수가 없었다.

돌은 사방에서 너무 가까웠다. 통로는 너무 어두웠다. 땅과 나 사이에는 겨우 몇 센티미터 공간밖에 없었다. 나는 꽉 눌린 채 앞뒤의 암흑 속에서 등을 대고 누워 있었고, 위와 아래와 사방의 바위는 움직이지 않았다. 카빙 대협곡의 무게가 사방에서 나를 짓눌렀다. 나는 카빙 대협곡의 광대함을 두려워하다가, 이제는 압박감을 두려워하고 있었다.

나는 얼굴을 하늘로 향했다. 내가 볼 수 없는, 돌 위의 파란 하늘.

나는 마음을 진정시키고, 스스로에게 괜찮다고 말하려고 애썼다. 살아 있는 것들은 이보다 더 좁은 공간에서도 날아오른다. 나는 그냥 나비였다. 눈이 안 보이고 끈적끈적한 날개로 고치 안에 봉해진 신부나비. 그러다 갑자기 때때로 고치가 열리지 않는 경우가 있음을 떠올렸고, 안에 있는 나비가 고치를 뚫고 나올 정도로 강하지 않으면 어떡하지 하는 생각이 들었다.

목에서 흐느낌이 새어나왔다.

"도와줘요."

내가 말했다.

놀랍게도, 앞에서 헌터가 말하는 소리는 들리지 않았다. 뒤에서 카이의 목소리가 들렸다.

"괜찮아. 몸을 약간 더 밀어봐."

공포 속에서도 나는 그의 깊은 목소리에서 음악을, 노랫소리를 들었다. 나는 눈을 감고, 내 숨이 그의 숨이고 그가 나와 함께 있다고 상상했다.

"못하겠으면 잠깐 기다려."

그가 말했다.

나는 내가 지금보다 더 작아졌다고 상상했다. 고치 속으로 기어들어와, 망토나 담요처럼 고치를 몸 주위에 바싹 두르고 있다고. 그리고 나는 나 자신이 뛰쳐나가는 모습을 상상하지 않았다. 그냥 안에 꼭 낀 채 볼 수 있는 것을 보려고 애썼다.

처음에는 아무것도 보이지 않았다.

그러나 그 순간 나는 느꼈다. 어둠 속에 감추어져 있어도, 나는 그것이 거기 있다는 것을 알 수 있었다. 내 작은 일부는 언제나, 언제나 자유로웠다.

"그렇지만 난 해낼 거야."

나는 소리 내어 말했다.

"넌 해낼 거야."

카이가 내 뒤에서 말했다. 나는 움직였고, 다음 순간 내 위의 공간을 느낄 수 있었다. 숨 쉴 공기를, 일어설 장소를.

'여기가 어디지?'

어둠 속에서 작은 빗방울처럼 빛나는, 동굴 바닥을 따라 늘어선 작고 파란 불빛에 비쳐 모습과 형태들이 만들어졌다. 그러나 그 작은 불빛은 어딘가에서 떨어진 것이라고 보기에는 너무나 질서 정연했다.

다른 불빛들이 높고 투명한 상자와, 웅웅거리며 돌벽 안의 온도를 조절하는 기계들을 비추었다. 내 앞에 보이는 것은 소사이어티였다. 눈금, 조직화, 계산.

누군가가 움직이는 바람에 나는 숨을 들이켤 뻔하다가 누구인지를 기억해냈다. 헌터였다.

"아주 거대하군요."

내가 말하자 그는 고개를 끄덕였다.

"우린 여기서 모이곤 했어. 우리가 처음도 아니었지. '굴'은 오래된 장소니까."

그가 작은 소리로 말했다.

나는 위를 쳐다보고 몸을 떨었다. 거대한 공간의 벽에는 죽은 동물 가죽과 짐승들의 뼈가 박혀 있었다. 모두 한때는 진흙이었던 돌 속에 붙박여 있다. 이 장소는 소사이어티 이전부터 존재했다. 아마 아예 사람이 살기 전부터겠지.

그때 카이가 머리에서 먼지를 털어내며 동굴로 들어왔다. 나는 그에게 다가가 그의 손을 어루만졌다. 차갑고 거칠게 느껴졌지만 돌 같지는 않았다.

"도와줘서 고마워."

나는 따뜻한 그의 목에 대고 말했다. 그다음 나는 그가 이곳에 무엇이 있는지 볼 수 있도록 몸을 떼었다.

"소사이어티구나."

카이가 말했다. 그의 목소리는 '굴'만큼 조용했다. 그가 동굴 바닥을 성큼성큼 걸어가자 헌터와 나는 뒤따랐다. 카이가 맞은편 문에 손을 대었다.

"강철이야."

그가 말했다.

"그런 게 여기 있을 리가 없어."

헌터가 긴장된 목소리로 말했다.

뭔가 잘못되었다는 느낌이 들었다. 흙과 유기물 위에 이렇듯 불모의 소사이어티를 덧씌운 것.

'소사이어티는 카이와 내 관계에도 끼어들면 안 되는 거였어.'

내내 알고 있었다던 내 담당 오피셜의 말을 떠올리며 나는 생각했다. 소사이어티는 모든 곳에 끼어들었다. 뱀처럼 틈새에 들어오고, 물처럼 바위에 떨어졌다. 그 바위가 텅 비고 모양을 바꿀 수밖에 없을 때까지.

"그들이 왜 사람들을 죽였는지 알아야 해."

헌터가 그 상자들을 손짓하면서 내게 말했다. 상자는 튜브로 채워져 있었다. 파란 불빛에 빛나는 튜브가 줄지어 늘어서 있었다.

'바다처럼 아름답구나.'

나는 생각했다.

그다음 인디가 동굴로 들어왔다. 그녀는 주위를 둘러보더니 눈을 크게 떴다.

"그런데 이게 다 뭐야?"

그녀가 물었다.

"내가 좀 더 자세히 볼게."

나는 그렇게 말하고 두 줄의 튜브 사이로 걸어갔다. 카이가 나와 함께했다. 나는 손으로 매끄럽고 투명한 플라스틱 상자들을 쓸었다. 놀랍게도 상자에 자물쇠가 달려 있지 않았기 때문에, 나는 상자 하나를 열어 좀 더 자세히 살펴보았다. 상자가 열리면서 부드럽게 쉿 소리를 냈고, 나는 앞에 놓인 튜브들을 바라보며 수많은 튜브들의 모두 똑같아 보이는 모습과 그 안의 물질 하나하나가 전부 다르다는 사실에 갑자기 압도되었다.

소사이어티의 경비 시스템과 연결되어 있을 수도 있기 때문에, 나는 그 튜브를 건드리고 싶지 않았다. 그래서 목을 길게 내밀어 가운뎃줄 중간에 있는 튜브에 새겨진 정보를 보았다. '하노버, 마커스, KA'. 앞의 기호는 이름임이 분명했고, 뒤의 것은 케야 지방의 약자였다. 그 아래 두 개의 날짜와 바코드 하나가 새겨져 있었다.

이것은 오래전에 죽은 동물들의 뼈, 오래전에 돌이 된 바다의 퇴적층과 함께 땅에 파묻힌 사람들의 표본이었다. 줄줄이 늘어선 유리 튜브는 할아버지가 가지고 있었던 것, 할아버지의 조직 표본을 담고 있던 튜브와 비슷했다.

기진맥진하고 피로한 와중에도 분류하는 정신은 기어처럼 삐걱대고 웅웅거리며 행동에 들어갔다. 나는 내 눈에 보이는 것과 앞에 있는 숫자들을 이해하려고 애썼다. 이 동굴은 보존 장소였다. 우리 머리 위 진흙 속 화석들이 우연히도 자리 잡고, 튜브에 보관된 조직이 의도적으로 담긴 보존 장소였다.

'왜 여기일까? 왜 소사이어티 끝에서도 이렇게 먼 곳에? 분명 더 나은 장소가 수십 군데 있을 텐데.'

나는 궁금했다. 이곳은 무덤 맞은편이었다. 이건 작별의 반대였다. 그리고 나는 이해했다. 그러고 싶지 않았지만, 어떤 면에서 이는 농부들이 하는 것처럼 사람들을 영원히 땅속에 밀어 넣고 가버리는 것보다 더 이해가 되었다.

"이건 조직 표본이야. 왜 소사이어티가 이걸 여기 보관해두었을까?"

그렇게 물으며 몸을 떨자 카이는 내게 팔을 둘렀다.

"난 알아."

그가 말했다.

그러나 그는 몰랐다.

'대협곡은 상관하지 않아.'

우리는 살고, 죽고, 바위로 변하거나 땅에 눕거나 바다로 떠내려가거나 불타서 재가 되겠지만, '카빙 대협곡'은 그 어느 것에도 상관하지 않는다. 우리는 왔다 갈 것이다. 소사이어티도 왔다 갈 것이다. 그러나 협곡들은 계속 살아갈 것이다.

"넌 저게 뭔지 아는구나."

헌터가 말했다. 나는 그를 바라보았다. 소사이어티에서 한 번도 살아본 적 없는 사람은 이걸 뭐라고 생각할까?

"네. 하지만 왜 여기 있는지는 모르겠어요. 잠시만 기다려요. 생각 좀 해보게."

내가 말했다.

"여기 얼마나 있는 거지?"

카이가 물었다. 나는 앞에 늘어선 줄을 보고 재빨리 계산했다.

"수천 개, 수십만 개야."

내가 말했다. '굴'의 거대한 공간 속에서 작은 튜브가 나란히 늘어선 상자가 줄줄이 통로를 이루었다.

"하지만 오랫동안 채취한 표본들이 다 여기 있다고 할 정도로 많지는 않아. 시설이 이것만 있을 리는 없어."

"그들이 이걸 소사이어티 밖으로 내갈 수도 있을까?"

카이가 물었다.

나는 혼란에 빠져 고개를 저었다. 그들이 왜 그러겠는가?

"이건 지방별로 배열되어 있어."

나는 앞에 있는 상자 속 튜브에 하나같이 'KA'라고 적혀 있는 것을 알아차리고 말했다.

"오리아를 찾아봐."

카이가 말했다.

"그건 다음 줄에 있어야 해."

나는 계산한 후 빠르게 걸어가며 말했다.

인디와 헌터는 나란히 서서 우리를 바라보고 있었다. 나는 모퉁이를 돌아 오리아의 'OR'로 표시된 튜브를 찾았다. 이렇게 낯선 장소에서 낯익은 약자를 보자 친밀하기도 하고 멀기도 한 이상한 느낌이 들었다.

'굴'의 비밀 문에서 소리가 들렸다. 우리는 일제히 돌아보았다. 엘리가 조금 전 카이처럼 웃으면서 머리에서 흙을 털며 들어오고 있었다. 나는 엘리에게 다가가 그를 꼭 끌어안았다. 그 애가 혼자 겪었을 일을 생각하자 심장이 가슴속에서 두방망이질 쳤다.

"엘리, 네가 기다릴 거라고 생각했어."

내가 말했다.

"난 괜찮아요."

그가 내게 말했다. 그는 내 어깨 너머를 흘끗 보며 카이를 찾았다.

"해냈구나."

카이가 말하자 엘리는 몸을 좀 더 똑바로 펴는 것 같았다. 나는 엘리를 보며 고개를 저었다. 약속은 약속이고, 마음이 바뀌면 자기 나름의 방식을 선택한다. 브램도 똑같은 일을 했을 것이다.

엘리가 눈을 휘둥그레 뜬 채 주위를 둘러보았다.

"튜브를 여기 보관하고 있었군요."

"지역별로 정리해놓은 것 같아."

나는 그에게 말하다가 카이가 내게 손짓하는 것을 보았다.

"카시아. 나 뭔가 찾아냈어."

나는 서둘러 카이가 있는 곳으로 갔다. 인디와 엘리는 다른 줄의 위아래로 돌아다니면서 자신들의 지역을 찾고 있었다.

"첫 번째 날짜가 생일이라면, 두 번째 날짜는 아마……."

카이가 말을 멈추고 내가 똑같은 결론을 끌어내기를 기다렸다.

"사망한 날짜야. 표본을 채취한 날짜."

내가 말했다. 순간 나는 그가 무슨 말을 하는지 깨달았다.

"날짜가 너무 가깝잖아. 80년씩 떨어져 있지 않아."

"노인들만 보관돼 있는 게 아니야. 이 사람들이 모두 죽었을 리는 없어."

카이가 말했다.

"우리가 죽을 때만 표본을 가져가는 게 아니구나."

정신이 맹렬히 질주하는 가운데 내가 말했다. 나는 다시 생각해보았다. 기회는 아주 많았다. 우리 포크. 우리 스푼. 우리가 입는 옷. 심지어 우리 스스로 표본을 주었을지도 모른다. 고개를 끄덕이며 조직을 긁어내어 건네준 다음 붉은 알약을 먹었을 것이다.

"죽을 때 표본을 채취하는 건 아무 의미도 없어. 소사이어티는 이미 그들이 간직하고 싶은 모든 사람의 튜브를 가지고 있어. 어린 조직일수록 더 의미가 있겠지. 그리고 이런 식으로 우리가 다른 표본들에 대해 모른다면, 우리를 죽을 때까지 고분고분하게 만들 수 있어."

심장이 안에서 제멋대로 뛰었다. 소사이어티에 대한 고마움으로.

'할아버지의 표본도 여기 있을지 몰라. 아버지가 최종 연회에서 채취한 표본을 없애버린 게 문제가 되지 않을지도 몰라.'

"카시아. 잰더가 여기 있어."

카이가 작은 소리로 말했다.

"뭐?"

어디? 우리를 찾으러 왔나? 그가 어떻게 알았지?

"여기."

카이가 파랗게 불 밝혀진 튜브 하나를 가리키며 나직이 말했다.

당연하지. 나는 카이의 눈을 피하며 튜브를 보았다. '캐로, 잰더. OR.' 그의 생일이 맞았다. 이건 잰더의 표본이었다. 그러나 잰더는 죽지 않았다.

'내가 아는 한은.'

다음 순간 카이와 나는 둘 다 그 상자 옆에 서 있었다. 우리의 손가락이 서로 얽히고, 우리 눈은 숫자들 위를 달렸다. 여기 누가 있지? 누가 보관되어 있지?

"너 여기 있어."

카이가 가리키며 말했다. 내 생일이 거기 있었다. 그리고 내 이름. '라이스, 카시아.' 나는 날카롭게 숨을 들이쉬었다.

'내 이름이야.'

그것을 여기서 보자 그들이 매칭 파티에서 내 이름을 말했을 때의 감정이 떠올랐다. 내가 소속되어 있다는 느낌이 떠올랐다. 내 미래를 소사이어티가 주의 깊게, 안전하게 보살피고 있다는 느낌.

"난 여기 없어."

카이가 나를 보며 말했다.

"넌 다른 지방에 있을 수도 있잖아. 너는……."

"난 여기 없어."

카이가 말했다. 동굴의 흐린 불빛 속에서, 그늘에 섞이는 법을 아는 그의 모습이 잠시 존재하지 않는 것처럼 보였다. 오직 내 손을 꼭 잡은 그 손의 느낌만이 내게 그렇지 않다고 말해주었다.

헌터가 와서 내 옆에 서자 나는 그에게 설명했다.

"이건 조직들이에요. 피부나 머리카락이나 손톱의 작은 조각이죠. 소사이어티는 이걸 시민들에게서 가져가요. 언젠가 우리를 다시 살려내려고요."

나는 '우리'라는 말을 하다가 움찔했다. 아마 이 동굴에서 여기 튜브가 보관돼 있는 사람은 나뿐일 것이다. 그것마저도 그들이 아직 내 신분을 바꿀 시간이 없었기 때문일지도 모른다. 나는 동굴 벽 위쪽에 남아 있는 뼈와 이빨과 껍질을 다시 쳐다보았다. 우리의 존재는, 뼈에 있지 않다면 조직에 깃들어 있을 것이다. 어딘가에 있을 것이다.

헌터가 나를 본 다음 튜브를 바라보았다. 그가 너무나 오래 바라보고 있어서 나는 다시 설명하려고 입을 열었다. 그러나 그 순간 그는 내가 저지하기도 전에 상자 안에 손을 넣어 튜브 하나를 꺼냈다.

경보는 울리지 않았다.

경보가 울리지 않는다는 사실에 더욱 불안했다. 소사이어티 어딘가에서 불빛이 번쩍이면서 어느 오피셜에게 위반이 저질러졌다는 사실을 말하고 있지 않을까?

헌터가 튜브를 들어 올리고 손전등을 비추었다. 조직은 너무 작아서, 안에 찰랑이는 용액 속에서 보이지도 않았다.

딸칵. 튜브가 깨지고 헌터의 손에 붉은 피가 흘러내렸다.

"그들은 자기들을 보관하기 위해 우리를 죽인 거야."

그가 말했다.

모두 헌터를 바라보았다. 한순간 거친 충동이 나를 덮치면서, 헌터와 같이 다 부숴버리고 싶은 유혹을 느꼈다. 상자를 다 열어젖히고, 뭔가 움켜쥔다. 막대기 하나. 나는 파란빛으로 은빛으로 밝게 빛나는 튜브의 통로를 질주해나갈 것이다. 막대기로 튜브를 쓸면서 달려갈 것이다. 종소리처럼 울리는지 볼 것이다. 다른 생명의 곡조는 째지고 듣기 싫을까, 아니면 강하고 맑고 부드럽고 정말로 음악적일까? 그러나 나는 튜브를 깨지 않았다. 대신 일행이 모두 헌터를 바라보는 동안 다른 일을 했다.

그는 손을 펼쳐 손바닥에 솟아나는 피와 튜브에서 흘러나온 액체를 보았다. 나도 모르게, 그 꼬리표의 이름을 보았다. '서스틴, 모건.' 나는 다시 헌터를 쳐다보았다. 그런 식으로 튜브를 깨뜨리려면 매우 힘이 세야 했다. 그러나 그는 얼마나 힘이 들어갔는지 알아차리지 못하는 것 같았다.

"왜? 어떻게? 그들은 사람들을 되살리는 방법을 이미 찾아낸 거야?"

모두가 내가 전부 설명해주기를 기다리며 나를 바라보고 있었다. 마음속에 분노와 당혹감이 치솟았다. 왜 저들은 내가 답을 갖고 있다고 생각하지? 내가 우리 중에서 가장 소사이어티에 가까운 사람이어서?

그러나 내가 이해하지 못하는 것들도 있었다. 일부는 소사이어티의 것이고, 일부는 나의 것이었다.

카이가 내 팔에 손을 얹으며 부드럽게 말했다.

"카시아."

"난 잰더가 아니야!"

내 외침이 동굴 안에서 크게 울렸다. 내 목소리가 사방에 울리자 카이는 눈을 깜박였다.

"난 약에 대해 몰라. 알약에 대해서도. 표본 보관도. 소사이어티가 의료 분야에서 할 수 있고 할 수 없는 일에 대해서도. 난 모른다고."

잠시, 모두가 침묵했다. 그때 인디가 카이를 보며 말했다.

"잰더의 비밀. 그게 이것과 관계가 있을까?"

카이가 뭔가 말하려고 입을 열었다. 그러나 그가 말을 하기 전에, 우리 모두 그 광경을 보았다. 헌터가 연 상자 위에서 작고 빨간 불이 번쩍이고 있었다.

몸속에서 다시 공포가 노래했다. 나는 어떤 것이 더 무서운지 알 수 없었다. 소사이어티인지, 우리를 붙잡아둔 '굴'인지.

# 33
## 카이

헌터가 또 하나의 튜브에 손을 뻗어 똑같이 손으로 부러뜨렸다.

"여기서 나가. 어서."

나는 카시아와 다른 사람들에게 말했다.

인디는 망설이지 않았다. 그녀는 돌아서서 동굴 입구로 달려가 바위 사이로 미끄러져 들어갔다.

"저 사람을 여기 남겨둘 수는 없어."

카시아가 헌터 쪽을 바라보며 말했다. 헌터는 자기 손으로 부순 튜브 외에는 무엇도 보거나 듣고 있지 않았다.

"내가 데리고 나갈게. 하지만 넌 가야 해. 지금."

나는 약속했다.

"우리가 올라가려면 저 사람이 필요해."

그녀가 말했다.

"인디가 도와줄 거야. 가. 나도 오래 있지 않을 거야."

"교차점에서 기다릴게. 소사이어티가 여기까지 오는 데 시간이 오래 걸릴 수도 있어."

카시아는 다짐했다.

'그들이 이미 이곳에 와 있지 않다면. 그렇다면 겨우 몇 분밖에

없어.'

나는 생각했다.

일단 일행이 떠나자 나는 헌터를 돌아보았다.

"그만해요. 우리와 함께 돌아가요."

그는 고개를 저으며 또 다른 튜브를 부쉈다.

"들판을 건너간 농부들을 따라잡을 수도 있어요."

내가 말했다.

"그들은 지금쯤 다 죽었을 거야."

"그들은 봉기에 합류하려고 떠난 건가요?"

내가 물었다. 그는 대답하지 않았다.

나는 그를 막지 않았다. 튜브 하나와 천 개가 뭐가 다르담? 어느 쪽이든 소사이어티는 이 일을 알아차릴 것이다. 그리고 내 마음 일부는 그와 함께하고 싶었다. 모든 것을 잃었을 때, 왜 상대가 공격하기 전에 할 수 있는 것을 하면 안 되는가? 나는 그 느낌을 기억한다. 또 다른, 나의 더 어두운 부분은 이런 생각도 했다.

'헌터가 우리와 함께 가지 않는다면 카시아에게 봉기나 그들을 찾는 방법에 대해서도 말해줄 수 없겠지. 그는 분명히 알고 있어.'

나는 바위틈 입구에서 돌 하나를 찾아 가지고 그에게 돌아왔다.

"이걸로 해봐요. 이게 더 빠를 거예요."

내가 말했다.

헌터는 아무 말도 하지 않았지만 그 돌을 받아 들고 머리 위로 치켜들었다. 그다음 그는 한 줄의 튜브 위로 돌을 빠르게 내리쳤다. 바위틈으로 미끄러져 나갈 때 튜브가 부서지는 소리가 들렸다.

밖으로 나왔을 때 나는 위에서 에어십 소리가 나는지 귀를 기울였다.

아무것도 없었다.

아직은.


그들은 나를 기다리고 있었다.

"먼저 갔어야지."

나는 카시아에게 그렇게 말했지만, 밧줄에 매달려 올라가기 전 그 말밖에 할 시간이 없었다. 그다음에는 우리 모두 줄에 달라붙어 올라갔다. 위로. 가로질러. 헐벗은 바위 평원 위에서 나는 잠시 내가 뒤에서 가야 할지 앞장서야 할지—어느 쪽이 그녀를 보호할 최선의 방법일지—생각했다. 그러나 다음 순간 우리가 그냥 나란히 달리고 있음을 깨달았다.


"그들이 우리를 찾아낼까요?"

일단 다른 편 협곡에 닿자 엘리가 헐떡이며 물었다.

"최대한 자갈 위로 달려야지."

내가 말했다.

"하지만 전부 모래인 곳도 있잖아요."

엘리가 겁에 질려 말했다.

"괜찮아. 언제든 비가 올 거야."

내가 그에게 말했다.

우리는 모두 위를 쳐다보았다. 위에 펼쳐진 하늘은 섬세한 초겨울 파란색이었다. 회색 구름이 멀리 매달려 있었지만 몇 킬로미터나 떨어져 있었다.

카시아는 인디가 동굴에서 한 말을 잊지 않았다. 그녀가 옆으로 다가와 내 팔에 손을 댔다.

"인디가 무슨 뜻으로 말한 거야? 잰더의 비밀에 대해서?"

그녀가 가쁜 숨을 내쉬며 물었다.

"난 그 애가 무슨 말을 하는지 모르겠는데."

나는 거짓말을 했다.

나는 인디를 돌아보지 않았다. 그녀의 장화가 우리 뒤쪽 바위에서 소리를 냈지만 그녀는 내 말에 반박하지 않았고 나는 그 이유를 알았다.

인디는 봉기 세력을 찾고 싶어했고, 어떤 이유에서인지 내가 그곳으로 가는 법을 안다고 생각했다. 내가 그녀를 좋아하지 않는 것과 마찬가지로 그녀도 나를 좋아하지 않지만, 그녀는 나와 운명을 같이하기로 결정했다.

나는 카시아에게 손을 뻗으며 우리 위에서 소사이어티의 에어십 소리가 울리는지 귀 기울였다. 그러나 지금으로선 그들은 오지 않았다.

비도 오지 않았다.

· · ·

오래전 그날 잰더와 내가 빨간 알약을 먹었을 때, 우리는 셋을 세고 동시에 약을 삼켰다. 나는 그의 얼굴을 지켜보았다. 그가 잊어버릴 때까지 기다릴 수 없었다.

약이 듣지 않고 그에게도 면역력이 있다는 것을 깨달을 때까지는 오래 걸리지 않았다. 그때까지는 나 혼자만 그럴 거라고 생각했다.

"넌 잊어야 해."

나는 잰더에게 말했다.

"잊지 않았어."

그가 말했다.

카시아는 그날 내가 자치구를 떠난 뒤 무슨 일이 일어났는지 말해주었다. 잰더에게 면역력이 있다는 것을 알게 되었다는 이야기. 그러나 그의 다른 비밀은 몰랐다.

'그 비밀을 지켜야 공평하니까 나는 지킬 거야. 카시아에게 말하는 건 잰더의 권리니까. 내 권리가 아니라.'

나는 속으로 말했다.

카시아에게 잰더의 비밀을 말하지 않는 다른 이유에 대해서는 생각하지 않으려 했다.

그걸 알면 그녀는 잰더에 대한 마음을 바꿀지도 모른다. 나에 대한 마음도.

# 34
## 카시아

인디는 전보다 더 조심스럽게 자기 배낭을 들고 다녔다. 우리가 '굴'로 기어 들어가는 동안 그녀의 벌집에 무슨 일이 일어난 건지 궁금했다. 그녀는 그 배낭을 갖고 들어갔는데, 비록 말랐지만 어떻게 그렇게 좁은 공간을 오가면서 그것을 보호할 수 있었는지 모를 일이었다. 어떻게 그 벌집의 연약한 껍질이 부서지지 않게 지켰는지 알 수 없었다.

인디의 어머니와 보트에 대한 이야기는 뭔가 이상해 보였다. 협곡 절벽에 부딪쳐 튀어나오며 원래 말의 일부를 잘라 뒤에 남기는 메아리처럼. 내가 인디를 진짜로 얼마나 잘 아는 건지 궁금했다. 그러나 그때 그녀가 배낭을 다시 움직이는 바람에 갑자기 그 안에 있는 연약하고 종이 같은 벌집의 이미지와, 조각조각 부서진 그림과, 마르고 가벼운 장미 이파리의 기억이 떠올랐다. 나는 노동수용소에 있을 때부터 인디를 알았고, 그녀는 아직 나를 실망시키지 않았다.

카이가 주위를 돌아보고 우리에게 서두르라고 말했다. 인디가 그를 바라봤을 때, 나는 굶주림에 가까운 표정이 그녀의 얼굴을 스쳐 지나가는 것을 보았다.

여기서는 비를 보거나 느끼기 전에 냄새부터 맡게 된다. 카이가 바깥 지방에서 가장 좋아하는 냄새가 세이지 향이라면, 내가 가장 좋아하는 냄새는 비 냄새인 것 같다. 바위와 하늘처럼, 강과 사막처럼, 오래되었으면서도 새로운 냄새가 난다. 아까 보이던 구름이 바람을 타고 와서, 해가 지고 우리가 거주구에 닿을 때쯤에는 하늘이 자주색, 회색, 파란색으로 변해 있었다.

"여기 아주 오래 머물 수는 없어요. 그렇죠?"

저장 동굴로 가는 길을 올라갈 때 엘리가 물었다. 번개 한 조각이 하늘과 땅 사이에서 하얗게 빛나며 뜨겁게 달렸고, 천둥이 협곡 사이에서 우르릉거렸다.

"그래."

카이가 말했다. 나도 동의했다. 소사이어티가 협곡 안으로 들어오고 있을 위험은 이제 우리가 들판에서 그들과 마주칠 위험보다 더 커 보였다. 우리는 움직여야 했다.

"하지만 동굴에는 들러야 해. 음식도 더 필요하고, 인디와 내게는 책도 문서도 없어."

내가 말했다.

'그리고 거기에는 봉기에 대해 알 수 있는 정보가 있을지도 몰라.'

"폭풍이 약간 시간을 벌어줄 거야."

카이가 말했다.

"얼마나?"

내가 카이에게 물었다.

"몇 시간. 소사이어티만 위험한 게 아니야. 이런 폭풍은 협곡에 순간적으로 홍수를 일으킬 수 있어. 그러면 냇물을 건널 수가 없거든. 우리는 갇히게 될 거야. 번개가 멈출 때까지만 여기 머물러 있자."

그렇게 긴 여행을 했는데, 우리가 봉기 세력을 찾을 수 있는지 없는지는 전적으로 시간에 달려 있었다.

'하지만 나는 봉기 세력을 찾으러 온 게 아니잖아. 나는 카이를 찾으러 왔고, 이미 찾았어. 이다음에 무슨 일이 일어나건 우리는 함께 있을 거야.'

나는 스스로에게 말했다.

카이와 나는 서둘러 책이 쌓여 있는 도서관 동굴 안 상자더미 사이로 들어갔다. 인디가 우리를 따라왔다.

"정말 많다."

상자 하나의 뚜껑을 열어 안에 들어 있는 서류와 책 더미를 보면서 나는 압도되어 말했다. 이것은 완전히 다른 종류의 분류였다. 페이지도 너무 많고, 이야기도 너무 많았다. 소사이어티가 우리를 위해 편집하고 자르고 축소해주지 않으면 이렇게 될 것이다.

어떤 것은 인쇄되었지만, 여러 사람이 손으로 쓴 것이 많았다. 글씨는 그것을 쓴 사람들과 마찬가지로 하나하나 구별되고 달랐다.

'그들은 모두 글자를 쓸 수 있었구나.'

나는 갑자기 공황 상태에 빠졌다.

"뭐가 중요한지 어떻게 알아?"

내가 카이에게 물었다.

"중심 단어들을 상정하고 찾아보자. 우리가 뭘 알아야 하지?"

그가 말했다.

우리는 함께 목록을 만들었다. 봉기, 소사이어티, 적, 인도자. 우

리는 '물'과 '강'과 '도망'과 '음식'과 '생존'에 대해서도 알아야
했다.

"너도 이런 단어가 들어 있는 것이면 무엇이든 여기다 놔."

카이가 테이블 한가운데를 가리키며 인디에게 말했다.

"알았어."

인디가 말했다. 그녀는 잠시 그와 시선을 마주쳤다. 그가 먼저
시선을 돌리지는 않았다. 그녀가 먼저 눈을 돌리고 책을 펴서 페
이지들을 훑어보았다.

나는 좋은 조짐을 하나 발견했다. 인쇄된 팸플릿이었다.

"그런 건 이미 하나 있어요. 빅 형이 무더기로 발견했는걸요."

엘리가 말했다.

나는 작은 책자를 내려놓았다. 그다음 책을 펼친 순간 시 한 편
에 넋이 빠져버렸다.


그들은 조각조각 떨어지네—

그들은 별처럼 떨어지네—

장미의 꽃잎처럼—

갑자기 유월을 가로질러

손가락을 가진 바람이—갈 때—

(19세기 미국의 여성 시인 에밀리 디킨슨의 시—옮긴이)


헌터가 새러의 무덤에 쓴 글귀가 인용된 시였다.

그 페이지는 찢겨 나갔다가 다시 끼워졌다. 사실, 책 전체가 망
가지고 떨어져 나갔다. 마치 복원 현장의 소각로로 가던 책을 누
군가가 발견하고, 책의 작은 뼈대를 다시 다 끼워 맞춘 것 같았다.

부분부분은 여전히 빠져 있었다. 앞표지는 원래의 표지가 없어지고 임시로 때운 것 같았다. 지금은 책장 위에 두꺼운 종이가 사각형으로 소박하게 바느질된 모습이었고, 저자의 이름은 어디에서도 보이지 않았다.

나는 책장을 넘겨 다른 시로 향했다.

당신에게는 닿지 못했습니다
그러나 내 발은 매일 더 가까이 갑니다
건너야 할 세 개의 강과 하나의 언덕
하나의 사막과 바다
그 여행을 하나인 셈 치지 않으렵니다
당신에게 이야기할 때.

'언덕'. 그리고 사막과 여행. 마치 나와 카이의 이야기 같았다. 다른 것을 찾아야 한다는 건 알고 있었지만, 나는 그 시가 어떻게 끝날지 보기 위해 계속 읽었다.

두 개의 사막, 그러나 그 해는 춥습니다
모래를 도와주겠지요
하나의 사막을 건넌 다음—
두 번째는
땅처럼 서늘하게 느껴질 거예요
사하라는 너무 작은 대가입니다
그대의 오른손에 지불하기에는.

나는 카이와 함께하기 위해 거의 모든 대가를 지불했다. 사하라에 대해서는 아무것도 모르지만, 그 시가 무엇을 뜻하는지는 알 것 같았다. '사하라(Sahara)'는 헌터의 딸 이름인 '새러(Sarah)'와 비슷했다. 그러나 한 아이는 누구의 손에도 지불할 수 없는 엄청난 대가일 것이다.

죽음. 오리아에서의 할아버지의 죽음. 접시 위의 파이 껍질. 콤팩트 속의 시. 깨끗하고 하얀 시트. 훌륭한 마지막 말. 카빙 대협곡 꼭대기의 죽음. 검게 탄 표시들. 크게 뜨인 눈. 협곡 속의 죽음. 그려진 파란 선. 소녀의 얼굴에 떨어지는 비.

그리고 동굴 안, 줄줄이 늘어선 반짝거리는 튜브.

그것이 다시 '우리'가 될 수는 없을 것이다. 그들이 우리 몸을 물과 땅에서 끌어내 다시 일하고 걷게 만든다 해도, 처음과는 결코 같지 않을 것이다. 무언가가 빠져 있을 것이다. 소사이어티가 우리에게 해줄 수 없는 것. 우리 자신도 할 수 없는 것. 처음의 삶에는 특별하고 대치할 수 없는 것이 있었다.

카이는 책 한 권을 내려놓고 또 다른 책을 집어 들었다. 그가 내가 처음 사랑한 사람일까?

또는 내게 진짜 첫 키스를 선사한 소년인가? 잰더가 내게 준 종이쪽지들은 모두 그 아래 견고한 기억을 갖고 있었다. 매우 뚜렷해서 만지고 맛보고 냄새 맡을 수 있을 것 같은 기억이었다. 그 기억이 나를 다시 부르는 목소리를 들을 수도 있을 것 같았다.

나는 언제나 잰더가 자치구에서 태어난 운 좋은 아이라고 생각했지만, 이제는 그렇게 확신하지 않는다. 카이는 너무나 많은 것을 잃었지만, 그가 가진 것도 적지 않았다. 그는 창조할 수 있었다. 자기 글을 쓸 수 있었다. 잰더가 평생 쓴 것—포트나 필경기에 두드린 것—은 모두 그의 것이 아니었다. 다른 사람들이 언제나 그의 생각에 접근할 수 있었다.

카이와 시선을 마주치자, 조금 전 그와 인디가 시선을 교환했을 때 품었던 의심은 사라졌다. 그가 나를 바라보는 태도는 조금도 불안하지 않았다.

"뭘 찾았어?"

그가 물었다.

"시 한 편. 좀 더 집중해야겠어."

내가 말했다.

"나도 그래. 분류의 첫 번째 규칙. 기억하기 어려워서는 안 된다."

그는 미소 지었다.

"너도 분류할 줄 알아?"

내가 놀라서 물었다. 전에 그는 그런 이야기를 한 적이 없었다. 분류는 대부분의 사람들이 할 수 없는, 특화된 기술이었다.

"패트릭 이모부가 가르쳐줬어."

그가 작은 소리로 말했다.

패트릭 씨? 내 얼굴에 충격이 떠오른 것이 틀림없었다.

"이모와 이모부는 매튜가 언젠가 분류자가 될 거라고 생각했어. 패트릭 이모부는 나도 분류하는 법을 알기를 바라셨지. 이모부는 내가 절대로 좋은 일터를 지정받지 못하리라는 걸 알고 계셨어. 내가 더 이상 학교에 갈 수 없게 되자, 이모부는 내가 내 정신을 사용할 수 있기를 바라셨지."

"하지만 너를 어떻게 가르치셨어? 포트에서 가르쳤다면 포트가 인식했을 텐데."

카이가 고개를 끄덕였다.

"이모부는 다른 방법을 찾아내셨어."

그는 침을 삼키며 동굴 맞은편의 인디를 흘끗 바라보았다.

"너희 아버지가 패트릭 이모부에게 네가 브램에게 한 일을 얘기해주셨어. 브램이 필경기로 게임을 할 수 있게 된 이야기를. 이모부는 거기서 아이디어를 얻었어. 비슷한 방법을 쓰셨지."

"그런데 오피셜들이 전혀 몰랐어?"

"내 필경기를 사용하지 못하게 하셨거든. 기록 보관자들과 거래해서 하나 얻은 거야. 내가 음식물 처리 센터에 일터 지정을 받은 날 이모부는 그걸 내게 주셨어. 그래서 나도 오리아의 기록 보관자들에 대해서 알게 됐지."

카이의 얼굴은 평온했다. 그의 목소리가 아득해졌다. 나는 이 표정을 안다. 그것은 오랫동안, 혹은 전에 말하지 않았던 것을 이야기할 때 그가 짓는 표정이었다.

"우리는 좋은 곳에 지정받지 못하리라는 걸 알고 있었어. 나는 놀라지 않았어. 그러나 오피셜이 떠난 후 나는……."

그는 말을 멈추었다.

"나는 방에 들어가서 나침반을 꺼냈어. 그것을 쥐고 얼마 동안 앉아 있었지."

나는 그를 만지고, 안고, 그 나침반을 다시 그의 손에 쥐여주고 싶었다. 내 눈에 눈물이 고이기 시작했지만 나는 그의 말에 귀 기울였다. 그의 말소리는 이제 더 작았다.

"그리고 나는 일어나서 새로 받은 파란 평상복을 입고 일하러 갔어. 에이다 이모와 패트릭 이모부는 한 마디도 하지 않으셨어. 나도 그랬고."

그가 나를 바라보았고 나는 그의 손에 손을 뻗었다. 그가 내 손길을 원하기를 바랐다. 그는 원했다. 그의 손가락이 내 손가락과 꽉 깍지를 끼었고, 나 자신도 그의 이야기의 또 다른 부분으로 들어가는 것이 느껴졌다. 이 일은 내가 같은 거리의 우리 집에 앉아 있는 동안 그에게 일어난 일이었다. 그때 나는 미리 만들어진 음식을 먹고, 포트에 귀를 기울이고, 모든 것이 언제나 그랬듯이 내게 배달될 완벽한 삶을 몽상하고 있었다.

"그날 밤, 패트릭 이모부가 암시장에서 필경기를 한 대 가지고 돌아오셨어. 오래된 물건이었지. 무거웠고. 너무나 구식 화면이라 웃겼지. 처음에는 그걸 다시 가져가시라고 했어. 이모부가 너무 큰 위험을 감수했다고 생각했으니까. 그러나 이모부는 내게 그런 걱정 하지 말라고 하셨어. 매튜가 죽고 우리 아버지가 옛날 글을 한 페이지 보냈는데, 그것을 거래에 썼다고 말씀하셨지. 이모부는 언제나 나를 위해서 그걸 쓰려고 계획했다고 하셨어. 우리는 부엌으로 갔어. 패트릭 이모부는 우르릉거리는 소각기 소리가 우리가 내는 소리를 전부 감춰줄 거라고 생각하셨지. 우리는 포트가 볼 수 없는 곳에 섰어. 그래. 이모부는 그렇게, 대체로 말을 하지 않고 그냥 보여줌으로써 내게 분류하는 법을 가르쳐주셨어. 나는 그 필경기를 나침반과 함께 내 방에 숨겼고."

"그러면 오피셜들이 와서 우리 공예품을 전부 가져간 그날, 그때는 그걸 어떻게 숨겼어?"

내가 말했다.

"그들이 왔을 때는 이미 필경기와 네 생일선물로 준 그 시를 거래한 다음이었어."

그가 웃었다. 그의 눈은 이제 내게로 돌아와 있었다. 이곳 바깥 지방에 있는 내게. 우리는 여기까지 왔다.

"카이. 그건 너무 위험했어. 그들이 네가 그 시를 갖고 있었을 때 붙잡았으면 어쩌려고?"

내가 속삭였다. 카이가 미소 지었다.

"그때조차도 너는 나를 구해줬어. 네가 그 작은 언덕에서 토머스의 시를 말해주지 않았다면, 나는 절대로 기록 보관자들에게 가서 필경기와 네 생일 시를 바꾸지 않았을 거야. 패트릭 이모부와 나는 붙잡혔을 거야. 필경기를 숨기는 것보다는 종이 한 장을 숨기는 게 훨씬 쉬우니까."

그는 손으로 내 뺨을 쓸었다.

"네 덕분에, 우리 집에 왔을 때 그들은 가져갈 것이 없었어. 내가 이미 네게 나침반을 준 다음이었으니까."

나는 그에게 팔을 둘렀다. 그가 나를 위해 거래하느라 모두 줘버렸기 때문에 그들이 가져갈 것이 없었다니. 둘 다 잠시 아무 말도 하지 않았다.

다음 순간 그가 살짝 움직여서 우리 앞에 펼쳐진 책 한 페이지를 가리켰다.

"저거. 강. 우리한테 필요한 단어 중 하나야."

그가 그 말을 하는 방식, 그의 입이 보이고 목소리가 들리는 방식을 보며, 나는 이 종이들은 젖혀두고 이 동굴 안이나 저 작은 집 중 한 채나 물가에서 나날을 보내며 그의 신비만 풀고 싶었다.

# 35
## 카이

농부들의 역사에 관한 페이지를 넘기면서 나 자신의 역사가 내게 번뜩였다. 그것은 동굴 바깥의 번개처럼 언뜻언뜻 떠올랐다. 밝게, 빠르게. 내가 더 많은 것을 보고 있는지, 눈이 멀고 있는지 알 수가 없었다. 비가 쏟아졌다. 나는 바깥의 강이 앞에 놓인 모든 것을 밀어젖히는 광경을 그렸다. 작은 돌에 새겨진 새러의 이름 위로 흐르며 그녀의 뼈를 드러내버리는 광경.

마음속에 공포가 치밀어 올랐다. 여기에 갇힐 수는 없다. 자유에 이렇게 가까이 다가왔는데 실패할 수는 없었다.

종이에 줄이 그어진 공책이 나왔다. 어린애가 끼적인 글씨로 가득 차 있었다. *S. S. S.* 처음 배울 때는 어려운 글자. 이걸 쓴 사람은 헌터의 딸이었을까?

"넌 이제 충분히 컸다."

아버지는 협곡에서 가져온 미루나무 한 조각을 내게 건네면서 말했다. 아버지도 한 조각을 갖고 있었다. 아버지는 전날 밤 비가 남긴 진흙 위에 표시했다.

"이건 내가 협곡에서 배운 거야. 봐. *K.* 네 이름은 이렇게 시작해. 그들 말로는 언제나 사람 이름을 먼저 가르쳐야 한단다. 그런 식으로 해야, 다른 글자 쓰는 법을 전혀 배우지 못해도 항상 남는 게 있다는 거야."

나중에는 다른 아이들에게도 가르쳐주겠다고 아버지는 내게 말했다.

"왜요?"

내가 물었다. 나는 다섯 살이었다. 아버지가 다른 아이들을 가르치기를 바라지 않았다.

아버지는 내가 무슨 생각을 하는지 알았다.

"쓰는 법을 안다고 네가 남에게 흥미를 불러일으키는 사람이 되는 게 아니야. 무엇을 쓰느냐가 중요하지."

아버지가 말했다.

"하지만 모든 사람이 글자를 쓸 줄 안다면 나는 특별하지 않잖아요."

내가 말했다.

"그런 건 중요하지 않단다."

"아버지는 특별해지고 싶어하시잖아요. 인도자가 되고 싶어하시잖아요."

나는 말했다. 그때도 나는 알고 있었다.

"나는 사람들을 돕기 위해서 인도자가 되고 싶은 거야."

아버지가 내게 말했다.

그때 나는 고개를 끄덕였다. 나는 아버지를 믿었다. 아버지도 스스로를 믿었을 거라고 생각한다.


또 하나의 기억이 머릿속에 번뜩였다. 아버지 대신 내가 쪽지를 가지고 마을을 돌아다녔을 때의 기억. 나는 다른 사람들이 돌려 읽을 수 있도록 그것을 이곳저곳으로 전해주었다. 종이에는 다음 모임 시간과 장소가 적혀 있었는데, 아버지는 내가 집에 오자마자 그것을 태워버렸다.

"이 모임은 무엇 때문에 하는 거예요?"

나는 아버지에게 물었다.

"농부들이 또 봉기에 합류하지 않겠다고 했어."

아버지가 말했다.

"당신은 어떻게 할 거예요?"

어머니가 물었다.

아버지는 농부들을 사랑했다. 아버지에게 쓰는 법을 가르쳐준 사람들은 봉기 세력이 아니라 그들이었다. 그러나 우리가 재분류 되기 전에 아버지에게 먼저 접근한 쪽은 봉기 세력이었다. 그들은 싸움을 계획했고 아버지는 싸움을 좋아했다.

"나는 봉기에 계속 충실할 거야. 그래도 농부들과 거래할 거다."

아버지가 말했다.


인디가 몸을 앞으로 숙였을 때 우리와 눈이 마주쳤다. 그녀는 내게 살짝 미소 짓더니 방금 뭔가 슬쩍 안에 넣은 듯 자기 배낭 위에 손을 올렸다. 그녀는 무엇을 찾아낸 걸까?

나는 그녀가 얼굴을 돌릴 때까지 그녀를 바라보았다. 그것이 무엇이건 간에 그녀는 카시아에게도 그걸 보여주지 않았다. 나중에 알아내야겠다.


마지막 폭격이 있기 몇 달 전, 아버지는 내게 배선에 대해 가르쳤다. 그것이 아버지의 일이었다. 마을의 부서진 모든 물건의 배선을 수리하는 것. 그곳에서는 물건이 자주 부서졌고 우리는 거기에 익숙해졌다. 우리가 가진 장비는 모두 소사이어티에서 남은 것이었다. 우리처럼. 특히 음식을 데우는 기계는 늘 부서졌다. 소사이어티가 우리에게 보내주는 음식은 대량생산된 것이었고, 표준 비타민이 담겨 있으며, 다른 지방에서 사람들에게 주는 개별적으로 조절된 식사와 전혀 다르다는 소문이 들렸다.

"네가 여기서 내가 하던 일을 할 수 있게 되면, 집 안의 음식 기계나 난방기 고치는 일 같은 것 말이다. 그러면 나는 계속 협곡을 여행할 수 있어. 아무도 소사이어티에 네가 나 대신 일한다고 이르지 않을 거다."

아버지가 말했다. 나는 고개를 끄덕였다.

"사람이 모두 자기 손을 잘 쓰는 건 아니야. 하지만 너는 잘 쓰지. 우리에게서 물려받은 재주야."

아버지가 뒤로 물러앉으며 말했다.

나는 어머니가 그림을 그린 곳을 흘끔 본 다음 손에 쥔 전선을 다시 바라보았다.

"난 언제나 무슨 일을 하고 싶은지 알고 있었어. 기계 수리공으로 지정되기 위해 얼마나 점수를 낮게 받아야 하는지 알고 있었지."

아버지가 말했다.

"그건 위험했잖아요."

내가 말했다.

"그랬지. 하지만 나는 언제나 내가 가야 하는 길로 갔다."

아버지는 나와 주변의 바깥 지방을 향해 웃어 보였다. 아버지가 사랑하고 아버지가 속해 있는 곳. 다음 순간 아버지는 진지해졌다.

"자. 네가 내가 한 일을 할 수 있는지 보자."

나는 전선과 플라스틱 탭과 타이머를 아버지가 알려준 방식대로 배열하고 작은 부분 하나를 바꾸었다.

"좋아. 네게는 직관도 있구나. 소사이어티는 그런 건 존재하지 않는다고 말하지만, 사실은 존재한단다."

아버지는 기쁜 듯 말했다.


다음에 집어든 책은 무거웠고, '장부' 라는 단어가 새겨져 있었다. 나는 끝에서부터 시작해 훑어나가면서 책장을 주의 깊게 넘겼다.

반쯤은 그럴 거라고 예상했지만, 여기서 아버지가 거래한 흔적을 보자 여전히 마음이 아팠다. 줄 위에 있는 아버지의 서명과 쓰여 있는 날짜로 알 수 있었다. 아버지는 바깥 지방에서의 생활이 점점 더 위험해졌을 때도 마지막까지 농부들과 계속 거래하던 사람들 중 한 명이었다. 아버지는 거래를 그만두면 약해진 것처럼 보일 거라고 생각했다.

팸플릿에 나온 것처럼 그곳에는 언제나 인도자가 있었고, 인도자가 쓰러지면 다른 사람들이 그 자리를 맡기 위해 훈련받고 있었다. 아버지는 인도자가 아니었지만, 그 줄에 대기하고 있었다.

"소사이어티가 하라는 대로 하세요. 그러면 곤란해지지 않을 거예요."

더 나이가 들어 아버지가 얼마나 큰 위험을 감수하고 있는지 알게 됐을 때, 나는 아버지에게 말했다.

그러나 아버지는 당신을 억누르지 못했다. 아버지는 영리하고 교활했지만, 행동이 앞섰고 교묘하지 못했고 언제 멈춰야 하는지 전혀 몰랐다. 심지어 어린 나의 눈으로 봐도 그랬다. 협곡에 들어가 거래하는 것만으로는 충분하지 않았다. 아버지는 글쓰기를 배워서 나와야 했다. 나를 가르치는 것만으로는 충분하지 않았다. 모든 아이들을, 그다음에는 그들의 부모들까지 가르쳐야 했다. 봉기에 대해 아는 것만으로는 충분하지 않았다. 그것을 향해 나아가야 했다.

사람들이 죽은 건 아버지 때문이었다. 아버지는 너무 세게 밀어붙였고 너무 많은 위험을 감수했다. 아버지가 아니었다면 사람들은 다 같이 모이지 않았을 것이다.

그런데 그 마지막 폭격이 있은 후, 누가 와서 생존자들을 데려갔는가?

소사이어티였다. 봉기 세력이 아니었다. 나는 더 이상 우리가 필요하지 않게 됐을 때 그들이 우리를 어떻게 버렸는지 보았다. 나는 봉기 세력이 두려웠다. 그보다 더, 내가 봉기 세력에서 어떤 사람이 될지 두려웠다.

나는 인디가 자기 배낭에 뭔가 넣었던 곳으로 걸어갔다. 앞쪽 테이블에는 지도로 가득 찬, 방수 처리된 상자가 놓여 있었다.

나는 인디를 슬쩍 보았다. 그녀는 하던 일을 계속하고 있었다. 손가락은 책장을 넘기고, 숙인 머리는 땅을 향해 늘어진 유카꽃의 방울 같은 꽃송이를 생각나게 했다.

"시간이 점점 없어지고 있어. 서로 떨어지게 될 경우에 대비해서 각자 쓸 지도를 찾아볼게."

내가 상자를 집어 들면서 말했다.

카시아가 고개를 끄덕였다. 그녀는 또 흥미로운 것을 발견했다. 그것이 무엇인지는 보이지 않았지만, 그녀의 얼굴에 기쁨이 떠오르고 몸이 흥분으로 긴장하는 것은 보였다. 봉기라는 착상이 그녀를 생기 있게 만들었다. 그녀는 그것을 원했다. 어쩌면 그녀의 할아버지가 그녀가 찾아내기를 바랐던 것이 그것일 수도 있었다.

'카시아, 네가 날 찾으러 카빙 대협곡에 들어왔다는 건 알아. 하지만 나는 너를 위해 봉기에 합류할 수 있을지 모르겠어.'

# 36
## 카시아

카이가 테이블 위에 지도 한 장을 내려놓고 작고 검은 목탄연필로 손을 뻗었다.

"우리가 쓸 지도를 또 하나 찾았어. 하지만 약간 고쳐야겠어. 좀 낡았거든."

그가 종이에 표시하기 시작하며 말했다.

나는 우리에게 도움을 줄 정보를 찾기 위해 책을 또 한 권 집어 들고 책장을 넘겼다. 그러나 어떻게인지 몰라도, 마음속으로 시를 짓고 말았다. 카이를 위한 시가 아닌 카이에 대한 시였고, 나도 모르게 그 신비의 작가 문체를 베끼고 있었다.

> 나는 지도 한 장에 모든 죽음을
> 모든 아픔과 충격을 표시했어
> 내 세계는 검은 종이 한 장뿐
> 눈(雪)이라고는 전혀 남지 않았네

나는 카이를 바라보았다. 그의 손이 재빨리, 주의 깊게 움직이며 지도를 표시하고 글자를 썼다. 내 몸 위에서 움직일 때처럼 확신에 차서.

그는 나를 쳐다보지 않았다. 나는 나 자신이 원하는 것을 깨달았다. 나는 그를 원했다. 그가 무슨 생각을 하고 어떻게 느끼는지 알고 싶었다. 왜 카이는 그렇게 조용히 앉아 있고, 그렇게 가만히 있고, 그렇게 많은 것을 볼 수 있을까.

어떻게 그는 나를 끌어당기면서 동시에 밀어낼 수 있을까?

"밖으로 나가야겠어."

잠시 후 나는 좌절감으로 숨을 내쉬며 말했다. 우리는 구체적인 것은 아무것도 찾지 못했다. 봉기와 소사이어티와 농부들 자신의 역사와 선전물만 끝없이 보았다. 처음에는 매혹적이었지만, 이제 바깥의 강이 점점 더 높이 차오르는 것을 알 수 있었다. 등이 아프고 머리가 아파왔고 희미한 공포로 가슴이 두근거리기 시작하는 것을 느낄 수 있었다. 분류 능력을 잃고 있는 것일까? 처음에는 파란 알약을 잘못 판단하더니, 지금은 이렇다.

"번개가 그쳤어?"

"그런 것 같아. 가서 보자."

카이가 말했다.

음식이 가득 찬 동굴 안에서 엘리는 주변에 있는 사과로 배낭을 채운 다음 몸을 웅크린 채 자고 있었다.

카이와 나는 바깥으로 걸어 나갔다. 비가 내렸지만 정전기는 공중에 남아 있었다.

"날이 밝으면 움직이자."

그가 말했다.

나는 그를 바라보았다. 그가 갖고 다니는 손전등 빛에 희미하게 드러난 어두운 옆모습을 보았다. 소사이어티는 이것을 어떻게 마이크로카드에 넣어야 할지 절대로 모를 것이다. '땅에 속해 있다. 달리는 법을 안다.' 그들은 그가 어떤 존재인지 절대로 쓰지 못할 것이다.

"우린 아직 아무것도 찾지 못했어."

나는 웃어 보이려고 애썼다.

"내가 돌아간다면, 소사이어티는 내 마이크로카드를 수정해야 할 거야. '분류에서 예외적으로 뛰어난 잠재력을 보여줌' 이란 말은 지워야 할걸."

"네가 하고 있는 건 분류보다 더 대단한 거야."

카이가 간단히 말했다.

"이제 좀 쉬어야겠어. 쉴 수 있다면."

'그는 나만큼 봉기 세력을 찾는 일에 열의가 없어. 나를 도우려고는 하지만, 내가 여기 없으면 그들과 합류할 길을 찾으려 들지 않을 거야.'

나는 깨달았다. 갑자기 그 시구가 생각났다.

'당신에게는 닿지 못했습니다.'

나는 그 시구를 밀어냈다. 나는 지쳤다. 그래서 마음이 약해진 것뿐이다. 그리고 카이의 이야기를 전부 듣지는 못했음을 깨달았다. 그가 그렇게 행동하는 이유가 있을 테지만 나는 그것을 다 알지 못했다.

나는 그가 할 수 있는 모든 일을 생각해보았다. 쓰고, 새기고, 그리는 일. 갑자기 빈 정착지 한구석 어둠 속에 서 있는 그의 모습을 보자 슬픔이 온몸을 휩쓸었다.

'소사이어티에는 카이 같은 사람이 있을 곳이 없어. 창조할 수 있는 사람을 위한 장소가. 그는 비교할 수 없는 가치를 지닌 많은 일을 할 수 있어. 다른 사람은 아무도 할 수 없는 일을. 하지만 소사이어티는 거기에 전혀 신경 쓰지 않아.'

나는 생각했다.

카이가 이 빈 거주구를 바라볼 때 자기가 있을 수 있는 장소를 보았을지 궁금했다. 그가 다른 사람과 함께 글을 쓰고, 그림 속의 아름다운 소녀들이 춤추는 법을 아는 곳을.

"카이, 나 네 이야기의 나머지를 듣고 싶어."

"전부?"

그가 물었다. 그의 목소리는 진지했다.

"내게 말해주고 싶은 거라면 뭐든지."

내가 말했다.

그는 나를 바라보았다. 나는 그의 손을 내 입술 앞에 들어 올려 그의 손마디에, 손바닥의 상처난 곳에 키스했다. 그는 눈을 감았다.

"우리 어머니는 물로 그림을 그리셨어. 우리 아버지는 불을 가지고 노셨고."

그가 말했다.

# 37
## 카이

비가 내리는 바람에 우리를 위한 이야기 한 편을 상상할 여유가 생겼다. 할 수만 있다면 내가 쓸 이야기.

'그들은 봉기에 대해 잊어버리고 거주구에 단둘이 머물러 있었습니다. 그들은 빈 건물들 안을 걸어 다녔습니다. 봄에 씨앗을 심고 가을에 수확했습니다. 냇물에 발을 담갔습니다. 시를 실컷 누렸습니다. 그들은 서로에게 말을 속삭였고, 그 말은 빈 협곡에 메아리쳤습니다. 그들의 입술과 손은 원할 때마다, 원하는 만큼 서로를 어루만졌습니다.'

그러나 심지어 '모든 일이 어떻게 일어나야 하는지'에 대해 내가 지어낸 이야기에서도 우리의 존재와 우리가 사랑하는 다른 사람들이 있다는 사실을 바꿀 수는 없었다.

'오래지 않아 다른 사람들이 그들의 마음속에 떠올랐습니다. 브램이 누나를 기다리며 슬픈 눈으로 그들을 지켜보고 있었습니다. 엘리가 나타났습니다. 그들의 부모님이 지나가면서 고개를 돌려 자신들이 사랑했던 아이들을 스쳐보았습니다. 그리고 잰더도 그곳에 있었습니다.'

다시 동굴 안에 들어가자, 엘리는 어느새 일어나서 인디와 함께 문서를 뒤지고 있었다.

"언제까지 이렇게 보고 있을 수는 없어요. 소사이어티가 우리를 찾으러 올 거예요."

엘리의 목소리는 겁에 질린 것 같았다.

"조금만 더 있자. 여기 뭔가 있는 게 확실해."

카시아가 말했다.

인디가 들고 있던 책을 내려놓고 어깨에 배낭을 메며 말했다.

"난 내려갈게. 우리가 놓친 게 있나 집 안을 다시 살펴볼게."

동굴을 나가면서 그녀는 나와 눈을 마주쳤다. 카시아도 그것을 알아차렸다.

"그들이 헌터를 붙잡았을 것 같아요?"

엘리가 물었다.

"아니. 헌터는 어떻게든 자기 방식대로 일을 끝마칠 거야."

내가 말했다. 엘리는 몸을 떨었다.

"그 '굴'. 굴 전체가 뭔가 잘못된 것 같았어요."

"그래."

내가 말했다. 엘리는 손등으로 눈을 문지르며 또 다른 책으로 손을 뻗었다.

"넌 쉬어야 해, 엘리. 우리가 계속 살펴볼게."

내가 그에게 말했다.

엘리는 우리 주위의 벽을 쳐다보았다.

"왜 그들이 여기에는 아무것도 그리지 않았을까요."

"엘리, 쉬어."

나는 좀 더 단호하게 말했다.

그 애는 다시 담요를 둘러쓰고 몸을 웅크렸다. 이번에는 우리 근처에 있으려고 도시관 동굴 구석에 자리를 잡았다. 카시아가 조심스럽게 손전등 불빛을 그에게서 비꼈다. 그녀는 방해되지 않도록 머리를 틀어올렸다. 기진맥진한 그녀의 눈은 그늘져 보였다.

"너도 쉬어야 해."

"여기 뭔가가 있어. 난 그걸 찾아야 해."

그녀가 말했다. 그녀는 내게 웃어 보였다.

"너를 찾고 있을 때와 똑같은 기분을 느꼈어. 때때로 나는 뭔가 찾고 있을 때 가장 강한 것 같아."

그건 사실이었다. 그녀는 그랬다. 나는 그녀의 그런 점을 좋아했다.

그래서 나는 잰더의 비밀에 대해 그녀에게 거짓말을 할 수밖에 없었다. 만약 그러지 않았다면 그녀는 멈추지 않고 그것이 무엇인지 알아내려고 했을 것이다.

나는 일어섰다.

"난 가서 인디를 도울게."

나는 카시아에게 말했다. 인디가 무엇을 숨기고 있는지 알아내야 할 때였다.

"응."

카시아가 말했다. 그녀는 읽고 있던 페이지에 표시도 해놓지 않고 책에서 손을 뗐다. 그 부분을 다시 찾을 수는 없었다.

"조심해."

"응. 곧 돌아올게."

내가 말했다.

인디를 찾기는 어렵지 않았다. 아래쪽 어떤 집의 깜박이는 불빛이 그녀가 있는 곳을 드러내주었다. 그녀도 그럴 거라고 예상했으리라. 나는 비로 미끄러워진 벼랑길을 내려갔다.

그 집에 도착했을 때 나는 먼저 창문을 들여다보았다. 유리창은 세월과 빗물로 얼룩졌지만, 안에 있는 인디의 모습은 보였다. 손전등이 그녀 옆에 놓여 있었고, 그녀는 손에 빛을 내는 다른 물체를 들고 있었다.

미니 포트였다.

그녀는 내가 오는 소리를 들었다. 내가 그녀의 손에서 포트를 쳐냈지만 내 손가락은 그것을 제때 움켜쥐지 못했다. 포트는 땅에 떨어졌으나 부서지지는 않았다. 인디는 안도의 한숨을 쉬었다.

"먼저 써. 원하는 게 있으면 봐."

그녀가 말했다.

그녀의 목소리는 낮았다. 그 안에서 뭔가를 매우 원하는 기색이 느껴졌다. 그 뒤로 협곡의 강 소리가 들렸다. 인디가 손을 뻗어 내 팔에 손을 댔다. 그녀가 자진해서 누군가를 만지는 모습을 그때 처음 보았다. 그래서 나는 마룻바닥에 떨어진 미니 포트를 부수지 못했다.

화면을 보자 낯익은 얼굴이 마주 보았다.

"잰더잖아."

나는 놀라서 말했다.

"너 잰더의 사진을 갖고 있었어? 하지만 어떻게……."

무슨 일이 일어났는지 추측하는 데는 한순간밖에 걸리지 않았다.

"너 카시아의 마이크로카드를 훔쳤구나."

"에어십에서 카시아가 숨겨준 물건이 바로 그거야."

인디는 죄의식이라곤 하나도 없는 어조로 말했다.

"그 애는 몰랐지. 나는 그 애의 알약과 함께 그걸 숨겼고, 그 안에 들어 있는 걸 볼 수 있는 방법을 손에 넣을 때까지 갖고 있었어."

그녀는 손을 뻗어 다시 포트를 껐다.

"네가 도서관 동굴에서 찾아낸 게 그거야? 미니 포트?"

내가 그녀에게 물었다. 그녀는 고개를 저었다.

"협곡으로 들어오기 전에 훔친 거야."

"어떻게?"

"우리가 달아나기 전날 마을의 대장 노릇 하는 남자애에게서 훔쳤지. 그 애는 좀 더 조심했어야 했어. 일탈자들은 다 훔치는 법을 알잖아."

'다는 아니야, 인디. 우리 중 몇 명뿐이야.'

나는 생각했다.

"그들이 우리가 어디 있는지 아는 거 아냐? 그게 장소도 전송하나?"

내가 물었다. 빅과 나는 미니 포트가 무엇을 할 수 있는지 확실히 알지 못했다.

그녀는 어깨를 움츠렸다.

"그런 것 같지는 않아. 하여간 소사이어티는 '굴'에서 그런 일이 일어난 이후 이리로 오고 있잖아. 그렇지만 네게 보여주고 싶었던 건 미니 포트가 아니야. 네가 올 때까지 시간을 보내고 있었을 뿐이야."

나는 카시아에게서 물건을 훔쳐선 안 되는 것이었다고 말을 시작하려고 했지만, 그때 인디가 배낭에 손을 넣어 사각형으로 접은 두꺼운 직물을 꺼냈다. 캔버스였다.

"네가 봐야 하는 건 이거야."

그녀는 천을 펼쳤다. 그것은 지도였다.

"이게 봉기 세력에게로 가는 길인 것 같아. 봐."

그녀가 말했다.

지도 위의 단어들은 암호화되어 있었지만 풍경은 낯익었다. 카빙 대협곡 언저리와 그 너머 들판. 농부들이 올라갔던 산보다 빅이 죽은 강이 더 많이 보였다. 그 강은 들판을 가로질러 지도 아래로 흐르다가, 칠흑같이 검은 어둠 속에서 끝났다. 그 위에는 암호로 보이는 단어가 흰 글씨로 쓰여 있었다. 인디가 지도 위의 그 검은 공간을 어루만지며 말했다.

"이건 대양인 것 같아. 그리고 저 단어는 섬을 나타내는 거겠지."

"왜 이걸 카시아에게 주지 않았어? 카시아는 분류자잖아."

내가 말했다.

"네가 어떤 사람인지 알기 때문에, 네게 주고 싶었어."

인디가 말했다.

"무슨 뜻이야?"

내가 물었다. 그녀는 안달하듯 고개를 저었다.

"난 네가 그 암호를 풀 수 있다는 걸 알거든. 네가 분류할 수 있다는 걸 알아."

인디가 옳았다. 나는 분류할 수 있었다. 나는 이미 그 흰 단어가 무슨 말을 하는지 추측해냈다.

'다시 고향에 돌아오다.'

테니슨의 시에서 나온 시구였다. 그곳이 봉기의 영역이었다. 고향, 그들은 그곳을 그렇게 불렀다. 그리고 소사이어티가 독을 떨어뜨리고 빅이 죽은 강을 따라가면 그곳에 갈 수 있었다.

"내가 분류할 줄 안다는 건 어떻게 알았어?"

나는 지도를 내려놓고 아직 해독하지 못한 척하며 인디에게 물었다.

"나는 계속 듣고 있었어."

그녀는 그렇게 말하더니 앞으로 몸을 숙였다. 우리는 손전등 불빛 속에 앉아 있었다. 나머지 세계는 검게 변하고 그녀와, 그녀가 생각하는 나 둘만 남아 있는 것 같았다.

"난 네가 누군지 알아."

그녀가 더 가까이 몸을 숙였다. 그리고 다시 말했다.

"네가 누구여야 하는지도 알아."

"내가 누구여야 하는데?"

나는 그녀에게 물었다. 나는 몸을 빼지 않았다. 그녀가 웃었다.

"인도자."

그녀가 말했다. 나는 웃으며 뒤로 기댔다.

"아니야. 그럼 네가 카시아에게 말해준 시는 뭐야? 거기서는 인도자가 여자라고 말하고 있잖아."

"그건 시가 아니야."

인디가 사납게 말했다.

"노래구나. 배경에 음악을 붙인 글이야."

나는 그때서야 깨닫고 말했다. 진작에 알았어야 했다.

인디는 불만스러운 듯 한숨을 내쉬었다.

"인도자가 어떻게 나타나는지, 여자인지 남자인지는 중요하지 않아. 착상은 똑같아. 이제 알겠어."

"그래도 난 인도자가 아니야."

"넌 인도자야. 너는 인도자가 되고 싶지 않아서 봉기에서 도망치고 있어. 누군가가 너를 반역자들에게 데리고 돌아가야 해. 내가 그렇게 하려는 거야."

"봉기는 네가 상상하는 그런 게 아니야. 탈출해서 자유로워진 일탈자와 비정상, 반역자, 무법자 들이 아니지. 그건 구조야. 시스템이야."

내가 말했다. 그녀는 어깨를 으쓱했다.

"그게 뭐건 간에, 난 거기 들어가고 싶어. 나는 평생 그에 대해 생각했거든."

"이게 우리를 봉기로 데려가줄 거라고 생각한다면 왜 나한테 주는 거야? 왜 곧장 카시아에게 주지 않았어?"

내가 지도를 들어 올리며 인디에게 물었다.

"우리는 똑같아. 너와 나. 너는 카시아보다 나랑 더 비슷해. 우리는 지금 당장 떠날 수 있어."

그녀가 속삭였다.

그녀가 옳았다. 나는 인디에게서 나 자신을 보았다. 나는 그녀에게 아주 깊은 동정을 느꼈다. 어쩌면 완전히 다른 것일지도 모른다. 공감. 살아남기 위해서는 뭔가 믿어야 한다. 그녀는 봉기를 골랐다. 나는 카시아를 선택했다.

인디는 한참 동안 침묵했다. 숨고, 도망가고, 움직이고 있었다. 나는 그녀의 손 옆에 내 손을 내려놓았다. 나는 그녀의 손가락을 만지지 않았지만 그녀는 내 손에 남은 표시를 볼 수 있었다. 내게는 여기 처음 살았을 때의 흉터가 남아 있었다. 소사이어티의 어떤 시민도 갖지 못한 흉터.

그녀는 내 손을 보았다.

"얼마나 오래됐어?"

그녀가 물었다.

"뭐가?"

"얼마나 오래전부터 일탈자였어?"

"어렸을 때부터. 그들이 우리 가족을 재분류했을 때 나는 세 살이었어."

내가 말했다.

"누구 때문에 재분류됐어?"

나는 대답하고 싶지 않았으나, 아슬아슬한 경계에 서 있음을 알 수 있었다. 마치 그녀가 협곡 끝에 몰린 것 같았다. 내가 잘못 움직이면 그녀는 어깨 너머를 돌아보고, 손을 놓고, 추락의 가능성을 움켜잡을 것이다. 그녀에게 내 이야기를 한 조각 주어야 했다. 나는 대답했다.

"우리 아버지. 우리는 소사이어티 시민이었어. 경계 지방에 살았지. 소사이어티가 반역과 연루되어 있다고 아버지를 고발했어. 그리고 우리 모두 바깥 지방으로 보냈어."

"아버지가 반역자였어?"

그녀가 물었다.

"그래. 그리고 우리가 바깥 지방으로 이사한 다음 아버지는 마을 사람들을 설득해서 자기와 뜻을 같이하게 만들었어. 거의 모든 사람이 죽었지."

내가 말했다.

"하지만 넌 여전히 아버지를 사랑하는구나."

그녀가 말했다.

나는 이제 그녀와 함께 아슬아슬한 지점에 다다랐다. 그녀도 그
것을 알았다. 그녀를 계속 매달려 있게 하려면 진실을 말해야 했
다. 나는 숨을 깊이 들이쉬었다.

"물론 그래."

나는 그렇게 말했다.

그녀의 손이 내 옆의 땅, 쪼개진 마룻바닥에 놓였다. 창문 바깥
의 비가 내 손전등 광선 속에서 금빛 은빛으로 떨어져 내렸다. 나
는 아무 생각도 하지 않고 그녀의 손가락을 부드럽게 어루만졌다.

"인디, 난 인도자가 아니야."

나는 그녀에게 말했다. 그녀는 고개를 저었다. 그녀는 내 말을
믿지 않았다.

"그냥 지도만 읽어. 그럼 넌 모든 걸 알 거야."

그녀가 내게 말했다.

"아니, 난 모든 걸 알지 못해. 네 이야기를 모르잖아."

나는 말했다. 이건 잔인한 일이었다. 누군가가 당신의 이야기를
안다는 것은 곧 당신을 아는 것이기 때문이다. 그리고 그들은 당
신을 상처 입힐 수 있다. 그래서 나는 내 이야기를 조각조각 말하
는 것이다. 심지어 카시아에게도.

"내가 너와 함께 간다면 너에 대해 알아야지."

나는 거짓말을 하고 있었다. 나는 무슨 일이 있어도 그녀와 함
께 봉기에 합류하지 않을 것이다. 그녀가 그걸 알까?

"그건 모두 네가 도망쳤을 때 시작한 일이지?"

나는 그녀가 이야기를 꺼내도록 부추겼다.

그녀는 나를 보며 가늠했다. 갑자기—그녀가 그렇게 날카롭게

날을 세우고 있는데도—손을 뻗어 그녀를 꼭 끌어안고 싶었다. 내가 카시아를 안는 방식으로는 아니었다. 일탈자가 된다는 것이 무엇인지 함께 아는 사람으로서.

"모두 내가 도망쳤을 때 시작된 일이야."

그녀가 말했다.

나는 몸을 더 가까이 기울였다. 인디는 기억을 떠올리면서 보통 때보다 더 부드럽게 말했다.

"나는 노동수용소에서 도망치고 싶었어. 그들이 나를 다시 에어십으로 끌고 갔을 때 나는 빠져나갈 수 있는 마지막 기회를 잃었다고 생각했어. 나는 우리가 바깥 지방에서 죽게 된다는 걸 알고 있었어. 그때 에어십에서 카시아를 봤지. 그 애는 그곳과도, 수용소와도 어울리지 않았어. 나는 그 애의 물건을 뒤져서 그 애가 일탈자가 아니라는 걸 알게 됐어. 그런데 왜 그 애가 에어십에 몰래 탔을까? 무엇을 찾으려고?"

인디는 말하면서 내 눈을 똑바로 들여다보았다. 나는 그녀가 진실을 말하고 있음을 알 수 있었다. 처음으로 그녀는 완전히 마음을 열었다. 비밀을 갖고 있지 않은 그녀는 아름다웠다.

"나중에 마을에서 나는 카시아가 그 소년과 인도자에 대해서, 그리고 너에 대해서 말하는 걸 들었어. 카시아는 너를 따라가고 싶어했고 그때 나는 처음으로 네가 인도자일지도 모르겠다고 생각했어. 카시아가 네가 인도자라는 걸 알면서도 내게 비밀로 하고 있다고 생각한 거야."

인디는 웃었다.

"나중에 카시아가 내게 거짓말을 한 게 아니라는 걸 깨달았지만. 그 애는 네가 인도자라고 말한 적이 없었어. 그 애 자신도 깨닫지 못했기 때문이지."

"그 애가 옳아. 난 인도자가 아니야."

나는 다시 말했다. 인디는 무시하듯 고개를 저었다.

"좋아. 하지만 붉은 알약은 어때?"

"무슨 말이야?"

"그건 너한테 듣지 않지? 그렇지?"

그녀가 물었다. 나는 대답하지 않았지만 그녀는 그 답을 알았다.

"나한테도 듣지 않았어. 분명 잰더에게도 듣지 않았을 거야."

그녀는 내가 그 사실을 확인하거나 부인할 때까지 기다리지 않았다.

"난 우리 중 몇몇은 특별하다고 생각해. 왠지는 몰라도 봉기는 우리를 선택했어. 그게 아니면 왜 우리에게 면역이 있겠어?"

그녀의 목소리는 열렬했다. 나는 다시 그녀가 어떤 기분일지 알았다. 버려진 것에서 선택된 것으로—모든 일탈자가 원하는 일이었다.

"우리가 선택되었다고 해도, 소사이어티가 우리를 여기로 보냈을 때 봉기 세력은 우리를 구하기 위해 아무것도 하지 않았잖아."

나는 그녀에게 일깨워주었다. 인디가 조소하듯 나를 바라보았다.

"그들이 왜 그래야 하는데? 우리가 그들에게 가는 길을 자력으로 찾지 못한다면 반역에 동참할 수 없어."

그녀는 턱을 들어 올렸다.

"나는 지도가 정확히 무슨 말을 하는지는 몰라. 하지만 우리에게 봉기에 합류하는 길을 알려준다는 건 알아. 우리 어머니가 하신 말씀과 같아. 그 검은 부분은 대양이야. 그 말이 쓰여 있는 곳, 그곳은 섬이야. 우리는 거기까지만 가면 돼. 그리고 지도를 찾은 건 나야. 카시아가 아니라."

"넌 카시아를 질투하고 있어. 그래서 그 애가 파란 알약을 먹게 내버려둔 거니?"

내가 말했다. 인디는 놀란 것 같았다.

"아니. 그 애가 먹는 걸 보지 못했어. 봤으면 못 먹게 막았을 거야. 그 애가 죽는 건 바라지 않았어."

"하지만 넌 그 애를 여기 놔두고 떠나려고 하잖아. 엘리도."

"그건 다른 일이야. 소사이어티는 그 애를 찾아서 그 애가 속한 곳으로 데려갈 거야. 그 애는 괜찮을 거야. 엘리도. 엘리는 아주 어려. 엘리가 여기까지 오게 된 건 실수였을 거야."

인디가 말했다.

"그렇지 않다면 어쩔 건데?"

내가 물었다.

인디는 탐색하는 시선으로 오랫동안 나를 바라보았다.

"너도 사람들을 놔두고 달아났잖아. 이해하지 못하는 것처럼 굴지 마."

"난 카시아를 떠나지 않을 거야."

내가 말했다.

"네가 그럴 거라고는 생각하지 않았어."

인디가 말했다. 그러나 고집을 꺾은 것은 아니었다.

"어떤 면에서는 그래서 내가 너에게 잰더의 비밀에 관련된 쪽지를 준 거야. 일이 이렇게까지 된다면 네게 일깨워주기 위해서."

"뭘 일깨워?"

인디가 웃었다.

"네가 어떤 식으로든 봉기에 동참하게 되리라는 것을. 너는 나와 함께 가려고 하지 않겠지. 좋아. 하지만 무슨 일이 생기든 너는 결국 봉기에 합류하게 될 거야."

그녀가 미니 포트로 손을 뻗었고 나는 그녀가 그것을 가져가게 내버려두었다.

"넌 합류하게 될 거야. 넌 카시아를 원하고, 카시아는 봉기에 합류하기를 바라니까."

나는 고개를 저었다. 아니야.

"봉기에 합류하는 게 너한테 더 좋을 거라고 생각하지 않니?"

돌연 인디가 물었다.

"인도자가 될 수도 있잖아. 아니면 왜 카시아가 잰더를 선택할 수도 있는데 너를 선택했겠어?"

카시아는 왜 나를 선택했을까?

예정된 직업: 음식물 처리 일꾼, 총알받이 마을 사람.

예정된 성공 확률: 일탈자에게는 적용되지 않음.

예정된 수명: 17세. 바깥 지방으로 죽기 위해 보내짐.

카시아는 소사이어티가 나를 보는 방식으로 나를 보지 않는다고 반론할 것이다. 그들의 목록은 문제가 되지 않는다고 말할 것이다.

그리고 그녀에게는 문제가 되지 않는다. 그것이 내가 그녀를 사랑하는 이유 중 하나다.

그러나 그녀가 잰더의 비밀을 알았다면 나를 선택하지 않았을 것이다. 인디는 카시아와 잰더의 관계에 대한 내 불안을 이용하고 싶어서 내게 그 쪽지를 주었다. 하지만 그 종이, 그리고 비밀은 인디의 추측보다 더 많은 뜻을 지니고 있었다.

내 얼굴에 뭔가가—인디가 한 말의 진실이—드러난 것이 틀림없었다. 인디의 눈이 커졌고, 나는 그녀의 생각이 퍼즐 조각처럼 딱 들어맞는 것을 볼 수 있었다. 봉기에 합류하지 않으려는 내 마음, 마이크로카드에 뜬 잰더의 얼굴. 인디 자신의 잰더에 대한 강박과, 반역에 동참해야 한다는 강박. 인디의 영리하고 독특한 정신이 만화경처럼 소용돌이치고 단호하게 굴러가면서, 그 조각들이 그녀에게 진실을 보여주는 그림을 만들었다.

"그거야."

그녀의 목소리는 확신에 차 있었다.

"너는 카시아가 너 없이 혼자 봉기에 합류하게 놔둘 수 없는 거야. 안 그러면 그 애를 잃을지도 모르거든."

그녀가 웃었다.

"왜냐하면 잰더도 봉기에 속해 있으니까."


매칭 파티 전 주였다.

집으로 걸어가던 중 그들이 찾아와 말했다.

"너는 모든 걸 잃는 게 지겹지 않니? 뭔가 얻고 싶지 않아? 우리와 합류하고 싶지 않니? 우리와 함께하면 넌 뭔가 얻을 수 있어."

나는 그들에게 '아뇨'라고 말했다. 그들이 어떻게 졌는지 보았고, 지더라도 내 방식으로 지고 싶다고 말했다.

다음날 저녁 잰더가 나를 찾아왔다. 나는 앞마당에 나와 패트릭 이모부, 에이다 이모의 화단에 새장미를 심고 있었다. 그는 내 옆에 서서 우리가 공통된 일상사를 이야기하는 것처럼 웃으며 행동했다.

"너 동참했니?"

그가 물었다.

"뭘?"

내가 잰더에게 되물었다. 나는 얼굴에서 땀을 닦아냈다. 그때는 땅 파는 것을 좋아했다. 나중에 그 일을 얼마나 많이 해야 하는지 몰랐으니까.

잰더는 몸을 굽히고 나를 돕는 척하며 조용히 말했다.

"반역 말이야. 소사이어티에 대한 반역. 누군가가 이번 주에 내게 접근했어. 너도 거기 들어 있지. 안 그래?"

"아니."

나는 잰더에게 말했다. 그의 눈이 커졌다.

"난 너도 그럴 거라고 생각했어. 그렇게 확신했는데."

나는 고개를 저었다.

"난 우리 둘 다 거기 들어갈 거라고 생각했어."

그가 말했다. 그의 목소리는 어색하고 혼란스러웠다. 전에는 잰더가 그런 목소리로 말하는 것을 들어본 적이 없었다.

"너는 그것에 대해 내내 알고 있었을 거라고 생각했어."

그가 잠시 말을 멈추었다.

"그들이 그 애에게도 물어봤을까?"

우리 둘 다 그 애가 누구를 말하는지 알고 있었다. 물론 카시아였다.

"모르겠어. 그럴 수도 있지. 우리에게는 물어봤잖아. 자치구에서 접근해야 할 사람의 목록을 갖고 있는 게 틀림없어."

내가 잰더에게 말했다.

"싫다고 말한 사람에게는 무슨 일이 일어날까? 그들이 네게 붉은 알약을 줬니?"

잰더가 물었다.

"아니."

"그들은 붉은 알약에 접근할 권한을 갖고 있지 않을 수도 있어. 의료 센터에서 일하는 나조차도 소사이어티가 붉은 알약을 어디 두는지 몰라. 그건 파란색, 녹색과는 다른 장소에 있어."

잰더가 말했다.

"아니면 자기들을 고발하지 않을 사람들에게만 함께하자고 하는 것일 수도 있지."

"그들이 그걸 어떻게 알아?"

"그들 중 어떤 사람들은 여전히 소사이어티 안에 있잖아."

나는 그를 일깨워주었다.

"그들은 우리 데이터를 가지고 있어. 우리가 어떻게 할지 예측해볼 수 있을 거야."

나는 잠시 말을 멈추었다가 다시 이었다.

"그들이 옳아. 너는 그들을 고발하지 않을 거야. 네가 합류했으니까. 나는 그들을 고발하지 않을 거야. 내가 합류하지 않았으니까."

'그리고 난 일탈자니까.'

나는 생각했지만 입 밖에 내어 말하지는 않았다. 나는 주의를 끄는 일을 절대로 하고 싶지 않았다. 특히 반역에 대한 보고 같은 것은.

"넌 왜 동참하지 않아?"

잰더가 물었다. 그의 어조에는 조롱하는 기색이 전혀 없었다. 그는 알고 싶을 뿐이었다. 그를 알게 된 후 처음으로 나는 그의 눈에서 공포 비슷한 것을 보았다.

"그걸 믿지 않으니까."

내가 그에게 말했다.

잰더와 나는 반역자들이 카시아에게 접근했는지 결코 알 수 없었다. 그리고 그녀가 붉은 알약을 먹었는지도 알지 못했다. 그녀를 위험으로 밀어 넣지 않고는 그녀에게 어떤 질문도 할 수 없었다.

나중에 그녀가 숲 속에서 두 편의 시를 읽고 있는 것을 보았을 때 나는 잘못 선택했다고 생각했다. 나는 테니슨의 시가 봉기의 시이기 때문에 그녀가 그것을 갖고 있는 것이고, 그녀와 함께 반역에 동참할 기회를 놓쳤다고 생각했다. 그러나 그때 그녀가 정말로 좋아하는 시는 다른 것이라는 사실을 알게 되었다. 그녀는 자기 길을 선택했다. 나는 그녀를 더욱 깊이 사랑하게 되었다.


"너 정말로 봉기에 합류하고 싶니?"

나는 인디에게 물었다.

"그래. 정말이야."

인디가 말했다.

"아니야. 넌 지금 이 순간만 그러기를 원하는 거야. 거기서 몇 달, 몇 년은 행복할 수 있을지 몰라. 하지만 넌 거기 어울리지 않아."

"넌 날 모르잖아."

"아니야, 알아."

내가 말했다. 나는 재빨리 가까이 몸을 기울여 다시 그녀의 손을 만졌다. 그녀는 숨을 멈췄다.

"이런 건 다 잊어버려. 우리에겐 봉기가 필요 없어. 농부들이 저기 있잖아. 너와 나와 카시아와 엘리, 우리 모두 함께 가는 거야. 어딘가 새로운 곳으로. 해변을 떠나 안 보이는 곳으로 가고 싶어 하던 소녀에게 무슨 일이 일어났지?"

나는 그녀의 손을 꼭 움켜쥐고 버텼다.

인디는 대경실색한 얼굴로 나를 쳐다보았다. 카시아가 내게 인디의 이야기를 해주었을 때, 나는 실제로 무슨 일이 일어났는지 알았다. 인디는 자기 어머니와 보트와 물이 나오는 이야기를 너무 많이 해서 그녀 자신도 자기가 하는 이야기를 믿기 시작했다.

그러나 지금 그녀는 자기가 무엇을 잊으려고 했는지 기억했다. 그것이 어머니의 이야기가 아니었다는 것을. 그것은 그녀의 이야기였다. 평생 어머니의 노래를 들어왔던 인디는 직접 보트를 만드는 바람에 재분류되었다. 그녀는 봉기 세력을 발견하지 못했다. 심지어 해안이 안 보이는 곳까지 가지도 못했다. 그리고 결국 소사이어티는 그녀를 죽이기 위해 대양에서 사막으로 보냈다.

나는 인디를 알기 때문에 그런 일이 일어났다는 것을 알 수 있었다. 그녀는 다른 이가 보트를 만들고 자기 없이 항해를 시작하는 것을 보고만 있을 사람이 아니었다.

인디는 봉기 세력을 너무나 간절히 찾고 싶어했기 때문에 다른 것을 보지 못했다. 나를 제대로 보지 못한 게 분명했다. 나는 그녀가 생각하는 것보다 더 형편없는 놈이었다.

"미안해, 인디."

나는 미안함을 느끼며 그렇게 말했다. 내가 하려는 일 때문에 얼마나 미안한지 마음이 정말 아팠다.

"하지만 봉기는 우리 중 누구도 구해주지 않아. 난 거기에 합류하면 어떻게 되는지 봤어."

나는 지도 가장자리에 성냥불을 붙였다. 인디가 비명을 질렀지만 나는 그녀를 다가오지 못하게 했다. 불꽃이 천 가장자리에서 날름거렸다.

"안 돼!"

인디가 외치면서 지도를 다시 낚아채려고 했다. 나는 그녀를 밀어냈다. 그녀는 주위를 둘러봤지만 우리 둘 다 동굴에 물통을 놔두고 왔다.

"안 돼."

인디가 다시 외치더니 나를 밀치고 문밖으로 나갔다.

나는 그녀를 막으려고 하지 않았다. 그녀가 무슨 일을 하려고 하든—빗물을 받든 물을 찾으러 강에 가든—시간이 너무 오래 걸릴 것이다. 지도는 사라진 거나 마찬가지였다. 타는 냄새가 공중에 다시 가득했다.

# 38
## 카시아

한밤중 동굴 바깥에서 무슨 말이 오가는지 궁금해하면서 앞에 있는 단어들에 집중하기는 어려웠다. 나는 나도 모르게 시를 다시 읽고 있었다. '당신에게는 닿지 못했습니다' 로 시작하는 시의 다음 부분을.

바다는 계속 들어옵니다─즐겁게 뛰노는 발로,

우리가 가야 하는 거리는 아주 짧고─

우리는 함께 뛰놀기 쉽지만

이제는 일해야 합니다.

마지막은 우리가 가야 하는

가장 가벼운 길이 되어야 하니.

시는 거기에서 끝났지만, 그다음에 다른 연들이 이어진다는 것은 알 수 있었다. 다음 페이지는 책에서 사라졌다. 그러나 이 짧은 시 몇 줄에서도 나는 시인이 내게 말하는 것을 들을 수 있었다. 사라져버렸지만 시인은 여전히 목소리를 지니고 있었다.

나라고 왜 안 되겠어?

나는 문득 그래서 내가 이 시인의 시에 그렇게 끌린다는 것을 깨달았다. 그 글 자체가 아니라, 시인이 그 시를 쓰면서 어떻게 자신의 것으로 만들었는가 하는 감각.

'지금은 이럴 시간이 없어.'

나는 스스로를 일깨웠다. 다음 상자에는 서로 비슷해 보이는 책이 가득 차 있었다. 그 책들의 가죽 표지에는 하나같이 '장부'라는 단어가 새겨져 있었다. 나는 한 권을 들고 그 안의 몇 줄을 읽었다.

역사책 13페이지, 대가: 파란 알약 다섯 알. 거래 수수료: 파란 알약 하나.

시 한 편, 리타 더브, 원본, 대가: 소사이어티의 움직임에 대한 정보. 거래 수수료: 교환된 정보에 접근할 권리.

소설 한 편, 레이 브래드버리, 3쇄, 대가: 데이터포드 한 대와 복원 현장에서 나온 유리 4장. 거래 수수료: 유리 2장.

책 한 페이지, 대가: 물약 세 병. 거래 수수료: 없음. 거래자는 자신을 위해 개인적 거래를 수행하고 있음.

거래는 이런 방식으로 이루어졌고, 그래서 이곳의 책들이 그렇게 많이 찢어지고 페이지가 없어졌던 것이다. 농부들은 책을 다시 맞춰놓았지만, 책을 찢고 가치를 결정하고 조각조각으로 거래해 다른 곳으로 보내야 하기도 했다. 물론 그들로서는 해야 하는 일이었지만, 그런 생각을 하자 슬퍼졌다.

그것은 기록 보관자들이 하는 일과 비슷하다. 내가 알약을 가져가고 나침반을 거래했을 때 한 일과도 비슷했다.

알약. 잰더의 쪽지. 잰더는 그 안에 내게 어떤 비밀을 숨기고 있었을까? 나는 그 통을 뜯어 내용물을 테이블 위에 두 줄로 늘어놓았다. 한 줄은 파란 알약, 한 줄은 쪽지.

종이 중에서 비밀을 말하고 있는 것은 하나도 없었다.

예상 직업: 오피셜.

예상 성공 확률: 99.9%.

예상 수명: 80세.

내가 이미 알거나 추측할 수 있는 정보만 나열돼 있었다.

나를 처다보는 눈길을 느꼈다. 누군가가 동굴 문가에 서 있었다. 나는 그쪽을 처다보고 모래가 뒤덮인 마루 너머로 손전등을 비추며, 알약과 쪽지를 배낭에 밀어 넣기 시작했다. 내가 입을 열었다.

"카이, 나 방금……."

그 사람은 카이라고 하기에는 키가 너무 컸다. 내가 겁에 질려 불빛을 위쪽으로 움직이자 그는 손으로 눈을 가렸다. 파랗게 표시된 그의 팔에 피가 흐른 자국이 말라 있었다.

"헌터, 돌아왔군요."

내가 말했다.

"난 도망치고 싶었어."

헌터가 말했다.

처음에 나는 그가 '굴'에서 도망치고 싶었다는 줄 알았다. 그러나 다음 순간 나는 그가 우리가 올라가기 전 인디가 했던 질문— 당신은 어느 쪽이었어요?—에 대답하고 있음을 깨달았다.

"하지만 새러 때문에 갈 수 없었군요."

나는 깨닫고 말했다. 그가 가까이 오자 내 앞 테이블에 남아 있던 종이들이 펄럭였다.

"새러는 죽어가고 있었어. 그 애를 움직이게 할 수는 없었다."

"다른 사람들은 당신을 기다려주지 않았나요?"

나는 충격을 받아 물었다.

"그럴 시간이 없었어. 그러면 도망자들 전체가 위태로워질 수도 있었어. 건너갈 수 있을 만큼 발이 빠르지 않은 사람들은 싸우기로 결심했지. 하지만 새러는 어린애였고, 너무 아팠어."

그의 뺨 근육이 뒤틀렸다. 그가 눈을 깜박이자 눈물이 흘러내렸다. 그는 그것을 무시했다.

"나는 남아 있는 사람들과 합의했어. 나는 그들이 카빙 대협곡 위에 폭약을 장치하는 일을 도왔고, 그들은 내가 싸움을 기다리는 대신 새러와 함께 떠나도록 해주었지."

그는 고개를 저었다.

"왜 그게 작동하지 않았는지 모르겠어. 에어십들이 추락했어야 하는데."

무슨 말을 해야 할지 알 수 없었다. 그는 딸과, 자신이 아는 모든 사람을 잃었다.

"아직 들판에 가서 다른 사람들을 찾을 수 있잖아요. 너무 늦지는 않았어요."

내가 말했다.

"내가 하겠다고 약속한 것이 있기 때문에 돌아왔다. '굴'에서는 잠시 내 정신이 아니었어."

그가 말했다. 그러고는 테이블 위에 놓인 길고 납작한 상자 쪽으로 걸어와 뚜껑을 들어 올렸다.

"내가 여기 있는 동안 너희에게 반역자들을 찾아내는 법을 알려줄게."

손가락이 기대감으로 저릿저릿했다. 나는 그 시를 테이블 위에 둔 채 그를 바라보았다.

'마침내.'

봉기에 대해 정말로 아는 사람이 있었다.

"고마워요. 우리와 함께 갈 건가요?"

그가 혼자 남는다고 생각하자 견딜 수가 없었다.

헌터가 상자에서 눈길을 들었다.

"여기 지도가 있었는데. 누군가 가져갔군."

"인디예요."

그건 확실했다.

"조금 전에 나갔어요. 어디 갔는지 모르겠네요."

"저 집에 불빛이 보이는데."

헌터가 말했다.

"같이 가요."

나는 엘리가 동굴 구석에서 자고 있는 곳을 재빨리 바라보며 말했다.

"저 애는 안전할 거야. 소사이어티는 아직 여기까지 오지 않았어."

헌터가 말했다.

나는 그를 따라 동굴을 나가 비로 미끄러운 길을 내려갔다. 인디를 찾아내 그녀가 우리에게서 숨긴 것을 돌려받을 생각이었다.

그러나 희미하게 불을 밝힌 집에 들어섰을 때 우리가 본 것은 카이였다. 불빛이 그의 얼굴에 일렁였다. 그는 내가 가고 싶은 곳을 나타낸 지도를 불태우고 있었다.

# 39
## 카이

나는 맨 먼저 카시아를 보았고, 그다음 그녀 뒤에 있는 헌터를 보았다. 나는 내가 졌음을 깨달았다. 지도가 타버렸어도 헌터는 그녀에게 봉기를 찾으려면 어디로 가야 할지 말해줄 수 있었다.

그녀가 내게서 지도를 낚아채 땅에 던지고 발을 굴러 불을 껐다. 가장자리는 검은 재가 되어 부서졌지만 지도의 대부분은 멀쩡했다.

그녀는 봉기에 합류할 것이다.

"넌 이걸 내가 갖지 못하게 하려고 했구나. 헌터가 돌아오지 않았다면 난 반역자들을 찾을 방법을 영영 몰랐을 거야."

카시아가 말했다.

나는 대꾸하지 않았다. 할 말이 없었다.

"너 또 뭘 감추고 있니?"

카시아가 갈라진 목소리로 내게 물었다. 그녀가 지도를 집어 들어 손에 쥐었다. 조심스럽게. 그녀가 '언덕'에서 시를 쥐었던 방식으로.

"너는 잰더의 비밀에 대해서도 숨겼어. 안 그러니? 그게 뭐야?"

"너한테 말 못해."

"왜 못해?"

"그건 내가 말할 게 아니니까. 잰더가 말해야 해."

내가 말했다. 내가 카시아에게 잰더의 비밀을 말하지 않은 것은 그저 이기심 때문만은 아니었다. 나는 그가 그녀에게 직접 말하고 싶어한다는 것을 알고 있었다. 나는 그에게 빚이 있었다. 그는 내 비밀을—일탈자라는 내 신분을—알고 있으면서도 결코 아무에게도 말하지 않았으니까. 카시아에게도.

이건 게임이 아니다. 그는 내 적이 아니고 카시아는 상품이 아니었다.

"하지만 이건 선택에 관한 문제야. 넌 내가, 우리가 선택할 기회를 없애려고 했어."

카시아가 지도를 보며 말했다.

집 안의 공기는 천이 탄 냄새로 매캐했다. 나는 카시아가 분류자의 눈으로 나를 바라보는 모습을 한기를 느끼며 보았다. 사실들을 살피고, 계산하고, 참조한다. 나는 그녀가 무엇을 보고 있는지 알았다. 화면 위의 소년. 그 옆에서는 소사이어티의 목록이 스크롤되어 올라간다. '언덕' 위에 함께 서 있던 소년이나, 달 아래, 협곡의 어둠 속에서 그녀를 안았던 소년이 아니었다.

"인디는 어디 있어?"

그녀가 물었다.

"바깥으로 나갔어."

내가 말했다.

"내가 찾아볼게."

헌터가 말했다. 그는 문밖으로 사라지고 카시아와 나만 남았다.

"카이, 이건 봉기잖아. 넌 모든 것을 바꿀 수 있는 무언가에 소속되고 싶지 않니?"

그녀의 목소리에 흥분의 기미가 묻어났다.

"아니."

내가 말하자, 그녀는 내가 실제로 자기를 때리기라도 한 것처럼 뒤로 물러났다.

"우리가 영원히 도망칠 수는 없잖아."

카시아가 말했다.

"나는 몇 년이나 조용히 보냈어. 내가 소사이어티에서 무슨 일을 하고 있었다고 생각하니?"

말이 마구 쏟아져 나왔다. 내 의지로 멈출 수가 없을 것 같았다.

"너는 봉기라는 생각에 홀린 거야, 카시아. 하지만 사실은 그게 뭔지 몰라. 반역을 하려고 했다가 주위 사람이 모두 죽는 모습을 보는 게 어떤 건지 몰라. 넌 몰라."

"넌 소사이어티를 증오하잖아. 하지만 봉기에 동참하지는 않는다는 거지?"

카시아가 말했다. 여전히 수학을 하려고 하고, 숫자들을 더하려고 한다.

"난 소사이어티를 믿지 않고, 반역자들도 믿지 않아. 어느 쪽도 선택하지 않을 거야. 나는 양쪽 다 무슨 짓을 할 수 있는지 봤어."

"그럼 달리 뭐가 있는데?"

그녀가 물었다.

"우리는 농부들과 합류할 수 있어."

내가 말했다. 그러나 그녀는 내 말을 듣지도 않은 것 같았다.

"왜인지 말해봐. 왜 너는 내게 거짓말을 하려고 했을까? 왜 내게서 기회를 빼앗아가려고 했을까?"

그녀가 말했다. 시선이 부드러워지면서 그녀는 나를 다시 카이로—자신이 사랑하는 사람으로—보고 있었다. 그런데 왜인지 몰라도 그쪽이 더 나빴다. 내가 거짓말을 한 온갖 이유들이 머릿속을 휘달렸다. 왜냐하면 난 너를 잃을 수 없으니까, 질투를 했으니까, 난 아무도 믿지 않으니까, 심지어 나 자신도 믿지 않으니까, 왜냐하면, 왜냐하면, 왜냐하면.

"너도 왜인지 알잖아."

갑자기 내 안에서 분노가 치솟았다. 모든 것에, 모든 사람에. 소사이어티에, 봉기에, 우리 아버지에, 나 자신에, 인디에, 잰더에, 카시아에.

"아냐, 난 몰라."

그녀가 입을 열었지만, 나는 그녀가 말을 끝내게 두지 않았다.

"공포야."

나는 그녀의 시선을 마주 보며 말했다.

"우리는 둘 다 두려워했어. 나는 너를 잃을까 봐 두려웠어. 너도 자치구에서 두려워했잖아. 내게서 선택을 빼앗았을 때."

그녀는 뒤로 물러섰다. 그녀의 얼굴은 내가 무슨 말을 하는지 알고 있었다. 그녀도 그 일을 잊어버리지 않았다.

갑자기 나는 파란 제복을 입고 붉은 손을 한 채, 그 뜨겁고 빛나는 방으로 되돌아가 있었다. 등에서 땀이 흘러내렸다. 나는 굴욕을 당했다. 그녀에게 내가 일하는 모습을 보이는 것이 싫었다. 나는 위를 쳐다보고 그녀의 반짝이는 녹색 눈을 바라보며 내가 여전히 카이라는 것을 알리고 싶었다. 하나의 숫자가 아닌.

"넌 나를 분류했어."

내가 말했다.

"내가 달리 어떻게 할 수 있었겠어? 그들이 지켜보고 있는데."

그녀가 속삭였다.

'언덕'에서 이미 주고받은 이야기였지만 협곡에서는 다르게 느껴졌다. 여기서는 내가 결코 그녀에게 닿지 못하리라는 것이 분명하게 느껴졌다.

"나는 그걸 바로잡으려고 했어. 그래서 여기까지 널 찾아왔잖아."

그녀가 말했다.

"날 찾기 위해서야, 아니면 봉기를 찾기 위해서야?"

내가 물었다.

"카이."

그녀는 말을 멈추었다.

"미안해. 이건 내가 널 위해서도 할 수 없는 단 한 가지 일이야. 난 봉기에 동참할 수 없어."

나는 카시아에게 말했다.

그렇게 말해버렸다.

버려진 집 안의 어둠 속에서 그녀의 얼굴은 창백해 보였다. 우리 위 하늘 어딘가에서 비가 뚝뚝 떨어졌다. 나는 내리는 눈을 생각했다. 물로 그려진 그림을. 키스 사이에 숨 쉬어진 시를.

'너무 아름다운 것은 지속할 수가 없어.'

# 40
## 카시아

우리 뒤에서 헌터가 문을 열고 들어왔다. 인디가 그와 함께 있었다.

"이럴 시간이 없어. 봉기 세력이 있다. 저 지도를 따라가면 찾을 수 있어. 너 그 암호 읽을 수 있니?"

헌터가 물었다. 나는 고개를 끄덕였다.

"그러면 저 지도는 네가 가져라. 동굴 안에 무엇이 있는지 말해 준 대가다."

"고마워요."

내가 말했다. 나는 그것을 조심스럽게 말았다. 그 지도는 두꺼운 천과 검은 물감으로 만들어져 있었다. 빗속에서 사용하고 물속에 떨어뜨려도 상하지 않을 지도였다. 그러나 불에 버틸 수는 없었다. 나는 카이를 바라보았다. 가슴이 아팠다. 지도 위 횡단 지점을 표시하듯 깔끔하게, 우리 사이에서 방금 일어난 일에 강처럼 다리를 놓을 수 있었으면 좋겠다.

"난 산을 떠나서 다른 사람들을 찾아갈 거다. 봉기에 합류하고 싶지 않은 사람은 나와 함께 가도 돼."

헌터가 말했다.

"나는 합류하고 싶어요."

인디가 말했다.

"최소한 들판을 다 건너갈 때까지는 모두 함께 갈 수 있잖아요."

내가 말했다. 이렇게 빨리 헤어지려고 이렇게 긴 길을 오지는 않았다.

"너희 모두 지금 출발해야 해. 나는 동굴을 다 막아놓은 다음 너희를 따라잡겠다."

헌터가 말했다.

"동굴을 막아요?"

인디가 물었다.

"우리는 동굴을 막아서 산사태가 난 것처럼 보이게 만들 계획이었어. 소사이어티가 우리 문서들을 갖게 되는 사태는 바라지 않으니까. 나는 다른 농부들에게 그러겠다고 약속했다. 하지만 모든 걸 준비하려면 시간이 좀 걸릴 거야. 너희는 기다려선 안 돼."

헌터가 말했다.

"아뇨. 기다릴 수 있어요."

내가 말했다. 헌터를 또 뒤에 남길 수는 없었다. 그리고 우리가―어쩌다 보니 함께 가게 된 조각난 소수의 우리―결국 찢어져야 한다는 것을 알고 있지만, 그런 일이 지금 일어나는 건 싫었다.

"그래서 당신이 그 폭약을 보관해놓은 거군요."

카이가 헌터에게 말했다. 나는 카이의 표정을 읽을 수가 없었다. 그의 얼굴은 통제되고 싸늘했다. 그는 다시 소사이어티의 카이였고, 나는 갑자기 카빙 대협곡의 카이를 잃어버린 듯한 아픔을 느꼈다.

"내가 도와줄게요."

"너 배선할 줄 알아?"

헌터가 물었다.

"네. 대신 내가 동굴에서 본 어떤 물건과 바꿔서요."

카이가 말했다.

"거래로군."

헌터가 동의했다.

카이는 무엇을 거래하려고 하는 걸까? 뭘 바라는 걸까? 왜 나를 보려 하지 않을까?

그러나 아무도 더 이상 헤어지자고 주장하지 않았다. 우리는 함께 머물 것이다.

지금은.

...

카이와 헌터가 전선을 모으는 동안, 인디와 나는 서둘러 동굴로 돌아가 엘리를 깨우고 여행하는 동안 필요할 물건들로 배낭을 채웠다. 우리는 도서관 동굴의 상자 뚜껑을 봉하고 상자를 다시 벽에 쌓아 보호했다. 폭발에 대한 대비였다. 어떤 이유에서인지 나는 다른 책들에서 떨어져 나온 페이지에 끌렸다. 저항할 수가 없었다. 나는 그 종이 몇 장을 음식과 물과 성냥과 함께 배낭에 넣었다. 헌터는 손전등과 다른 여행용 장비를 찾을 수 있는 장소를 우리에게 알려주고, 여분의 배낭을 주었다. 우리는 그 배낭도 채웠다.

엘리는 음식과 함께 그림붓과 종이를 넣었다. 그런 건 던져버리고 대신 사과를 더 가져가라고 말할 마음은 없었다.

"준비 다 끝낸 것 같아."

내가 말했다.

"잠깐만."

인디가 말했다. 우리는 말을 많이 하지 않았고, 나는 그것이 다행이라고 생각했다. 그녀에게 무슨 말을 해야 할지 몰랐다. 그녀를 이해할 수가 없었다. 그녀는 왜 그 지도를 카이에게 먼저 가져갔을까? 그녀는 또 무엇을 숨기고 있을까? 우리가 친구라고 생각하기는 하는 걸까?

"네게 줄 게 있어."

인디가 자기 배낭에 손을 넣어 섬세한 말벌집을 꺼냈다. 이 모든 일을 겪은 뒤에도 그것은 여전히 기적처럼 멀쩡했다. 그녀가 그것을 손에 조심스럽게 쥐었다. 그녀가 대양 가장자리에서 조개껍데기를 들고 있는 이미지가 마음속에 떠올랐다.

"아냐. 그건 네가 갖고 있어야지. 여기까지 그걸 가져온 건 너잖아."

나는 감동받아서 말했다.

"내가 주려는 건 그게 아냐."

인디가 초조한 듯 말했다. 그녀는 말벌집 속에 손을 넣어 뭔가 꺼냈다.

마이크로카드였다.

이 사태를 이해하는 데 조금 시간이 걸렸다.

"너 이걸 나한테서 훔쳤구나. 노동수용소에서."

내가 속삭였다. 인디는 고개를 끄덕였다.

"내가 에어십에서 숨겼던 게 이거야. 나중에는 아무것도 숨기지 않은 척했지만, 사실은 숨겼어. 이거야."

그녀가 그것을 내밀었다.

"받아."

나는 받았다.

"그리고 이건 마을의 어떤 아이에게서 가져온 거야."

그녀는 다시 배낭에 손을 넣어 미니 포트 한 대를 꺼냈다.

"이제 넌 그 마이크로카드를 볼 수 있어. 너에게 없는 건 그 쪽지 한 장뿐이야. 하지만 그건 네 잘못이야. 우리가 들판에서 걷고 있을 때 네가 떨어뜨린 거니까."

나는 어리둥절한 채 미니 포트를 받았다.

"너 그 종이를 찾았어? 그걸 읽었니?"

내가 물었다.

물론 그녀는 읽었을 것이다. 그녀는 그 질문에 대답하려 하지도 않았다.

"그래서 잰더가 비밀을 갖고 있다는 걸 안 거야. 그 종이에는 그가 비밀을 갖고 있고, 널 다시 만났을 때 네게 말할 거라고 적혀 있었어."

"그건 어디 있어? 돌려줘."

"못 돌려줘. 이제 없어. 난 그걸 카이에게 줬고 그 애는 그걸 간직하지 않았어."

"왜?"

나는 미니 포트와 마이크로카드를 들어 올렸다.

"왜 이런 짓을 했어?"

처음에 나는 인디가 아무 말도 하지 않을 거라고 생각했다. 그녀가 얼굴을 돌렸다. 그러나 다음 순간 그녀는 다시 나를 쳐다보았고, 결국 대답했다. 그녀의 표정은 사나웠고, 근육은 긴장해 있었다.

"넌 그곳에 속하지 않았어. 나는 널 노동수용소에서 본 순간 그걸 알았거든. 그래서 난 네가 누군지 알고 싶었어. 네가 뭘 하는 건지. 처음에는 네가 소사이어티의 스파이일 수도 있다고 생각했어. 나중에는 네가 봉기 세력을 위해 일하고 있을 수도 있다고 생각했지. 게다가 너는 파란 알약을 갖고 있었잖아. 나는 네가 그걸로 뭘 하려는지 몰랐어."

"그래서 나한테서 이것저것 훔쳤구나. 노동수용소에서부터 봉기 세력으로 향하는 길 모든 곳에서."

내가 말했다.

"아니면 내가 어떻게 뭐든 알아낼 수 있었겠어?"

그녀가 손으로 미니 포트를 가리켰다.

"그리고 이제 다시 모두 가졌잖아. 오히려 더 나아졌지. 이제 넌 언제든 원할 때 마이크로카드를 볼 수 있어."

"모두 받은 건 아니야. 기억해? 잰더의 메시지는 없어졌잖아."

내가 말했다.

"아냐, 그렇지 않아. 내가 방금 말해줬잖아."

인디가 말했다. 나는 좌절감에 비명을 지르고 싶었다.

"은 상자는 어쩌고? 그것도 네가 가져갔잖아."

내가 물었다. 이성적인 욕망은 아니었지만 갑자기 나는 그것을 되찾고 싶었다. 잰더의 기념물을. 누가 훔쳐갔건 거래되었건 빼앗겼건, 내가 잃어버린 모든 것을 다시 갖고 싶었다. 카이의 나침반. 브램의 시계. 그리고 무엇보다도, 할아버지가 시를 안전하게 봉해두셨던 콤팩트. 그걸 다시 가질 수 있다면 절대로 다시 열지 않을 것이다. 시가 그곳에 들어 있었다는 것을 알기만 해도 족할 것이다.

나는 카이에게도 똑같은 것을 바랐다. 우리 관계의 아름다운 부분을 안에 넣고 안전하게 봉해서, 우리 둘이 서질렀던 실수를 전부 차단할 수 있었으면 좋겠다.

"내가 도망갈 때 그 상자는 노동수용소에 남겨졌어. 숲 속에 떨어뜨렸거든."

인디가 말했다.

인디가 늘 그 그림을 얼마나 보고 싶어했는지, 분해된 그림을 버리는 모습을 보고 그녀가 매우 속상해했다는 걸 깨달았던 기억이 떠올랐다. 그림이 그려진 동굴에 서서 드레스 입은 소녀들을 바라보던 모습도 떠오른다. 인디는 내가 가진 것을 원했기 때문에 내게서 그것을 훔쳤다. 나는 그녀를 보며, 강물의 잔물결진 곳에 비치는 내 모습을 보는 것 같다고 느꼈다. 그 이미지는 꼭 같지는 않지만—일그러졌고, 소용돌이친다—아주 비슷했다. 그녀는 마음 한구석에서 안전을 바라는 반역자였고 나는 그 반대였다.

"어떻게 그 마이크로카드를 숨겼어?"

내가 물었다.

"그들이 나를 찾아냈을 때 몸수색을 하지 않았어. 에어십에서만 했지. 그리고 너와 난 그걸 비켜갈 방법을 궁리해냈잖아."

인디는 그렇게 말하며 완벽하게 그녀다운 동작으로 얼굴에서 머리카락을 쓸어냈다. 퉁명스럽지만 왠지 우아함이 깃든 동작. 나는 원하는 것을 얻는 데 그렇게 솔직하고 부끄러워하지 않는 사람을 한 번도 만나본 적이 없다.

"안 볼 거야?"

그녀가 물었다.

나는 참을 수가 없었다. 잰더의 마이크로카드를 미니 포트에 밀어 넣고 그의 얼굴이 나오기를 기다렸다.

나는 바깥의 단풍나무 잎이 살랑거리는 자치구의 우리 집에서 이 정보를 보았어야 했다. 브램은 나를 놀렸을 테고 부모님은 미소 지었을 것이다. 나는 잰더의 얼굴만 보고 다른 무엇도 보지 않았을 것이다.

그러나 카이의 얼굴이 나왔고, 모든 것이 바뀌었다.

"그 애가 나왔다."

인디가 거의 자기도 모르게 말했다.

잰더였다.

그를 본 지 겨우 며칠밖에 되지 않았는데도, 나는 그의 모습을 잊어버리고 있었다. 그러나 그 모습은 온전히 내게 되돌아왔고, 그다음 그의 자질 목록이 화면에 뜨기 시작했다.

마이크로카드에 실린 목록은 그가 알약 속에 숨겨놓았던 것과 정확히 일치했다. 잰더는 내가 그걸 보기를 바랐던 것이다.

'날 봐. 몇 번이고 봐줘.'

그는 그렇게 말하는 것 같았다.

인디가 발견한 쪽지에 쓰인 것을 그가 어떻게 덧붙였는지는 알 수가 없었다. 그녀가 거짓말을 하고 있는 것일까? 그런 생각은 들지 않았다. 그리고 우리가 기록 보관자를 방문한 날 그가 왜 자기 비밀을 내게 말하지 않았는지도 궁금했다. 그때 나는 우리가 다시 못 볼 수도 있다고 생각했다. 그는 달리 생각했을까?

그러나 그는 다른 사람에게 자신에 대한 모든 정보를 읽게 할 마음은 없었다. 나는 포트를 클릭해서 기록들을 뒤로 넘기며 살펴보았다. 그녀는 간밤에만 마이크로카드를 읽은 것이 아니었다. 카드는 전날 밤, 그 전날 밤, 또 전날 밤에도 읽혔다.

인디는 내내 이것을 보고 있었다. 언제? 내가 자고 있을 때?

"넌 잰더의 비밀을 알아?"

내가 그녀에게 물었다.

"그런 것 같아."

그녀가 말했다.

"그럼 말해줘."

내가 말했다.

"그건 그 애가 직접 말해야 하는 비밀이야."

그녀가 카이의 말을 되풀이했다. 그녀의 목소리는 언제나와 마찬가지로 주저함이 없었다. 그러나 나는 뭔가를 깨달았다. 화면의 사진을 바라볼 때 그녀의 눈가에 깃드는 부드러움.

그때 나는 깨달았다. 결국 그녀가 사랑하는 건 카이가 아니었다.

"너 잰더를 좋아하는구나."

내가 말했다. 내 목소리는 너무 거칠고, 너무 잔인했다.

인디는 부인하지 않았다. 잰더는 일탈자가 결코 가질 수 없는 사람이었다. 엘리트 소년, 소사이어티에서 완벽에 가까운 사람.

그러나 그는 그녀의 매칭 상대가 아니다. 나의 매칭 상대였다.

잰더와 함께하면 나는 가족을, 좋은 직장을 갖게 되고, 사랑받으며 행복하게, 깨끗한 거리와 단정한 삶이 있는 자치구에서 살 수 있었다. 잰더와 함께, 나는 언제나 내가 하리라 생각했던 일들을 할 수 있었을 것이다.

그러나 카이와 함께 있을 때 나는 내가 하리라고는 절대로 생각한 적이 없었던 일들을 하게 되었다.

나는 둘 다 원했다.

그러나 그것은 불가능했다. 나는 다시 잰더의 얼굴을 보았다.

그는 내게 변하지 않을 거라고 말하는 듯했지만, 나는 그가 변하리라는 것을 알았다. 내가 모르는 그의 일부가 있었다. 내가 모르지만, 카마스에서 일어나는 일들. 그가 내게 직접 말해야 하는, 내가 아직 알지 못하는 그의 비밀. 그는 실수도 저질렀다. 내게 파란 알약을 주었다. 엄청난 위험을 무릅쓰고 조심스럽게 준 것이었지만 그의 생각과 달랐던 선물. 그것은 나를 구하지 못했다.

잰더와 함께 있으면 모든 것이 덜 복잡하겠지만, 그래도 그것 또한 사랑이었다. 그리고 나는 사랑이 사람을 새로운 곳으로 데려다준다는 사실을 깨달았다.

"넌 카이에게 뭘 바란 거야? 카이에게 쪽지를 보여주고 지도를 준 건 뭘 하기 위해서였어?"

나는 인디에게 물었다.

"난 그 애가 말하는 것보다 봉기에 대해 더 많이 알고 있다는 걸 알았어. 그래서 그에 대해 말하게 하려고 한 거야."

"왜 이걸 내게 돌려준 거야? 왜 지금?"

나는 마이크로카드를 내밀며 물었다.

"넌 선택해야 해. 너는 그들 중 어느 쪽도 제대로 보고 있는 것 같지 않아."

인디가 말했다.

"그러면 넌 제대로 보고 있다는 거야?"

내가 말했다. 마음속에서 분노가 솟구쳤다. 그녀는 카이를 모른다. 내가 아는 것만큼은 알지 못한다. 그리고 잰더는 만난 적도 없다.

"난 잰더의 비밀을 추측해냈어."

인디는 동굴 입구로 걸어갔다.

"그리고 너는 카이가 인도자일지도 모른다는 생각을 전혀 하지 못했잖아."

그러고는 문으로 사라졌다.

누군가가 내 팔을 만졌다. 엘리였다. 걱정으로 커다래진 그 애의 눈이 나를 몽롱한 상태에서 흔들어 깨웠다. 우리는 엘리를 여기서 내보내야 했다. 서둘러야 한다. 이런 건 모두 나중에 분류할 수 있다.

나는 마이크로카드를 가방에 집어넣다가 파란색 가운데서 그것을 보았다.

내 빨간 알약.

인디와 카이와 잰더에게는 모두 면역이 있었다.

그러나 나는 어떤지 알지 못한다.

나는 머뭇거렸다. 나는 그 빨강을 입안에 집어넣고 녹을 때까지 기다리지 않을 것이다. 그것을 세게 씹어 삼킬 것이다. 입안의 피가 그 빨간색과 섞이면서, 그것이 소사이어티의 선택이 아니라 진정 나의 선택이 될 정도로 세게.

그 알약이 작용한다면 나는 지난 열두 시간 동안 일어난 모든 일을 잊어버릴 것이다. 카이와 나 사이에 무슨 일이 일어났는지 기억하지 못할 것이다. 내게 거짓말을 한 그를 용서해야 할 필요가 없을 것이다. 그가 그랬다는 걸 모를 테니까. 그리고 내가 그를 분류한 일에 대해 그가 한 말도 기억하지 못할 것이다.

그것이 듣지 않는다면, 나는 마침내 내게 면역이 있는지 확실히 알게 될 것이다. 내가 카이나 잰더, 인디처럼 특별한지.

나는 알약을 입가로 들어 올렸다. 그때 기억 속 깊은 곳에서 목소리가 들렸다.

'넌 그게 없어도 버틸 수 있을 정도로 강해.'

'그래요, 할아버지. 나는 알약 없이 버틸 수 있을 정도로 강해
요. 하지만 내게 없으면 버틸 수 없는 것들이 있고, 그걸 위해 싸
우려는 거예요.'

나는 마음속으로 생각했다.

# 41
## 카이

보트를 운반하는 일은 시체를 운반하는 일과 같았다. 무겁고 부피가 크고 힘들었다.

"안에는 둘만 탈 수 있어."

헌터가 내게 경고했다.

"상관없어요. 그래도 이 방법이 제일 좋아요."

그는 뭔가 말하려는 듯이 나를 쳐다보다가 다음 순간 말하지 않기로 한 것 같았다.

우리는 거주구 가장자리의 작은 집 앞에 보트를 놓았다. 그곳에는 카시아, 인디, 엘리가 모여서 우리를 기다리고 있었다. 보트가 무겁게 쿵 소리를 내며 바닥에 떨어졌다.

"이게 뭐예요?"

엘리가 물었다.

"보트야."

헌터가 말했다. 그는 자세히 설명하지 않았다. 인디, 카시아, 엘리가 미심쩍은 얼굴로 무거운 플라스틱 뭉치를 바라보았다.

"이런 보트는 본 적이 없어요."

인디가 말했다.

"난 보트를 본 적이 없어요."

카시아와 엘리가 동시에 말했다. 다음 순간 카시아가 엘리에게 미소 지었다.

"이건 강에서 타는 거군요. 그러면 우리 중 몇 명은 봉기에 빨리 합류할 수 있겠어요."

인디가 깨닫고 말했다.

"하지만 강물은 모두 끊겼는걸요."

엘리가 말했다.

"이젠 그렇지 않을걸. 이렇게 비가 왔으니 다시 합쳐져서 흐를 거야."

내가 말했다.

"그럼 누가 타나요?"

인디가 물었다.

"아직 몰라."

내가 말했다. 나는 카시아를 보지 않았다. 내가 지도를 불태우는 것을 그녀가 본 다음부터, 나는 그녀와 눈을 마주칠 수가 없었다.

엘리가 내게 배낭 하나를 건넸다.

"이거 형 몫으로 가져왔어요. 음식하고, 동굴에서 가져온 물건이에요."

"고마워, 엘리."

"다른 것도 있어요. 보여줘도 돼요?"

그가 내게 속삭였다. 나는 고개를 끄덕였다.

"서둘러."

엘리는 다른 사람들이 보지 않는 것을 확인하고 꺼냈다—.

파랗게 불 밝혀진 '굴'에서 가져온 튜브 하나를.

"엘리."

내가 놀라서 말했다. 나는 그에게서 튜브를 받아 이리저리 돌려보았다. 안에서 액체가 구르고 움직였다. 바깥에 새겨진 이름을 보았을 때 나는 날카롭게 숨을 들이마셨다.

"너 이걸 가져오면 안 돼."

"어쩔 수가 없었어요."

엘리가 말했다.

나는 그 튜브를 땅에 떨어뜨려 깨거나 강에 흘려보내야 했다. 대신 나는 그것을 주머니에 집어넣었다.


비 때문에 바위가 박힌 자리가 느슨해지고 땅은 진흙이 되었다. 산사태를 일으키고 동굴로 가는 길을 지나갈 수 없게 만드는 데는 많은 힘이 필요하지 않았다. 그러나 우리는 안에 있는 것을 부수지 않고 동굴 문도 막아야 했다.

헌터는 내게 계획을 알려주었다. 어디에 어떻게 무엇을 배선해야 하는지가 도표로 깔끔하고 체계적으로 정리되어 있었다. 인상적이었다.

"이걸 당신이 만들었나요?"

내가 물었다.

"아니. 우리 지도자가 떠나기 전에 한 거야. 애너가."

'애너라.'

아버지도 그녀를 알았을까?

나는 묻지 않았다. 나는 그녀의 도표와 헌터의 수정안을 따랐다. 빗줄기가 우리를 마구 두드렸고, 우리는 폭약을 젖지 않게 하려고 최선을 다했다.

"내려가서 다른 애들에게 내가 도화선을 장치할 거라고 말해."

헌터가 말했다.

"내가 할게요."

내가 말했다. 헌터는 나를 바라보았다.

"이건 내가 맡은 임무야. 애너는 내가 이 일을 제대로 할 거라고 믿었다."

"당신은 나보다 이 땅을 더 잘 알잖아요. 당신은 농부들도 알아요. 도화선이 뭔가 잘못되면, 다른 사람들을 여기서 벗어나게 할 수 있는 사람은 당신뿐이에요."

"이게 자기처벌 같은 건 아니지? 그렇지? 네가 그 지도를 불태우려 했다고 해서 말이야."

헌터가 물었다.

"아니에요. 진심이에요."

내가 말했다.

헌터는 나를 바라보다가 고개를 끄덕였다.


나는 도화선의 타이머를 맞춰놓고 뛰었다. 그것은 본능적이었다. 최대한 시간을 벌어야 했다. 내 발이 냇가의 땅을 때리며 다른 일행을 향해 전력 질주했다. 그러나 폭약이 폭발하는 소리가 들렸을 때 나는 그들에게 닿지 못했다.

나는 참을 수가 없었다. 돌아서서 보았다.

벼랑에 매달려 있던 몇 그루 안 되는 작은 나무들이 가장 먼저 떨어져 나가는 듯했다. 그것들의 뿌리가 매달려 있던 바위와 흙에서 찢겨 나갔다. 나는 잠시 생명 하나하나가 검게 엉켜 있는 모습을 보았다. 다음 순간 그 아래 벼랑 전체가 무너지고 있음을 깨달았다. 물과 진흙, 바위가 쏟아져 내리면서 길이 조각조각 갈라지고 뒤틀렸다.

그리고 산사태가 계속되었다.

'너무 커. 너무 멀리까지, 너무 가까이 가고 있어. 이대로는 거주구까지 닿겠어.'

나는 깨달았다.

집 한 채가 우르릉거리며 부서지고 진흙에 무너져 내렸다.

또 한 채.

흙이 거주구로 밀고 들어와 마루를 쪼개고, 유리를 부수고, 나무를 꺾었다.

그다음 강으로 들어오다가 멈췄다.

산사태는 거주구 안에 깔끔하고 매끄러운, 붉은 진흙과 바위가 휘두른 낫 자국을 남겼다. 그것이 강의 일부를 막았기 때문에 수위가 올라가면서 협곡에 홍수가 날 수도 있었다. 이런 생각을 하면서도 나는 일행이 집 밖으로 쏟아져 나와 서둘러 그 길을 향해 가는 것을 보았다.

나는 헌터가 보트 띄우는 것을 돕기 위해 뛰어갔다. 그녀를 위해서였다. 그녀가 원하는 것이 봉기라면, 나는 그녀가 그곳에 닿도록 도울 것이다.

# 42
## 카시아

걸어 나오는 길은 느리고 비참했다. 우리는 모두 계속 미끄러지고 넘어지고 다시 일어섰다. 모두가 안에 복작거리며 들어갈 수 있을 만한 크기의 동굴을 발견했을 무렵 우리는 진흙투성이가 되어 있었다. 보트는 들어가지 않을 것 같았다. 우리는 그것을 바깥에 남겨두어야 했다. 빗줄기가 보트의 플라스틱 표면을 때리는 소리가 들렸다. 우리는 그 춤추는 소녀들이 있는 동굴까지 닿지 못했다. 이 동굴은 작았고, 바위와 쓰레기가 흩어져 있었다.

잠시 아무도 말을 못할 만큼 탈진했다. 배낭은 우리 옆에 놓여 있었다. 그것을 메고 진흙 속에 한 발 한 발 내디딜 때마다 배낭이 점점 더 무거워져서, 나는 음식을, 물을, 심지어 종이마저도 내던져버리는 상상을 했다. 나는 인디를 흘끗 보았다. 처음에 우리가 들판으로 나와서 내가 아팠을 때, 그녀가 거의 내 배낭을 들고 다녔다.

"고마워."

나는 뒤늦게 그녀에게 말했다.

"뭐가?"

그녀는 놀라고 경계하는 듯했다.

"우리가 처음 여기 왔을 때 나 대신 내 짐을 들고 와준 거."

카이가 고개를 들고 나를 바라보았다. 거주구에서 대립한 후 그가 제대로 그렇게 행동한 건 처음이었다. 그의 눈을 다시 보자 기분이 좋았다. 어슴푸레한 동굴 안에서 그 눈은 검은색이었다.

"이야기 좀 해보자."

헌터가 말했다. 그가 옳았다. 우리 모두 알면서도 말하지 않는 사실은, 우리가 모두 보트에 탈 수는 없다는 것이었다.

"모두 어떻게 할 거야?"

"난 봉기에 합류할 거예요."

인디가 곧바로 말했다.

엘리는 고개를 저었다. 그는 아직 어떻게 해야 할지 몰랐고, 나는 그 기분을 정확히 알 수 있었다. 우리는 둘 다 봉기를 원했지만 카이는 그것을 믿지 않았다. 그리고 그가 지도에 그런 짓을 했어도 우리 둘 다 여전히 카이를 믿고 있었다.

"난 여전히 다른 농부들을 찾을 거다."

헌터가 말했다.

"당신은 우리를 놔두고 가도 되잖아요. 하지만 우리를 도와주고 있어요. 왜죠?"

인디가 헌터에게 물었다.

"내가 튜브를 깼으니까. 그러지 않았다면 소사이어티가 너희를 그렇게 빨리 덮칠 가능성은 없었을 거야."

헌터가 말했다. 우리보다 겨우 몇 살 위였지만 그는 훨씬 현명해 보였다. 아마 아이가 있었기 때문이리라. 이렇게 척박한 곳에서 살았기 때문이리라. 아니면 그는 소사이어티에서도, 그 쉽고 편안한 삶에서도 이런 식으로 살았을 것이다.

"게다가 우리가 보트를 운반하는 동안, 너희는 우리 배낭을 옮겨줬잖아. 카빙 대협곡에서 나갈 땐 서로를 도와야 최대한 이득을 볼 수 있어. 그다음 각자 갈 길을 가는 거지."

카이는 아무 말도 하지 않았다.

바깥에는 비가 내렸고, 나는 그가 자치구에서 줬던 이야기 한 조각을 떠올렸다. '비가 올 때, 나는 기억한다'고 말했던 조각을. 그때 나도 기억하기로 맹세했다. 또한 나는 카이가 내게 시를 거래하라고 말했던 것도 생각해냈다. 그는 내가 테니슨의 시를 갖고 있다는 걸 알고, 그것이 내가 봉기 세력을 찾는 데 도움이 될지도 모른다는 걸 알면서도 그 시를 멀리하라고 경고하지 않았다. 그는 무엇을 거래할지, 내가 발견한 것을 어떻게 할지에 대한 선택을 내게 맡겼다.

"네가 봉기 세력을 싫어하는 이유가 뭐야, 카이?"

나는 부드럽게 물었다. 나는 다른 사람들 앞에서 이런 질문을 하고 싶지 않았다. 그러나 달리 선택의 여지가 있겠는가?

"나는 어디로 갈지 결정해야 해. 엘리도 그래. 네가 왜 그렇게 싫어하는지 설명해주면 우리가 선택하는 데 도움이 될 거야."

카이가 자기 손을 내려다보자 나는 그가 소사이어티에서 보여주었던 그림을 떠올렸다. 그가 '어머니'와 '아버지'라는 단어를 쥔 모습이 그려져 있던 그림.

"그들은 전혀 우리를 도우러 오지 않았어. 봉기와 반역은 결국 너와, 네가 사랑하는 사람들을 죽게 할 거야. 살아남은 사람들은 버려지고 다른 사람으로 변하고 말지."

그가 말했다.

"하지만 네 가족을 죽인 건 적이잖아. 봉기가 아니라."

인디가 말했다.

"난 그들을 안 믿어. 우리 아버지는 믿었지. 난 아냐."

카이가 말했다.

"당신은요?"

인디가 헌터에게 물었다.

"난 모르겠다. 봉기 세력이 마지막으로 우리 협곡에 왔을 때가 몇 년 전인걸."

헌터가 말했다. 우리는 모두, 심지어 카이조차 그의 이야기를 들으려고 몸을 기울였다.

"그들은 우리에게 자신들이 모든 곳에 잠입해 있다고, 심지어 센트럴에도 들어가 있다고 말했어. 그리고 우리를 설득해 자기들에게 합류시키려고 했지."

헌터는 살짝 미소 지었다.

"애너는 너무 고집이 셌지. 우리는 우리끼리 몇 세대를 살았고, 그녀는 우리가 그 방식을 지켜야 한다고 생각했어."

"그 팸플릿을 보낸 사람들이 그들이었군요."

카이가 말했다. 헌터는 고개를 끄덕였다.

"우리가 사용하는 지도도 그들이 보낸 거야. 우리가 마음을 바꿔서 자신들을 찾으러 오기를 바랐거든."

"당신들이 지도에 있는 암호를 읽을 수 있다는 걸 그들이 어떻게 알았어요?"

인디가 물었다.

"그건 우리 암호거든. 외부인에게 우리가 무슨 말을 하는지 알리고 싶지 않을 때 가끔씩 거주구에서 사용한 거야."

헌터가 말했다.

그는 배낭에 손을 넣어 손전등 하나를 꺼냈다. 동굴 밖은 밤으로 완전히 뒤덮여 있었다.

"그들은 그들과 합류하기 위해 떠났던 우리 쪽 젊은이 몇 명에게서 그 암호를 알아냈어."

헌터는 우리가 서로 볼 수 있도록 전등을 켜서 땅에 내려놓았다.

"농부들 전체는 절대로 합류하지 않았지만, 때때로 젊은이들은 몇 명 합류했어. 나도 한번 봉기를 찾아 떠난 적이 있지."

"그랬어요?"

내가 놀라서 물었다.

"난 결코 성공하지 못했어. 들판의 시내까지 갔다가 돌아왔지."

헌터가 말했다.

"왜요?"

내가 물었다.

"캐서린 때문이야."

헌터가 쉰 목소리로 말했다.

"새러의 엄마. 물론 그때는 새러의 엄마가 아니었지. 그러나 캐서린은 절대로 거주구를 떠날 수가 없었고, 나는 그녀를 떠나지 않겠다고 결심했어."

"캐서린은 왜 떠날 수 없었는데요?"

"다음 지도자가 될 거였으니까. 캐서린은 애너의 딸이었고, 애너와 똑같았어. 애너가 죽으면 애너의 맏딸을 지도자로 받아들일지 말지 투표를 했을 테고, 우리는 모두 캐서린을 받아들였을 거야. 모두 그녀를 사랑했어. 그러나 그녀는 새러를 낳다가 죽었지."

그가 말했다.

동굴 안의 빛이 우리의 진흙투성이 장화를 비췄고, 반면 우리의 얼굴은 어둠 속으로 사라졌다. 그가 배낭에서 뭔가 꺼내는 소리가 들렸다.

"애너가 당신을 두고 떠났군요. 당신을 떠나고, 자기 손녀를 떠나고……."

나는 망연자실해져서 말했다.

"그 사람은 그럴 수밖에 없었어. 다른 아이들과 손자 손녀와 이끌어야 할 거주구가 있었으니까."

헌터는 말하다가 잠시 침묵했다.

"왜 우리가 봉기 세력을 너무 가혹하게 판단하지 않으려고 했는지 알겠지? 그들은 자기 무리가 더 잘되기를 바랐어. 우리도 같은 일을 하면서 그들을 비난할 수는 없지."

"그건 달라요. 당신들은 소사이어티가 시작될 때부터 여기 있었잖아요. 반역자들은 나타났다 사라지고요."

카이가 말했다.

"당신들은 옛날에 어떻게 도망칠 수 있었죠?"

인디가 열렬한 어조로 물었다.

"우리는 도망치지 않았어. 그들이 우리가 떠나게 놔둔 거지."

헌터가 말했다. 그러면서 그는 가방에서 꺼낸 분필 조각으로 자기 팔에 다시 파란 선을 그렸다.

"당시 사람들은 미래의 온난화를 막고 질병을 없애는 한 방법으로 소사이어티와 소사이어티의 지배를 선택했다는 걸 기억해야 해. 우리는 그러지 않았기 때문에 떠났지. 우리는 소사이어티에 참여하지 않았기 때문에 그 혜택이나 보호를 받지 못했어. 우리는 농사를 지어 먹고살면서 우리끼리 비밀을 지키려 했고 그들도 우리를 그냥 내버려두었어. 오랫동안 그랬지. 누가 오면 우리가 그들을 쓰러뜨렸고."

헌터가 말을 이었다.

"바깥 지방의 원주민들은 몰살당하기 전 우리 협곡에 도움을 청하러 들어오곤 했어. 그들은 잘못된 사람을 사랑하거나 다른 직업을 원했기 때문에 그곳에 보내졌다고 했어. 어떤 사람들은 우리와 합류하려고 왔고, 어떤 사람들은 우리와 거래하려고 왔지. '백 가지'의 시대 이후, 우리의 종이와 책은 믿을 수 없을 정도로 높은 가치를 지니게 됐어."

그가 한숨을 쉬었다.

"언제나 기록 보관자 같은 사람들이 있었지. 나는 여전히 있다고 확신해. 하지만 마을들이 죽어가면서 우리는 고립됐어."

"농부들은 무엇 때문에 거래를 했나요? 협곡에 모든 게 있잖아요."

엘리가 물었다.

"아냐, 그렇지 않아. 소사이어티의 약이 언제나 더 나았고, 우리에게 필요한 다른 물건들도 있었어."

헌터가 말했다.

"하지만 농부들의 종이가 그렇게 가치 있는 거라면, 어떻게 그렇게 많이 남기고 떠날 수 있었죠?"

엘리가 물었다.

"너무 많았거든. 그걸 전부 들판 너머로 가져갈 수는 없었지. 책장을 찢거나 자기들이 원하는 책을 가져간 사람들은 많았지만, 그걸 다 가져갈 수는 없었어. 그래서 내가 동굴을 봉해서 나머지를 숨겨야 했던 거야. 우리는 소사이어티가 그것을 발견했을 때 모두 파괴하거나 가져가는 사태를 바라지 않았어."

헌터가 말했다. 그는 팔 한쪽을 선으로 표시하는 일을 끝내고 손을 뻗어 파란 분필을 다시 배낭 안에 넣었다.

"그 표시는 뭘 뜻하죠?"

내가 묻자 그는 움직임을 멈추었다.

"너한테는 이게 뭘로 보이니?"

"강이요. 정맥이요."

내가 말했다. 그는 흥미를 느끼고 고개를 끄덕였다.

"양쪽 다로 보일 수 있겠다. 그런 식으로 생각할 수도 있구나."

"당신에게는 뭔가요?"

내가 물었다.

"거미줄."

그가 말했다. 나는 어리둥절해서 고개를 흔들었다.

"뭐든지 연결되는 것. 이걸 그릴 때, 우리는 보통 함께 그려. 이렇게."

그가 자기 손을 내밀어 우리 손가락이 맞닿게 했다. 나는 놀라서 뒤로 물러날 뻔했지만 제자리에서 버텼다. 그는 자기 손가락을 따라 분필을 긋다가 내 손으로 넘어와, 내 팔 위에서 부드럽게 파란색 선을 그렸다.

그가 뒤로 물러앉았다. 우리는 서로를 바라보았다.

"다음에는 네가 직접 선을 그려. 네 몸을 따라서. 그다음 네가 다른 사람과 접촉해서 그들을 위해 선을 그리기 시작하는 거야. 그렇게 이어지는 거지."

그가 말했다.

'하지만 그 연결이 끊어지면요? 당신 딸이 죽은 것처럼?'

나는 그렇게 묻고 싶었다.

"선을 이을 사람이 없으면 이렇게 해."

그가 자리에서 일어나 위로 튀어나온 사암 벽에 손을 대고 밀었다. 나는 그가 누른 지점에서부터 미세한 금들이 연속해서 퍼지는 상상을 했다.

"이러면 넌 뭔가와 연결되는 거야."

"하지만 카빙 대협곡은 상관 안 하잖아요. 협곡들은 상관하지 않아요."

내가 말했다.

"그래."

헌터도 동의했다.

"그래도 우리는 연결되어 있어."

"난 이걸 가져왔어요. 당신이 원할지도 모른다고 생각해서요."

나는 배낭에 손을 넣으며 조금은 부끄러운 기분으로 헌터에게 말했다.

그것은 그가 새러의 무덤에 쓴 글이 인용된 시였다. '유월을 가로질러 손가락을 가진 바람이 간다'는 시. 나는 그 페이지를 책에서 떼어냈다.

헌터가 그것을 받아 소리 내어 읽었다.

그들은 조각조각 떨어지네—
그들은 별처럼 떨어지네—
장미의 꽃잎처럼—
갑자기 유월을 가로질러
손가락을 가진 바람이—갈 때—

그는 거기서 멈추었다.

"마을에서 우리가 겪은 일 같아요. 사람들은 그렇게 죽었어요. 그들은 별처럼 떨어졌어요."

엘리가 말했다. 카이는 손에 머리를 묻었다.

헌터는 읽기를 계속했다.

그들은 '흔적도 없는 풀밭' 속에서 죽었지—

어떤 눈도 그 장소를 찾을 수 없었어—

하지만 신은 모든 얼굴을 불러내실 수 있어

그분의 지워지지 않는—목록에서—

"우리 중에는 훗날의 다른 삶을 믿는 사람들이 있었어. 캐서린은 믿었지. 새러도 믿었고."

그가 말했다.

"하지만 당신은 안 믿는군요."

인디가 말했다.

"난 믿지 않았어. 하지만 새러에게는 한 번도 그렇게 말한 적이 없어. 그걸 어떻게 그 애한테서 빼앗을 수 있었겠어? 그 애는 내 모든 것이었는데."

헌터가 말했다. 그가 침을 삼켰다.

"그 애가 살아 있는 동안에는 매일 밤 잠들 때 그 애를 안아주었어."

아까 도서관 동굴에서 그랬던 것처럼, 그의 뺨에 눈물이 흘러내렸다. 그리고 그때 그랬던 것처럼, 그는 그것을 무시했다.

"나는 조금씩 떨어져야 했어. 팔을 들어 올리고, 그 애의 목에 묻고 있던 얼굴을 떼었지. 내 숨결이 더 이상 그 애의 머리카락을 흩뜨리지 않도록 뒤로 물러났어. 내가 떠났을 때 그 애가 내가 없다는 걸 모르도록 조금씩 떨어졌어. 나는 그 애가 밤 속으로 들어가는 것을 봤어. '굴'에서 나는 튜브를 다 깬 다음 어둠 속에서 죽을 거라 생각했어. 하지만 그럴 수가 없었지."

헌터가 말했다. 그는 그 페이지를 다시 내려다보고 딸을 위해 새긴 행을 읽었다.

"갑자기 유월을 가로질러 손가락을 가진 바람이 간다."

그는 마치 노래하듯이 말했다. 그의 목소리는 슬프고 부드러웠다. 그가 일어서서 그 종이를 자기 배낭에 쑤셔 넣었다.

"비가 얼마나 오는지 살펴볼게."

그는 말하고, 밖으로 나갔다.


헌터가 돌아왔을 때쯤에는 카이와 나만 빼고 다 잠들어 있었다. 나는 엘리의 맞은편에서 카이의 숨소리를 들을 수 있었다. 공간이 좁아서 손을 뻗어 카이를 만지기는 쉬웠으나 나는 자제했다. 이 여행을 함께하면서 우리 사이에 이런 거리가 있다는 것이 참으로 낯설게 느껴졌다. 나는 그가 한 일을 잊을 수 없다. 내가 한 일도 잊을 수 없었다. 나는 왜 그를 분류했을까?

나는 헌터가 동굴 입구 가까이 자리 잡는 소리를 듣고 그에게 그 시를 주지 말걸 하고 생각했다. 그를 고통스럽게 하려던 건 아니었다.

만약 내가 여기서 죽는다면, 그리고 누군가가 이 동굴 벽에 내 묘비명을 새긴다면, 그들이 뭐라고 써주었으면 좋을지 알 수 없었다.

할아버지는 자신의 묘비명으로 무엇을 선택하셨을까?

'순순히 들어가지 마라.'

혹은

'나의 인도자를 직접 뵈었으면.'

다른 누구보다도 나를 잘 아셨던 할아버지는 이제 수수께끼가
되어버렸다.

카이도 그랬다.

나는 갑자기 영화관에서의 일을 떠올렸다. 우리 중 누구도 알지
못하는 고통을 갖고 있는 그가 눈물을 흘리는 동안 우리는 웃고
있었을 때.

나는 눈을 감았다. 나는 카이를 사랑한다. 그러나 그를 이해하
지는 못한다. 그는 내가 자기에게 손을 뻗게 해주지 않을 것이다.
나도 실수를 했다. 나는 그것을 알았다. 그러나 나는 이 협곡과 들
판 위에서 그를 쫓아가는 데 지쳤고, 내가 손을 뻗었을 때 그가 어
떤 때는 그 손을 잡고 어떤 때는 잡지 않는 데 지쳤다. 아마 그것
이 그가 일탈자인 진짜 이유이리라. 소사이어티조차 그가 무엇을
할지 예측하지 못하는 것이다.

'애초에 누가 카이를 매칭 목록에 집어넣었지?'

내 오피셜은 아는 척했지만 사실은 몰랐다. 나는 그것이 더 이
상 문제가 되지 않는다고 판단했다. 내가 그를 사랑하기로 선택했
고, 내가 그를 찾기로 선택했으니까. 그러나 그 질문은 다시 마음
속에 떠오르고 있었다.

'누가 그랬을까?'

나는 패트릭 씨를 생각했다. 그리고 에이다 씨를.

다음 순간 나는 또 다른 생각, 아주 놀라운 생각을 하고 말았다.
모든 가능성 중에서 가장 있을 법하지 않은, 그러면서도 가장 그

럴듯한 생각을.

'카이일 수도 있지 않을까?'

그가 그런 일을 어떻게 할 수 있었을지는 모른다. 하지만 잰더가 어떻게 알약 칸에 종이를 넣었는지도 모르기는 마찬가지였다. 사랑은 있을 법한 것을 바꾸고, 있을 수 없을 것 같은 일들을 가능하게 한다. 자치구에서 우리가 매칭 목록과 그 실수에 대해 이야기했을 때 카이가 뭐라고 했는지 떠올려보았다. 그는 내가 자신을 사랑하는 한 누가 목록에 자기 이름을 집어넣었는지는 중요하지 않다고 말하지 않았던가?

나는 그의 이야기 전체를 들은 적이 한 번도 없었다. 아마 우리는 우리 이야기가 조각나 있어야만 안전할 것이다. 전체는 견디기에 너무 버거울 수도 있다. 소사이어티 이야기건, 반역 이야기건, 한 사람의 이야기건.

카이가 느끼는 게 이런 걸까? 아무도 전체를 원하지 않는다는 것? 그의 진실은 옮기기 너무 무겁다는 것?

# 43
## 카이

다른 사람은 모두 잠들었다.

도망가고 싶다면 지금이 가장 좋은 때일 것이다.

카시아는 나를 위해 시를 쓰고 싶다고 말한 적이 있었다. 첫 행은 넘겼을까? 그녀는 마지막을 위해 어떤 시구를 썼을까?

그녀는 잠들기 전에 울었다. 나는 손을 뻗어 그녀의 머리카락 끝을 어루만졌지만, 그녀는 알아차리지 못했다. 어떻게 해야 할지 몰랐다. 그녀에게 귀를 기울이자 마음이 아팠다. 눈물이 내 얼굴에도 흘러내리는 것처럼 느껴졌다. 그리고 어쩌다가 엘리에게 팔이 닿았을 때 그의 얼굴도 눈물이 흘러내려 젖어 있었다.

우리 모두에게 슬픔이 새겨져 있다. 협곡의 절벽처럼 깊이 베어져 있다.

나는 항상 부모님이 키스하는 것을 보았다. 한번은 아버지가 협곡에 갔다가 막 돌아왔을 때였다. 어머니는 그림을 그리고 계셨다. 아버지가 가까이 오자 어머니는 웃으며 아버지의 뺨에 물을 한 줄 그었다. 키스할 때 어머니는 아버지를 팔로 둘렀고 그림붓을 손에서 놓아버렸다.

아버지가 그 페이지를 마캠 부부에게 준 것은 다행한 일이었다. 그러지 않았다면, 패트릭 이모부는 기록 보관자들에 대해 전혀 몰랐을 것이고 오리아에서 그들과 연락하는 법을 얘기해줄 수도 없었을 것이다. 우리는 결코 그 낡은 필경기를 갖지 못했을 것이다. 나는 분류하는 법이나 거래하는 법을 절대로 알지 못했을 것이다. 카시아에게 생일 시를 줄 수 없었을 것이다.

나는 더 이상 부모님을 위해 아무런 표시도 남기지 않고 내버려 둘 수 없었다.

아무것도 밟지 않도록 조심하며, 나는 길을 더듬어 동굴 뒤쪽으로 갔다. 배낭 속에서 찾던 물건을 발견하기까지는 그리 오래 걸리지 않았다. 엘리가 나를 위해 모아준 그림물감들, 그리고 그림 붓. 내 손이 붓의 털을 거머쥐었다.

나는 물감 병을 열고 그것을 한 줄로 놓았다. 다시 손을 뻗어 내 앞에 벽이 있음을 확인했다.

그리고 나서 붓을 물감에 찍어 위쪽 동굴 벽에 선을 그었다. 물감이 내 얼굴에 떨어지는 것이 느껴졌다.

빛이 밝기를 기다리면서, 나는 세상을 그리고 그 한가운데 부모님을 그렸다. 우리 어머니. 우리 아버지. 어머니가 해돋이를 바라보는 그림. 아버지가 한 소년에게 쓰기를 가르치는 그림. 그것은 나일 수도 있었다. 어둠 속이어서 확실히는 알 수 없었다.

나는 빅이 있던 시내를 그렸다.

마지막으로 카시아를 그렸다.

우리는 사랑하는 사람에게 얼마나 많은 것을 보여주어야 할까?

내 삶의 어떤 조각을 드러내고 새겨서 그녀 앞에 내놓아야 할까? 내가 누구인지 알 수 있는 길을 가리킨 것으로 충분할까?

자치구에서 때때로 내가 다르다는 사실 때문에 질투하고 비통해했다는 말을 그녀에게 해야 할까? 내가 샌더였다면, 아니면 학교에 계속 다니면서 최소한 그녀와 매칭될 기회를 가질 수 있는 소년이었다면 하고 얼마나 바랐는지?

다른 총알받이들을 뒤로하고 빅과 엘리만 데려왔던 밤에 대해 그녀에게 말해야 할까? 빅은 우리가 살아남는 데 도움이 된다는 것을 알았기 때문이고, 엘리는 내 죄책감을 달래주기 때문이었다는 것을?

나는 그녀에게 진실을 말해야 했지만, 나 자신에게도 말한 적이 없었다.

손이 떨리기 시작했다.

부모님이 돌아가신 날 나는 혼자 고원에 있었다. 나는 폭격이 쏟아지는 것을 보았다. 그 후, 나는 부모님을 찾기 위해 달렸다. 거기까지는 사실이었다.

첫 번째 시체를 본 순간 속이 뒤집혔다. 토했다. 다음 순간 나는 뭔가가 살아남은 것을 보았다. 사람이 아니라 물건이었다. 여기는 구두 한 짝, 저기는 멀쩡한, 개봉하지도 않은 포일그릇. 털이 깨끗한 그림붓. 나는 그것을 집어 들었다.

이제 나는 기억한다. 여태껏 나 자신에게 거짓말을 하고 있었다는 것을.

그림붓을 집어 들고 주위를 살펴보다가 부모님이 땅 위에 죽어 있는 것을 보았을 때, 나는 그분들을 옮기려 하지 않았다. 그들을 파묻어주지 않았다.

나는 그들을 보고 도망쳤다.

# 44
## 카시아

내가 가장 먼저 일어났다. 햇빛 한 줄기가 동굴 입구로 비쳐 들어왔다. 나는 다른 일행이 그 밝은 빛과, 비가 그쳤다는 사실을 아직 알아채지 못했다는 데 놀라서 그들을 바라보았다.

나는 카이와 엘리와 헌터를 보며, 보이지 않는 상처들이 얼마나 많을 수 있는지 생각했다. 심장에, 뇌에, 뼈에 새겨지는 것들.

'우리가 어떻게 서 있을 수 있을까? 우리를 계속 움직이게 하는 건 무엇일까?'

나는 생각했다.

동굴 밖으로 나가자 눈부신 하늘 때문에 아무것도 보이지 않았다. 나는 카이가 해를 가리듯이 손을 올렸다. 손을 다시 내렸을 때 나는 잠시 하늘에 엄지손가락 지문을 남겼다고, 물결 모양의 짙은 선으로 하늘을 얼룩지게 했다고 생각했다. 다음 순간 그 지문이 움직이고 돌았다. 나는 그것이 내 손가락의 소용돌이무늬가 아니라, 멀리 높이서 움직이는 한 떼의 작은 새들의 소용돌이라는 것을 알았다. 하늘을 만질 수 있다고 생각한 나 자신이 우스웠다.

다른 사람들을 깨우려고 돌아섰을 때 나는 숨을 들이켰다.

우리가 자는 동안 그는 그림을 그렸다. 빠르고 가벼운 터치로, 물감이 흘러내릴 정도로 급하게.

그는 동굴 뒤쪽을 별의 강으로 뒤덮었다. 바위와 나무와 언덕으로 세계를 만들었다. 한 번 죽었다가 살아난, 기슭을 따라 발자국이 찍혀 있는 강도 그렸고, 빛을 반사하지 않는 비늘이 달린 돌맹이 물고기로 표시된 무덤도 그렸다.

한가운데에는 자기 부모님을 그렸다.

어둠 속에서 그렸기 때문에 그는 자기 그림을 볼 수 없었다. 그 장면은 서로 섞여 들어가면서 피를 흘리고 있었다. 때때로 색깔이 이상했다. 녹색 하늘, 파란 돌. 그리고 나는 그곳에 드레스를 입고 서 있었다.

그는 그것을 붉게 칠했다.

# 45
## 카이

　쏟아지는 햇빛 때문에 보트를 만지면 뜨거웠다. 손이 붉게 달아오른 것을 그녀가 눈치채지 못했으면 하고 바랐다. 더 이상 그녀가 나를 분류했던 날을 떠올리고 싶지 않았다. 이미 끝난 일이다. 우리는 앞으로 나아가야 했다.

　그녀도 똑같이 느꼈으면 좋겠다고 생각했지만, 그녀에게 묻지는 않았다. 처음에는 그럴 수 없었기 때문이었고—모두 한 줄로 서서 좁은 길을 걸어가고 있었기 때문에 다른 사람이 들을 수 있었다—, 다음에는 너무 피곤해서 말을 짜 맞출 수가 없었기 때문이었다. 카시아, 인디, 엘리가 헌터와 나의 배낭을 들어주고 있었지만 근육은 여전히 불타는 듯이 아팠다.

　해는 천천히 기운을 다해가고 구름이 지평선에 모였다.

　어느 쪽이 우리에게 더 나을지 알 수 없었다. 비가 오는 게 좋을지, 안 오는 게 좋을지. 비가 오면 걷기는 힘들지만 우리가 온 길은 가려진다. 우리는 또 한번 생존을 위한 아슬아슬한 선을 걷고 있었다. 그러나 나는 카시아가 이 선 위에서 옳은 쪽을 택하도록 하기 위해 내가 할 수 있는 일을 했다. 그래서 보트를 거래한 것이다.

　이따금 보트는 마른 땅에서도 소용이 있었다. 길이 너무 진흙탕으로 변하고 갈라져서 걸어가기 힘들 때, 우리는 보트를 내려놓고 그 위를 걸어간 다음 그것을 다시 들어 올렸다. 보트는 땅에 길고 좁은 발자국 같은 흔적을 남겼다. 이렇게 지치지 않았다면 나는 웃었을 것이다. 이 자국을 보면 소사이어티는 어떻게 생각할까? 뭔가 거대한 것이 내려와 우리를 집어 들고 카빙 대협곡 밖으로 걸어 나갔다고 생각할까?

오늘 밤 우리는 야영을 할 것이다. 그때 그녀와 이야기할 것이다. 밤이 되면 무슨 말을 해야 할지 알 것 같았다. 지금 당장은 너무 지쳐서, 모든 것을 바로잡을 어떤 말도 생각나지 않았다.


우리는 전날 잃었던 시간을 벌충했다. 아무도 쉬지 않았고, 가는 길에 틈틈이 물 몇 모금과 빵 몇 조각을 먹으며 모두 끝까지 해냈다. 저녁빛이 흐려지고 빗방울이 떨어지기 시작할 때 우리는 카빙 대협곡 끝자락에 거의 다 닿았다.

헌터가 멈춰 서서 들고 있던 보트 일부를 조금씩 땅에 내려놓았다. 나도 그렇게 했다. 그는 우리 뒤의 카빙 대협곡을 돌아보았다.

"모두 지금 가야 해."

그가 말했다.

"하지만 거의 어두워졌잖아요."

엘리가 말했다. 헌터는 고개를 저었다.

"시간이 없어. 일단 그들이 무슨 일이 벌어졌는지 알아냈다면 '굴'에서 올라오는 걸 막을 방법이 없어. 그리고 만약 그들이 미니 포트를 갖고 있다면? 사람들을 모아서 우리를 들판 위에서 고립시킬 수도 있겠지."

"우리 미니 포트는 어디 있죠?"

내가 물었다.

"거주구를 떠나기 전에 내가 강에 던졌어."

카시아가 말했다. 인디가 숨을 들이켰다.

"잘했어. 우리를 추적할 가능성이 있는 건 필요 없으니까."

헌터가 말했다.

엘리가 몸을 떨었다.

"너 계속 갈 수 있지?"

카시아가 걱정 어린 어조로 그에게 물었다.

"그럴 것 같아요. 가야 하는 거죠?"

엘리가 나를 보며 물었다.

"그래."

내가 말했다.

"우린 손전등을 갖고 있어."

인디가 덧붙였다.

"가자."

카시아가 손을 내밀어 우리가 보트를 들어 올리는 일을 도왔다.


우리는 최대한 빠르게 움직여 강가로 향했다. 나는 발아래에서 돌의 감촉을 느꼈다. 강에서 떠내려온 것이었다. 빅의 무덤을 표시한 물고기는 어떤 것일지 궁금했다. 어둠 속에서는 모든 게 달라 보여서 그가 누워 있는 곳이 어딘지 확신할 수가 없었다.

그러나 빅이 살아 있었다면 어떻게 했을지는 알았다.

무슨 생각을 했든 그는 라니에게 가장 가까이 다가갔을 것이다.


숲 속에서 손전등을 낮게 비춘 채, 헌터와 나는 보트를 열고 펌

프로 공기를 주입했다. 보트는 재빨리 제 모습을 찾았다.

"여기에는 두 사람만 탈 수 있어. 그 외에 봉기에 합류하고 싶은 사람은 걸어서 강가를 따라가야 해. 하지만 그런 식으로 가면 훨씬 느릴 거다."

공기가 한숨을 쉬듯 보트 안으로 흘러 들어갔다.

나는 한순간 완벽하게 멈춰 있었다.

다시 비가 내렸다. 찌르듯이 차갑고 맑았다. 좀 전의 태풍과는 달랐다. 이것은 맹공격이 아니라 소낙비였다. 곧 그칠 것이다.

"어딘가 더 높은 곳에서, 이 물은 눈이란다."

어머니는 손바닥을 펴고 빗방울을 받으면서 말하곤 했다,

나는 어머니의 그림을 떠올렸고 그것이 얼마나 빨리 말랐는지 생각했다.

"어딘가에서 이 물은 아무것도 아니야. 이건 공기보다 더 가벼워."

나는 소리 내어 말하며 어머니가 듣기를 바랐다.

카시아가 돌아서서 나를 바라보았다.

나는 이 빗방울들이 빅을 위해 새긴 사암 물고기의 비늘을 때리는 것을 상상했다.

'빗방울 하나하나가 오염된 강이 맑아지게 도와줄 거야.'

나는 손을 펼치며 생각했다. 빗방울을 맞거나 잡기 위해서가 아니었다. 빗방울이 자국을 남긴 뒤 떠나가게 했다.

떠나가라. 내 부모님, 그분들에게 일어난 일에 대한 고통. 내가 하지 못했던 일. 내가 구하지도 묻지도 못한 모든 사람들. 잰더를 향한 질투. 빅에게 일어난 일에 대한 죄책감. 내가 절대로 될 수 없는 것과 애초에 내가 전혀 아니었던 것에 대한 걱정.

모두 떠나보내자.

내가 할 수 있는 일인지는 모르지만, 시도하니 기분이 좋았다. 그래서 나는 비가 손바닥을 세차게 때리도록 내버려두었다. 손가락을 타고 흘러 땅으로 떨어지도록.

'이 빗방울 하나하나가 나를 도와줄 거야.'

나는 생각했다. 나는 고개를 뒤로 젖히고 하늘을 향해 나를 다시 펼치고자 했다.

모든 사람이 우리 아버지 때문에 죽었을 수도 있다. 그러나 아버지는 그들이 삶을 견딜 수 있도록 만들어주기도 했다. 아버지는 그들에게 희망을 주었다. 나는 그것이 중요하지 않다고 생각했지만, 그것은 중요했다.

좋기도 하고 나쁘기도 했다. 아버지에게는 좋았고, 내게는 나빴다. 내게 쏟아진 어떤 폭격도 그것을 태워 없앨 수 없었다. 나 자신이 없애야 했다.

"미안해. 네게 거짓말을 하지 말았어야 했어."

나는 카시아에게 말했다.

"나도 미안해. 그 분류는 완전히 틀렸어."

그녀가 말했다.

우리는 빗속에서 서로를 바라보았다.

"이건 네 보트야. 누구를 태우고 갈래?"

인디가 내게 물었다.

"이건 너를 위해 거래한 거야. 누구랑 함께 갈지 네가 선택해."

나는 카시아에게 말했다.

나는 매칭 파티 전에 들었던 감정을 느꼈다. 기다렸다. 내가 한 일이 그녀가 나를 다시 보게 만들 수 있을지 궁금해하면서.

# 46
## 카시아

"카이. 난 다시 사람을 분류하고 싶지 않아."

내가 말했다. 어떻게 그가 내게 이런 일을 부탁할 수 있을까?

"서둘러."

인디가 말했다.

"지난번 네 분류는 옳았어. 난 여기 바깥에 속해 있어."

카이가 말했다.

그건 사실이다. 그는 여기 속해 있다. 그리고 그를 찾는 일은 내가 한 것 중 가장 힘든 일이었지만, 나는 그 때문에 더 강해졌다.

나는 눈을 감고 관련 요소들을 생각했다.

헌터는 강이 아니라 산으로 가려고 한다.

엘리는 가장 어리다.

인디는 보트를 조종할 수 있다.

나는 카이를 사랑한다.

누가 가야 할까?

단 한 가지의 선택—단 하나의 배열—만이 옳게 느껴졌기 때문에, 이번에는 좀 더 쉬웠다.

"이제 갈 때가 됐어. 넌 누구를 선택할 거니?"

헌터가 물었다.

나는 카이가 이해하기를 바라면서 그를 바라보았다. 그는 이해할 것이다. 그라도 같은 일을 했을 것이다.

"엘리요."

내가 말했다.

# 47
## 카이

엘리가 눈을 깜박였다.

"저요? 카이 형은 어쩌고요?"

그가 물었다.

"너랑 인디. 내가 아니야."

카시아가 말했다.

인디가 놀라서 그녀를 쳐다보았다.

"누군가가 엘리를 데리고 강을 내려가야 해. 이런 종류의 물에 대해서 알고 있는 사람은 헌터와 인디밖에 없어. 그리고 헌터는 산으로 갈 거고."

헌터는 보트를 살펴보았다.

"거의 다 됐다."

"넌 할 수 있을 거야. 그렇지? 엘리를 거기 데려갈 수 있지? 그게 저 애를 안전한 장소로 데려다줄 수 있는 가장 빠른 길이야."

카시아가 인디에게 물었다.

"할 수 있어."

인디가 입을 열었다. 그녀의 목소리에는 한 치의 의구심도 없었다.

"강은 바다와 달라."

헌터가 인디에게 경고했다.

"우리 마을에도 바다로 흐르는 강이 있었어요."

인디가 말했다. 그녀는 보트 안에 감싸여 있던 노 한쪽에 손을 뻗어 보트에 끼워 넣었다.

"나는 밤에 연습 삼아 이걸 저어보곤 했어요. 소사이어티는 내가 대양에 나갈 때까지 전혀 나를 보지 못했죠."

"잠깐만요."

엘리가 말했다. 모두가 그를 돌아보았다. 그는 턱을 치켜들고 엄숙하고 진지한 눈으로 나를 바라보았다.

"나는 들판을 건너가고 싶어요. 형이 처음에 하려던 일이 그거였잖아요."

헌터가 놀라서 바라보았다. 엘리와 함께 가면 그의 속도가 느려질 것이다. 그러나 헌터는 누군가를 뒤에 남기고 갈 사람이 아니었다.

"같이 가도 돼요? 최대한 열심히 달릴게요."

엘리가 헌터에게 물었다.

"그래. 하지만 지금 가야 해."

헌터가 말했다.

나는 엘리를 끌어당겨 품에 안았다.

"우리는 다시 만날 거예요. 확신해요."

그가 말했다.

"그래."

내가 말했다. 이런 일은 약속하면 안 되었지만. 나는 엘리의 머리 너머로 헌터와 눈을 마주쳤다. 헌터가 새러에게 작별인사를 할 때도 같은 말을 했을지 궁금했다.

엘리가 내게서 떨어져 카시아를 양팔로 안았고 그다음에는 인디를 안았다. 인디는 놀라는 듯했다. 그녀가 마주 껴안은 뒤에야 그는 똑바로 섰다.

"준비됐어요. 가요."

그가 말했다.

"다시 만났으면 좋겠다."

헌터가 우리에게 말했다. 그가 경례하듯 손을 들어 올리자, 손전등 불빛 속에서 그의 팔을 타고 내려온 파란 표시가 보였다. 마지막 한순간 우리 모두 일어서서 서로를 바라보았다. 다음 순간 헌터는 돌아서서 달렸고 엘리가 그를 따랐다. 잠깐 동안 나무 사이로 그들의 등불 빛이 보였지만 다음 순간 그들은 사라졌다.

"엘리는 괜찮을 거야. 그렇지?"

카시아가 물었다.

"그건 저 애의 선택이었어."

내가 말했다.

"그래. 하지만 이런 일이 너무 빨리 일어났어."

그녀의 목소리는 차분했다.

그랬다. 내가 자치구를 떠났던 날처럼. 그리고 우리 부모님이 돌아가신 날이나, 빅이 떠나간 날처럼. 작별이란 이와 같다. 헤어지는 순간 작별의 순간을 언제나 잘 포착할 수는 없다. 그 작별이 아무리 마음을 깊이 베어 들어올지라도.

인디가 코트를 벗어 재빠르고 정확한 동작으로 돌칼을 놀려 안에 있던 원반을 베어냈다. 그녀는 그것을 과장된 동작으로 옆 땅에 던진 뒤 나를 바라보았다.

"엘리는 뭘 할지 결심했어. 넌 어때?"

그녀가 말했다.

카시아가 나를 바라보았다. 그녀가 손을 뻗어 얼굴에서 비와 눈물을 훔쳐냈다.

"난 강을 따라갈게. 보트에는 인디가 탈 거고. 나는 너희만큼 빨리 가진 못할 거야. 하지만 결국은 너희를 따라잡을 거야."

"정말이니?"

그녀가 속삭였다.

정말이었다.

"넌 나를 찾으러 먼 길을 왔잖아. 난 너와 함께 봉기에 합류할 거야."

내가 말했다.

# 48
## 카시아

비는 더 가벼워져서 눈으로 변했다. 나는 우리가 아직 도착하지 않았고, 여전히 손을 뻗고 있음을 느꼈다. 서로에게, 우리가 마음을 품은 존재에게. 나는 결코 그의 모든 것을 보지 못하리라는 것을 알았고, 지금 이 순간 그것을 이해하는 마음으로 그를 바라보았다. 그리고 또다시 선택했다.

"건너가기는 어려워."

갈라진 목소리로 내가 말했다.

"어딜 건너가?"

그가 물었다.

"내가 되어야 하는 사람이 되는 길로."

내가 그에게 말했다.

그리고 우리는 움직였다.

둘 다 틀렸다. 우리 둘 다 바로잡으려고 노력할 것이다. 우리가 할 수 있는 일은 그것뿐이다.

카이가 몸을 숙여 내게 키스했지만, 손은 옆구리에 늘어뜨린 채였다.

"왜 나를 안지 않아?"

내가 살짝 몸을 빼며 물었다.

그는 엷게 웃더니, 마치 설명하듯이 손을 내밀었다. 그 손은 흙과 물감과 피로 범벅돼 있었다.

나는 그의 손을 끌어당겨, 내 손바닥을 그의 손바닥에 댔다. 까끌까끌한 모래가, 미끄러운 물감이, 그 자신의 여정을 말해주는 긁히고 베인 자국이 느껴졌다.

"깨끗해질 거야."

내가 말했다.

# 49
## 카이

내가 그녀를 끌어당겼을 때 그녀는 열망을, 따뜻함을 느끼고 손을 뻗었으나, 다음 순간 약간 움찔하며 몸을 뒤로 뺐다.

"미안. 잊고 있었어."

그녀가 셔츠 안에서 작은 튜브를 꺼냈다. 그녀는 내 얼굴에 떠오른 충격을 보고 서둘러 말을 이었다.

"어쩔 수가 없었어."

그녀는 설명하려고 애쓰며 내 눈앞에 튜브를 내밀었다. 손전등 불빛 속에서 튜브가 반짝거리는 바람에 이름을 읽는 데 시간이 걸렸다. '라이스, 새뮤얼.' 그녀의 할아버지였다.

"헌터가 튜브를 깨서 다들 주의가 쏠렸을 때 이걸 넣었어."

"엘리도 하나 훔쳤어. 그 애는 그걸 나한테 줬어."

내가 말했다.

"그 애는 누구 걸 가져왔는데?"

카시아가 물었다.

나는 인디를 보았다. 그녀는 언제든 카시아를 뒤에 남긴 채 보트를 밀어 떠날 수 있었다. 그러나 그러지 않았다. 나는 그녀가 그러지 않으리라는 것을 알았다. 이번에는 아니었다. 만약 인디가 가는 곳으로 함께 가려고 한다면, 그녀보다 더 좋은 인도자는 찾을 수 없을 것이다. 그녀는 당신의 배낭을 들어주고 거친 물살을 헤쳐나가도록 이끌어줄 것이다. 그녀는 우리에게 등을 돌리고 보트 옆 나무 아래 그저 가만히 서 있었다.

"빅."

나는 카시아에게 말했다.

처음에는 엘리가 자기 부모님을 선택하지 않은 것에 놀랐지만, 다음 순간 그들이 거기 있을 리 없다는 것을 떠올렸다. 엘리와 그의 부모님은 오랫동안 일탈자였다. 빅은 최근에 재분류되었기 때문에, 소사이어티로서는 그의 튜브를 없앨 시간이 없었을 것이다.

"엘리는 널 믿는 거야."

"그래."

내가 답했다. 카시아가 다시 말했다.

"나도 널 믿어. 넌 어떡할 거야?"

"이걸 숨길 거야. 누가, 왜 튜브를 보관하는지 알아낼 때까지. 봉기 세력을 신뢰해도 된다는 걸 알 때까지."

"네가 농부들의 동굴에서 가져온 책은?"

"그것도. 강을 따라가면서 숨기기 좋은 장소를 찾아볼 거야."

나는 잠시 말을 멈추었다.

"괜찮다면 네 물건도 숨겨줄게. 어떻게든 네게 다시 보내줄게."

"들고 가기 너무 무겁지 않을까?"

그녀가 물었다.

"안 무거워."

내가 말했다.

그녀는 내게 튜브를 건네고 배낭에 손을 넣어 동굴에서 가져온 떨어진 책장 뭉치를 꺼냈다.

"내가 쓴 페이지는 하나도 없어."

그녀의 목소리에는 아픔이 깃들어 있었다.

"언젠가는 쓸 거야."

다음 순간 그녀가 내 뺨에 손을 댔다.

"네 이야기의 나머지, 지금 들려줄래? 아니면 널 다시 만났을 때 해줄래?"

"우리 어머니는."

나는 말을 시작했다.

"우리 아버지는."

나는 눈을 감고 설명하려고 애썼다. 그러나 말이 되지 않았다. 단어의 연결일 뿐이었다.


우리 부모님이 돌아가셨을 때 나는 아무것도 하지 않았어

그래서 난 하고 싶었어

하고 싶었어

하고 싶었어


"뭔가를."

그녀가 부드럽게 말했다. 그녀는 다시 내 손을 잡고 뒤집어서, 긁힌 자국과 물감과 빗물이 아직 씻어내지 못한 짓이겨진 흙덩어리를 바라보았다.

"네 말이 맞아. 우리는 평생 아무것도 하지 않을 수는 없어. 그리고 카이, 너는 너희 부모님이 돌아가셨을 때 뭔가를 했잖아. 네가 오리아에서 그려줬던 그림을 난 기억해. 넌 그분들을 옮기려고

했어."

"아냐. 나는 그분들을 내버려두고 도망쳤어."

나는 갈라진 목소리로 말했다.

그녀는 팔로 나를 감싸고 내 귀에 속삭였다. 추위 속에서 나를 따뜻하게 지켜주는, 나만을 위한 말— '널 사랑해' 라는 시를. 그 말로써, 그녀는 나를 재와 무에서 살과 피로 다시 바꿔놓았다.

# 50
## 카시아

"순순히 들어가지 마."

나는 마지막으로 그에게 말했다.

그러자 카이는 미소 지었다. 전에는 한 번도 본 적이 없는 미소 였다. 사람들이 그를 따라 불이 난 곳으로, 홍수 속으로 바로 뛰어 들도록 만들 수 있는 대담하고 무모한 미소였다.

"그럴 염려는 없어."

그가 말했다.

나는 그에게 손을 가져갔다. 손가락으로 그의 눈꺼풀을 쓸며, 그의 입술을 찾아 내 입술과 마주쳤다. 그의 눈 아래에 키스했다. 그의 눈물은 바다 같은 맛이 났다. 나는 해안을 보지 않았다.

그는 숲 속으로 사라지고 나는 강 속에 있었다. 남은 시간이 없 었다.

"내가 말하는 대로 해."

인디가 노 하나를 내 손에 쥐여주고 가까이 몰려드는 물소리 너 머로 소리쳤다.

"내가 왼쪽이라고 말하면 왼쪽으로 노를 저어. 오른쪽이라고 말하면 오른쪽으로 젓고. 몸을 기울이라고 하면 그대로 해."

그녀의 손전등 광선이 내 눈을 비췄다. 그녀가 앞으로 얼굴을 돌리자 나는 안도했다. 작별과 빛 때문에 눈물이 흘러내렸다.

"지금이야."

인디가 말하자 우리는 강가에서 보트를 밀었다. 그다음 보트 안에 잠시 가만히 앉아 있자 물결이 우리를 찾아내서 밀고 갔다.

"오른쪽."

인디가 외쳤다.

보트를 타고 나아가자, 흩어진 눈송이가 우리 얼굴에 달라붙었다. 작고 하얀 송이들이 우리의 손전등 불빛 속으로 달려들었다.

"만약 뒤집어지면 보트에 꼭 붙어 있어."

인디가 뒤쪽에 있는 내게 외쳤다.

그녀는 빨리 한번 외치고, 재빨리 한번 판단할 시간만큼만 앞을 볼 수 있었다. 얼굴에 물보라를 맞고, 물이 은빛으로 비치고, 검은 가지들이 우리를 강가에서 떼어놓고, 부러진 나무들이 시내 한가운데서 흐릿하게 나타나는 가운데, 그녀는 내가 결코 할 수 없는 방식으로 분류하고 있었다.

나는 그녀와 똑같이, 그녀를 따라 하며, 그녀와 함께 노를 저었다. 소사이어티가 그날 대양에서 그녀를 어떻게 붙잡았을지 궁금했다. 그녀는 오늘 밤 이 강 위에서, 인도자였다.

몇 시간인지 몇 분인지, 그것은 문제가 되지 않았다. 중요한 것은 오직 물의 변화와 시내의 굴곡, 인디의 외침과 우리가 이쪽저쪽으로 움직일 때마다 물을 튀기는 노였다.

나는 위에서 무슨 일이 일어나고 있음을 느끼고 딱 한 번 위를 쳐다보았다. 밤이 걷히고 있었다. 아침의 가장 이른 부분은 여전히 어두웠지만, 어둠은 가장자리부터 문질러 벗겨지고 있는 듯했다. 그 바람에 나는 인디가 오른쪽으로 노를 저으라고 소리친 때를 놓쳤고, 다음 순간 우리는 뒤집어졌다. 강 위에서 뒤집히고 말았다.

소사이어티의 구체로 중독된 차갑고 어두운 물이 내게 달려들었다. 나는 아무것도 보지 못하면서도 모든 것을 느꼈다. 얼어붙을 듯한 물, 나를 때리는 유목을. 내 죽음의 순간이었다. 그때, 뭔가가 내 팔을 때렸다.

'보트에 꼭 붙어 있어.'

내 손가락이 보트 가장자리를 따라 허우적거렸다. 나는 손잡이 하나를 발견하고 꼭 붙잡은 다음 수면 위로 몸을 솟구쳤다. 물맛은 썼다. 나는 물을 뱉어내고 손잡이를 꼭 붙잡았다. 나는 보트 안쪽, 보트 아래 있었다. 공기방울이 나를 가두는 동시에 구원했다. 뭔가가 내 다리를 베고 지나갔다. 손전등은 꺼졌다.

'굴' 과 비슷했다. 나는 갇혔지만 살아 있었다.

"넌 해낼 거야."

그때 카이는 그렇게 말해주었다. 그러나 지금 그는 여기 없다.

문득 그를 만났던 날이 떠올랐다. 맑고 파란 수영장의 그날, 그와 잰더 둘 다 물속에 들어갔다가 다시 올라왔을 때.

'인디는 어디 있지?'

보트가 옆으로 휙 뒤집어지면서 물이 고요해졌다.

빛이 안으로 비쳐 들어왔다. 인디가 보트를 위로 밀어올리고 있었다. 그녀는 보트를 바깥으로 계속 밀었고, 어떻게인지 아직도 자기 손전등을 켜놓고 있었다.

"지금은 잔잔한 곳에 있어. 오래가지 않을 거야. 나랑 같이 바깥으로 나와서 밀자."

인디가 맹렬한 기세로 말했다.

나는 보트 옆쪽 아래로 헤엄쳐 나왔다. 물은 검고 유리 같았다. 강의 넓은 부분이 왜인지는 몰라도 하류 쪽에서 막혀 있는 바람에 잠시 웅덩이처럼 괴어 있었다.

"너 노를 잡고 있었어?"

인디가 물었다. 내가 정말 그랬던 것을 보고 나도 놀랐다.

"셋에 뒤집자."

인디가 말했다. 그녀는 숫자를 세었고, 우리는 셋에 보트를 다시 뒤집어 옆면을 움켜쥐었다. 그녀는 빠르게, 물고기처럼, 보트 안으로 미끄러져 들어가 내 노를 움켜쥐고 나를 위로 끌어당겨주었다.

"잘 버텼구나. 난 마침내 널 그만 보는 줄 알았는데."

인디는 그렇게 말하고 웃었다. 나도 웃었다. 그렇게 웃던 중 강의 다음 물결과 마주쳤다. 인디가 거칠고 의기양양한 목소리로 소리쳤다. 나도 합류했다.


"진짜 위험은 이제부터야."

해가 뜰 무렵 인디가 말했다. 그녀가 옳았다. 강은 여전히 빨랐다. 우리는 앞을 더 잘 볼 수 있었지만 우리 모습도 보일 수 있었고, 탈진했다. 여기서는 무성한 미루나무가, 더 가늘고 덜 감추어주는 나무들에게 자리를 내주었다. 나무들은 막대기처럼 앙상하고, 녹회색이고, 가시가 뒤엉켜 있었다.

"몸을 숨기려면 나무 가까이 붙어 가야 해. 하지만 너무 가까이

가면 가시에 찔려서 보트가 끝장날 거야."

인디가 말했다.

우리는 비늘 같은 갈색 둥치를 가진 거대한 죽은 미루나무를 지나쳤다. 강둑에 몇 년이나 버티고 있다가 지쳐서 쓰러진 나무.

'헌터와 엘리가 산에 있었으면 좋겠다. 카이는 숲 속에 숨었으면 좋겠다.'

나는 생각했다.

그때 우리 머리 위에서 어떤 소리가 들렸다.

우리는 한 마디도 하지 않고 강둑에 더 가까이 붙었다. 인디가 가시투성이 가지로 노를 뻗었지만 노가 미끄러져서 버티지 못했다. 우리는 떠내려가기 시작했다. 나는 노를 물속에 찔러 넣고 재차 뒤로 밀었다.

머리 위의 에어십이 더 가까이 날아왔다.

인디가 손을 뻗어 가시가 돋은 가지를 맨손으로 움켜쥐었다. 나는 숨을 헐떡였다. 그녀가 버티는 동안 나는 뛰어내려 보트를 옆으로 밀었다. 가시덤불이 플라스틱에 닿는 소리가 귀에 거슬렸다.

'제발 부서지지 마.'

나는 생각했다. 인디가 손을 놓았다. 그녀의 손에 피가 흘렀고, 우리 둘 다 숨을 죽였다.

그들은 지나갔다. 우리를 보지 못했다.

"나 지금 당장 녹색 알약을 먹고 싶어."

인디가 말했다. 나는 안도감에 웃음을 터뜨렸다. 그러나 그 알약은 우리가 갖고 있던 다른 물건과 함께 사라졌다. 우리가 물속에서 뒤집어졌을 때 쓸려 내려간 것이다. 인디가 보트 손잡이 한쪽에 배낭을 꼭 묶어두었지만, 신중하게 매듭을 지었는데도 물은 그것을 쓸어갔다. 나뭇가지 하나가 밧줄의 한가운데를 끊었다. 그것이 우리 피부나 보트의 표면이 아니라는 것이 고마울 따름이었다.

내가 다시 보트에 타자, 우리는 계속 강가에 가까이 붙어서 갔다. 해는 높이 떠 있었다. 위에 또 날아가는 것은 없었다.

나는 두 번째로 잃어버린 나침반을 생각했다. 그것은 강바닥에 가라앉고 있을 것이다. 카이가 나침반으로 만들기 전의 돌멩이처럼.


저녁이 되었다. 강기슭의 갈대들은 바람 속에서 속삭이다가 입을 다물었다. 높고 아름다운 하늘 속 일몰의 자취 안에서, 나는 저녁의 첫 별을 보았다.

다음 순간 나는 그것이 땅에서도 빛나는 것을 보았다. 땅이 아니라 우리 앞에 검게 뻗어 있는 물속일지도 몰랐다.

"이건 바다가 아니야."

인디가 말했다.

별이 깜박였다. 하늘 위건 물 위건, 뭔가가 그곳으로 지나간 것이다.

"하지만 이렇게 거대한데. 이게 달리 뭐란 말이야?"

내가 물었다.

"호수야."

인디가 말했다.

처음 듣는 웅웅거리는 소리가 물을 가로질렀다.

우리를 향해 보트 한 척이 빠르게 다가오고 있었다. 그것을 앞지를 수는 없었고, 둘 다 너무 지친 탓에 그럴 시도도 하지 않았다. 우리는 허기지고 욱신거리는 몸으로 표류하면서 그곳에 함께 앉아 있었다.

"저게 봉기 세력이면 좋겠다."

인디가 말했다.

"분명 그럴 거야."

내가 말했다.

갑자기 웅웅거리는 소리가 더 가까워지면서 인디가 내 팔을 움켜쥐었다.

"나는 파란색 드레스를 골랐을 거야. 상대가 누구건 간에, 난 그의 눈을 똑바로 들여다봤을 거야. 나는 두려워하지 않았을 거야."

"그래."

내가 말했다.

인디는 고개를 끄덕이고 다시 몸을 돌려 다가오는 것을 마주 보았다. 그녀는 당당한 자세로 앉아 있었다. 나는 파란색 실크—우리 어머니의 바로 그 색깔—가 인디 주위에 흩날리는 장면을 상상했다. 그녀가 바다 옆에 서 있는 모습을 그려보았다.

그녀는 아름다웠다.

사람은 모두 자신만의 아름다움을 가지고 있다. 처음에 내가 본 것은 카이의 눈이었고, 나는 아직도 그의 눈을 사랑한다. 그러나 사랑은 보고 보고 또 보게 만든다. 상대의 손등을, 고개를 돌리는 모습을, 걷는 방식을 보게 된다. 처음 사랑에 빠졌을 때 눈에 콩깍지가 씌면서 상대의 모습을 아름답고 사랑스러운 전체로, 아니면 아름다운 부분의 아름다운 총합으로 보게 된다. 그러나 사랑하는 사람을 부분부분, '왜' 냐는 물음을 가지고 보면—왜 그는 저렇게 걸을까, 왜 그는 저렇게 눈을 감을까—그 부분들도 사랑할 수 있다. 그것은 더 복잡하면서도 더 완전한 사랑이었다.

보트가 더 가까이 오자 방수 복장을 한 사람들이 타고 있는 것이 보였다. 물에 젖는 것을 막기 위해서일까? 아니면 저들은 강이 중독되었다는 것을 아는 걸까? 나는 갑자기 오염된 기분이 들어 팔로 몸을 감쌌다. 피부가 뼛속 깊은 곳에서부터 타오른 것도 아니고, 그 물을 마시고 싶은 유혹에도 저항했지만.

"손을 들어. 그러면 저들은 우리가 아무것도 갖고 있지 않은 걸 알아볼 거야."

인디가 말했다. 그녀는 노를 무릎 위에 내려놓고 공중에 손을 들었다. 그 몸짓이 너무나 연약해 보이고 너무나 그녀답지 않아서, 내가 그녀의 말을 따르는 데는 조금 시간이 걸렸다.

그녀는 그들이 먼저 입을 열 때까지 기다리지 않고 외쳤다.

"우린 도망쳤어요. 당신들과 합류하러 왔어요."

그들의 보트가 더 가까워졌다. 나는 그들을 보았다. 그들의 매끄럽고 검은 옷을 보고, 그들의 숫자를 보았다. 그들은 아홉이었다. 우리는 둘이었다. 그들은 우리를 마주 쳐다보았다. 우리의 소사이어티제 코트를, 찌그러진 보트를, 빈손을 알아차렸을까?

"누구와 합류하러 왔다고?"

한 사람이 물었다.

인디는 머뭇거리지 않고 말했다.

"봉기요."

# 51
## 카이

나는 달렸다. 잤다. 조금씩 먹었다. 물통의 물을 마셨다. 물통이 비자 옆으로 던져버렸다. 중독된 물로 물통을 채울 이유는 없었다.

나는 다시 달렸다. 계속해서 강가를 따라 달렸다. 가능한 한 나무 옆으로 붙어서 달렸다.

나는 그녀를 위해 달렸다. 그들을 위해. 나를 위해.

태양이 흐르는 강에 내리비쳤다. 비는 그쳤지만 막혔던 웅덩이들은 다시 이어졌다.

어느 해 여름, 보통 때보다 비가 많이 와서 땅에 팬 몇 군데 구덩이가 1, 2주 동안 웅덩이로 변했을 때, 아버지는 내게 수영을 가르쳐주었다. 아버지는 숨 참는 법, 계속 떠 있는 법, 그리고 청록색 수면 아래에서 눈을 뜨는 법을 가르쳤다.

오리아의 수영장은 달랐다. 붉은 바위 대신 흰 시멘트로 만들어져 있었다. 햇빛 때문에 눈부신 각도가 아니면 대부분 바닥까지 다 보였다. 물과 수영장 가장자리가 깔끔한 선을 이루며 만났다. 아이들은 다이빙대 위에서 뛰어들었다. 그날은 자치구 전체가 수영을 하러 나온 것 같았다. 그러나 내 눈길을 끈 것은 물가의 카시아였다.

그녀는 가만히 앉아 있었다. 다른 사람들이 모두 외치고 소리치고 달리는 동안 그녀는 정지한 듯이 보였다. 잠깐 동안―소사이어티에 온 이후 처음으로―나는 마음이 맑아진 것 같았다. 평온해진 것 같았다. 그곳에서 그녀를 본 순간, 마음속에서 무언가가 다시 제대로 된 것 같았다.

다음 순간 그녀가 일어섰다. 나는 그녀의 긴장한 등을 보고 그녀가 뭔가를 걱정하고 있음을 알았다. 그녀는 수영장에서 한 소년이 물속 깊이 헤엄쳐간 지점을 열심히 바라보고 있었다. 나는 그녀에게 최대한 빨리 걸어가서 물었다.

"저 애 물에 빠진 거야?"

"모르겠어."

그녀가 말했다.

그래서 나는 잰더를 돕기 위해 물속으로 들어갔다.

수영장의 화학약품 때문에 눈이 불타는 듯이 아파서 잠시 눈을 감아야 했다. 처음에는 고통과 밝은 빛 때문에 눈꺼풀 안쪽이 붉어 보여서, 눈에서 피가 나고 눈이 멀 거라고 생각했다. 손을 들어 올려 살펴봤지만 피가 아닌 물만 느껴졌다. 나는 공포 때문에 당황했다. 고통과 싸우며, 나는 손을 치우고 다시 눈을 떠서 주위를 둘러보았다.

다리와, 몸과, 수영하는 사람들을 본 다음 나는 물에 빠진 사람을 찾는 일을 멈추었다. 내가 생각할 수 있는 것이라곤―

―여기엔 아무것도 없다는 것뿐.

물이 맑고 깨끗하다는 것은 알았지만 아래에서 보자 아주 낯설었다. 잠시 동안만 고여 있는 빗물구덩이에도 생명이 존재하고 있었다. 이끼가 자랐다. 웅덩이가 마를 때까지 햇빛 속에서 물벌레가 표면을 따라 미끄러져갔다. 그러나 이곳 바닥에는 시멘트밖에 없었다.

나는 내가 어디 있는지 잊어버리고 숨을 쉬려고 애썼다.

숨이 막혀 올라갔을 때 나는 그녀가 내게서 뭔가 다른 점을 보았다는 것을 알 수 있었다. 그녀의 눈이 바깥 지방에서 생긴 내 얼굴의 긁힌 자국에 머물렀다. 그러나 그녀는 나와 조금 비슷해 보였다. 그녀는 차이를 알아차렸지만, 그다음 무엇이 문제가 되고 무엇이 안 되는지를 결정했다. 다음 순간 그녀는 나와 함께 웃었고, 나는 그 웃음이 그녀의 녹색 눈에 닿아 눈 주위의 피부를 주름지게 하는 모습을 사랑하게 되었다.

나는 어린애였다. 그녀를 사랑한다는 것을 알았지만 그것이 무엇을 뜻하는지는 몰랐다. 몇 년 동안 모든 것이 바뀌었다. 그녀는 바뀌었다. 나도 바뀌었다.

나는 튜브와 종이를 서로 다른 장소에 나누어 숨겼다. 튜브 속에 들어 있는 표본이 '굴'의 상자 바깥에서도 여전히 살아 있을 수 있는지는 알 수 없었다. 그러나 엘리와 카시아는 나를 믿었다. 홍수에 대비해서, 나는 튜브를 오래된 미루나무의 높은 옹이 속에 숨겨두었다.

종이들은 오랫동안 숨겨놓을 필요가 없었으므로 나는 그것을 땅속에 파묻고 내가 새긴 돌로 장소를 표시했다. 돌의 무늬가 마음에 들었다. 그것은 바다 속의 파도일 수도 있었다. 강의 흐름. 모래 속의 잔물결.

물고기의 비늘.

나는 잠시 눈을 감고 가버린 사람들을 추억했다.

무지개송어가 시냇물 속에서 반짝였다. 빅이 자기가 사랑했던 소녀를 생각하며 달렸던 강가를 따라 금빛 풀이 얽혀 있었다. 그의 장화가 땅에 남긴 자국에는 눈금이 새겨져 있지 않았다.

우리 어머니가 아름답다고 생각했던 땅 위로 해가 졌다. 그녀의 아들은 물에 담갔던 손으로 그녀 옆에 자국을 남겼다. 그녀의 남편은 그녀의 목에 키스했다.

아버지가 협곡에서 나왔다. 안에 있는 동안 아버지는 직접 작물을 키우고 수확하는 사람들을 보았다. 그들은 글자를 쓸 줄 알았다. 아버지는 당신이 사랑하는 사람들에게 그것들을 모두 가져다주고 싶어하셨다.

호수는 겨우 몇 백 미터 떨어져 있었다. 나는 나무가 가려주던 곳을 벗어났다.

# 52
## 카시아

카빙 대협곡에서 그렇게 많은 시체를 지나친 후, 동굴에서 가만히 침묵하는 수많은 튜브를 가로질러 온 후, 내 앞에 펼쳐진 야영지의 생명의 광경을 보자 기쁨으로 가슴이 뛰었다. 모든 사람이 살아 움직이고 있었다. 카빙 대협곡에서는 우리가 세상에 남은 마지막 사람들이라고 믿을 뻔했다. 보트에 탄 사람들이 우리 보트를 호숫가로 예인해갈 때 나는 인디를 보았고 그녀는 미소 지었다. 우리의 머리카락은 뒤쪽으로 흩날리고, 노는 무릎에 놓여 있었다.

'우린 해냈어, 마침내.'

나는 생각했다.

"둘이 더 있어."

우리 앞 보트에 탄 남자 한 명이 소리쳤다. 봉기 세력을 발견해서 행복에 젖어 있었지만 나는 그가 셋이라고 외칠 수 있었다면 얼마나 좋았을까 하고 생각했다.

'금방 올 거야.'

나는 마음속으로 말했다. 카이는 곧 여기 올 것이다.

우리 보트가 호숫가를 긁었을 때 나는 이것이 더 이상 우리 보트가 아니라는 것을 깨달았다. 그것은 이제 봉기 세력의 것이었다.

"때맞춰 왔구나."

우리를 끌어가던 사람 중 한 명이 말했다. 그는 우리를 돕기 위해 검은 장갑을 낀 손을 내밀었다.

"우리는 막 옮기려던 참이야. 여기는 더 이상 안전하지 않아. 소사이어티가 우리가 있는 곳을 알아냈거든."

'카이.'

그가 제때 올까?

"언제요?"

내가 물었다.

"최대한 빨리. 나와 함께 가자."

그 남자가 말했다. 그는 물가 근처에 있는 작은 콘크리트 벽돌 건물로 우리를 안내했다. 금속 문은 꼭 닫혀 있었지만 그가 시끄럽게 두드리자 바로 열렸다.

"호수에서 두 사람을 찾아냈어."

그가 말하자 안에 있던 세 사람이 일어났다. 지도와 미니 포트가 가득한 테이블 앞에서, 옛날 소사이어티제 금속 의자가 바닥을 긁으며 뒤로 밀렸다. 그들은 녹색 평상복을 입고 있었고, 얼굴을 가리고 있었지만 눈은 볼 수 있었다.

"저들을 분류해야지."

그중 한 명, 여자 오피서가 말했다.

"강물에 들어갔니?"

그녀가 물었다. 우리는 고개를 끄덕였다.

"오염물질을 제거해야겠군. 거기로 먼저 데려가."

그녀가 그렇게 말한 뒤 우리에게 미소 지었다.

"봉기에 합류한 것을 환영한다."

우리가 그 작은 건물을 떠날 때 세 명의 오피서가 우리를 지켜 보았다. 둘은 갈색 눈, 하나는 파란 눈이었다. 여자 한 명, 남자 두 명. 모두 피로로 눈 주위에 주름이 져 있었다. 일을 너무 많이 해서? 소사이어티와 봉기 세력, 두 군데에서 일하느라?

그들은 나를 분류할 것이다. 그러나 나도 같은 일을 할 수 있었다.

다 씻은 후, 젊은 여자 한 명이 우리 팔을 면봉으로 닦아 오염도를 검사했다.

"깨끗하구나. 빗물이 독을 희석해서 다행이야."

그녀는 그렇게 말한 다음 우리를 야영지 안으로 안내했다. 걷는 동안 나는 최대한 주변을 보려고 애썼다. 그러나 다른 콘크리트 벽돌 건물, 작은 텐트, 거대한 뭔가가 들어 있는 듯한 큰 건물 한 채 외에 많은 것을 보지는 못했다.

우리가 또 한 채의 작은 건물 안에 들어서자, 그녀는 복도에 줄줄이 늘어선 문 중 하나를 열었다.

"너는 여기 들어가렴."

그녀가 인디에게 말했다.

"그리고 넌 여기."

그녀가 나를 위해 두 번째로 문을 열었다.

그들은 우리를 떨어뜨려놓았다. 살아남는 데 너무 집중하느라, 무슨 말을 해야 할지 생각도 해놓지 않았는데.

나는 죄수의 딜레마를 떠올렸다. 우리는 여기서도 덫에 걸렸다. 그들은 우리 이야기가 진짜인지 알려고 할 것이다. 나는 봉기 세력도 그 방법을 사용하리라는 것을 예측했어야 했다.

결정할 시간이 없었다. 인디는 나를 보고 작게 웃어 보였고, 나는 그녀가 에어십에서 내가 알약을 숨기는 것을 도와줬을 때를 떠올렸다. 우리는 전에도 무엇을 숨겨본 적이 있었다. 우리는 또 그렇게 할 수 있다. 나는 그녀에게 마주 미소 지었다.

우리 둘 다 비밀로 해야 한다고 생각한 것이 같은 것이기만을 바랐다.


"네 성과 이름을 말해주렴."

상냥한 목소리의 남자가 말했다.

"카시아 마리아 라이스."

아무것도 없었다. 눈을 깜박이지도 않았고, 그 이름을 안다는 티도 내지 않았으며, 할아버지나 인도자에 대한 언급도 없었다. 그런 것을 기대하지는 않았지만 실망으로 살짝 한기가 느껴졌다.

"소사이어티에서의 지위는?"

빨리 결정하자. 얼마나 많이 얘기할 건지.

"시민이요. 제가 아는 한에서는."

"어떻게 바깥 지방에 오게 됐지?"

할아버지와 할아버지의 시에 대해서는 말하지 않을 것이다. 기록 보관자에 대해서도. 나는 거짓말을 했다.

"실수로 여기 보내졌어요. 노동수용소의 오피서 하나가 다른 여자애들과 함께 에어십에 타라고 했어요. 내가 시민이라고 말했는데도 내 말을 듣지 않았어요."

"그다음엔?"

남자가 물었다.

"그리고 카빙 대협곡으로 달아났죠. 남자애 하나가 우리와 함께 왔지만 그 애는 죽었어요."

나는 침을 삼켰다.

"정착지에 갔지만 그곳은 비어 있었고요."

"거기서 뭘 했니?"

"우리는 보트 하나를 찾아냈어요. 지도도요. 암호를 읽었어요. 그래서 여러분을 찾아내는 방법을 알 수 있었죠."

"봉기에 대해서는 어떻게 알게 됐지?"

"시에서요. 그리고 정착지에서도 단서를 얻었어요."

"또 누가 너와 함께 카빙 대협곡에서 나왔니?"

그 질문은 너무 빨라서 미처 생각할 겨를이 없었다. 그들에게 카이에 대해 알리는 게 나을까, 아니면 알리지 않는 쪽이 나을까? 잠깐의 머뭇거림이었지만 드러나버렸고, 다른 거짓말을 할 준비를 하고 있었기 때문에 나는 정직하게 대답했다.

"다른 남자애요. 그 애도 마을에서 왔어요. 우리는 보트에 다 탈 수 없었어요. 그래서 그 애는 걸어오고 있어요."

"그 애 이름은?"

"카이요."

내가 말했다.

"네 다른 동료, 지금 여기 있는 여자애 이름은?"

"인디요."

"성은?"

"몰라요."

인디에 관한 것은 사실이었고 카이에 관한 것도 부분적으로는 사실이었다. 처음 이곳에 살았을 때 그의 성은 무엇이었을까?

"협곡에 있던 사람들이 어디로 갔는지 알려주는 단서를 조금이라도 발견한 게 있니?"

"아뇨."

"무엇 때문에 봉기에 합류하겠다고 결심했지?"

"내가 보아온 것들이 있어서 소사이어티를 더 이상 믿지 않게
됐어요."

"지금은 이걸로 충분하다. 너를 어디에 배치해야 할지 네 소사
이어티 데이터에 접근해서 더 알아낼 테니까."

남자가 미니 포트를 끄면서 친절하게 말했다.

"소사이어티 데이터를 가지고 있어요? 여기에서요?"

나는 놀라서 물었다. 그가 웃었다.

"그래. 해석은 다르게 할 수 있어도 데이터 자체는 정확한 경우
가 많다는 걸 알게 됐거든. 여기서 기다리렴."


생명이라곤 전혀 없는 작은 시멘트 방 안에서 벽에 둘러싸인
채, 나는 다시 '굴'을 생각했다. 그곳에는 사방에 소사이어티가 있
었다. 튜브 속에, 조직적으로 정리된 모습에, 위장된 문에. 심지어
바위 표면의 틈, 헌터가 아는 비밀 입구마저도 소사이어티의 틈과
비슷했다. 나는 다른 것도 떠올렸다. '굴'의 구석에 있던 먼지. 타
버렸지만 대체되지 않은, 바닥의 작고 파란 불. 소사이어티는 자
신들이 통제하고 쥐고 있으려던 모든 것에 압도된 걸까?

나는 손을 떼고, 다시 끌어당겼다가, 연결을 끊어내는 손을 상
상했다. 그 자리를 봉기가 대신하는 모습도.

결국 소사이어티는 나를 구할 가치가 없다고 결정했다. 내 오피
셜은 나를 흥미로운 실험 대상으로 생각했다. 그녀는 내가 빨간
알약을 먹지 않은 것을 알고도 모른 척하고 내가 무엇을 할지 지

켜보았다. 나는 그녀의 개인적 흥미를 소사이어티의 흥미로 착각했지만― 그들이 나를 특별하게 여길지도 모른다고 생각했다―, 그들에게 나는 언제라도 폐기할 수 있는 흥미로운 연구 대상이자 뛰어난 분류자 그 이상은 아닐 것이다.

봉기에서는 나를 어떻게 생각할까? 저들은 내 데이터를 다르게 볼까? 그래야 했다. 저들이 내 데이터를 더 많이 가지고 있으니까. 내가 '굴'에 들어간 것도, 강을 타고 빠르게 내려온 것도 알고 있으니까. 나는 아주 많은 위험을 감수했다. 나는 변했다. 나는 그 것을 느꼈고, 알았다.

문이 열렸다.

"카시아, 네 정보를 분석했다."

그 남자가 말했다.

"네?"

'저들이 나를 어디로 보낼까?'

"우리는 네가 소사이어티 안에 있을 때 봉기에 가장 잘 봉사할 수 있을 거라고 판단했다."

# 53
## 카이

"네 성과 이름을 말해주렴."

어떤 이름을 사용해야 하지?

"카이 마캠."

나는 말했다.

"소사이어티에서 지위는?"

"일탈자요."

"봉기에 대해서는 어떻게 알게 됐지?"

"아버지가 옛날에 봉기 구성원이었어요."

내가 말했다.

"어떻게 우리를 찾았니?"

"카빙 대협곡에서 찾은 지도에서요."

내가 지금 하는 대답이 그녀가 한 대답과 같기를 바랐다. 언제나 그렇듯이, 우리에게는 시간이 많지 않았다. 그러나 나는 내 본능을 믿었고 그녀의 본능도 믿었다.

"아까 보트를 타고 온 두 여자애 말고 너와 여행한 다른 사람이 있었니?"

"아뇨."

내가 말했다. 이건 쉬웠다. 나는 카시아가 아무리 봉기를 믿고 싶어해도 엘리와 헌터에 대해서는 절대 폭로하지 않으리라는 것을 알았다.

남자는 뒤로 기댔다. 그의 목소리는 차분했다.

"그럼, 카이 마캠. 왜 우리에게 합류하러 왔는지를 더 말해주겠니?"

· · ·

내 이야기가 끝나자, 그는 내게 고맙다고 말한 뒤 잠깐 나를 혼자 남겨두었다. 잠시 후 그는 돌아와서 문앞에 섰다.

"카이 마캠."

"네?"

"축하한다. 너는 에어십 조종사로 일하도록 지정되었고, 카마스 지방에서 훈련받게 될 거야. 너는 봉기에 큰 기여를 할 수 있을 거다."

그가 말했다.

"고맙습니다."

"오늘 밤 늦게 떠나게 될 거야."

그가 문을 열며 말했다.

"다른 사람들과 본관에서 지내렴."

그가 좀 더 큰 텐트 하나를 가리켰다.

"우리는 너 같은 도망자들을 모으기 위해 이 야영지를 사용하고 있었다. 사실은 너와 함께 온 여자애들 중 하나는 아직 여기 있어."

나는 그에게 다시 고맙다 말하고 최대한 빨리 본관으로 향했다. 텐트 자락을 밀치고 들어갔을 때, 나는 맨 처음 그녀를 보았다.

인디였다.

나는 놀라진 않았지만—이런 일이 일어날 수도 있다고 생각했으니까—그래도 가슴이 내려앉았다. 나는 여기서 카시아를 다시 볼 수 있기를 바랐다. 지금 당장.

나는 그녀를 다시 보게 될 것이다.

인디는 혼자 앉아 있었다. 나를 보자 그녀는 옆으로 옮겨 앉아 테이블 끝에 내가 앉을 자리를 내주었다. 나는 음식을 먹으면서 임무에 대해 이야기하는 다른 사람들을 지나쳤다. 여자애들이 몇 명 있었지만 대부분은 남자애들이었다. 우리는 모두 젊었고, 검은 평상복을 입고 있었다. 텐트 맞은편에 사람들이 음식을 받기 위해 줄을 서 있었지만, 나는 인디와 이야기하고 싶었다. 나는 그녀 옆에 앉아, 먼저 가장 중요한 일을 물었다.

"카시아는 어디 있어?"

"저들은 그 애를 다시 소사이어티로 보냈어. 센트럴로. 잰더가 가는 곳으로."

인디가 말했다. 그녀는 포크로 고기 조각 하나를 찍으며 다시 말했다.

"카시아는 아직 잰더의 비밀을 몰라. 그렇지?"

"곧 알게 될 거야. 잰더가 그녀에게 말할 테니까."

내가 말했다.

"그래."

인디가 말했다.

"저들이 카시아를 어떻게 돌려보냈어?"

내가 물었다.

"에어십으로. 저들은 그 애를 노동수용소로 보냈어. 봉기에 속한 자가 사람들을 걸러서 장거리 트레인에 태워 소사이어티로 돌려보낼 수 있는 곳이래. 카시아는 지금쯤 센트럴에 거의 다 도착했을 거야."

인디가 말했다. 그러고는 앞으로 몸을 숙였다.

"그 애는 괜찮을 거야. 봉기 세력이 그 애의 데이터를 살펴봤어. 소사이어티는 아직 그 애를 재분류하지 않았어."

나는 고개를 끄덕이고 뒤로 기대앉았다. 카시아는 실망했을 것이다. 나는 그녀가 이곳에 머물기를 바랐으리라는 걸 알았다.

"달려오는 길은 어땠어?"

인디가 물었다.

"길었어. 강은 어땠어?"

"중독됐어."

그녀가 말했다.

그제야 나는 웃었다. 카시아가 괜찮다는 것을, 온갖 일을 겪었음에도 내가 믿는 사람에게 확인받은 데 안심했기 때문이다. 인디도 같이 웃었다.

"우린 해냈어. 아무도 죽지 않았어."

내가 말했다.

"카시아와 나는 강에 빠졌어. 하지만 괜찮은 것 같아."

인디가 말했다.

"비 덕분이야."

"내 조종 실력 덕분이기도 하지."

"저들은 널 눈여겨볼 거야, 인디. 너는 저들에게 중요한 사람이 될 거야. 조심해야 해."

내가 말했다. 그녀는 고개를 끄덕였다.

"난 여전히 네가 도망칠 것 같아."

나는 그녀에게 말했다. 그녀가 답했다.

"난 널 놀라게 할지도 몰라."

"넌 전에도 그랬잖아. 어디로 지정받았어?"

"아직 내게 말해주지 않았어. 하지만 오늘 밤 떠날 거야. 넌 뭔
데? 넌 어디로 가?"

그녀가 물었다.

"카마스로."

카시아에게서 떠나 어디론가 가야 한다면, 내가 고를 곳도 카마
스였다. 빅의 고향. 아마 라니에게 무슨 일이 일어났는지 알아낼
수 있을 것이다.

"내 데이터에 나도 좋은 인도자가 될 수 있다고 나타난 것 같
아."

내 말에 인디의 눈이 커졌다.

"에어십 조종사 말이야. 그 이상은 아니야."

나는 더 분명히 말했다. 인디는 잠시 나를 바라보았다.

"그래."

그녀의 목소리에 놀리는 어조가 깃든 것처럼 느껴졌다.

"누구든 에어십을 조종할 수 있지. 맞는 방향을 지정하고 버튼
을 누르면 되니까. 강에서 보트를 조종하는 것과는 달라. 심지어
엘리 같은 어린애도……."

그녀는 말을 멈추었다. 목소리에서 장난스런 어조가 사라졌다.
그녀가 자기 포크를 내려놓았다.

"나도 엘리가 보고 싶어."

내가 조용히 말했다. 나는 그녀의 손 위에 손을 올려놓고 잠시 꼭 잡았다.

"난 저들에게 그 애에 대해서, 헌터에 대해서도 말하지 않았어."

인디가 속삭였다.

"나도 그랬어."

내가 말했다.

나는 일어섰다. 배가 고팠지만 해야 할 일이 또 있었다.

"너 오늘 밤 언제 떠나?"

나는 인디에게 물었다. 그녀는 고개를 저었다.

"제때 돌아와서 작별인사 하도록 해볼게."

내가 그녀에게 말했다.

"카시아는 네게 작별인사를 하고 여기를 떠나고 싶어했어. 너도 알지?"

인디가 말했다. 나는 고개를 끄덕였다.

"곧 다시 만날 거라 확신한다고 네게 말해달래. 그리고 사랑한다고."

"고마워."

나는 인디에게 말했다.


나는 소사이어티의 에어십이 검은 몸체를 드러내며 호수 위로 낮게 날아들기를 계속 기다렸지만, 그들은 아직 오지 않았다. 카시아가 원하지 않는다는 것을 알면서도 마음속 한구석에서는 그녀가 봉기의 중심부에서 벗어난 게 기뻤다.

이곳에 섞이려면 긴급함과 목적을 보여주는 걸로 족했다. 사람들은 에어십에 타거나 텐트를 꾸리러 걸어갔다. 눈을 내리깔 필요도 없었다. 서로 지나칠 때 나는 사람들을 향해 고개를 끄덕였다.

그러나 절망을 내보일 수는 없었다. 그래서 밤이 오고 아직 내가 원하는 사람을 찾지 못했을 때도, 내 얼굴에 불안이 비치게 할수는 없었다.

그때 마침내 나는 알맞아 보이는 사람을 찾았다.

카시아는 사람을 분류하는 것을 좋아하지 않았다. 나는 그걸 너무 잘했고, 오히려 너무 좋아하게 될까 봐 걱정이었다. 그것은 내가 아버지와 공유한 재능이었다. 그리고 그 재능이 자산이 아니라 골칫거리가 되는 데는 한두 가지 실수면 족했다.

그래도, 운에 맡겨야 했다. 나는 카시아가 소사이어티에서 거래하기 위해 그 문서들을 갖고 있기를 바랐다. 그녀에게는 그것이 필요할 수도 있었다.

"안녕하세요."

내가 말했다. 그 남자는 아직 짐을 챙기지 않았다. 끝까지 머물러 있어야 하는 사람, 그러나 전략을 결정하는 사람들과 늦은 밤 모임에 함께하지는 못할 정도로 서열이 낮은 사람. 유용하고, 존재감이 완전히 없는 것은 아니고, 그럭저럭 유능하지만 뛰어나지는 않은 사람. 그것은 기록 보관자인, 혹은 기록 보관자였던 사람에게 완벽한 위치였다.

"안녕."

그가 대답했다. 표정은 멍하지만 예의 발랐고, 목소리는 상냥했다.

"전 봉기의 영광스러운 역사를 듣고 싶어요."

내가 말했다.

그는 재빨리 놀란 기색을 숨겼지만, 충분히 빠르지는 않았다. 그리고 그는 영리했다. 내가 자신의 놀란 표정을 보았음을 알았다.

"난 이제 기록 보관자가 아니야. 난 봉기에 합류했다. 더 이상 거래를 하지 않아."

그가 말했다.

"지금 하세요."

내가 말했다.

그는 그런 유혹에 저항할 만큼 강하지 않았다.

"뭘 갖고 있니?"

그가 미세한 움직임으로 주위를 돌아보며 물었다.

"카빙 대협곡 안에 있었던 문서들요."

나는 그에게 말했다. 그의 눈에 광채가 보인 것 같았다.

"이 근처에 있어요. 그걸 찾는 법을 가르쳐드리면, 그걸 방금 센트럴로 보내진 카시아 라이스라는 여자아이에게 갖다주시면 좋겠어요."

"그럼 내 몫은?"

"마음대로 선택하세요."

내가 말했다. 진짜 거래자나 기록 보관자라면 저항할 수 없는 대가였다.

"뭐든지 원하는 것을 고르는 대로 가지세요. 하지만 난 거기 뭐가 있는지 알고 있으니 두 개 이상 가져가면 알아차릴 거예요. 그러면 봉기에 고발할 겁니다."

"기록 보관자들은 거래에 정직해. 그건 우리 규약에 들어 있다."

그가 말했다.

"알아요. 하지만 당신은 내게 더 이상 기록 보관자가 아니라고 말했잖아요."

내가 말했다. 그러자 그가 미소 지었다.

"그건 절대 그만둘 수 없는 거야."

...

기록 보관자와 만나느라 인디에게 작별인사를 하지 못했다. 그녀가 탄 에어십이 마지막 햇빛 속에서 멀어져가기 시작했다. 그 모습을 지켜보던 나는 그 에어십의 바닥이 불타고 손상되었음을 알아차렸다. 어딘가 사람들이 원하지 않는 곳에 착륙하려다가 사격을 당한 것 같았다. 총알받이의 총으로는 저렇게 할 수 없었다.

농부들이 격추시키려고 했던 것 같다.

"저 에어십에 무슨 일이 일어났나요?"

나는 옆에 서 있는 사람에게 물었다.

"모르겠는데요. 며칠 전 밤에 나갔다가 저렇게 돼서 돌아왔어요."

그가 말하면서 어깨를 으쓱했다.

"당신 신참이죠? 그렇죠? 오직 자기 임무에 대해서만 알아야 한다는 걸 배우게 될 겁니다. 우리가 붙잡혔을 경우 그 편이 더 안전하거든요."

그것도 사실이다. 게다가 에어십이 불탄 원인이 내가 생각한 대로라고 해도, 사정은 내 생각과 다를 수 있었다. 농부들을 구하려고 내려갔지만 그들은 그 에어십이 소사이어티의 것이라고 생각했을 수 있다.

아닐 수도 있다.

무슨 일이 일어났는지 추측할 수 있는 방법은 이 안에서 계속 살아보는 수밖에 없었다.

몇 시간 뒤 내가 막 떠나려던 순간 기록 보관자가 나를 찾아왔다. 나는 그와 잠시 이야기를 나누기 위해 무리에서 걸어 나왔다.

"확인했어. 그녀는 센트럴에 있다. 즉시 그 거래를 실행에 옮길게."

"좋아요."

내가 말했다. 그녀는 안전하다. 그들은 그녀를 다시 데려다주겠다 말하고 그렇게 했다. 마음속에서 봉기에 대한 점수가 1점 올라갔다.

"문제가 있었나요?"

"전혀."

그는 그렇게 말하고 내가 비늘을 새겼던 돌을 건네주었다.

"이걸 가져갈 수 없다는 건 알지만, 거기 남겨두면 불쌍할 것 같아서. 아름다운 작품이야."

이곳은 소사이어티와 비슷한 규칙을 갖고 있었다. 불필요한 소유물은 가져갈 수 없다.

"고마워요."

내가 말했다.

"이렇게 글자를 쓰는 법을 아는 사람은 많지 않은데."

그가 말했다.

"글자요?"

내가 물었다. 다음 순간 나는 그가 무슨 뜻으로 그렇게 말했는지 깨달았다. 나는 잔물결을 조각했다고 생각했다. 또는 물결을.
아니면 비늘을. 그러나 사실 그것은 계속 되풀이한 글자 C로 보였
다. 나는 우리가 함께했던 또 하나의 장소를 표시하기 위해 그 돌
을 땅에 놓아두었다.

"너 누구한테 가르쳐준 적 있니?"

그가 물었다.

"딱 한 번요."

내가 말했다.

# 54
## 카시아

이른 봄이 되어, 센트럴의 호수 가장자리 얼음이 녹기 시작했다. 일하러 가는 동안 나는 이따금씩 에어트레인 정거장의 난간 너머를 내다본다. 저 멀리 회색 바다와 해안을 따라 난 덤불의 붉은 가지를 보기 위해. 나는 곧잘 여기서 멈춰 섰다. 수면을 물결치게 하고 가지를 쓸고 가는 바람을 보면, 소사이어티로 돌아오기 전 강과 협곡을 건넜던 일이 떠오른다.

그러나 내가 멈추는 이유는 그 경치 때문만은 아니다. 나와 거래한 기록 보관자는 내가 얼마나 오래 기다리는지 지켜볼 사람을 보냈다. 그녀는 그런 방식으로 내가 우리의 다음 거래 조건에 동의하는지 아닌지 알게 된다. 내가 여기서 다음 트레인이 들어올 때까지 멈춰 있으면—이제 몇 초 후다—거래를 받아들인다는 뜻이다. 지난 몇 달 동안 기록 보관자들은, 자주 거래하지는 않았지만, 나를 가치 있는 물건을 가진 사람으로 인식하게 되었다.

나는 호수에서 몸을 돌려 도시를 바라보았다. 도시의 하얀 건물과 그 안에서 움직이는 짙은 색 옷을 입은 사람들의 무리를. 그 광경을 보면 카빙 대협곡에 들어가던 때가 생각나고, 또 오래전 자치구에 있을 때 인체 도해에서 본 피의 강과 강하고 하얀 뼈들이 떠오른다.

다음 트레인이 미끄러져 들어오기 직전, 나는 계단을 내려가기 시작한다.

가격이 너무 낮다. 나는 받아들이지 않을 것이다. 아직은.

'내 안에 이런 면이 있을 줄은 몰랐어.'

나는 그의 내면에 있는 모든 것을 알지도 못한다. 안다고 생각했지만, 사람들은 강처럼 깊고 복잡하게 흐르며 자신의 모습을 유지하고 돌처럼 조각된다.

그는 내게 메시지를 보냈다. 그런 건 어려운 일이었다. 그러나 그는 봉기에 속해 있고, 전에도 불가능한 일을 해낸 적이 있다. 그 메시지는 내가 그를 어디서 만날 수 있는지 알려주었다. 일을 끝낸 뒤 나는 그를 보러 갈 것이다.

오늘 밤. 나는 그와 오늘 밤 만날 것이다.

서리의 무늬가 계단 밑 시멘트 벽을 따라 피어났다. 나는 마치 누군가가 딱 이때를 골라 별이나 꽃을 그린 것 같다고 상상했다. 너무나 빨리 사라질 아름다움을 순간적으로 붙잡아서.

3권 『리치드』에서 계속

## 감사의 말

이 사람들의 친절함과 도움이 없었다면 이 책은 나올 수 없었을 것이다.

내 남편 스콧, 그리고 우리의 멋진 세 아들(칼, E, 트루).

우리 부모님 로버트와 알린 브레이스웨이트, 형제 닉, 자매 엘레인과 호프, 그리고 할머니 앨리스 토드 브레이스웨이트.

사촌 캐이틀린 졸리, 리지 졸리, 안드레아 해치, 그리고 엘레인 졸리 아주머니.

작가이자 독자 친구들인 앤 디 엘리스, 조시 리, 리사 맨검, 롭 웰스, 베카 윌하이트, 브룩 안드레올리, 에밀리 던포드, 자나 헤이, 린제이와 저스틴 헵워스, 브룩 후프스, 케일라 넬슨, 애비 파슬, 리비 파, 헤더 스미스.

조디 리머와 '라이터스 하우스'의 멋진 팀—알렉 셰인, 시실리아 델 라 캄파, 첼시 헬러.

줄리 스트라우스가벨과 듀튼/펭귄 출판사의 훌륭한 팀—테레사 에반젤리스타, 안나 자자브, 리자 캐플런, 로잔느 라우어, 케이시 매킨타이어, 샨타 뉼린, 아이린 반더부트, 돈 바이스버그.

그리고 언제나 그렇듯이, 모든 독자들.

## 『매치드Matched』시리즈에 쏟아진 찬사

"『매치드』는 귀에 거슬리지 않는 강한 페미니스트적 함의가 담겨 있는 작가의 훌륭한 첫 작품이자, 청소년 독자들로 하여금 질문을 던지게끔 격려하는 도화선이다."

— 「로스앤젤레스 타임스」

"『기억 전달자(*The Giver*)』를 떠올려라. 하지만 더 섹시하다."

— 「링컨 저널 스타」

"콘디는 정신없는 속도로 디스토피아의 층 아래 한 겹을 드러낸다. 마치 딜런 토머스의 울림을 듣는 듯하다. 소사이어티가 전쟁 중이라면 그 적은 누구인가? 모든 이들이 지닌 세 개의 알약 중 빨간색의 역할은 무엇인가? ……이것은 그 자체로 강렬하고 잊지 못할 흥미진진한 작품이다."

— 「커커스 리뷰」

"조지 오웰의 소설에 등장하는 절대권력 빅브라더와 같은 사회를 묘사하면서, 놀라운 명료함과 세세한 부분에까지 주의를 기울이는 콘디의 대단한 솜씨가 돋보인다. 작가는 사회의 완벽함을 위해 개인이 치러야 할 대가와 선택의 자유에 수반되는 희생들을 교묘하게 분석하면서 이 세계를 손쉽게 해체해버린다."

— 「북리스트」

"로이스 로리의 『기억 전달자』와 조지 오웰의 『1984』, 올더스 헉슬리의

『멋진 신세계』를 동시에 떠올리게 하는 이 작품에서, 콘디는 독자들을 '완벽한' 소사이어티로 인도한다. 그녀의 깨달음과 발전상은 현실적으로 묘사되고, 카시아의 부모님이나 할아버지 같은 조연들이 이야기에 깊이를 더해준다. 『기억 전달자』의 팬이라면 이 책에 매료될 것이고, 후속편을 조급하게 기다리게 될 것이다."

— 「스쿨라이브러리 저널」

"마음을 사로잡는 반전이 있는 책 속 디스토피아의 줄거리는 작가가 그려낸 흥미로운 인물들과 수려한 글솜씨로 잘 뒷받침된다."

— 「퍼블리셔스 위클리」

"『매치드』는 이를 둘러싼 높은 기대감에 부응하는 작품으로, 십대들은 누가 먼저 이 책을 읽을 것이냐를 두고 부모님들과 다툴 법도 하다."

— 「데저렛 뉴스」

"콘디가 능수능란하게 그려낸, 그다지 디스토피아적이지 않은 사회는 질식할 듯하면서도 전적으로 포근하고 안전한 곳의 균형을 이루고 있다. 소사이어티가 취하는 섬뜩한 행동들 뒤에는 진심 어린 선의가 있는데, 이로써 소사이어티가 전능한 지위를 차지한 것이 설명이 된다. 카시아는 소사이어티의 기계화에 대해 내부인인 동시에 외부인으로서 뛰어난 서술자 역할을 수행하며 이 로맨스의 가장 흥미를 끄는 요소다. 독립을 향한 여정은 카시아를 진정 변화시키며 이는 독자들에게 기억될 만한 요소로 남을 것이다."

— 「BCCB」

"미래를 배경으로 한 이 사랑과 자유의지의 우화는 묻는다. 선택 없는 자유가 있을 수 있는가? 순순한 수용에서 반역에 이르는 카시아의 여행 이야기는 독자를 끌어들이고 더 많은 것을 원하게 만들 것이다."

— 카산드라 클레어, 『The Mortal Instruments』 시리즈의 저자

# 크로스드 CROSSED

초판 인쇄  2012년 6월 25일
초판 발행  2012년 7월 5일

지은이 | 앨리 콘디
옮긴이 | 송경아
펴낸이 | 홍정균
펴낸곳 | 솟을북

편집주간 | 홍정완
편집 | 이은영, 배성은
영업 | 조정현
관리 | 황아롱
디자인 | 이석운, 최윤선

121-874 서울시 마포구 염리동 161-3 벤처비지니스센터 별관 5층
전화 706-8541~3(편집부), 706-8545(영업부)  팩스 706-8544
이메일  hkmh73@paran.com
솟을북 블로그  blog.naver.com/soseulbook
출판등록 2004년 6월 28일  제313-2004-00166

ISBN  978-89-955472-7-4 03840
파본은 본사나 구입하신 서점에서 교환하여 드립니다.